백성

백

2

제1부 | 강산에 들렀더라

김동민 대하소설

문이당

차례

제1부 | 강산에 들렀더라

가지는 부러져도

그 고을 주산主山, 비봉산.

그 산은 언제 봐도 새가 날개를 활짝 펼치고 있는 형상이다. 그 고을 태생인 호한은 그 새가 내는 소리를 듣는 것 같은 환청에 곧잘 빠질 때도 있었다.

'에나 곱고 아름다븐 소리 아인가베.'

그가 한때 불경佛經에 심취돼 있을 때였다. '가릉빈가'라고 하는 대단히 어려운 이름을 가진 상상의 새에 대해 읽은 기억이 있다. 가마못의 뜨거운 열기를 더 견뎌내지 못해 끝내 비봉산에서 날아가 버렸다는 저 봉황새와 똑같이 상상 속에 나오는 새. 그 소리가 무척이나 아름다워 호성조好聲鳥, 혹은 묘음조妙音鳥나 미음조美音鳥라고 불린다는 것이다.

그런데 호한의 입장에서 더 중요한 것은, 그 가릉빈가의 원래 형태가 비봉산의 봉鳳 자, 곧 봉형鳳形에서 발전한 것으로 보인다는 설說이었다. 인도라는 나라의 히말라야산맥 기슭에 산다는 '불불조'라는 공작의 일종이라는 이야기도 있었다.

'내가 그 새를 볼 줄은 에나 몰랐다 아이가.'

호한은 가릉빈가를 보았다. 극락정토에 살며 인두조신人頭鳥身의 모양을 하고 있다는 그 새를. 사실이 그러했다. 머리와 팔은 분명히 사람 형상이었다. 몸에는 비늘이 있었으며, 머리에는 새의 깃털이 달린 화관을 쓰고 있었다.

"에나 대단한 새였다 아입니꺼?"

호한이 자신이 보았던 가릉빈가에 관해 얘기하면 잠시 고개를 갸우뚱하던 사람들은 이내 알았다는 듯 이렇게 반문하곤 했다.

"꿈, 꿈에 본 기지예?"

그러면 호한은 이렇게 답했다.

"꿈이 아이고 실젭니더."

그렇게 말하면 사람들 반응은 똑같았다.

"에이, 점잖으신 분이……."

"꿈꾼 셈이라, 그런……."

호한은 한바탕 웃고 나서 이렇게 들려주었다.

"쌍봉사철감선사탑에 가보이소. 거 앙련 우엣쪽 대석 안에 새기져 있심니더."

"그라모 돌새네예, 돌새."

사람들도 크게 웃곤 했다.

"이 애비가 비화 니보담도 상구 더 에릴 적에 안 있나."

비봉산 골짜기를 타고 오르는 바람 속에 섞여 들리는 호한의 그 말에 비화는 콧잔등이 시큰거렸다. 사람이 나이 들면 추억을 먹고 산다고 하지만, 아버지는 아직 골방에 앉아 담뱃대 툭툭 털 정도로 늙은 건 아니다.

"니 할아부지한테서 전해 들은 이약이 있어갖고, 시간만 나모 오늘매이로 여게 비봉산에 올랐던 기라. 시상에 요 산만치 좋은 산도 벨로 없다."

비화 마음 한쪽 귀퉁이에서 '뚝' 하고 마른 나뭇가지 부러지는 소리가 크게 났다. 관직에서 쫓겨나고 조상 대대로 전해오던 땅마저 대부분 잃어버린 호한은 가지 부러진 나무였다.

"아부지도 비봉산 달기정(달구경)을 좋아하싯던 깁니꺼?"

비화는 금방이라도 터져 나오려는 울음을 가까스로 억누르면서 밝은 목소리로 물었다. 아버지가 여자나 아이들처럼 달뜨는 광경이나 보러 다니는 사람은 아니라는 사실을 알고 있었다.

"시방 와갖고 돌이키보자모 참말로 우습도 안 한 소리지만도, 봉황새 깃털을 주울 꿈에 부풀어 있었던 기다, 이 애비가."

호한은 헛헛한 웃음을 떨구었다. 그 웃음은 산바람에 실려 공중 어딘가로 공허한 여운을 남긴 채 스러졌다.

"아, 봉황새 깃털을예?"

비화는 서글픔과 신기함이 엇갈리는 눈빛으로 아버지를 바라보았다. 거기 비탈진 곳에 서 있는 나무들도 이쪽으로 기우뚱 고개를 내미는 성싶었다.

"후우. 우리 비화가 에나 잘 걷는다. 인자 애비가 몬 따라가것다."

호한은 벌써 호흡이 차오르는지 가쁜 숨을 자꾸만 몰아쉬었다. 하루가 다르게 몸이 쇠약해진다는 증거였다. 달음박질에서는 여느 사내애들에게 뒤지지 않는 비화는 일부러 걸음을 느리게 떼놓았다.

"이 산에는 봉황새가 안 살았다가."

난생처음 와보는 곳인 양 주변을 둘러보며 호한이 감개무량한 얼굴로 말했다.

"그래서 사람들은 '봉산鳳山'이라꼬 불렀디라."

비화는 여태 들어보지 못했던 이야기다. 하지만 사연이 꽤나 많은 것 같다.

"봉산예."

"그란데 말이다."

호한은 잠시 말을 쉬었다가 계속했다.

"저게 산 아래 서쪽에 있는 가매못 열기가 너모 뜨거벗던 기라."

부녀는 산길에 멈춰 서서 커다란 가매못을 한동안 내려다보았다. 비화도 익히 알고 있다. 누구 눈으로 봐도 크고 우묵한 가마솥처럼 생겨서 '가마못'이라 불리며, 이 지방 방언대로 '가매못'이라 한다는 것이다.

"봉황새는 가매못에서 치솟는 불길에 타서 죽을 거 겉었는 기라."

"아, 우짭니꺼, 아부지?"

비화가 그렇듯 호한의 음성에도 짙은 안타까움과 서글픔이 묻어났다.

"산에 둥지를 틀고 우쨌든 견디볼라꼬 했지만도 참을 수 없었다 안 쿠나."

저만큼 사람 얼굴 모양으로 생긴 커다란 바위 근처에 뿌리를 내리고 있는 참나무 높은 가지 위에 지어 놓은 까치집이 비화 눈에 들어왔다. 비화는 가늘게 몸을 떨었다.

"올매나 뜨거벗것심니꺼? 솥에 불 때다가 쪼꼬만 불똥만 튀와도 몬 살것는데예."

"사람도 그렇제?"

호한은 함양 새우섬이 생각났다. 급류에 에워싸인 척박한 섬.

"하모예, 아부지."

"……"

언제쯤이나 강줄기가 상류에서 떠밀린 흙과 돌더미로 메워져 섬에서 벗어날 수 있을까?

"봉황새는 우찌 됐심니꺼?"

그새 산 중턱쯤 올라왔지 싶었다. 유서 깊은 그 남방 고을이 점점 발 아래로 내려앉고 있었다. 옹기종기 모여 고을을 이루고 있는 수많은 가옥이며 크고 작은 길은 물론, 멀리 강 건너편 무성한 대밭과 그보다도 조금 앞쪽 누각이며 성벽이 그림같이 비쳤다.

"봉황새도 저리키나 아름다븐 풍광이 딱 내리다비이는 이 산 둥지를 떠나가기가 에나 안 싫었것나."

호한의 말끝에 진한 물기가 번져났다. 영리한 비화는 금방 깨달았다. 지금 아버지가 말씀하는 그 봉황새 둥지야말로 바로 자신들의 집이었다.

"배봉이 그눔이 우리 이집을 더러븐 지 손아구에 넣기 전꺼지는 절대로 그 짓을 안 멈출 깁니더."

윤 씨는 핏물이 배여 나올 만큼 입술을 꾹 깨물었다. 눈물 그렁그렁한 두 눈 가득 저주와 증오의 빛이 서렸다. 여간해선 다른 사람을 폄훼하거나 미워하는 일이 없는 그녀였지만 그 순간에는 완전히 다른 사람으로 보였다.

"날라댕기는 까막까치도 지 밥은 있다 캤으이, 사람 묵을 거야 있것지만서도……."

호한은 아내 얼굴을 똑바로 바라보지 못하고 수전증 환자를 방불케 하는 손으로, 비운 지 얼마 안 되었는데도 또 금방 담뱃재 수북한 재떨이만 끌어당겼다. 그 쓰라린 장면을 떠올리고 있는 비화 귀에 아버지 말씀이 꿈결보다도 더 가물가물하게 들렸다.

"마츰내(마침내) 우떤 날 봉황새는 더 몬 참고 고마 날갯짓을 하고 말았는 기라."

비화는 손에 꼭 쥐고 있던 더없이 소중한 것을 그만 놓쳐버린 사람처럼 몹시 아쉬워했다.

"아, 날라갔뿟다꼬예?"

호한의 핼쑥한 얼굴 위로 그림자가 스쳐갔다.

"그때 깃털이 한거석 흩날릿다 안 쿠는가베. 그래갖고, 으⋯⋯."

그 순간 비화는 소스라치며 어쩔 줄 몰라 했다.

"옴마야!"

호한의 몸이 바람에 날리는 깃털처럼 맥없이 한쪽으로 쓰러지고 있었다.

"아부지! 아부지!"

이제 어느 정도 장성한 처녀 목소리가 봉황새 날아오른 산을 마구 뒤흔들었다. 그 좋던 날씨가 갑자기 산 밑에 흙바람을 일으키기 시작했다. 그러자 온 고을이 그 희뿌연 기운 속에 속절없이 뒤덮여버리는 것 같았다.

"괘, 괘안타. 너모 놀래지 마라, 비화야."

딸의 부축을 받아 간신히 몸을 일으켜 세우는 그의 창백한 이마에 진땀이 솟았다.

"우, 우선에 여, 여게 좀 앉으시소, 아부지예."

비화는 마침 근처에 있는 엷은 회색 너럭바위 위에 호한을 앉혔다.

"괘, 괘안타 캐도?"

"에나예?"

호한은 당장 울음을 터뜨리려는 딸을 다독거렸다.

"하모, 그냥 쪼꼼 어지러벗던 기라. 산을 타다 보이⋯⋯."

"그, 그래도."

그때 비화 머릿속에 떠오르는 게 '산이 걸어온다'라는 말이었다. 잘 걸어오는 산을 보고 방정맞게 그런 고함을 치는 바람에 산이 그만 그 자리에 우뚝 멈추고 말았다. 만일 그 산이 제대로 닿았다면 그곳에 큰 인

12

물이 나거나 도움지가 될 수 있었다.

"와 니도 그랄 때가 안 있나."

"……."

평소 가족들 보는 데서 비겁하거나 허둥거리는 모습을 보이는 것을 무척 꺼려하는 그였다. 언제나 상남자인 것같이 행동했다.

"그거는 그란데……."

비화는 자기 목소리가 어쩐지 어머니 음성을 닮았다고 생각했다.

"그래도 조심하시야지예."

"……."

문득 산바람이 술렁거리는 분위기였다. 푸른 능선 위로 하얀 구름장이 솜뭉치처럼 걸려 있는 게 보였다.

"사람이 한 분(번) 몸이 아푸고 나모, 그 뒤로는 아모리 천하장사라도……."

비화는 어머니가 곧잘 하는 소리를 그대로 했다. 아끼는 무남독녀 앞에서 자신의 나약한 면을 보이지 않으려고 안간힘을 다하는 아버지가 너무나 안쓰러웠다. 정말 이렇게까지 기력이 쇠하신 줄은 몰랐다.

'배봉이 그눔! 우리 아부지를 이리 맨든 그눔! 내 무신 일이 있어도 꼭꼭 복수하고 말 끼다.'

비화는 멍하니 발치께를 내려다보고 있는 아버지 모르게 이를 갈았다. 가매못보다 백배 천배 더 뜨거운 불길이라 할지라도 우리 가족은 절대로 둥지를 떠나지 않을 것이다. 잘 휘거나 트지 않고 보라색 꽃이 고운 오동나무 둥지를.

'함 두고 봐라. 억호, 만호, 고 점백이 자슥 눔들도 내 고마 안 둘 끼다.'

그러자 대사지에 빠져 허우적거리는 옥진의 모습이 보이는 듯했다.

가매못보다도 훨씬 더 깊고 큰 못이었다.

'옥지이가 기생만 돼 봐라. 논개가 왜눔 장수 쥑인 거보담도 상구 더 무섭고 비참하거로 너것들을 쥑일 끼다.'

빼앗긴 정조 그리고 기생의 길. 아버지 몸 위로 옥진의 몸이 그림자 되어 겹쳐졌다. 두 사람 원한을 합하면 가매못 불길도 꺼버릴 써늘한 서릿발로 내릴 것이다.

"인자 좀 괘안네?"

호한은 비화를 향해 전신을 움직여 보았다. 바람은 잔잔해지기는커녕 좀 더 거세어지고 있었다. 호한은 금방이라도 부러질 정도로 위태롭게 흔들거리는 나뭇가지를 올려다보고 있다가 입을 열었다.

"아까 번에 하던 이약 더 해줄 낀께 들어봐라."

"담에 해주시소. 시방 아부지 몸이……."

비화의 걱정 담긴 만류에 호한이 허탈한 웃음을 지었다. 아니, 그건 울음에 더 가까웠다. 산비둘기 몇 마리가 머리 위로 날아갔다.

"니 이 애비를 우찌 보는 기고? 내사 무관 출신 아인가베?"

비화는 거기 산길이, 산으로 오르는 길인가 산에서 내려오는 길인가 하는 엉뚱한 생각을 했다. 호한은 보다 단호한 빛이 서린 얼굴이 되었다.

"이빨 싹 다 빠지도 호래이는 호래이다, 그 말이제."

"예, 아부지!"

비화는 그러다가 황급히 손을 내저었다.

"아, 아이라예! 아부지가 우찌 이빨 빠진……."

아버지는 언젠가 제발 이제 모든 것 잊고 살자는 어머니에게 했던 말을 잊어버린 것일까? 비화 자신은 아직도 가슴속에 생생히 남아 있는 그 말을.

"나모도 옮기 심으모 삼 년은 뿌리를 앓는다 글 캤소. 내가 배봉이 그 눔한테 그리키나 당했는데……."

상감님 망건 사러 가는 돈을 써야할 정도로 몹시 어려운 경우를 당하거나 굶어 죽게 되었을 때도 너 아버지만큼은 그러실 분이 아니라고 일러주던 어머니도, 지아비의 그런 모습 앞에서는 그만 억장이 무너지는 모양이었다.

'시방 우리가 앉아 있는 이 바구(바위)도 딴 데로 옮기모 뿌리를 앓거로 되까?'

비화가 무슨 사념에 젖고 있는지 모르는 호한은 아내를 입에 올렸다.

"운젠가 니 옴마하고 우리가 같이 가봤던 호래이나모 기억나제?"

"예. 흑흑……."

비화는 끝내 참고 또 참았던 눈물을 보이고 말았다. 호한은 그것을 못 본 척 이야기를 이어갔다.

"봉황새가 날갯짓한 그때부텀 여게 이 봉산은 '날 비飛' 자를 붙이갖고 '비봉산'이 되고 말았던 기라."

비화는 손등으로 서둘러 눈물을 훔쳤다.

"오데로 날라가삤을까예?"

걸어오는 산이 아니라 날아오는 산을 보더라도 놀라서 소리치지 않을 사람이 되리라 다짐을 하는 비화였다. 호한은 '밥상머리 교육'을 할 때와 비슷한 어조였다.

"봉황새가 날라가삤지만도 이 고을 사람들은 끝꺼지 포기나 실망을 안 했던 기라. 에나 훌륭한 지역민들 아이가."

호한의 길고 가느다란 검지 끝이 산 아래 한 곳을 가리켰다. 인가가 모여 있는 곳이었다.

"저게 봉곡리 안 있나, 거게다가 봉의 알자리를 맹글었제."

비화도 그 '봉 알자리' 이야기는 알고 있었다. 호한은 약간 자리를 고쳐 앉으면서 소망 섞인 표정을 지었다.

"봉황새가 알을 놓고(낳고) 이 고장에 그냥 머물러 있으라꼬……."

비화는 자신도 모르게 들뜬 목소리가 되었다.

"아, 그라모 시방도 그 봉황새는 우리 고을에 살고 있는 깁니꺼?"

지금 그들이 올라와 있는 산이 봉황새 품속같이 느껴지는 비화였다.

"그기, 그기……."

호한은 어깨를 꺾은 채 더는 말이 없었다. 한때 운산녀가 배봉에게 퉁을 맞아가면서까지 눈길을 보냈던 천하 제일가는 사내대장부 모습은 이제 그 어디에도 남아 있지 못했다. 이윽고 그의 까칠한 입술 사이로 한숨에 가까운 말이 새 나왔다.

"봉황새는 아즉꺼정 여게 그대로 살고 있는지, 아이모 영영 다린 곳으로 날라가삣는지, 그거는 누구도 모린다."

"아모도 알지 몬하는……."

비화는 아버지가 이 세상에 존재하지도 않는 상상 속의 새에 불과한 봉황새 깃털을 찾아 헤맸다는 그 산이 갑자기 싫어졌다. 그건 여태까지 단 한 번도 없었던 일이었다. 그래 그만 내려가자고 할 참인데, 호한이 먼저 힘겹게 몸을 일으키며 말했다.

"오늘 성 안에서 한량무閑良舞를 한바탕 논다더라. 우리 기경 가자."

성내 넓은 공터에는 구경꾼들이 온통 산과 바다를 이루었다.

엿장수들이 참 많았고 신기료장수도 간혹 눈에 띄었다. 마을을 돌아다니며 '신 기리오?' 하고 외치는 그 신기료장수가 헌신을 깁는 것을 지켜보면 절로 감탄이 나오곤 하는 비화였다. 무슨 마술을 보는 기분이었다.

"쉿!"

"아, 인자……."

"뒤에 있는 사람도 생각해서 옆으로 좀 비키라. 그리 혼자만 볼 거매 이로 앞을 막고 서 있지 말고……."

드디어 한량무가 시작되자 사람들은 저마다 잘 보이는 장소를 찾으면서 숨들을 죽였다. 그 무수한 인파에도 불구하고 작은 기침 소리 하나 나오지 않았다. 새들도 나뭇가지 위에 올라앉아 꼼짝을 하지 않고 있다.

한량과 중이 한 여인을 놓고 서로 유혹하는 춤을 춘다. 그런데 중보다도 더 꼴불견이 한량이다. 한량으로 분장한 춤꾼은 명색 무관이 저럴 수가 있을까 싶어질 정도로 정말 낯간지러운 행동을 한다. 제 딴에는 점잖게 꾸민다고 노력한 갓과 흰 두루마기가 오히려 위선적으로 비친다. 대체 한량이 무엇인가? 비록 아직 무과에 급제하지는 못했지만 무관 반열班列인 호반이 아니던가?

"남사당패가 놀기는 잘 놀거마는."

호한의 혼잣말에 비화는 남사당패가 뭔지 궁금했다.

"저리 사당 복장을 해갖고 이리저리로 떠돌아댕김서, 소리나 춤을 팔고 사당매이로 노는 남자를 남사당이라쿤다."

호한은 이것저것 곁들여가며 자상하게 일러주었다.

"사당이 머신데예?"

평상시 호기심 많고 또 한 가지라도 더 배우려고 하는 비화의 성격이 그대로 나타나는 순간이었다. 호한은 그런 딸이 퍽 대견한지 활짝 펴인 얼굴이 되었다.

"패지어 댕김서 노래하고 춤을 팔면서, 천하거로 노는 여자를 말하는 기다."

여인의 사랑을 구하고자 하는 한량의 행위는 시간이 갈수록 더 심해졌지만 여인은 한층 값을 퉁기는 모습이다. 중 또한 천박하게 여인에게 달라붙었으나 여인은 역시 '흥!' 하고 콧방귀를 뀌는 동작을 취했다.

"하하하."

"호호호."

처음에 조용하던 구경꾼들은 여인이 사내들을 구박할수록 박수를 쳐 가면서 큰소리로 막 웃어댔다. 참새들도 그곳으로 날아들면서 덩달아 짹짹거렸다. 그것들은 방앗간만 거저 못 지나는 게 아니라 남사당패 놀이마당도 못 지나가는 모양이었다.

"재미있제?"

"예."

"신나제?"

"예."

이제 아까와는 다르게 아버지는 계속 묻고 딸은 대답했다. 호한도 오랜만에 기분이 다소 괜찮아 보였다. 저만큼 선 나무들도 우스워 죽겠다는 품새로 몸들을 흔들흔들했다. 푸른 잎사귀에 앉아 반짝이는 햇살도 참 좋았다. 낮고 기다랗게 쌓아놓은 성가퀴 너머로 남강 위를 노니는 물새들 소리가 평화롭게 간헐적으로 들려오곤 했다. 성곽 위에 낮게 쌓아 몸을 숨겨 적을 치기에 좋은 그 담은 여장女墻, 혹은 성첩城堞이라고도 한다는 것을 아버지에게서 들은 비화였다.

그러나 아쉽게도 그런 순간은 별로 오래가지 못했다. 비화가 전혀 예상치 못한 또 다른 한량무가 한창 펼쳐지고 있었다. 한량과 중은 억호와 만호, 그리고 여인은 옥진이었다.

비화가 어떤 이상한 예감이 들어 무심코 뒤쪽을 돌아봤을 때 바로 거기에 옥진이 있었다. 점박이 형제가 있었다. 비화는 눈을 의심했다. 도저히 함께 있어서는 안 될 그들이 불과 몇 걸음밖에 떨어지지 않은 거리

18

에 붙어 서 있는 것이다.

'아, 저눔들이 또 옥지이를!'

비화는 홀연 머리가 아찔해지면서 온몸에 소름이 쫙 끼쳤다. 직감적으로 느꼈다. 점박이 형제가 옥진에게 치근덕거리고 있다는 것을. 이렇게도 많은 인파를 전혀 아랑곳하지 않고 저런 짓을 하는 그들이 참으로 가증스러우면서도 너무 끔찍했다.

'낙숫물은 떨어진 데 또 떨어진다 안 쿠더나.'

점박이 형제의 나쁜 버릇은 절대로 고치기 힘들다던 어머니 말이 떠올랐다. 그 말속에는 딸자식의 안위를 염려하는 마음도 담겨 있었다.

"옥지이 아이가? 아니, 그란데 그 옆에 있는 저것들은?"

급기야 호한도 그들을 알아보았다. 비화는 더욱 가슴을 죄었다. 제발 아버지가 그것들을 발견하지 못하시길 바랐는데, 서로들 알아보면 뭔가 대단히 좋지 못한 일이 반드시 터질 것만 같아서였다.

'아, 우짜노?'

그런데 호한은 남다른 눈치로 이미 분위기를 다 읽은 후였다. 당장 불같은 호통이 터져 나왔다.

"네 이노옴들! 넘의 처녀를 희롱하려들다이, 이 천하에 쥑일 눔드을!"

비화는 아버지 그 말끝에서 진저리쳐지도록 깨달아야만 했다. 배봉 집안에 대한 엄청난 분노와 원한을. 숱한 세월을 고통과 회한으로 몸부림치게 한 저들의 잔인한 처사에 대한 아버지의 피눈물을 느꼈다.

"언가야!"

옥진이 비화를 향해 달려왔다.

"옥진아이!"

비화는 자기 가슴에 무너지듯이 안겨드는 옥진의 몸을 꼭 끌어안았다. 비화의 눈에 금세 눈물이 피잉 돌았다. 옥진의 울음소리만이 세상에 가득 찼다. 꽃은 피는데 왜 새는 웃지 않고 우는지 모르겠다고 투정 비슷이 하던 옥진이었다.

"……."

사람들은 영문을 모르면서도 어쩐지 무슨 슬픈 사연을 지닌 듯한 친자매 같은 그 두 사람 모습에 콧잔등이 찡해지는 모양이었다. 누가 봐도 참 아름답고 정이 넘치는 포옹이었다.

그러나 그때 그곳의 풍경은 그렇게 한가로울 수 없었다. 살벌하기 그지없는 무시무시한 공기가 곧바로 거기를 덮쳤다. 한량무는 저만큼 뒷전으로 물러나 앉는 양상이었다. 그런 가운데 이런 거칠고 막돼먹은 소리가 튀어나왔다.

"와 그라요? 당신이 머신데 넘들 일에 끼드는 기고?"

"성! 잘됐소. 이참에 저 인간 손 좀 봐주자꼬!"

점박이 형제 눈에서 뻗쳐 나온 무서운 살기가 호한의 몸을 독사가 내뿜는 독기처럼 친친 휘감았다.

"하모, 낼 삼수갑산 가더라도 우찌 해삐야제."

"울 아부지도 상구 좋아 안 하시까이."

그동안 배봉으로부터 호한의 선친 김생강에 관한 이야기를 수없이 들으며 성장해온 그들 형제였다. 그리하여 비화네에 대해 거의 맹목적인 증오와 크나큰 반감을 키워온 터였다. 점박이 형제는 협공의 신호 삼아 똑같은 이런 소리를 내었다.

"에라이!"

비화는 물론이고 숱한 군중이 미처 어떻게 해볼 틈도 없이 그곳에는 한바탕 큰 활극이 벌어지기 시작했다.

"아즉 대갈빼이 피도 안 마린 것들이, 지 애비 닮아갖고……."

호한은 어깨를 편 채 가슴을 쑥 내밀고 차분한 태세로 나갔다.

'아…….'

비화는 곧 숨이 멎는 느낌이었다. 아버지는 혼자고 적은 둘이다. 더욱이 상대가 누군가. 세상이 혀를 휘휘 내두르는 천하 누구도 상대하고 싶지 않은 개망나니들 아닌가 말이다.

"아즉꺼정 늙어 뒤질(뒈질) 나이도 아인데 뒤질라꼬 약 쓰고 안 있나? 오늘 임자 만났다. 흐흐흐."

억호 입에서 더없이 잔인하고 음흉한 웃음이 실실 뿌려졌다. 비화는 머릿속이 하얗게 비면서 몸도 마음도 그대로 마비돼버리는 듯했다.

"이눔들! 나모 접시 놋 접시 안 된다 캤다."

그런 속에서도 호한은 태산만큼이나 우뚝하고 당당했다. 그를 아는 사람들이 말하는 '김 장군'이 거기 있었다.

"니눔들 본성이 그래갖고는 절대로 뛰어난 인물이 될 수 없는 기라."

하지만 비화는 여전히 다리가 후들거렸고, 옥진도 그저 덜덜 떨면서 비화 품속을 파고들 뿐이다.

"심통을 팍 끊어놓을 끼다!"

만호가 큰 두 손을 갈고리 형상으로 만들어 치켜들고 호한의 목을 겨냥해 달려들었다. 그건 순식간에 먹잇감의 숨통을 끊어놓는 맹수의 공격을 방불케 했다.

"각오해라!"

억호도 거의 동시에 몸을 날렸다. 늘상 싸움판에서 놀아났던 형제의 몸놀림은 비호보다 날쌔고 불곰보다 감사나워 보였다.

"아부지이!"

비화는 눈앞이 캄캄해져 오면서 아무것도 보이지 않았다. 당장 입에서 왈칵 시뻘건 피를 토하면서 썩은 고목처럼 땅바닥에 거꾸러지는 아버지 모습만 있었다. 비봉산에서 내려와 그대로 집으로 들어갔어야 마땅했다. 더욱이 아버지 몸 상태가 그렇게 나빴었는데. 나는 죽어 지옥에 떨어질 불효자야.

그런데 비화가 크게 후회하는 그런 와중에서 사람들의 이런 놀란 소리가 그녀 귀에 아스라이 들려왔다.

"아! 저, 저랄 수가 다 있나?"

"허, 참말로 놀래것다."

억지로 눈을 치켜뜬 비화는 보았다. 아주 가볍게 상체를 숙이고 허리를 빙글 돌려 젊은 상대들의 공격을 피하면서 단숨에 적을 제압하는 중년 사나이 모습을. 그의 주먹은 억호 복부를, 돌려차기하는 그의 발은 만호 얼굴을, 그야말로 한순간에 둘을 쓰러뜨리는 것이다.

"와아! 에나 대단한 쌈 솜씨 아이가? 아모리 날고 긴다 해쌌는 사람들도 저랄 수는 없을 낀데……."

"저리 덩치 큰 두 청년을 한방에 날려버리다이!"

"대체 저 사람이 누고? 젊었을 적에 한분 크기 놀아본 모냥이제?"

"내는 팽생 오늘 본 거를 몬 잊을 기다."

비화도 눈앞의 광경을 믿을 수 없었다. 예전에 아버지가 대단한 무관이었다는 것은 알고 있지만 이렇게 강한 사람일 줄은 몰랐다. 그래서 장군인가, 김 장군.

그래, 가지는 부러져도 둥치는 살아 있다.

호한은 아직까지도 고통스러운 나머지 두 손으로 배와 머리통을 감싸 쥔 채 땅바닥에 벌레처럼 나뒹굴고 있는 점박이 형제를 향해 일갈을 터뜨렸다.

"너것들 한 분만 더 저 처녀를 건디리 봐라. 그때는 에나 염라대왕 얼골을 보거로 해줄 끼다, 알것나?"

그러고 나서 호한은 천천히 몸을 돌려세우며 비화에게 말했다.

"고마 집에 가자. 옥지이도 집에 데리다주고."

한량무 하나는 그렇게 끝이 났다.

"예, 아부지."

"아, 아자씨! 고, 고맙심더."

비화와 옥진은 성큼 걸음을 옮겨놓는 호한 뒤를 얼른 따라가며 말했다. 그런데 그것은 그들의 방심이 몰아온 오판이었다.

"억!"

몇 발짝인가 떼놓던 호한 몸이 별안간 짚동같이 맥없이 픽 앞으로 엎어진 것은 순간적인 일이다. 어느 틈에 일어났는지 억호가 근처에 서 있던 노인에게서 빼앗아 든 지팡이로, 돌아서서 가고 있는 호한의 어깻죽지를 사정없이 내리친 것이다.

"아부지이!"

"아자씨이!"

처녀들 비명소리가 허공을 찢었다. 하지만 넘어진 호한의 몸을 겨냥해 단단한 박달나무 지팡이는 세찬 소나기만큼이나 계속해서 내리꽂히고 있다.

'흐……'

비화는 말 그대로 아무것도 눈에 보이는 게 없었다. 온 세상이 거덜난 듯했다. 아버지가 배봉이 새끼 억호한테 매질을 당하고 있다니. 게다가 얼마나 심하게 다루는지 목숨까지 위태로울 판이다.

"이 쌔애끼! 니 함 죽어봐라. 감히 우리를 건디리?"

억호는 손으로는 그 짓을 멈추지 않으면서 입으로는 연이어 온갖 욕설과 폭언을 퍼부어댔다.

그대로 숨이 딱 끊어져 버렸는지 아니면 기절했는지, 처음에는 그나마 약간은 꿈틀거리던 호한의 몸은 이제 아무런 움직임이 없다.

"이눔아!"

비화 입에서 그런 소리가 터져 나온 것은 바로 그때였다. 그와 동시에 비화 몸이 억호를 향해 날았다.

"아악!"

억호 입에서 비명소리가 났고, 억호 손에서 지팡이가 굴러 내렸다.

"어? 어?"

"허, 저, 저런!"

인파 속에서 놀라는 소리가 나왔다. 웬 처녀 하나가 사내 손등을 사정없이 꽉 깨물고 있는 것을 사람들은 보았다. 손에서 지팡이를 놓쳐버린 거구의 사내가 더할 수 없이 고통스러운 비명을 올리며 아무리 떼 내려고 기를 써도, 철저하게 먹잇감을 깨문 뱀처럼 입에 문 손등을 끝까지 풀어주지 않고 있는 악바리 처녀를.

"하이고! 하이고! 마, 만호야, 서, 성 좀 살리 도!"

억호는 곧 죽는 소리를 내면서 만호를 막 불러댔다. 만호가 일어섰다. 크게 비틀거리며 가까이 다가온 놈은 비화를 향해 주먹을 날리려고 했다. 하지만 그보다 먼저 나선 게 주위 사람들이다. 남자 몇이 만호를 에워쌌고 그의 몸을 붙들었다.

"고마하쇼. 가마이 본께 거기들이 잘한 것도 아인 거 겉은데……."

"새이 겉은데 저 사람 손 떨어져 나가기 전에 후딱 데리가라꼬."

그 수많은 사람들 모인 곳에서 호한에게 호되게 당해 창피한데다가 억호를 구하는 일이 더 급하다는 판단이 섰는지 만호는 주먹을 거둬들였다. 그러곤 그때쯤 역시 다른 이들이 비화에게서 겨우 떼 낸 억호 팔을 붙들고 그만 가자는 시늉을 했다. 그 모습이 너무나 희화적으로 비쳤다.

"이, 이 가시나!"

억호는 아직까지도 아픈지 심하게 물어뜯긴 오른 손등을 왼손으로 문지르며 치미는 화를 삭이지 못해 날리였다.

"내, 내, 니, 니년을……."

입에 담지도 못할 상소리를 쏟아냈다. 아마도 그로서는 이런 수모는 머리털 나고 처음일 것이다.

"그래, 좋다! 니들 하고 싶은 대로 더 해봐라. 와 몬 하노? 와 몬 하노?"

점박이 형제가 어떻게 나오든 비화는 조금도 두려워하는 빛 없이 허리춤에 두 손을 척 올려붙이고 큰 소리로 말했다.

"어휴, 내 저, 저거를 우째삐릴꼬?"

억호는 만호에게 질질 끌려가면서도 씩씩거리며 어쩔 줄 몰라 했다. 만호도 허연 동자를 드러내고 비화를 노려보았다.

"니 두고 봐라. 운젠가는 이 복수 꼭 할 끼다. 우리가 그거를 몬 하모……."

점박이 형제는 비화를 향해 갖은 악담을 했다.

"해라, 해라! 누가 몬 해라 쿠나?"

그렇게 쏘아붙이며, 멀어져 가는 점박이 형제를 눈 하나 깜짝 않고 끝까지 지켜보는 비화 어깨에 손이 와 닿았다. 호한이다. 비화가 돌아보니 옥진이 손으로 호한 몸에 묻은 흙을 탈탈 털어주고 있다. 호한이 웃음 띤 얼굴로 말했다.

"비화 니가 사내가 되지 몬한 기 장 이 애비 멤에 걸릿는데, 인자부텀은 아모 걱정 안 한다."

"아부지……."

비화도 눈물 그렁그렁한 눈으로 호한을 올려다보며 웃었다. 그렇지만 옥진에게로 눈길을 돌리는 찰나 비화 낯빛이 더없이 복잡해졌다. 이제까지 옥진이 보인 행동은 평소의 그것이 아니다. 겁쟁이도 그런 겁쟁이가 없게 굴다니. 비화 심정이 막막했다.

정말 옥진에게 점박이 형제는 영원히 대적할 수 없는 무서운 천적인가?

갈봉이 올봉이

산 능선이 게을러터진 사람 모양새로 길게 드러누웠다.

산야에 이는 바람은 제 기분대로 분다. 꼭 그 바람 같은 자식새끼 때문에 민치목은 화가 머리끝까지 났다.

"맹쭐이 요노무 자슥, 갈봉이 보따리꺼정 털어묵을 눔 아이가?"

"아부지……."

맹쭐은 방금 아비한테 얻어맞아 아직도 얼얼한 뺨을 두 손으로 감싸쥔 채 어쩔 줄 모른다. 영락없이 양 날개를 틀어 잡힌 닭 눈이나 얼음판에 미끄러진 토끼 눈이다.

"이 바구 똑바로 치다봐라 안 쿠나!"

치목은 이번에는 발길질을 할 태세까지 보였다.

"내가 시상에 할 일이 없어갖고 요 먼데꺼지 닐로 데리온 줄 아나, 으응?"

난봉자식이 마음잡아야 사흘이라 하지만, 아예 이놈은 사흘 아니라 세 시간 갈 마음도 먹어볼 생각조차 없는 천하 후레자식이다.

"이눔이야?"

"치, 치다봅니더."

그래도 돌아서면 금방 잊어버릴 대답 하나는 철석같이 하는 게 더 밉 광스럽다.

"어이구, 인자 쪼꼼만 더 있으모 색시 얻어 장개 들 나이도 돼가는 눔 이⋯⋯."

치목은 아들 얼굴을 쳤던 그 주먹으로 제 가슴팍을 탕탕 친다. 맹쭐 은 얼굴을 가린 손가락 틈새로 치목이 가리키는 바위를 멀거니 쳐다보 았다. 그렇지만 그의 눈에는 그냥 흔해 빠진 바위일 뿐이다. 갈봉이고 올봉이고. 바위는 그가 사는 고을의 비봉산이나 선학산, 망진산 같은 곳 에도 지천으로 널려 있다.

"이기 '갈봉이바구'라쿠는 바구다."

맹쭐 어머니 몽녀도 옆에서 한 소리 보탠다. 그곳에 다른 사람은 없 고 그들 세 식구의 그림자만 근처에 서 있는 나무의 그늘과 더불어 어른 거리고 있다.

"갈봉이 어머이가 이 바구 밑에서 백일기도 드리갖고 갈봉이를 낳다 아이가."

흰자위 많은 맹쭐 눈이 몽녀를 째려본다. 바로 머리 위에서 온몸이 새카만 까마귀 두 마리가 '까악 까악' 하는 기분 나쁜 소리를 내면서 천 천히 빙빙 돌고 있다.

"내는 백일기도꺼지는 안 해도 니눔 하나 얻을라꼬 올매나 심이 들었 는데, 니눔이 그래 도독질을?"

그렇게 공치사하듯 말하는 몽녀는 눈동자 초점이 너무나 흐릿해 이름 그대로 몽롱한 여자 같다. 언제나 두 눈이 게슴츠레 풀린 게 잠에서 아직 덜 깬 얼굴이라, 걸핏하면 남편 치목에게서 온갖 핀잔과 욕설을 얻 어먹기 다반사다.

"해필이모 그 천주학재이 집구석에 들가서 물건 훔치쌌다가 들킬 끼 머꼬? 꼭 쌔비고 싶으모 도로 우리집에 있는 거를 그라든지……."

몽녀는 마냥 씩씩대는 치목의 분노를 조금이라도 삭여볼 양으로 연방 맹쭐을 나무란다. 치목은 굵은 목을 뒤로 꺾어 해가 떠 있는 중천을 올려다보며 기가 찬다는 표정이었다.

"헤, 저 하늘 오데 하느님이라쿠는 자가 있단 말가, 엉?"

노려보는 품이 하늘에 대고 침이라도 뱉을 기세다. 그것을 눈치챈 구름 조각이 얼른 이동하고 있는 성싶다.

"하느님 좋아 안 하요."

몽녀도 천주학쟁이한테 당한 데 대한 분풀이라도 하려는지 이렇게 씨부렁거렸다.

"흥, 하늘이라쿠는 거는 저리 텅텅 다 비있는데, 있기는 머가 있어예? 까발리 보모 전부 허가 낸 사기꾼들이지예."

맹쭐 눈에도 하늘에는 아무것도 없는 것으로 보인다. 솔직히 말해 하느님이란 그런 존재가 없었으면 좋겠다. 만약에 있다면 자기를 지옥에 보내버릴지도 모른다는 아찔한 상상도 해보는 맹쭐이다.

"예수가 머고, 성모 마리아가 머신고?"

몽녀는 어쨌든 잔뜩 화가 나 있는 치목 마음을 새로운 대상으로 돌려보려는 심산이 엿보였다. 애꿎은 천주학만 자꾸 물고 늘어진다.

"피이, 우리 겉은 유교 나라에서……."

이야기가 자신을 꾸짖는 쪽에서 다른 방향으로 흐르자, 맹쭐은 다행이구나 싶은지 부모 몰래 혀를 날름했다. 치목 닮아 덩치는 큰데, 하는 짓은 아직도 유치하다.

점박이 형제 얼굴이 눈앞에 떠올랐다. 그의 도둑질하는 버릇은 오래전부터 그들 때문에 생겼다. 운산녀가 재취로 들어간 임배봉 집에 부모

따라갔다가 '성', '새이' 하고 부르며 따라다니기 시작하면서 그들이 시키는 대로 이것저것 다 손에 댔다.

"맹쭐이 니 우리 쫄뱅(졸병) 해라."

"그래라. 그라모 돈하고 여자도 딱 붙이줄 낀께."

어릴 적부터 아무래도 어이없는 변태들이었다. 맹쭐이 남의 집 마당 빨랫줄에 널린 여자 속곳을 가져가면 억호는 그것을 제 아랫도리에다 아주 묘하게 꿰차고서 엿 사 먹을 돈을 내밀었다. 달거리한 처녀 속옷을 가져가면 만호는 그 매스껍고 검붉은 얼룩을 흡사 개가 그러하듯 코에 대고 킁킁거리며 딱지를 던져주었다. 결국 바늘 도둑 소도둑 된 꼴이다.

맹쭐이 그 기억을 떠올리며 얼간이같이 입을 헤벌리고 있는데, 자식 때문에 혼자 애가 탄 치목은 한때 갈봉이 집터였다고 전해지는 풀 더미와 돌무더기 쪽을 보며 말했다.

"전창무 고 인간이 천주학재이가 되다이, 서양 구신이 씌이도 폭삭 씌인 기라."

어처구니없다는 표정을 짓는 그 얼굴이 같은 식구들 눈에도 정나미가 뚝뚝 떨어질 만큼 험상궂었다. 주변에서 산적 두목이 슬슬 피할 정도라는 말을 들을 만하다.

"그 사람 이약은 입에 올리지도 마소 고마. 입맛 똑 떨어지거로……."

몽녀는 절구통 같은 허리를 힘겹게 굽혀 치맛자락에 묻은 흙을 대충 털어내며 괜히 남의 남자 험담을 늘어놓기 시작했다.

"사내라쿠는 기 에핀네 치맛자락에 폭 싸이갖고는……."

"창무가 우 씨한테 장개 들기 전에는 안 그랬다 쿠데?"

치목이 빈정거리는 투로 묻는 말에 몽녀도 그렇게 알고 있다며 몸통에 딱 달라붙은 목을 끄덕끄덕했다. 그 모습이 얼핏 풍뎅이를 방불케 했다.

"그란데 처갓집에 꽉 쥐이서⋯⋯."

자기는 아내나 처가 식구들에게 결코 휘둘리는 사람이 아니라는 것을 은근히 과시라도 하려 드는 치목이었다. 그러자 그것을 바로 알아채곤 입을 뾰족 내밀던 몽녀가 지난 일을 끄집어냈다.

"맹쭐이 아부지, 그기 운젭니꺼?"

"그기 운제라이? 그기 머신데?"

괜히 맹쭐을 한번 노려보고 나서 주책없이 지껄였다.

"사람 좀 알아듣거로 이약하모 오데 덧나나?"

몽녀는 그래도 명색이 아내인데 치목은 숫제 종년 취급하는 어투다. 그렇지만 이제 그런 것에는 이골이 붙었는지 몽녀는 천연덕스럽게 얘기했다.

"와 안 있어예? 여러 해 전에 천주학재이 해쌌다가 고마 잽히 죽은 그 머꼬, 김대건이라쿠는 신부 말입니더."

"아, 그자 말가?"

치목의 목소리가 변했다. 처형당한 김대건 신부 이름이 나오자 갑자기 오싹하고 싸늘한 공기가 대기 속으로 확 밀려들었다. 치목은 기억을 되살리려 곰곰이 생각하는 얼굴로 바뀌었다.

"가마이 있거라, 맹쭐이 저눔이 한 살인가 두 살인가 묵었을 때제, 아마?"

몽녀는 속으로는 그보다 더 이전인 것 같은데? 하고 생각하면서도, 공연히 남편 비위를 거스를 필요가 없다는 생각에, 언제 세월이 그렇게 흘러버렸는지 모르겠다는 투로 말했다.

"야, 하매 그런갑네예. 김대건이 죽은 기⋯⋯."

치목 뇌리에 먼 살붙이가 살고 있는 당진마을이 그려졌다. 김대건이 태어난 이웃동네에 살아선지 그 친척 노파는 김대건 집안을 제법 꿰뚫고 있었다.

"그 가문, 천주학쟁이 하다가 멸문滅門하고 안 말았는개비여."

좀 수다스러운 노파는 '쟁이'란 말에 유독 힘을 주었다. 그녀는 말을 할 때면 입을 약간 삐죽거리는 습관이 있었다.

"대건이 증조부는 말이여, 십 년 감옥 살다 대건이가 태어나기 팔, 구 년 전인가 순교한 것이여."

그때 치목은 감옥살이 십 년이란 소리에 치를 떨었던 기억이 있다. 그 같으면 일 년, 아니 한 달도 견디지 못할 성싶었다.

"그 아버지도 대건이 열여덟인가 됐을 적에, 그러니께 뭐여, 그 기해박핸가 뭔가 할 때, 그만 목심 잃어버린 거여."

'머라 해쌌는 기고?'

치목은 잘 모르는 기해박해였다. 어쨌거나 정신이 십리는 나갔다 들어왔다 하는 노파는 대단히 자랑스럽다는 얼굴이었다.

"그 대건이한테 중국말 가르쳐준 사람이 누군 줄 알어? 바로 내 친가 사람인 역관이여. 역관 알지러?"

치목이 대답할 틈도 주지 않았다.

"아, 통역하는 사람 말여."

노파는 저고리 앞섶 사이로 갈고리 같은 손을 집어넣어 자꾸만 배를 긁어대는 품이 몹시 가려운 모양이었다. 그 몰골이 보기 흉하고 민망스러웠지만 나이가 들면 자신도 모르게 하는 행동인가 싶었다.

"서로 말이 안 통하는 사람들을……."

그렇게 혼잣말로 되뇌는 치목 눈에 시커먼 입속을 드러내며 웃는 노파 모습도 썩 기분 좋게 보이지는 않았다. 치목은 노망기 있는 노파가 제멋대로 주절거리는 소린지라 아무래도 앞뒤 연결이 제대로 되지 않는 얘기였지만, 아무튼 그 덕분에 천주학에 관해 조금은 알게 됐다.

치목 아버지가, 모반을 꾀하다 잡혀 처형당한 그 중인中人의 집안사람이 되는 바람에, 치목은 식솔을 이끌고 야반도주하여 고향을 등졌지만, 자칫 김대건 집안 꼴 나지 않은 것만도 큰 다행이라 여겼다. 아직도 내게 그런 일이 있었다는 게 실감이 나지 않았다.

이제는 운산녀가 완전히 자리 잡은 덕분에 경제적 도움뿐만 아니라 외지인의 설움도 덜며 살아가고 있다. 하지만 세상 모든 일에는 반드시 이중성이 있다고 하듯이, 그 운산녀는 치목 마음에 쉽사리 지워버릴 수 없는 일종의 부채負債이기도 했다. 언제 갑자기 불쑥 손을 내밀지도 몰랐다.

"아재, 내 아재한테 한 가지만 부탁할라요."

실제로 운산녀가 그런 말만 끄집어내면 치목은 가슴부터 쿵 내려앉았다. 간덩이가 부은 사람이라고 자타가 공인하는 그인데도 그랬다.

"그, 글씨. 내, 내만 믿으시소. 내 우짜든지 심써볼 낀께……."

대답은 항상 그렇지만 솔직히 털어놓자면 자신이 없다. 상대가 누군가. 그래도 입으로야 무슨 말인들 하지 못하랴.

"억호 저것만 딱 잡아놔 놓으모, 만호야 소가 고삐 따라오듯기 할 끼 아이요."

그러나 독종 중의 독종 아버지 배봉도 어쩌지를 못하는 개망나니들을, 계모나 계모의 먼 친척 따위가 어떻게 요리할 수 있을는지 참으로 까마득했다. 그렇지만 언젠가는 단단히 손봐주리라 잔뜩 벼르는 참이다.

'그래야 내가 살 수 있는 기다.'

그런데 심각한 문제가 또 있다. 외동아들 맹쭐이란 이놈이 둘째가라면 서러워할 정도로 손버릇이 나빴다. 정말이지 어디 큰돈 놓고서 한번 물어봐야 하지 싶었다. 자식 놈 도벽 잡아볼 거라고 수단 방법 안 가렸지만 장성한 지금도 그 꼬락서니다. 저대로 놔두었다간 정말이지 밥도 죽도 아무것도 되지 못할 판국이다.

그래서 궁리궁리한 끝에 어쩌면 산 교훈이 될 만하다 여겨 '갈봉이바위'까지 데리고 온 것이다. 갈봉이 이야기를 잘 들려주면 어쩌면…… 치목은 그곳까지 온 목적을 깜빡 잊고 있었다는 듯, 낮술이라도 들이켠 것처럼 벌게진 얼굴로 맹쭐을 보고 바위가 흔들릴 만큼 다시 고함쳤다.

"장 도독질 해쌌다가 갈봉이가 우찌 비참하거로 죽었는고, 니 귓구녕활짝 열어 놓고 잘 들어봐라, 알것나?"

아버지 말이 떨어지고 난 한참 후에야 아들 말이 나왔다.

"예, 알았어예."

마지못해 대답은 하면서도 맹쭐은 여전히 잔뜩 볼이 부어 있다. 그러고는 장마 도깨비 여울 건너가는 소리 하듯, 치목이 알아듣지 못하게 입안으로 무어라 불평 섞인 말을 연방 중얼거렸다.

아버지가 뭘 알아서, 싶었다. 그는 직접 체득했다. 자신은 지금까지 도둑질해서 나쁜 것이 전혀 없었다는 것을. 무엇이 하나 생겨도 생겼지 손해를 보진 않았다.

"아까 전에 내가 닐로 보고 갈봉이 보따리꺼지 털어묵을 눔이라 캤제?"

"……."

치목은 시무룩한 표정을 풀지 못하고 있는 맹쭐을 향해 심히 다그치는 어조로 말했다.

"애비가 글 캤나, 안 글 캤나?"

"그, 글 캤어예."

꼭 두 번 세 번 물어야 한 번 대답이다.

"애니꼽고 더러버서 몬 살것다. 내 성질 겉으모…… 후우."

치목은 한숨까지 섞어가며 한바탕 길게 늘어놓을 기세다. 아무튼 들

는 맹쭐이 더 괴로울 것인지 말하는 치목이 더 힘들 것인지 두고 볼 일
이었다.

"갈봉이라쿠는 도독눔, 에나 대단했던 기라. 우쨌는고 하모……."

치목이 성깔 죽여 가며 입을 여는데 몽녀가 치목 얘기 중간에 끼어들
었다.

"안 그래도 도독질 이력난 아한테, 갈봉이 도독질 솜씨 알카줘갖고
우짤라꼬?"

치목이 벌컥 화를 냈다. 산 능선이 소스라쳐 몸을 일으키는 것 같았다.

"니년이 또 넘 눈 똥에 주저앉고 싶어 나서는 기가?"

그러나 몽녀는 쉽게 물러설 품새가 아니다.

"넘, 넘요? 아, 자슥이 와 넘이요?"

"조년이야?"

수챗구멍보다 더러운 치목의 입이다. 자식 있는 자리에서, 아니 아무
도 없는 곳에서라도, 제 아내더러 이년, 저년 하는 그런 인간도 세상에
는 드물 것이다. 갈봉이바위도 고개를 돌리는 성싶다.

"내사 자슥이 잘몬한 죄로 벌을 받아도 괘안은 사람이요."

거기까지는 좋았는데 그다음 말이 앞서 따놓은 점수를 잃게 하는 소
리다. 하긴 늘 그런 식으로 해서 손해를 보는 여자가 몽녀다.

"애먼 벌이지만도……."

즉각 치목 입에서 나오는 소리가 늘어졌다.

"애애머언?"

몽녀는 당연한 말이라고 장담했다.

"저 나모하고 새들한테 물어봐도……."

치목 말꼬리가 또 올라간다.

"누한테 머를 우짠다꼬오?"

두 번 다시는 아예 상종도 하지 않을 사람들처럼 굴었다.

"또 때리소, 또 때리소. 와 안 때리요?"

"또 때린다, 또 때린다. 누가 몬 때릴 줄 알고?"

맹쫄이 치목 눈에서 벗어나는 짓을 할 때마다 으레 몽녀가 대신 당하곤 했다. 그럴 때면 몽녀가 잘 쓰는 문자가 '넘 눈 똥에 주저앉고' 하는 거였다. 치목도 질세라 제 딴에는 유식한 소리 한마디 했다.

"시끄럽다 고마. 여필종부도 모리는 이 에핀네!"

몽녀의 몽롱한 눈에 반항기가 끼었다. 그럴 땐 영락없는 모전자전이다.

"아내는 반다시 남핀을 머 우째야 된다쿠는 거, 와 내가 몰라예?"

치목은 노려보는 몽녀 눈을 당장 쥐어박으려고 했다.

"텍쪼가리 씨엄(수염)도 안 나는 기집이 머 안다꼬 난리고, 난리기는?"

"치, 씨엄만 안 났을 뿐이지, 당신이나 내나……."

"허, 이리 몰상식한 화냥년을 봤나? 기집년이 자슥 앞에서 몬 하는 소리가 안 없나!"

"그라모, 그리 말하는 당신은 자슥 앞에서 할 소리만 하요?"

갈봉이바위가 물끄러미 그들을 바라보고 있었다. 근방의 키 낮고 구부정한 늙은 소나무 가지에 올라앉은 노란 부리 작은 새 한 마리가 비웃는지 야릇한 소리를 내었다.

찌찌, 찌르르. 찌르찌르……

치목은 지아비 깊은 뜻을 모르는 몽녀가 한심하기 짝이 없었다. 무릇 사람이 배운 테가 없으면 본 데라도 있어야 하는 법인데, 이건 도대체 어찌 돼먹은 심판인지 저 지리산 산신령이 와도 도무지 대책이 서지 않을 것이다.

촉석루 누각 기둥을 뽑아 와서 갖다 붙인 것인지 어지간한 사내의 허리는 저리로 가라 할 정도여서 여자 씨름꾼으로 나선다면 딱 제격일 것이다. 그런데 또 자세히 짚어보니 그게 아니었다. 팔다리가 워낙 가늘고 짧아 조건이 맞지 않았다. 맹쭐이가 제 어미가 아니고 내 체구를 닮아 다행이라고 안도했다.

"니 비화 좀 봐라. 비화 고거는 가시나라도 그리 똑소리 나고 부모 속 한 개도 안 썩히는데, 니는 우찌 생기묵은 머스마가 이리 부모를 몬 살거로 맨드는 기가? 전생에 내하고 무신 웬수가 져갖고 말이다!"

그런데 몽녀 입장은 또 달랐지만, 어쩌다가 그녀가 맹쭐을 그렇게 나무라면 이런 식이다.

"임자! 임자는 비화는 눈에 쏙 들오고 옥지이 어머이는 쪼꼼도 눈에 안 들오는가베? 적어도 여자라카모 그 정도는 돼야……."

아내 자존심을 가마솥 누룽지 긁듯 빡빡 긁어놓는 남편이다. 맹쭐 또한 그럴 때 아버지가 가증스럽고 미워 어머니에게 말하고 싶었다.

'우리 둘이만 다린 데로 가서 사입시더. 밥벌이는 내가 할 끼니께예.'

세상 골짜기에 혼자 내버려질지도 모를 치목은 옥진 어머니 동실 댁을 볼 때마다 와락 부아가 치밀곤 했다. 강용삼은 무슨 여자 복을 타고 나서 선녀 못지않은 아내와 사는지 한숨이 저절로 나왔다. '개 발에 주석 편자'라는 말은 오직 몽녀를 위해 생긴 속담으로 여겨졌다. 대체 무슨 여자가 최고급 비단으로 전신을 친친 감아줘도 오히려 보기 흉하니 어디 돈푼이나 놓고서 물어볼 일이다.

'동실인지 서실인지 하는 고년이 해필이모 우리 가차이 있어갖고…….'

동실 댁 때문에 더 죽을 맛은 몽녀다. 누가 쥐어박아도 모를 정도로 넋을 놓고 동실 댁을 바라보고 있는 치목에게 하루는 작심하고 한소리

해댔다가, 아낙의 투기는 칠거지악의 하나라는 근사한 명목 아래 적반하장 된통 얻어맞기만 한 몽녀다.

이래저래 옥진네와는 안팎으로 감정이 껄끄러운 판국인데, 용삼은 호한과, 동실 댁은 윤 씨와 내 것 네 것 없이 지내는 데다가, 그 집 새끼들인 비화와 옥진도 떨어지면 죽을까 꿀이라도 발라놓았는지 딱 붙어 다니니, 이건 여간 열불 돋칠 노릇이 아니었다.

에라이, 엿 묵어라. 그런 생각 끝에 치목이 하는 말이 맹쭐 귀에는 엿장수가 엿 사라고 외치는 소리로 들렸다.

"갈봉이 어머이는 엿장사 함시로 살았는데 안 있나, 날마당 시렁 우에 얹어 논 엿이 몇 개씩 사라지는 기라."

잔뜩 겁 집어먹은 맹쭐의 쥐 눈 닮은 눈이 다른 사람 그것같이 빛났다. 책은 징그러운 뱀 보듯 죽어라 싫어하면서 도둑질 이야기는 밥을 굶어도 들으려 했다.

"저눔, 난주 크모 큰 도둑눔 되고 말 끼다."

고슴도치도 제 새끼는 함함하다고 한다던. 치목 말에 몽녀는 몹시 못마땅한 빛이었다.

"부모 말이 문서 된다 안 캤심니꺼? 그런 이약 두 분 다시는 하지 마이소."

여차하면 갈라서는 것도 불사하겠다는 시위로 나왔다.

"듣기 좋은 꽃노래도 아이고……."

치목이 고슴도치보다도 못한 건지, 아니면 맹쭐이 고슴도치 새끼보다 못한 건지, 하여간 도통 모르겠는 몽녀는 항상 억울했다. 어쩌다 임배봉 집에 가보면, 운산녀는 남편한테 그렇게 큰소리 뺑뺑 치면서 살고 있잖은가? 몽녀가 보기에는 운산녀나 몽녀 자신이나 거기가 거기인데 말이다.

"키가 쪼꼬만 갈봉이가 우찌 높은 시렁에 올리져 있는 엿을 훔치묵는가 궁금했제, 그 어머이는."

소나무에 앉았던 그 노란 부리 새가 갈봉이바위에 앉을 것같이 하면서 날고 있다. 그래선지 갈봉이바위는 처음 봤을 때보다는 좀 더 예사로워 보이지 않는다. 생명을 가진 것으로 비치기도 했다.

"내도 궁금해예, 아부지."

아무래도 전생의 원수가 현세에 부자지간이 된 모양이었다. 어쩌다가 솔직하게 나갔다간 칭찬 대신 어김없이 핀잔이나 호된 꾸지람만 돌아온다.

"주디이 가마이 몬 닥치고 있것나? 맷돌로 싹 갈아삐기 전에……."

치목은 부아가 치밀었지만 어쨌거나 갈봉이바위까지 온 발품을 뽑아야 했다.

"그래갖고 그 어머이가 하로는 아들이 모리거로 숨어서 지키봤더이, 허, 시상에, 갈봉이 이기 머를 우짜는고 하모……."

흙냄새와 풀냄새가 뒤섞인 바람이 코를 알싸하게 하였다. 그 경황 중에도 그들 가족이 느끼기에 자연의 냄새는 역시 좋았다. 사람 냄새는 싫고 역겹다는 생각이 들기 시작한 것은 임배봉의 일가를 만나면서부터였는지 모른다.

"화롯불에 달군 쇠토막을 긴 막대기에 딱 매달아갖고……."

하나하나 동작까지 취해가면서 늘어놓았다.

"시렁에 있는 엿 그릇에 넣었다가, 엿이 녹아 달라붙으모 내리서 묵는 기라."

상세히도 가르쳐주는 세상에 없이 인자한 아버지였다.

"하! 에나 멋지네? 존갱시럽……."

상세히도 가르쳐주어도 세상에 없이 골빈 아들이었다.

"머라?"

기막힌 도둑질 재주 하나 배웠다고 너무너무 감탄하는 맹쭐 머리를 겨냥해 치목 주먹이 바람을 가르며 날아갔다. 언젠가 기회가 오면 호한과 용삼의 대갈통을 박살 내리라고 단단히 벼르고 있는 주먹질이다. 물론 두 놈 다 결코 만만치 않은 상대라고 경계의 끈을 늦추지 않고 있다.

쇠망치와 다름이 없는 그의 주먹을 정통으로 얻어맞은 맹쭐은 한 마리 벌레처럼 땅바닥에 나뒹굴었다. 그러고는 고통을 견뎌내지 못해 그대로 숨넘어가는 소리를 내었다.

"어이쿠, 맹쭐아이!"

몽녀는 아들을 부르며 온 산이 크게 울리도록 통곡하기 시작했다. 그녀는 치목에게 달려들어 복장이라도 쥐어뜯을 태세였다.

"아이고오! 쥑일라모 도로 낼로 쥑이소오! 와 시상 천지 한 개밖에 없는 우리 귀한 아를 쥑일라쿠요오?"

그러자 맹쭐은 더 죽는소리를 못난 오리 새끼처럼 꽥꽥 내지른다.

'에이, 에핀네나 자슥새끼나 누가 내 속을 알것노?'

무어라 딱 꼬집어 말할 수는 없지만 운산녀를 통해 치목은 막연히 느끼고 있었다. 비화 집안뿐만 아니라 옥진 집안과도 사생결단할 날이 오리란 것을. 그것은 야릇한 희열을 주기도 했지만 큰 긴장감도 떨쳐버릴 수는 없는 일이었다.

"이눔아! 똑겉은 도둑질이라도 갈봉이 도둑질하고 니 도둑질하고는 그 근본부터가 다린 기라."

"……."

소나무의 솔잎이 우수수 떨어져 내릴 만큼 큰 소리로 말했다.

"근본, 근본, 아나?"

치목 말이 제대로 이해될 리가 없는 맹쭐은, 그래도 숨은 아직 붙어서 호되게 얻어맞은 머리통만 감싸 쥔 채 눈만 멀뚱거린다. 그런 아들이 더욱 보기 싫어 치목은 발길질을 하려고 했다.

"이눔아, 몬 일나것나? 팽생 그리 누우 있을 끼가?"

그러자 마지못해 막 땅바닥에서 일어나는 맹쭐의 몸은 온통 흙투성이다. 그런 아들을 있는 대로 째려보면서 치목이 알려주었다.

"갈봉이는 그리 훔친 돈을 몬사는 불쌍한 사람들한테 노놔줬다 안 쿠나."

억지로 화를 누르고 타이르는 치목 말에 맹쭐은 반성하기는 고사하고 부모 약점을 딱 잡았다는 식이었다.

"아부지도 돈 있으모 그리합니꺼?"

치목은 그만 역습을 당한 꼴이 되었다.

"머라?"

맹쭐은 얻어맞은 것에 대한 분풀이인 양 구시렁구시렁했다.

"내는 아즉 한 분도 그리하는 거 몬 봤는데…….."

아무래도 그곳 갈봉이 집터가 길지吉地는 아니고 흉지凶地인 모양이었다.

"이 자슥잇!"

다시 주먹세례다. 도둑도 제 자식에겐 도둑질이 나쁘다고 한다던가.

"어이쿠, 인자 지발하고 자슥 고마 치소. 골뱅(골병)이 들어갖고 오래 살지도 몬하것소. 치고 싶으모 도로 낼로 치소, 낼로 쳐!"

몽녀가 부자 사이를 가로막으며 마구 울부짖었다. 나중에 예쁜 옥진이를 우리 며느리 삼으면 좋겠다고 했다가, 치목 손에 의해 지옥문 앞까지 갔다 온 그녀다.

"내도 이약 쌔이 끝낼란다. 하모 할수록 화가 나싸서 몬 살것다. 저 도둑눔 새끼, 화적 새끼, 걸베이 새끼…….."

치묵은 무슨 새끼 무슨 새끼 해가며 한참이나 욕설을 퍼부은 후 이야기를 마무리했다.

"갈봉이는 대구 감영監營에 잽히갔다. 그라고 상구 모진 고문당하고 고마 죽었는 기라. 알것나? 도독눔 최후가 우떻는고……."

이번에야 정신 좀 차리겠지. 한데 웬걸! 맹쭐 놈 고 주둥아리에서 나온다는 말이 완전 이쪽 허를 찌르는 소리다.

"돈 없는 사람들 도와줬다쿠는 착한 갈봉이를 와 나라에서 쥑인 깁니꺼?"

"머?"

멍한 표정을 짓는 치묵에게 맹쭐은 따지는 자세로 나왔다.

"그거는 잘몬된 거 아입니꺼?"

언제부터인지 노란 부리 새가 갈봉이바위에 올라앉아 꼼짝도 하지 않고 있는 품이 아마 잠이라도 들어버린 모양이었다. 그래서 갈봉이바위는 애당초 윗부분이 새 형상을 하고 있었던 것이 아닌가 싶었다.

"쌔끼가! 천하에 몬된 억호, 만호, 고것들하고 바까갖고 때리쥑일 눔 아이가?"

궁지에 몰린 기분에 치묵은 억지를 부렸다. 그런 다음 그의 손이 높이 들리자, 몽녀가 큰 고목에 매미 달라붙듯 남편 팔에 매달렸다.

"맹쭐이 말이 한군데라도 틀린 기 있소? 내 들은께네 모돌띠리 맞거마는."

부득부득 우기는 데는 이길 장사가 없었다.

'제엔장!'

치묵은 슬그머니 손을 내리고 '쩝쩝' 입맛을 다셨다. 따져보면 맹쭐이 말이 구구절절 다 옳다. 갈봉이는 홍길동이나 임꺽정이 같은 의적이 아닌가 말이다. 치묵은 한동안 궁리를 한 끝에 나름대로 결론을 내렸다.

"그런께네 넘 생각할 필요 한 개도 없는 기라. 지 잘묵고 지 잘살모 되지, 머한다꼬 넘 도와줄 끼고."

그러자 맹쭐은 잘 훈련된 병사처럼 차렷 자세를 취하며 고했다.

"잘 알것어예, 아부지. 내만 잘묵고 내만 잘살것심니더."

진심인지 비아냥거림인지 판단이 서지 않는 답변이다.

"넘 떡 묵는데 팥보숭이 떨어지는 걱정할 필요도 없고……."

아비 말이 땅에 떨어지기도 전에 자식이 냉큼 받아 하는 말이 지당했다.

"예, 두부 묵다가 이빨 빠지도 넘의 일은 씰데없이 걱정 안 하것심니더."

고분고분한 자식 놈의 그 소리가 예리한 비수가 되어 치목 가슴팍 한 구석을 세게 콱 찔렀다. 치목은 갑자기 하늘이 두려워졌다.

"천주학재이들 말맹캐 하느님이 있다쿠모 갈봉이가 그리 죽었것나."

"그리 안 죽었것지예."

"갈봉이사 그렇다 치고, 같은 사람이 돼갖고 우찌 그랄 수 있는고……."

말꼬리를 잠자리 꼬리처럼 내리는 그의 머릿속에 온 나라를 시끄럽게 했던 김대건 신부 죽음이 다시 한번 더 되살아났다. 백성들 사이에 굉장한 호기심과 공포를 몰아왔던 바로 그 순교 사건. 사람들은 밤낮을 두고 그 일을 이야기했다.

"안드레아, 안드레아, 새래맹(세례명)이 안드레아 맞제? 아, 상구에 려븐 서양말이라서 소리가 잘 안 될라쿤다."

"입 돌아갈라, 인자 고마해라."

"아 때 이름이 재복이라 카데."

"내 듣기로 보맹(보명)이라고도 안 하나."

"재복이, 보맹이. 그거는 마 그렇고, 우째 이런 일이?"

고요한 유교 나라에 불 바람이 되어 휘몰아 닥친 '서양 귀신'의 후유증은 실로 엄청났다. 김대건 신부는 죽어서 살아 있는 전설을 남겼다.

"새래 준 사람이 불란스 신부 모방이람서?"

"모방이라꼬? 헤, 이름도 참 안 우습나."

"모방이 딱 맞는 기다. 그 불란스 신부를 에나 잘 모방한 기 아이가."

"아, 모방할 끼 없어서 지 죽을 모방 하나?"

그러나 소나무가 죽을 때 솔방울을 주렁주렁 많이 매달듯, 비록 김대건 신부는 죽었지만 천주학 신자는 곳곳에서 불어났다. 치목이 김대건 신부 순교를 떠올리고 있는 그 시각, 전창무 집에서도 비밀리에 천주학 포교 활동이 행해지고 있었다.

그것은 유서 깊은 이 고을을 붉은 피로 물들일 무서운 천주학 박해를 몰고 올 위험한 신호탄이었다.

목숨을 던져 혈화血花를 피우려는 집.

후덕한 우 씨가 전창무보다 훨씬 열성적이었다. 부인 권유로 천주학 신자가 된 창무 또한 교리 공부에 조금도 게으르지 않았다. 선비 집안의 피가 다른 공부하는 데로 고스란히 옮겨갔다고 해야 할는지. 그건 사람 눈에 보이지 않는 어떤 기운이 작용했다고 할 수밖에 없을 만큼 불가사의하기까지 한 현상이었다. 아마도 그래서 사람들은 신적인 존재를 인정하게 되는 건지도 모른다.

지금 창무는 문단속을 철저히 한 그의 사랑채에서 신자가 되려고 찾아온 이들에게 김대건 신부에 대해 목이 쉬도록 말해주고 있었다.

"기해박해 후로 천주교도에 대한 탄압이 그리 심한 때에도⋯⋯."

"⋯⋯."

기해사옥己亥邪獄이라고도 불리는 기해박해. 그 사건은 겉보기로는 천주교를 박해하기 위한 것이었지만 사실을 들여다보면 좀 달랐다. 벽파僻派 풍양 조 씨가 당시 시파時派 안동 김 씨가 쥐고 있던 권력을 빼앗기 위한 것이었다고 할 수 있었다.

그러나 그때 그곳에 있는 창무, 우 씨 부부를 비롯한 모든 신자에게 피부로 와 닿은 것은 그런 권력다툼이 아니었다. 한층 중요한 것은, 나라에서 천주교도들을 탄압하고 있다는 사실, 바로 그런 현실 속에 내던져져 있다는 것이었다. 따라서 나라의 눈을 피해 하느님과 만나는 게 처음이자 마지막 소원이었다.

"김대건 신부님은 조선 땅에 몰래 들어오실라꼬 에나 애쓰셨지예. 그분이 우찌하싯는고 하모……."

"……."

그 자리에 모인 사람들 모두가 하나같이 열심히 귀를 기울였다. 신자들에게 설교를 많이 해온 때문일까? 창무 말씨는 비록 지역 사투리를 완전히 벗어나지는 못했지만, 그 발음이 한양의 그것을 꽤 닮아 있었다. 그리고 그러한 창무 말은 점점 더 감격으로 차오르고 있었다.

"저 의주를 거치서 한양에 오실라다가 몬 했고, 두만강변 거치서 오실라다가 또 몬 했고, 그리하시다가 마침내 혼자 국경을 넘어오시는 데 성공하싯심니더."

하얀 저고리 검정치마 아낙이 손가락으로 어린 딸애 머리칼을 매만지며 말했다.

"성모 마리아님이 도와주싯는가베예."

"맞아예."

창무 옆에 앉은 우 씨가 아낙을 향해 빙긋이 웃음을 지어 보였다.

"신부님은 교세를 넓힐라꼬 노력하시다가 쪽배 타고 상하이 가시갖고……."

"쪽배 타고."

듣고 있던 사람들은 존경과 감탄의 빛을 감추지 못했다. 통나무를 쪼개어 속을 파서 만든 그런 배를 타고 그 먼 남의 나라 땅까지 가시다니.

"거게 있는 신학교에서 승품陞品, 말하자모 품계가 올라 우리 조선 사람으로는 최초로 신부가 되신 깁니더."

조선 최초의 신부. 그 한 가지 사실만으로도 모두들 가슴이 뛰었다.

"아, 그리 보통 아인 분이 우짜다가 잽히서 돌아가싯심니꺼?"

피부는 돌갗처럼 검지만 해맑은 눈이 유난히도 선량해 보이는 농군 남자가 물었다. 창무 얼굴이 먹구름 지나듯 그늘졌다.

"선교사 입국과 선교부하고의 연락을 위한 비밀 항로를 맨드신다꼬 백령도 근방을 사전 답사하시던 차에, 고마 잽히셔서 한양으로 압송되싯다 캅니더."

우 씨가 안타깝고 슬픈 표정을 짓는 사람들에게 얘기했다.

"신부님은 그 무서븐 고문을 세게 당하심서도, 선교부와 신부님들께 띄우는 편지하고, 또, 교우들한테 보내는 유서를 남기신 후에 아조 떳떳이 순교하셨지예. 시물다섯 꽃다운 나이로……."

"아, 그리 나가 젊어갖고?"

거기에 모인 사람들 가운데서 가장 나이 먹은 노파가 끌끌 혀를 차며 주름투성이 눈가의 눈물을 훔쳤다. 그러자 기골이 장대한 남정네가 잔뜩 낮춘 목소리로 말을 하자 홀연 실내는 찬물을 끼얹은 분위기였다.

"나라에서 또 우리 천주학 신자들을 해칠라 안 하까예?"

하얀 저고리를 입은 아낙이 데리고 온 어린 여자애가 갑작스레 울음을 터뜨리기 시작한 것은 그때였다.

"하이고, 선이야! 니 사람 한거석 모인 데서 각중애 와 이라노? 오데 아푸나?"

아낙이 놀라고 당황하여 아이를 잡아 흔들었다. 그러나 눈이 큰 그 아이는 무엇에 놀란 듯 한층 소리를 높여 자지러지게 울어댔다.

"어?"

"선이가 잘 안 우는 앤데?"

그것은 참으로 알 수 없는 노릇이었다. 처음에 어쩔 줄 몰라 한 사람은 아낙이었지만 시간이 흐르자 그 이상한 기류는 마치 호열자가 창궐하듯 모두에게 퍼져나갔다. 파랗게 질린 얼굴. 다물 줄 모르는 입. 정지해버린 눈동자. 온 방을 가득 메우는 것 같은 심장 박동 소리.

얼마나 그런 숨 막히는 시간이 흘러갔을까? 그곳에 있는 모두는 들었다. 천장 위에 있는 저 하늘에서, 아니면 방바닥 밑에 있는 땅속으로부터 들려오는 듯한 소리를.

'의로움 때문에 박해를 받는 사람들! 하늘나라가 그들의 것이니……'

'오, 적 그리스도의 마귀와 사탄의 씨들이며……'

창무와 우 씨 부부의 다급하고도 높은 기도문 소리가 방을 왕왕 울렸다. 문풍지가 파르르 떨렸고, 벽에 걸려 있는 성모 마리아 그림이 위태롭게 흔들렸다. 땅이 갈라지는 현상인 지진이라도 일어나려는 조짐이 엿보였다.

'주님과 함께하모 우리는 운제나 승리할 것이며……'

'영생의 길을 찾아……'

창무와 우 씨는 거의 필사적으로 기도를 계속했다. 그러자 이윽고 그들 부부 마음에 지금 그 집이 저 성가聖家, 예수와 마리아와 요셉이 함께 살았다는 그 거룩한 가정처럼 자리 잡는 것이었다.

'가시덤불 우거진 저 너머에는……'

'하느님 나라에서 들리는 노래가……'

그러나 왜일까? 그 뚜렷한 정체는 알 길이 없지만 어디선가 다가오는 불길하고 어두운 그림자가 사람들 몸을 뒤덮었다. 그런 속에서 이제 그 여자아이 울음소리만 간헐적으로 이어졌다 끊어졌다 하였다.

그 나물에 그 비빔밥

근동 최고 갑부 대저택. 임배봉이 거처하는 커다란 사랑채는 바다같이 깊고 고요한 어둠의 늪에 잠겨 있으면서도 그곳의 주인처럼 거들먹거리는 듯하다. 세상의 땅을 혼자 독차지하려는 것처럼 떡하니 퍼질러 앉은 그 모양새부터가 무척이나 시건방져 보였다.

그때, 정적을 뚫고 시커먼 그림자 두 개가 모습을 드러냈다. 사랑문을 이제 막 지나온 그들은 널찍한 마당을 거쳐 익숙한 몸놀림으로 사랑방 안까지 침입했다. 넓은 방은 바둑판을 닮아 가로세로 줄이 진 무늬가 섬세한 격자창을 통해 달빛만 스며들 뿐 아무도 없다. 얼핏 사람이 기거하지 않고 그냥 비워둔 곳으로 보인다. 어쩌면 머리에 뿔 달린 도깨비가 튀어나올 분위기다.

소나무를 통째로 사용한 지붕의 서까래를 직접 받치고 있는 도리가 그 그림자들의 행동을 무연히 내려다보고 있었다. 단면형태가 동그란 굴도리였다.

이윽고 그림자들은 누구 눈에도 굉장히 값나 보이는 비까번쩍한 오동나무 장 앞으로 다가갔다. 그러고는 장롱 밑에 손을 집어넣고는 거기 꼭

꼭 숨겨진 무언가를 꺼냈다. 그들은 훤한 달빛이 흘러드는 창가로 가서 그것을 펼쳤다.

달빛에 드러난 것은 춘화였다.

"히히히. 성! 쨰이 보자요."

왼쪽 눈 아래 크고 검은 점이 박힌 만호다. 그 점으로 인해 찍어 붙인 것처럼 아주 작아 보이는 눈이다.

"쉿! 소리 내지 마라 안 쿠나. 그림은 눈 갖고 보는 기지, 입 갖고 보는 기가? 그런 거도 모림시로."

오른쪽 눈 밑에 똑같은 점이 박혀 있는 억호다. 그리고 형제가 점이 박혀 있는 눈은 서로 다르지만 눈의 크기만 볼 적에는 구분이 잘 안 된다. 그렇지만 단춧구멍만 한 그 눈이 보아서는 안 될 것까지 보려 드니 그게 더 큰 화근인 것이다.

"아부지 들오기 전에 퍼뜩 보고 나가야 안 하요."

만호는 덩칫값을 하지 못하고 한다는 짓이 여전히 경망스럽다. 어쩌면 나이를 거꾸로 먹는 게 아닌가 싶다. 하긴 나이를 정상적으로 챙겨 먹었다면 지금 하려는 그런 짓거리는 절대 할 수가 없을 것이다.

"아부지?"

억호가 그러잖아도 크지 않은 눈을 한층 가느다랗게 뜨며 자신 있게 말했다.

"운제 돌아올 줄 알았어."

"야?"

둘은 똑같이 손등으로 눈 아래 점을 쓱 문질렀다. 언제부터인가 그들에게 생긴 습관적인 동작이었다.

"보나 마나 오늘 밤에도 안 들올 끼다."

"와!"

억호 말을 들은 만호 입귀가 좋아라고 늑대처럼 쭉 찢어진다. 점박이 형제는 노란 달빛 내린 방바닥에 그림책을 펼쳐놓고 고개를 쿡 처박은 채 들여다보기 시작했다. 연방 꿀꺽 마른침 삼키는 소리가 새어 나온다.

"치이, 이 좋은 거 지 혼자만 보고⋯⋯."

"누가 아이라쿠나? 그 욕심⋯⋯."

점박이 형제는 우연찮게도 아버지가 춘화를 보는 장면을 훔쳐보았다. 그림책을 감춰 두는 장소까지 알았다. 남의 것을 마 베어 먹듯 함부로 훔쳐내는 그들이었다. 그런 습성이 붙은 개망나니들인지라 배봉이 외출할 때마다 지금처럼 슬쩍 숨어들어 아무 스스럼없이 춘화를 보고 있는 것이다.

"이 그림들은 신윤복이라쿠는 환재이가 그린 기 틀림없다."

"김홍도도 이름이 나 있는데, 김홍도 그림은 아일까?"

아버지 배봉과 춘화 장수인 꽁지 수염 반능출이 나누던 이야기를 그들도 그대로 했다. 꼭 그들 대화를 엿들은 것 같았다.

"빙신! 김홍도는 이런 그림 안 그릿다."

만호는 병신이란 소리부터 달고 나오는 억호에게 시비조로 나갔다.

"그라모?"

"서당 그림이나 그릿고, 이리 야한 거는 신윤복이가 그린 기다."

"성이 우찌 아는데?"

그 방의 값비싼 장식품들이 눈동자를 하얗게 흘겨 뜨고 그들 형제를 바라보는 듯했다.

"그런 거 모리모 사람도 아인 기라. 이런 그림 볼 자객도 없고⋯⋯."

"똑 그랬던 기 아일 수도 있는데⋯⋯."

누가 더 트집쟁이인지 모르겠다.

"그렇다 캐도?"

"아, 알것소. 내 귀 안 묵었으이 낮기 말하소."

만호는 한 번 더 조심할 것을 상기시켰다.

"해나 누 들으모 우짤라꼬?"

그러자 억호가 거기 최고급 사랑방 가구들을 못마땅한 눈으로 둘러보며 말했다.

"저것들이 싹 다 들어봤다가 내중에 아부지한테 일러바칠랑가도 모리는데?"

만호는 귀신 씨나락 까먹는 소리 다 들어본다는 투였다.

"야? 내 참말로."

그러고 보니 너무 사치가 지나쳐 치졸하기는 할지라도 문방가구 구색은 다 갖추어 놓은 사랑방이다.

"우리나라 환재이들은 안 있나……."

억호는 언제나 제 깐에는 아주 유식한 척한다. 만호는 그런 형이 존경스럽다기보다 되레 같잖으면서도 두려웠다. 동생으로 태어난 것이 못내 아쉽기도 했다.

"어?"

"우!"

총천연색투성이다. 글은 없고 그림. 그것도 그림이라고 할 수 있을지 모르지만, 종이 묶음. 이런 그림책이 공공연히 나도는 세상이야말로 참으로 불가사의하고 축복받은 곳인 듯하다. 이런 게 제멋대로 굴러다니는 현실, 그 한복판에 사는 그들이다.

"방문이라도 닫아놓지, 문짝은 있는 대로 확 열어젖히놓고……."

"우리도 저 방문 열까? 그라모 더 실감이 날 낀데."

부전자전, 춘화 스스로가 더 역겨움을 느낄 판이다. 그들은 갈수록 눈이 아니라 입으로 감상하고 있다. 그게 딱 그들의 수준이다. 그리고 그것을 아버지에게 넘긴 책 장수가 또 무슨 짓을 하게 될지 상상도 하지 못할 그들이다.

"진(긴) 곰방대 물고 처자빠져 있는 거 좀 봐라."

"기생, 기생 맞제?"

그림 속 인물의 신분을 떠나 그것을 보니 둘 다 입술이 간지러울 정도로 담배 생각이 간절해졌다. 하지만 여기 방 안에 담배 연기를 남겨놓았다간 아버지에게 들킬 수도 있어 골초들이 꾹 눌러 참았다.

그들 집에서 담배를 피울 방이야 워낙 많아 손가락으로 다 꼽지도 못할 판국이다. 당장 거기 사랑방에서 가장 가까운 곳에 있는 청지기 방으로 가서 청지기를 쫓아내 버리고 한 모금 빨 수도 있다. 그들 가정의 모든 재산 관리와 섭외, 서무 등의 사무를 보는 청지기 귀수는 비록 아버지의 심복이지만 그 집 자식들인 그들의 비행非行을 감히 고하지는 못할 것이다. 그리고 지금 우선 급한 것은 담배가 아니고 그림 감상이었다.

"안 있나, 만호야."

그런데 얼마나 그러고 있었을까? 억호가 별안간 지금 거기 분위기와는 전혀 걸맞지 않게 침통한 목소리로 입을 열었다. 춘화에 빠진 만호가 다른 생각이 없는 것과 차이가 났다.

"고개를 쪼꼼 돌리고 있는 이 여자 본께, 생각나는 사람 없는 기가?"

억호 입에서 나오는 말이 만호 귀에는 뜻밖에도 처연할 정도였다.

"흐, 이 여자……."

달이 잠깐 구름 사이로 들어갔다가 나왔는지 방 안이 어두워졌다 다시 밝아졌다.

"……."

거기 사랑 마당과 중문을 통해 연결되는 바깥마당 그쯤이라 짐작되는 곳에서 무슨 소리가 난 것도 같았다. 혹시라도 행랑채의 행랑아범이나 행랑어멈이 이 야밤에 잠도 자지 않고 밖에서 서성거리고 있는 걸까? 그건 알 수 없는 일이다. 원래 사람은 누구나 나이가 들면 잠이 없는 법이다.

"누 말이요?"

만호가 그림에 눈을 박은 채 물었다. 그런데 억호는 말이 없다. 만호는 책자에서 시선을 떼고 억호를 보며 다시 물었다.

"누가 생각난다쿠는 기요?"

그래도 억호는 묵묵부답이다.

"성?"

만호 눈에 그런 형이 너무 낯설다. 낯설 뿐만 아니라 무섭기조차 하다.

"해나 내 모리거로 오데 숨기 논 여자라도 있는 기요, 성?"

그 말이 미처 끝나기도 전에 억호가 울먹이는 목소리로 중얼거렸다.

"우리 옴마, 죽은 울 옴마……."

뜬금없이 그러면서 말을 제대로 하지 못하는 억호 얼굴이 왠지 섬뜩하다.

"주, 죽은 옴마?"

만호가 두려운 얼굴을 했다. 어머니인데도 죽은 사람이라는 것이 그를 그렇게 만드는 모양이었다. 어쩌면 너무 어린 나이에 사별한 탓에 모정을 느끼지 못하고 있다는 증거일 수도 있다. 그 어느 쪽이든 불행한 일이다.

"가마이 함 있어 봐라."

억호는 창가 달빛이 좀 더 잘 비치는 자리에 춘화를 가져다 놓고 여자 얼굴을 한참이나 들여다보더니 고개를 끄덕이며 다른 사람 목소리로 반복했다.

"맞다, 맞다."

54

"머, 머가요?"

만호 목소리는 크게 떨려 나왔다. 억호는 단언했다.

"울 옴마하고 한거석 닮았다 아이가."

"……."

시간이 뒷걸음질을 치는 느낌이 왔다.

"만호 니는 아즉 에릴 적에 옴마가 죽어서, 옴마 얼골 하나도 기억 안 날 끼다."

"옴마 얼골……."

억호 말을 되뇌며 만호는 더욱 무섬증 타는 기색이었다.

"그라모 새이는 기억나는 기요? 내하고 나 차이도 벨로 안 나는데……."

억호는 자신 있는 말투였다.

"하모, 내는 똑똑히 떠오린다. 이거맹캐 그림으로 그려비일 수도 있다."

만호는 그만 춘화 볼 기분이 뚝 떨어져 버렸다. 형이 원망스럽기까지 했다.

"에이, 해필이모 이런 때……."

억호 입에서 느닷없이 이런 소리가 흘러나왔다.

"울 옴마가 맨들어 주던 가래떡이 묵고 싶다 아이가."

만호는 지금까지 그림 잘 보고 있다가 대체 그게 무슨 엉터리 소리냐 듯 반문했다.

"가래떡요?"

"……."

억호 눈앞에 멥쌀로 치고 비벼 한 가닥으로 만든 그 흰떡이 어른거렸다. 그가 떡 중에서 가장 좋아하는 떡이었다. 그래서 죽은 어머니가 곧

잘 만들어 주곤 했다.

멥쌀가루를 시루에 쪄서 안반에 놓고 떡메로 잘 친 후에 조금씩 도마 위에 놓아 두 손바닥으로 마치 굴리는 것같이 하며 길게 밀어서 만들고 있는 어머니 모습이 아직도 그의 눈에 선했다. 그렇게 만든 가래떡을 엽전 모양으로 얄팍하게 썰어 끓인 떡국은 참 맛이 있었다.

'그거를 쪼끔 더 가늘거로 뽑아갖고 떡산적이나 떡볶이, 떡찜도 안 맹글어 뭇나.'

그런 기억을 떠올리며 달빛을 받는 억호 얼굴이 죽은 사람 얼굴과도 같이 창백하다. 달빛으로 말미암아 반은 밝고 반은 어두운 얼굴이 흡사 무서운 가면처럼 괴기스럽기까지 하다.

"성! 씰데없는 잡생각 말고 우리 그림이나 보자요."

만호는 괜히 기분이 이상해져서 억호에게 대들듯이 말했다. 여느 때 같으면 곧장 주먹을 날렸을 것이지만 억호는 얼굴 근육만 씰룩거린다.

"이거나 좀 보소. 대처승? 땡중? 아모래도……."

만호 말에 억호가 입안으로 무어라 잠시 구시렁거리더니 악한 천성을 되찾았는지 불쑥 내뱉었다.

"그래, 좋다. 나무아미타불 관세음보살이다!"

"요, 요?"

만호는 승복 바지 차림의 사내와 함께 있는 여자 얼굴을 투박한 주먹으로 퍽퍽 쥐어박았다.

"양갓집 아낙맹캐 생깃는데……."

겉으로는 가증스러워하는 모습이지만 속으로는 내가 이 그림에 나오는 사람이라면 너무 좋겠다고 부러워하는 기색이 역력하다. 사람이 좋은 짓은 따라하기 힘들지만 나쁜 짓은 금방 본뜬다.

그런데 억호가 하는 행동이 또 수상쩍었다. 그는 춘화에서 눈을 떼고 고개를 뒤로 젖힌 채 천장을 올려다보았다. 마치 거기 무엇이 붙어 있기라도 하듯.

우물천장이다. 일반 주택 천장은 대개 화장종이를 바른 반자천장이고, 종이는 반자틀에 붙이기 마련이었다. 그런데도 그 방의 주인은 상류계급 주택을 본떠 그런 우물천장을 만든 것이다.

"거 천장에 머가 있소?"

만호가 그들 집안의 내력인 뭉툭한 손가락으로 억호 옆구리를 찌르며 물었다. 그러자 억호는 깜짝 놀라면서 얼버무렸다.

"아, 아이다. 아모것도……."

"아모것도 아이람서?"

만호가 고개를 갸우뚱했다. 하지만 억호는 천장에서 본 듯했다. 그의 어머니가 자식들을 내려다보면서 못된 짓을 한다고 나무라고 있는 것을. 억호는 천장에서 급히 눈길을 거둬 반항아처럼 씩씩거렸다.

"퍼뜩 그림이나 보자꼬."

그런데 이번에는 만호가 달라졌다. 그는 공연히 천장이 있는 머리 위쪽에 잔뜩 신경이 쓰이는 바람에 자꾸만 눈이 거기로 향했다. 금방이라도 와르르 무너져 내리지 싶은 그 불안한 감정은 무엇을 떠받치듯 그의 팔을 연방 위로 들어 올리게 했다.

만호만 그런 게 아니었다. 억호 또한 눈과 코와 입과 귀에 이상이 생긴 듯한 기분 나쁜 느낌에 빠지기 시작했다. 갑자기 엄청난 갈증이 나는가 싶더니 요란한 물소리가 귓전을 후려치고 코는 콱 막히면서 눈앞에 온통 딱정벌레가 날아다니는 것 같았다. 혼곤히 잠에 빠져들 듯 정신이 가물가물해졌다.

그는 어머니와 함께 계곡 길을 오르고 있었다.

그들은 조금 전 바람이 없는데도 근처의 나뭇잎들을 흔들리게 할 정도로 물살이 세찬 폭포를 지나왔다. 그곳까지는 그래도 길이 괜찮은 편이었는데 거기를 지나면서부터 길은 수직에 가깝도록 몹시 가파르고 험해지고 있었다.

"어머이, 우리 시방 오데로 가예?"

어린 그가 물었다. 그러자 아직 젊은 어머니가 대답했다.

"가내소 폭포로 안 가나."

그리고 나서 염려스럽다는 표정으로 곧 물었다.

"와 우리 강새이가 다리 아푸나?"

그는 거짓말을 지어냈다.

"한 개도 안 아파예. 그냥 오데로 가는고 궁금해서예."

어머니가 대견하다는 목소리로 말했다.

"아이고, 우리 억호, 인자 다 컸다 아이가."

그는 어머니 그 말을 입증이라도 해보이듯 했다.

"만호는 아즉 에리서 안 데꼬 온 기지예?"

아들 눈에는 이 세상에서 제일 예쁜 여자인 어머니는 더욱 감탄하는 빛이었다.

"동상을 생각하는 멤도 우찌 그리 깊으노?"

하지만 그 말끝에 어머니는 혼잣말 비슷하게 이랬다.

"니들 아부지가 그 반만치만 속이 너른 사람이었으모……."

그의 눈앞에 걸핏하면 처자식에게 손찌검해대곤 하는 아버지 모습이 떠올랐다. 만약 아버지가 함께 가자고 했다면 무슨 핑계를 갖다 붙여서라도 나서지 않았을 것이다. 비록 아직은 어린 나이였지만 누가 자기를 진정으로 위해주는가 하는 정도는 짐작하고도 남았다.

그러나 그 초행길은 너무나 낯설고 멀게만 느껴졌다. 그가 어렴풋이

나마 알고 있는 것은 그의 외가, 곧 어머니 고향이 그곳이라는 사실 하나뿐이었다. 게다가 나중에 안 일이지만, 그때 어머니 일가들은 모두 거기를 떠나거나 죽고 없어 사실상 타향이나 다름없는 곳이었다.

그런데 그런 곳을 왜 굳이 장남 하나만 데리고 찾아 나섰는지는 영영 풀 수 없는 비밀로 남았다. 어쩌면 잠시나마 남편의 폭력으로부터 피신할 수 있는 길을 찾다가 그래도 다른 곳보다는 좀 더 낫겠다 싶은 마음에 거길 선택했을 수도 있었다. 그때 그녀는 그 어떤 것에든 기대고 싶은 심정이었을 것이고, 따라서 자신이 태어나고 자란 고향을 찾는 건 인지상정일 것이다.

"후우, 좀 덥다. 니도 그렇제?"

아들더러 그렇게 묻는 어머니 얼굴에는 땀방울이 송골송골 맺혀 있었다. 하지만 그는 좀 더운 정도가 아니라 무척 더웠다. 그리고 더 참기 힘든 게 턱까지 마구 차오르는 숨이었다.

"하늘도 무심하시제. 우째서 이리 오랫동안 비 한 방울 안 내리주시는고……."

"다린 사람들도 모도 그리 쌌데예."

"이라다가는 또 올해 농사도 싹 다 망치삣다."

"……."

어머니 그 말에는 그는 가만 듣기만 했다. 아직 어린 그였지만 알고 있었다. 우리 집은 농사를 망치게 할 논밭도 없다는 것을.

'아부지가 장마당 식구들을 괴롭히쌌는 것도 집에 돈이 없어서…….'

그렇지만 그게 아버지를 용서해야 하는 이유나 명분이 되어서는 결코 안 되었다. 어렵고 힘들기는 딴 식구들도 모두 마찬가지였으니까.

'넘의 집에 소작을 붙이묵는 기…….'

하지만 그건 어른들이 나누는 이야기를 통해서 들은 소리고, 사실 어린 그로서는 소작, 마름, 어떻고 하는 말 자체부터가 귀에 설고 이해할 수 없는 것이었다.

"인자 쪼꼼만 가모 다 왔다. 그러이 쪼꼼만 더 참으모……."

어머니 말에 그는 주위를 둘러보았다. 폭포가 가까워진다는 말 때문인지는 몰라도 주변이 서늘해지고 있다는 느낌이 다가왔다.

그는 길을 나선 후에 어머니에게 들어 알고 있었다. 그들이 가려고 하는 가내소 폭포는 예전부터 기우제祈雨祭를 지내던 곳이라는 것이다.

"기우제라는 기 머신고 하모 말이다……."

그게 무엇이냐고 묻는 아들에게 어머니는 자상하게 들려주었다.

"하지夏至가 다 지나도록 비가 안 올 적에 지발 비 좀 내리달라꼬 하늘에 비는 제사가 바로 그건 기라."

그러자 그는 어린 마음에 이런 생각을 했다.

'바다에는 물이 천지삐까리라 쿠던데, 거게 물을 갖고 와서 쓰모 안 되는 기가? 우째 어른들이 머리가 나뿌나.'

드디어 쏟아져 내리는 물줄기가 장엄한 가내소 폭포에 도착했다. 그리고 폭포와 동시에 그들 눈에 들어온 것은 사람들이었다. 그들은 기우제를 지내려고 모여든 사람들이었다.

'남자들만 있는 기 아이고 여자들도 에나 째빗다.'

어린 그의 눈에는 유명한 폭포도 그렇거니와 거기 운집해 있는 남녀들도 무척이나 신기하게 보였다.

"아, 인자부텀 시작할라쿠는갑다. 우리가 마춤맞기 잘 왔다."

어머니 그 말이 아니더라도 그는 그것을 알 수 있었다. 우선 분위기부터가 지금까지와는 사뭇 달라진 것이다.

'그란데 여자들이 해 있는 옷차림이 저기 머꼬?'

그는 아직 나이가 어렸지만, 부녀자들 복장을 보니 낯이 간지러웠다.

홑치마를 입고 있었다. 한 겹으로 된 치마 속에 아무것도 안 입고 입은 치마였다. 지금까지 그가 보아온 여자들 치마는 거의 겹치마였다.

'어? 거다가 또야?'

그런데 더욱 기이하고 경악스러운 것은 그다음에 눈앞에서 벌어진 광경이었다. 홑치마를 입고 있는 여자들이 그대로 바닥에 퍼질러 앉아 방망이를 함부로 막 두드려대기 시작한 것이다. 그건 일찍이 보지 못했던 너무나 희한한 일이 아닐 수 없었다.

"어머이?"

그는 크지도 않은 눈을 동그랗게 뜨고 어머니를 쳐다보았는데 어머니는 예전에도 그런 장면을 가끔 보아왔는지 심상한 표정이었다. 어머니는 아들에게 일러주기도 했다.

"저리 방망이를 두드려서 소리를 내는 거는 안 있나, 통곡하는 거를 대신할라는 기라."

그리고 집으로 돌아와서 들은 이야기는 기우제를 지낼 때 부녀자들이 그렇게 한 것은 풍속 때문이라고 했다.

"그래야만 지리산 산신인 마고麻姑할매가 큰소리로 서럽기 울거로 맹글 수가 있다꼬 생각한 기제."

"마고할매……."

그는 어머니가 해주는 이야기가 잘 이해되지 않았지만 어쩐지 신기하고 무엇보다 재미도 있어 귀를 기울였다. 우리 어머이가 우찌 저런 거도 다 아노? 하는 감탄과 그런 어머니를 함부로 대하는 아버지가 반풍수 같다고 여겨졌다.

"마고할매한테는 안 있나, 반야般若라쿠는 남핀이 있었는데 안 있나, 그 반야는 저 반야봉峰이라쿠는 데서 도를 닦고 있었다 쿠는데……."

듣고 있으니 또다시 그 반야라는 남편이 우리 아버지와 비슷하다는 생각이 드는 그였다. 그러자 마음이 아프고 슬퍼지기도 했다. 실제로 이어지는 어머니 음성에는 울음기가 짙게 배어 있었다.

"마고할매는 반야가 돌아오기만을 애타거로 기다릿지만도 무심한 세월만 자꾸 가삐고……."

"……."

"특히 안 있나, 바람이 세게 부는 날 안개나 구름이 쫙 낀 날 겉은 때는 안 있나, 우리가 폭포 있는 데서 봤던 그 여자들매로 홑치매바람으로 말이제, 아, 우리 그이는 운제나 오꼬? 함시로, 홑치매만 흩날림시로 목이 빠지거로 기다리고, 기다리고……."

그래서 대성통곡하는 마고할매의 눈물은 비가 되었고, 그 비는 속세를 적셔주었으며, 바로 여기서 그 기우제 풍속이 생겨났다는 것이다.

"어머이!"

"억호야, 놀래쌌지 마라, 괜안타."

집으로 돌아오기 전 그날 가내소 폭포에서 그는 또 진귀한 기우제 풍속을 보게 되었다. 어린 그에게는 무서운 기억으로 남아 있었다.

"꿀꿀, 꾸울꿀."

이번에는 돼지였다. 사람들은 돼지를 잡았다. 가끔 도축장으로 끌려가는 소를 본 적도 있고, 우리 속에 갇힌 채 꿀꿀거리는 돼지를 본 적도 있지만, 그렇게 가까운 데서 돼지가 죽는 장면을 지켜본 기억은 없었다.

"헉!"

사람들이 돼지의 피를 바위에 뿌리고 있었다. 그런가 하면, 돼지머리도 폭포 속으로 던져 넣고 있었다.

"첨 보는 거는 아이지만, 저거는 내도 좀……."

그의 어머니 또한 그 광경에는 다소 충격을 받은 것처럼 보였다. 그렇지만 그가 옆에서 지켜보기에 어머니는 왠지 거기 사람들 가운데서 자신을 알아보는 눈이 없었으면 하고 바라는 눈치였다.

그런데 다행히 사람들은 기우제에 온 정신을 쏟고 있는 바람에 그들 모자를 눈여겨보는 것 같지 않았다. 그 사람들 중에 어머니를 알아보는 이가 반드시 있을 듯하지만, 어쩌면 지나간 세월에 너무 많이 변해버린 탓에 몰라볼 가능성도 없진 않았다. 그 무엇보다도 그들은 한 해 농사를 완전히 망쳐버릴 수도 있는 큰 가뭄에 시달리고 있는 탓에, 눈에 보이는 것은 오직 물밖에 없어 다른 것에는 아예 신경을 쏟을 여유가 없었다.

"머 땜새 바구에 돼지 피를 뿌리는고 하모⋯⋯."

어머니는 낮은 소리로 아들에게 일러주었다.

"저래 놓으모 산신령님이 안 있나, 더러버서 안 되것다, 씻어내야것다, 그리 생각해갖고 비를 내리거로 할 거라 믿고 있는 기라."

어린 그도 깜냥에 목소리를 죽여 또 물었다.

"그라모 돼지 머리를 폭포에 던지는 거는예?"

폭포수 쏟아져 내리는 소리가 돼지 멱따는 소리같이 들렸다.

"그거는⋯⋯."

어머니 말소리는 여자들이 더욱 크게 방망이를 두들겨대는 소리에 묻혀 제대로 그의 귀에 들리지 않았다.

그들 모자가 등 뒤에서 그런 말을 주고받는 것을 알지 못하고 있는 사람들은, 그 기우제를 지내는 일에만 계속 몰두하고 있었다. 근처 기암괴석 틈새에 용케 뿌리를 박고 자라는 나무들만 무연히 모자를 바라보는 듯했다.

이윽고 모자가 가내소 폭포를 떠날 때까지도 기우제는 끝나지 않았다. 계곡이 울리도록 요란한 소리를 뒤로 한 채 모자는 산길을 내려오기 시작했다.

그런데 이제 시끄러운 소리가 머나먼 메아리처럼 가물가물 들리는 지

점까지 왔을 때였다. 갑자기 어머니가 폭포 쪽을 돌아보면서 툭 던지는 말이 기이했다.

"나는 가네."

"……."

그는 흡사 여우에 홀린 기분이었다. 아무도 없는 거기에 대고 나는 간다는 인사를 하는 어머니가 너무 낯설고 심지어 무섭게 느껴지기까지 했다.

"와? 이상하나?"

아들의 표정을 읽은 어머니가 물어왔다. 그는 어린 나이에도 불구하고 이번에는 그의 어머니 목소리가 다른 사람의 그것 같다는 느낌이 들었다.

"예……."

근처 바위 뒤에서 아마도 암수인지 멧꿩 한 쌍이 '푸드덕' 소리를 내며 날아올랐다.

"저 폭포 이름이 와 가내소 폭포인고 하모……."

"……."

다시 발걸음을 떼놓으려다가 산비탈에 기우뚱 서 있는 나무들과 마찬가지로 몸을 비스듬하게 세운 어머니가 말을 이었다.

"멀고 먼 이전에 말이다, 아조 큰 뜻을 갖고서 도를 닦으로 여게 왔던 우떤 도사 하나가, 고마 뜻을 몬 이룬 채 돌아감시로……."

그의 눈에는 어머니가 뜻을 이루지 못하고 돌아가는 것처럼 비치고 있었다.

"시방꺼정 사람매이로 정이 듬뿍 들었던 폭포한테 대고 핸 소리가, '나는 가네' 하는 말이었다 쿠데. 그래갖고 폭포 이름도 가내소라꼬……."

"아, 예."

그는 습관처럼 손등으로 오른쪽 눈 밑에 박혀 있는 큰 점을 쓱쓱 문지르며 씩 웃었다. 듣고 보니 그럴싸한 이야기였다.

"재밌나? 재밌제?"

아들이 웃음을 보이자 어머니는 기분이 좋아지는 모양이었다. 그래서인지 어머니는 다시 한번 뒤쪽에 대고 이번에는 이랬다.

"우리 가네."

'나'를 '우리'로 바꿔 말하는 것이었다. 그러자 그는 어머니를 향한 애정이 더 두터워지는 기분이었다. 언제나 무섭고 두렵기만 한 아버지에게서는 전혀 느낄 수 없는 부모자식 간의 따뜻한 감정을 또다시 맛보았다.

"우리 가네."

그도 폭포가 있는 곳을 돌아보면서 큰 소리로 말했다. 그때 그에 대한 폭포의 응답인지 홑치마를 입고 바닥에 퍼질러 앉은 채 부녀자들이 세게 두드려대는 방망이 소리가 아스라이 들려왔다.

"성!"

문득 들리는 그 소리에 억호는 퍼뜩 정신이 났다. 폭포 소리도 방망이 소리도 아니었다. 그가 소리 난 곳을 보니 그곳에는 메기입을 연상시키는 만호의 입이 보였다. 입아귀가 길게 째져 넓게 생긴 입이 영락없는 메기 주둥이였다. 그 주둥이가 또 나불거렸다.

"또 책 보다가 자고 있는 기요? 참, 옛날이나 시방이나……."

억호는 그 메기입에 자기의 큰 주먹이라도 콱 틀어넣고 싶은 충동을 억누르며 말했다.

"니는 안 그랬나? 책만 펼치모 꾸벅꾸벅 졸아쌌다가 아부지한테 죽거라 얻어맞은 사람이 오데 내 하나뿐이었나?"

만호가 늙은이같이 팔을 뒤로 돌려 등짝을 긁으며 요상하게 웃었다.

"히힛."

다시 정신을 차린 억호는 여전히 한 수 위로 행세했다.

"인자 이약은 고만하고 딴 거 보자꼬."

"알것소. 뒤로 넘기서……."

책장을 넘기면 해괴한 세계가 숨어 있다가 튀어나온다. 그런데 또 얼마 안 가서였다.

"이 여자도 울 옴마 겉다. 숨어갖고 지키보는 여자 말이다."

억호가 동네에서 소문난 울보 재팔이처럼 코를 훌쩍였다. 사내가 계집애같이 울보라면서 그들 형제가 그렇게 많이 괴롭히는 재팔이었다.

"또 옴마 타령이요?"

만호 눈에 아무래도 억호가 형 같지가 않다.

"그라모 아부지 타령하까?"

또 무슨 타령? 만호는 더 이상 대거리하기 싫었다.

"아, 고만하고 이거나 보소."

남녀가 밀회를 나누는데 벽에 달라붙어 엿보고 있는 여인 그림은 차라리 고상할 정도다. 머리를 틀어 올리고 외출용 두루마기를 입었는데, 바람피우는 사내의 부인 같은 인상을 준다. 어쩌면 사내와 함께하고 있는 젊은 여자는 기생이고, 사내는 기둥서방인 하급 무관인지 모른다. 훔쳐보는 여인 눈매가 무척 서글프다. 그래선지 그 여인으로 인해 그 그림은 전체적인 조화가 어딘지 좀 어색한, 전문적으로 말하자면 구도構圖가 잘못되어 있다는 인상을 풍겼다.

"니기미!"

문득, 억호가 저주 섞인 욕지거리를 내뱉고 나서 씨부렁거렸다.

"우리 아부지가 요 사내눔맹캐 바람피우는 통에…….."

만호는 찔리는 구석이 있는지 이렇게 말했다.

"새이나 내가 아부지 욕할 거 없소. 운산녀 말마따나 부전자전…….."

그러나 그 말이 끝나기도 전이었다.

"울 옴마는 홧뺑(화병) 도지서 죽었다."

그러면서 억호가 춘화를 쫙 찢어버릴 것처럼 하는 바람에 만호는 엉겁결에 억호 팔을 꽉 붙들었다. 일순, 방안에는 일촉즉발의 위기감마저 감돌았다. 창살을 물들이고 있는 달빛이 두려움에 떠는 사람의 낯빛 마냥 노랬다.

"……."

얼마나 그런 말없는 순간이 스쳐갔을까? 억호가 그때까지도 자기 팔을 잡고 있는 만호 손을 아주 거칠게 휙 뿌리치며 심하게 질책하는 소리로 물었다.

"니는 우리 아부지가 맨 첨에 우찌해서 돈 모우기 시작했는고 모리제?"

만호가 눈을 크게 떴다. 그러자 눈 아래의 점도 덩달아 커지는 듯했다.

"그거는 또 무신 이바구요?"

억호는 오른쪽 눈 밑에 박힌 점을 왼손으로 쥐어박듯이 함부로 문질러대면서 비난하는 어투로 말했다.

"그거 알모 니도 아부지, 아이다, 아부지는 무신 개 얼어 죽을 아부지고? 눈깔 빠지것다, 아부지."

"대체 무신 소리냔께?"

만호는 앞의 그림에 나온, 승방 안을 훔쳐보는 그 동자승과 무척 흡사한 표정을 지었다. 억호는 지그시 입술을 깨물었다. 그러면서 한다는 말이 핑계로 들렸다.

"내사 안 해야 할 소리 무담시 했는갑다."

만호는 꼭 알아야 하겠다고 고집을 피웠다.

"궁금하요."

"고만두자."

그러면서 억호가 입을 다물었지만 이제 만호 관심도 춘화를 벗어나 억호 이야기에 더 쏠린 성싶다. 만호는 아예 책을 탁 덮어버리고 나서 취조하는 어조가 되었다.

"우리 아부지가 첨에 우찌해서 돈을 모우기 시작했다쿠는 기요?"

"그거……."

억호는 선뜻 대답을 하지 않는다. 사람은 생각하는 동안에는 입을 열지 않는다더니 그가 그런 게 아닌가 싶었다.

"답 안 할라모 그런 소리 꺼내지도 말아야제, 먼첨 해놓고는……."

그리고 나서 만호는 뚫어져라 억호를 응시하더니 기습하듯 말했다.

"비화 고 가시나 집 땅을 아조 싸거로 사들이서 부자가 된 기 아이요?"

"비화?"

비화 이야기가 나오자 억호 표정이 당장 더없이 험악해졌다. 그는 아직도 상처가 아물지 않은 손등을 보며 성난 멧돼지처럼 씩씩거리기 시작했다.

"고년! 지독한 고년! 독새 겉은 년!"

그 넓은 방이 '년' 소리로 꽉 차버리는 분위기였다.

"고년 듣는 데서 욕을 해야제, 듣지도 안 하는 데서 그리 욕해봤자, 고년 살점이 하나 떨어지요, 피가 한 방울 마리것소? 그러이……."

만호가 그렇게 말리는데도 억호는 온갖 독설을 한참이나 더 내쏟았다.

"꼭 내 손으로 잡아 쥑이고 말 끼다!"

"쥑, 쥑이……."

그 서슬에 이번에는 만호가 얼른 입을 떼지 못한다. 아무리 독사만큼 지독한 비화라도 지금 억호의 모습을 본다면 가슴이 서늘할 것이다.

'머시든지 한다꼬 한분 멤 묵으모 안 하는 사람이 아이다 아이가.'

만호가 그런 생각을 하는데 억호는 답답하다는 얼굴로 바뀌었다.

"그거는 그렇고, 내라꼬 우찌 다 알것노?"

만호가 그렇겠다는 표시로 고개를 끄덕끄덕했다.

"아부지가 오데 그냥 보통 사람인 기요?"

먹다가 내버려 둔 음식을 보듯 덮어놓은 춘화에 눈길을 한번 주고 나서 크게 치를 떨었다.

"넘들 모리거로 하는 데는 아모도 덮을 수 없는 맹수(명수) 아인가 베."

"니 함 들어볼래."

억호는 의혹에 잠긴 얼굴로 중간중간 끊어가며 얘기했다.

"무신 술수를 부린 거 겉기는 한데, 자세한 거는 모리것고, 내 말은, 첨에 무신 돈 갖고 넘의 집 땅을 살 수 있었것노, 그 소리제."

그러잖아도 둔해 보이는 만호 얼굴이 그 순간에는 더욱 바보 같아 보였다.

"성 말 듣고 본께 에나 그렇네?"

만호는 집게손가락 끝으로 제 귓구멍을 찌르는 시늉을 했다.

"우리가 아부지한테 귀에 못이 박히거로 안 들었소."

"머 말이고?"

"자기는 부모한테서 다 떨어진 쪽바가치 한 개도 물리받은 기 없다 꼬. 그람시로 우리 보고는 복을 잘 타고 났네 우짜네……."

"아, 그 소리?"

둘 다 동시에 머리통을 절레절레 흔들었다.

"참 신물나거로 들었제. 시방도 그 생각만 하모, 묵은 기 모도 목구녕으로 쑥 올라온다, 올라와."

"내도 올라오요."

그림책을 비추는 달빛이 종이 위에서 미끄러지듯 지나가고 있었다. 잠시 후 억호가 먼저 말했다.

"그래서 내가 하는 이약인 기라."

만호도 고개 젓는 짓을 딱 멈추었다.

"성은 알고 있는 기요? 그리키나 가난했던 아부지가 맨 첨에 우찌해 갖고 돈을 마련한 긴가……."

"내도 우연한 기회에 알기 된 긴데, 그거는 안 있나……."

억호는 그들 형제 외에는 달빛밖에 없는 넓은 방안을 휙 둘러보고 나서 아주 숨이 가쁜 소리로 입을 열기 시작했다.

"내가 이 그림 봄시로 기억해낸 긴데, 여게 이 그림 속에 나오는 여자 겉은 우떤 대갓집 마님을 해했던 기라."

"야아?"

만호는 그야말로 귀신을 본 얼굴이 되었다. 남에게 해가 되게 하는 데는 이골이 난 그들 형제였지만 아버지가 그랬다니 충격을 받은 모양이었다.

"대, 대갓집 마님을 해, 해했다, 그, 그 이약이요?"

"하모."

억호 답변이 짧았다. 그래서 더 믿음이 전해졌다.

"아, 우리 아부지가 넘의 집 여자를?"

"하모."

억호는 다시 한번 방문과 창 쪽을 살피고 나서 소리를 더 낮추었다.

"울 옴마가 죽기 올마 전에, 내가 우짜다가 옴마, 아부지 말을 듣기 됐는데, 옴마가 그리 쌌데?"

"머라꼬 해쌌던데요?"

"시상 천지에 오데 할 짓이 없어갖고, 혼자 절간에 불공드리고 오는 귀한 넘의 집 여자, 그 여자한테 그래갖고, 그거를 미끼로 돈을 울겨낼라 하느냐꼬……."

"성! 성!"

만호가 논에 날아든 참새 떼 쫓듯 두 손을 휘휘 내저었다.

"쪼꼼만 더 천천히, 천천히, 다시 한 분 더 말해 보쇼. 그기 무신 소리요?"

"와? 내 말귀 몬 알아묵것나?"

억호 말에 만호는 억장이 막히는지 주먹으로 제 가슴을 몇 번이나 쿵쿵 두드렸다.

"그, 그런께 시방 성 이약은, 아부지가 귀한 대갓집 마님을 우째갖고, 그 사실을 넘한테 알리것다, 그리 공갈을 쳐서 돈을 긁어냈다쿠는 거 아이요?"

그러자 억호는 이제까지와는 다르게 아무렇게나 툭 내뱉었다.

"그날 밤에 내가 자는 척함시로 옴마, 아부지 이약 들은 바로는 그렇거마."

자기로선 뭐 이제 더 이상 새로울 것도, 새삼스레 경악할 것도, 그 밖의 어떤 것도 전혀 없다는 표정이었다.

"그, 그런 일이 있었다이?"

하지만 만호는 엄청난 충격을 이기지 못하는지 소리를 낮춰야 함에도 목청이 높아졌다.

"우떤 집 마님이라꼬 하디요?"

억호는 기억도 하기 싫은지, 그렇지만 자신도 너무 궁금하고 답답한지, 가슴이 불룩해지도록 숨을 크게 몰아쉬었다.

"내도 그거꺼지는 모린다. 넘이 놓은 거는 소도 몬 찾는다 캤는데, 내가 우찌 싹 다 알 끼고."

"소는 몰라도 사람은…….."

"아, 소가 사람보담도 더 큰데 무신 소리고?"

"그기사……."

둘 사이에 잠시 침묵이 흐르다가 대화가 이어졌다.

"하여튼 돈도 엄청시리 쌔삣고, 가풍家風도 상구 중요시 여기쌌는 그런 대갓집 마님인 모냥이더라. 그렁께 표적물로 삼고 노릿것제."

"대체 올매나 돈을 마이 울겨내서?"

"아부지가 올매나 독한 사람인데, 오데 한두 번에만 그칫것나."

만호는 세찬 바람을 받은 호롱 불꽃같이 흔들리는 목소리였다.

"그, 그라모?"

억호 눈이 허공 어딘가를 노려보았다.

"우짜모 요새도 만내갖고, 계속 공갈쳐서 돈을 울겨내고 있을 끼다."

"요새도?"

독하기로는 둘째가라면 서러워 대성통곡할 만호조차 등골이 서늘한 모양이었다. 그는 목 안으로 기어드는 소리로 중얼거렸다.

"그 마님, 우리 아부지한테 고마 당했다쿠는 그 귀한 집 여자, 대체 우떤 곳에 사는 우떤 여잘꼬? 누꼬?"

억호 얼굴에 한층 심한 씰룩거림이 일어났다. 그 바람에 그러잖아도 좋지 못한 인상이 더 험상궂어 보였다. 그는 시무룩한 기색을 띠었다.

"내도 에나 궁금타. 아이다, 인자 안 궁금하기로 했다."

춘화는 그만 버림받은 신세로 전락해 방바닥에 떨어져 있다. 그것을 무연히 내려다보고 있던 억호가 고개를 흔들면서 말했다.

"우짜모, 아이다, 틀림없다. 바로 시방 이 순간도 울 아부지라쿠는 그 대단한 인간, 그 여자 만내고 있는지도 모린다. 치사시럽거로 돈도 뺏고, 또……."

"아, 시방 이 순간도?"

만호는 누가 방문을 박차고 들어오기라도 하는지 더없이 경악하는 빛이었다.

"하모, 내 추측이 딱 들어맞을 끼다."

"우리가 그런 돈으로 살아왔다이?"

그 대화를 마지막으로 무거운 침묵이 방을 쫙 덮었다. 둘은 잠시 동안 멍하니 앉아 있다. 달그림자 보고 놀라기라도 한 것일까? 어디선가 개가 함부로 막 짖어대는 소리가 바로 옆에서처럼 들려왔다.

형제는 약속이나 한 모양으로 몸을 크게 움찔하면서 시선은 다시 그림책을 향한다. 닫힌 책 위에 상상으로 펼쳐지는 색다른 춘화가 있다.

인물은 임배봉 그리고 누군지 알 수 없는 대갓집 마님이다. 어쩌다 몸종 없이 혼자 사찰 아래 밤의 숲길을 걷고 있는 마님. 나무둥치 뒤에 숨어 노려보고 있는 사내, 배봉. 이윽고 달려든다. 한바탕 불 바람. 오열하는 여자를 무섭게 협박하는 배봉. 장면 바뀐다. 역시 아무도 없는 후미진 곳이다. 연방 뒤를 살펴가며 조심스럽게 다가와 배봉에게 돈 꾸러미를 넘기는 마님. 그러고 나서 얼른 돌아서려는데 어깨를 확 낚아채는 거친 사내 손길. 애원하는 여자. 막무가내로 해하려 드는 사내.

"나무아미타불 관세음보살이다!"

억호가 씨근거리며 책장을 확 펼쳤다.

"이거는 또 머꼬?"

"화공이라쿠는 기 영 행핀없는 작자 아이가."

"아, 절간 부처님도 여자 이약이라모, 돌아앉아 씨익 웃는다 안 쿠디 요?"

"부처님이사 장 웃는 얼굴인께네 그런 이약이 안 나왔으까이?"

"우리도 요 그림 봄시로 웃어 보자꼬요. 기분 안 좋거로 하는 생각은 싹 없애삐고."

둘은 또다시 점점 춘화 속으로 빨려들기 시작했다. 세상에 다시 없을 그림을 넋 내려놓고 들여다보는 점박이 형제 낯바대기에는 웃음이 묻어 나오는 대신 온몸이 그대로 돌덩이같이 굳어버린 것처럼 보였다. 방에 는 썰렁한 공기가 감돈다.

놀던 계집은 결딴이 나도 엉덩잇짓은 남는다던가. 이마빼기 쇠똥도 마르기 전부터 이미 난장을 칠 난봉꾼이 된 그들 형제의 습성은, 영원히 그들 몸에서 떨어버릴 수 없을지도 모른다. 그리고 그 피해는 고스란히 그들보다도 없고 약한 사람들의 몫으로 돌아가게 될 것이다.

"이거를 본께네……."

이윽고 가쁜 숨을 몰아쉬며 만호가 입을 열었다.

"옛날이나 시방이나 우리 양반들이 겉으로는 점잖은 척을 해싸도, 에 나 더러븐 짓은 싹 다 하고 있는갑소."

그런데 만호 그 말이 막 끝났을 그때다. 별안간 억호가 쉿! 하는 얼굴 을 하더니 재빨리 손가락을 제 입술에 갖다 댔다. 그러고는 여차하면 냅 다 튈 자세를 취하며 급히 말했다.

"바, 밖에서 무, 무신 소리가 났다!"

그렇게 말하는 억호보다 만호 안색이 더 새파랗게 질렸다.

"무, 무신 소린데? 아, 아부지가 도, 돌아온 기요?"

죽은 어머니가 살아 돌아와도 그렇게 놀라지는 않을 것이다.

"빙신 겉은 소리 마라. 오데 하매 돌아올 인간이가?"

그러던 억호는 홀연 부아가 치밀고 증오심이 북받치는 모양이었다.

"집구석이사 우찌 되든지, 자슥들이사 밥을 굶든지, 옷을 입고 살든지 벗고 살든지, 파리 머만큼도 신갱 안 쓰는 인간이⋯⋯."

억호 머릿속에 그 춘화의 인물들처럼 말세末世로 치닫고 있을 아버지 모습이 선연히 그려졌다. 어머니의 빈자리가 한층 크고 넓게 느껴지게 하는 그와 내생에는 어떤 관계로 맺어질지 벌써부터 걱정이다.

돈과 권세가 원흉이다. 자기 눈에 있는 뭐는 안 보이고, 남의 눈에 있는 뭐는 보인다고, 억호가 그런 생각들을 굴리고 있는데, 만호가 방문에 눈을 박고 말했다.

"그, 그라모 누, 누꼬?"

잔뜩 목이 억눌린 듯한 그 소리가 억호는 듣기 싫었다. 그는 입술에 갖다 댔던 손가락을 떼 냈다.

"하인들 중 하나것제."

그랬다가 이내 억호는 대수롭잖은 목소리로 말했다.

"아이모 그냥 도독괭이가 지내간 기든가."

그게 정말 도둑고양이 소리였는지 아니면 바람 소리였는지, 바깥에서는 이제 아무 소리도 들리지 않는다.

"한 분 더 보자, 우리. 이거는 암만 봐도 싫증이 안 난다 아이가."

억호 말에 만호가 맞장구를 쳤다.

"끝장부텀 먼첨 보는 기 우떻소."

억호는 잔뜩 경멸하는 빛이 담겨 있는 어투로 쏘아붙였다.

"이런 빙신 째끼! 그라모 앞엣것이 한 개도 재미없다."

억호 핀잔에 만호는 고개를 슬그머니 돌렸다.

"그라모 그리하든지."

그들은 누가 방문을 벌컥 열어젖히고 안으로 쑥 들어서도 모를 만큼 정신들이 나갔다.

"만호야, 니 그날 밤 우리가 대사지 연못에서…… 생각나나?"

비로소 그 방에서 나올 때가 되어가는 걸까? 듣기 좋은 뭐도 한두 번이라고, 마침내 약간 지루함을 느꼈는지 억호가 하품을 깨문 입술을 열어 물었다. 왜 이제 와서야 그 일이 떠오르는지 모르겠다는 기색이었다.

"하모요, 생각이 안 나모 그거는 사람이 아이제. 교방 기녀들도 고만 기가 팍 죽어삐릴 딸아……."

만호의 그 말끝에 억호의 저주가 담긴 소리가 이어졌다.

"성안에서 한량무 기경하던 그날, 호한이 그눔만 아이었어도……."

그들 눈빛이 어둠 속에서 야수의 그것처럼 위험하게 번득였다. 언젠가는 반드시 되갚아 줄 것이다. 그런데 만호가 불쑥 하는 말이 엉뚱스러웠다.

"비화 고 가시나는 우떻소?"

"비화?"

억호는 고개부터 절레절레 흔들었다. 그러고는 입으로 손등에 나 있는 상처를 호호 불며 꿈에 볼까 겁난다는 얼굴을 했다.

"그런 소리 두 분 다시 하지 마라. 고런 년은 억만 금을 가지와도 내는 딱 싫다. 그리키 독한 년은……."

"내는 아인데……."

억호가 말끝을 흐리는 만호 얼굴을 빤히 바라보았다.

"머시 아이다 말고?"

"내사 옥지이도 좋지만도 비화는 더 좋다, 그 말인 기요."

달이 잠깐 그 빛살을 거둬들이는지 어두운 기운이 더해지자 그 방에 있는 사물들이 비현실적으로 비쳤다.

"지발 말도 말 겉은 소리 좀 해라. 섭천 쇠가 웃것다."

억호 핀잔에 만호는 인상을 있는 대로 지었다.

"그라모 섭천 쇠가 안 웃고 울 소리는 우떤 긴데?"

"그거는 쇠한테나 가서 함 물어봐라."

그런데 그따위 되지도 않은 헛소릴랑 하지 말라는 표정이던 억호가 어느 순간 조금은 수긍이 간다는 투로 말했다.

"하기사 이런 이약이 있기는 하데."

"무신……?"

방 한쪽에 놓인 옥색 분盆에는 희귀종이라고 배봉이 거금을 주고 산 난초 한 포기가 자라고 있었는데 은은한 향기가 아니라 악취를 풍기는 것 같았다.

"얼골 이뿐 여자는 싫증이 잘 나지만도, 머리 영리한 여자는 옆에 두고 보모 볼수록 더 좋아진다쿠는……."

우물이 거꾸로 매달려 있는 형상의 천장은 그 아래 있는 모든 것들을 억누르고 있다는 기분을 자아내었다.

"비화가 바로 그런 여잔 기라요."

그러는 만호에게 억호가 겁을 먹었다.

"그래도 내는 옥지이가 몇 배나 더 좋은 기라. 그라고 아부지가 만호 니 그 말 들었으모, 비화보담도 닐로 더 쥑일라 쿨 끼다."

만호는 또다시 점이 박힌 낯짝을 아주 흉하게 찡그렸다.

"그란다꼬 누가 죽건데?"

형제 이야기는 시종 불미스럽고 가증스러운 것들 일색이었다. 저희들 마음 내키는 대로 살아가는 것에 익숙해져 버린 탓에, 그들 행보는 크게 고장 난 바퀴처럼 누구도 제어할 수 없이 제멋대로 굴러가는 것이었다.

비화나 옥진이로 봐서는 달갑지 못한 일이었다. 그렇게 나쁜 물에 빠져있는 사내들이, 그것도 춘화라고 하는 지탄받는 음란물을 앞에다 두고 희희덕대며 주고받는 이야기, 그 이야기의 대상으로 올랐다는 그 자체부터가 매우 불길하고 좋잖은 조짐이 아닐 수 없었다. 그게 앞으로 비화와 옥진에게 어떤 무서운 양상으로 나타날지 생각만으로도 소름이 끼칠 노릇이었다.

갑자기 구름이 나타난 걸까? 다시 밝던 방안이 어느 순간인가 먹장을 친 듯 어두워지기 시작했다. 점박이 형제 얼굴에 나 있는 크고 검은 점 같았다.

그 밤에 배봉은 끝내 귀가하지 않았다.

아침의 나라 사람들

대기는 청명했다.

마을 초입에 우뚝 서 있는 커다란 이팝나무에는 하얀 꽃이 참 흐드러지게 피었다. 지난가을에는 보랏빛 열매가 당장 따고 싶도록 그리도 탐스럽더니만, 지금은 그 꽃송이들이 가득가득 뿜어내는 향기에 온 세상이 흠뻑 취하는 듯하다.

"지옥에는 꽃이 없것지요? 아, 저 꽃 향내맹캐 우리 주님의 뜻이 온 천지에 널리 퍼지모 올매나 좋것소."

전창무의 간절한 음성에 꽃 이파리가 파르르 떨리는 느낌이었다. 그들에게 신자가 아닌 생명은 없을지 모른다. 천지 만물이 전부 하느님의 창조물일진대 어찌 그렇지 아니할까?

"운젠가는 꼭 그리 될 끼라고 믿어예."

우 씨가 기도하듯 말했다. 창무는 알고 있다. 아내의 말은 언제나 그처럼 기도를 드리는 말투였다.

"믿음대로 되것지요."

창무 말을 받아 우 씨가 신념에 찬 목소리로 말했다.

"네 믿음대로 될지어다!"

우 씨는 하루가 다르게 아주 독실한 신자로 변해가는 남편이 그저 고맙고 미덥기만 하다. 선교사는 적고 전도할 지역은 너무도 멀고 험하여 육신은 늘 파김치가 되어도, 마음은 그렇게 가볍고 기쁠 수가 없었다.

돌아보면 신유년과 기해년 그리고 병오년의 박해는 참으로 끔찍스럽기만 했다. 특히 조선 최초의 신부 김대건 순교 사건은 그들 같은 천주교인들에게는 두 번 다시 떠올리고 싶지 않은 참사였다. 요 몇 해 동안은 그런대로 조금 뜸하기는 해도, 언제 또다시 대박해의 회오리바람이 휘몰아칠지 몰랐다.

그들은 잠시 하던 말을 멈추고 사방을 둘러본다. 남쪽은 확 틔어 있고 나머지 세 방향은 행줏골과 동산, 청성산으로 에워싸인 그곳은 언제나 아늑해 보인다. 주님의 옷자락이 곧 만져질 것도 같다.

"어?"

"아!"

창무 부부가 한화주와 송원아를 만난 것은 남쪽 길 위에서다. 화주와 원아는 이웃 '죽골'에 살고 있다. 두 사람 집은 작은 고개 하나를 사이에 두고 떨어져 있지만, 유난히 많이 자라는 대나무들이 작은 마을을 빙 둘러싼 형용이기에 죽골이라 불렀다.

'그 땜새 저 화주 총각 성품이 대나모겉이 꼿꼿한 긴가?'

얼핏 그런 생각을 하며 창무는 반갑게 그들 인사를 받았다. 젊은 남녀는 둘이 함께 있는 현장을 들켜 당황하는 빛이었지만 곧 심상한 얼굴들이 되었다. 두 사람은 앞날을 약속한 사이라는 걸 알만 한 이는 다 알았다.

"에나 잘 어울리는 한 쌍이네예."

우 씨가 그녀 특유의 후덕한 웃음을 흘리며 부러운 목소리로 말했다.

하지만 창무는 무슨 심상찮은 낌새를 챘는지 조심스레 물었다.

"우째 얼골들이 안 밝아 비이요. 무신 근심이라도 있는 기요?"

그러자 원아는 금세 울음을 터뜨리려는 얼굴로 바뀌었다. 화주가 그런 원아를 눈치채지 못하게 하려고 서둘러 입을 열었다.

"아, 아모 일도 없심니더."

우 씨가 손을 이마와 가슴에 차례로 가져가 성호를 그으며 기도해주었다.

"두 사람 하는 일마다 하느님의 응답이 있으시길……."

그 순간, 화주와 원아의 안색이 하나같이 크게 변했다. 지금은 비교적 박해에 위협받지 않고 전도 활동을 할 수 있는 시기라곤 하지만, 지난날의 그 박해를 돌아보면 농민들의 거사 못지않게 위험천만한 게 천주학 전파였다. 그런데도 어찌 저렇게도 대범할 수 있을까? 대체 믿음의 힘은 얼마나 강하고 큰 것인가?

그곳 볕 좋은 남쪽 길은 천국으로 통하는 길처럼 밝고 훤하다. 그들 남녀는 간절하게 소원한다. 우리 농민들이 나아가고자 하는 길도 저렇게 되기를.

"두 사람에게……."

창무도 우 씨 말끝을 받아 간곡히 권유했다.

"우떤 근심거리라도 있으모 하느님 앞에 모도 벗어삐리기를 진정으로 바라요."

무거운 짐을 진 자들은 모두 내게 그 짐을 맡기라고 주님은 말씀하셨다. 그 짐은 단순히 들거나 지거나 운송하게 만든 물품이 아니라, 수고가 되는 일, 심지어 귀찮은 물건까지 뜻한다는 것을 모르지 않지만, 젊은 두 사람은 가슴이 뻐근해져 서로의 얼굴만 보았다.

"하느님도 그것을 원하는 분이시고……."

"고맙심니더."

화주는 묻고 싶었다. 정녕 그분은 앞으로 우리가 행하려는 일을 모두 알고 계시며, 모든 일을 이뤄주실 수 있는 전지전능한 힘을 가지신 분이냐고. 세상을 창조하신 그 뜻이 악인들을 위한 게 아니고 선인들을 위한 것이 맞느냐고…….

"빕니더, 빕니더……."

화주는 원아와 함께 작은 절집을 찾았다. 이번 일이 반드시 성공하여 도탄에 빠진 조선 백성을 구원해 달라고. 그리고 우리 두 사람 부디 소망하는 그대로 살아갈 수 있도록 잘 이끌어 달라고. 그러나 부처님께서는 들으셨는지 못 들으셨는지 그저 빙그레 웃고만 계셨다. 가을바람 끝에서 느껴지곤 하는 쓸쓸하고 텅 빈 미소였다.

그들 농민을 이끄는 유춘계는 하느님도 부처님도 믿지 않았다. 전통적인 유교 국가에서 믿을 건 오로지 하나, 백성뿐이라 했다. 민심이 아니고선 결코 아무것도 달라지게 할 수 없다 했다. 그러고는 지나가는 말처럼, 남의 일같이 얘기했다. 전부 던져버리기로 했다고. 쥐꼬리 같은 관직을 떠나기로 했다고.

"그라모 담에 또……."

"잘들 가요."

그들과 헤어진 후에 부부는 한참이나 우두커니 서 있었다. 한창 행복에 겨워야 할 젊은 연인들의 떠나가는 뒷모습이 너무나도 애잔하고 불안해 보였다. 천지에·흘러넘치는 햇빛이 어쩐지 그들만을 피해 비치는 듯했다. 아니, 그들 스스로 밝음을 버리고 어둠을 향해 나아가는 것 같았다.

"우짠지 느낌이 안 좋소."

"예?"

"저 젊은이들 말요."

"예……."

창무 얼굴 가득 어두운 그림자가 드리워졌다. 그것을 무연히 바라보는 우 씨 눈빛이 젖어 있다. 우 씨 집안에 장가를 들기 전에는 천주학의 '천' 자도 알지 못했던 사람이다. 오직 전통적인 유교 사상만을 받들었다.

"저……."

우 씨는 혼례를 치른 후 처음 그에게 천주학을 권하던 순간을 되살리면 아직도 심장이 뛰었다. 그건 참으로 용기가 필요한 일이었다. 여필종부를 강요하는 시대 분위기 속에서, 기침 소리 하나도 제대로 내지 못할 새색시가 감히 지아비를 상대로 그런 짓을 한다는 것은, 시가에서 쫓겨난 소박데기로 전락할 노릇이 아닐 수 없었다.

"설마하니 부인이 내를 잘몬된 길로 내몰것소."

"그라모?"

"내 한분 생각을 해보것소."

"아!"

새신랑에게서 그런 느꺼운 답변을 처음 들었을 때, 우 씨는 실로 저 그리스도의 옷자락이라도 잡은 것처럼 감격스러웠다. 천주학 신봉 집안인 친정 부모의 기쁨도 무척 컸다. 사위가 천주학 신자의 길로 들어서겠다고 하다니.

"주님! 주님! 우리 주님!"

창무가 세례명을 받았을 때, 우 씨는 주님을 부르며 눈물로 감사 기도를 올렸다. 일찍이 그런 기쁨의 눈물을 흘린 적이 있었던가? 그런 감격의 순간을 맛본 적이 있었던가?

"니 시가가 우떤 집안이고?"

"……."

"조상이 고려 때 대사헌을 지낸 가문인 기라."

"아, 그런!"

우 씨 친정아버지는 자신보다 남이 잘되는 것을 좋아하는 호인이었다.

"그분은 조선을 세운 태조의 역승핵맹(역성혁명)을 끝꺼지 거부했던 고려 충신이었제. 그래서 마을 이름도 그분 호를 따서 안 지잇나."

우 씨가 그 이야기를 했더니 창무는 조상의 충정을 자랑삼는 게 약간 부끄럽다는 빛이었다.

"그 당시 고려의 망국을 증말 서러버하고 조선을 인정 안 할라 캤던 충신이, 우찌 우리 조상님 한 사람만 계셨것소."

별게 아니라는 얼굴을 해 보이는 그였다.

"그래도 그기 근분 쉬븐 일이 아이라서……."

그러면서 목이 메기까지 하는 우 씨에게 창무가 집안 내력을 들려주었다.

"우쨌든 우리 가문에서는, 그 어른이 저 지리산 청학동에 숨어 지내시다가 그 마을로 옮기셨다고 전해지고 있소."

창무의 이야기는 들을수록 예사롭지 않고 신비스럽기까지 한 것이었다.

"아, 그 이름난 청학동……."

청학동에도 가서 천주학을 전파하고 싶은 우 씨였다.

'거 가모 증말 푸른 학이 살고 있으까?'

피는 절대 못 속인다던가. 살아가면서 우 씨는 창무가 그 조상을 그대로 빼닮은 것 같아 가슴이 서늘해질 때도 있었다.

"내가 볼 적에는……."

그렇게 한 번 옳다고 판단하면 아무리 강력한 힘이 억눌러도 결코 그 뜻을 바꾸는 일이 없는 창무였다. 하긴 그런 남다른 신념을 가졌기에 조상 대대로 유교를 중시해오는 집안 출신이면서도, 저 무신론자들이 '서양 귀신'이라고 치부하는 천주학 신자가 될 수 있었을 것이다.

"우리 가문보담도 더 자랑시런 후손들이 사는 데가 저 꽃마을이라 보요."

창무는 우 씨에게 인근의 그 마을 이야기도 조금 들려주었는데, 그때의 표정이 너무나 심각하고 진지하여 우 씨는 손에 절로 땀이 배어났다.

"저 임진년에 왜눔들이 벌로 설치댈 때, 그들과 싸워 목심을 잃어삔 장군이 안 있소."

장군이라는 말만 들어도 어쩐지 가슴이 설레는 우 씨였다.

"그 후손들이 조상 넋을 기릴라꼬 저리 꽃을 마이 심어, 봄만 되모 온 마을이 꽃 천지가 안 되는가베."

꽃잎처럼 떨어져 간 임진년의 원혼들.

"주님께서 그들을 당신의 나라로 인도하셨기를⋯⋯."

우 씨는 그저 성호를 그었다.

"그리키나 전지전능하신 하느님이라모, 우째서 선만 있고 악은 없는 시상을 몬 맨드셨지예? 우째서 왜눔겉이 악한 눔들도 있는가 말입니더."

꽃마을의 얼굴 검은 농군이 던진 물음이었다. 창무는 물론이고 우 씨도 황당했다. 그 대답은 참으로 어렵고 생소한 것일 수밖에 없었다.

"그거는 말하자모, 하느님은 궁극적 완성을 향해 가는, 그런께네 '진행의 상태'로 세계를 자유롭거로 창조하실라꼬 하기 때문이지예. 악에서 선을 이끌어내신다쿠는 깁니더."

"진행의 상태라꼬예? 진행의 상태, 진행의⋯⋯ 암만캐도 이 사람은 천국에는 몬 갈 거 겉십니더. 무신 이약인고 하나도 모리것은께⋯⋯."

얼굴 검은 농군의 그 낯빛만큼이나 컴컴한 기운이 실린 말이었다.

그들 부부가 성 밖 대사지 근처 집에 닿은 것은 땅거미가 내린 후였다.

"에나 고생했소. 다리가 상구 아풀 끼요."

"지보담도 당신이 훨씬 더 심드실 줄 압니더."

"내사 부인이 곁에 있으이……."

"아아, 시방 이 순간에도 주님께서 우리와 함께하고 계심니더. 당신이 하신 그 말씀에서 지는 그것을 봅니더."

"여보……."

"우리한테 더 이상 무신 말이 필요하것심니꺼?"

부부는 지친 몸을 이끈 채 서로를 위로하고 격려하면서 대문을 들어섰다. 그 집은 본래 우 씨 외가 쪽 사람이 살던 곳인데, 그가 이웃 문산면의 넓은 배나무 밭을 사서 과수원 농사를 짓는 바람에 비어 있었다. 용마루가 기역자로 꺾여 평면이 기역자를 이루고 있는 집이었다.

선교를 위해 늘 여러 곳을 다녀야 하는 창무 부부는, 거주민도 많고 인근을 통틀어 가장 중심지가 되는 지역을 활동 무대로 삼기 위해 그 집에 들어왔다. 그러고는 한 달에 스무날은 조금 시골인 고향 근처 마을들을 대상으로 삼고, 열흘가량은 그 집에 머물면서 목牧이 있는 그곳에서 신자들을 모았다.

그러나 지난 병오년 박해의 충격도 남아 있는 데다 유교와 불교가 깊이 뿌리내린 터라 쉽지 않았다. 무슨 종교든 간에 종교의 힘은 크고 무서웠다. 조선 민속신앙도 무시할 수 없다는 것을 실감하고 있는 창무 부부였다.

그뿐만이 아니었다. 집이 빈 날이 많은 탓에 그것을 용케 냄새 맡은

좀도둑들의 반갑잖은 방문을 자주 받아야 했다. 본격적인 살림집이 아니어서 가재도구도 별로 없어 도난당한 물건도 대수롭잖아 큰 피해는 보지 않았지만, 기분이 꺼림칙한 건 사실이었다.

도둑을 잡은 것은 우연이었다. 마침 신자 몇 사람이 그곳까지 따라온 것도 다행이었다. 그날도 이날처럼 사위가 어두워서야 대문간을 들어서는데 마당 귀퉁이의 광 쪽에서 무슨 기척인가가 났다. 처음에는 도둑고양이거나 비루먹은 개인 줄 알았다. 여러 사람이 불쑥 나타나자 시커먼 그림자는 얼른 도망치지 못하고 당황해 어쩔 줄 몰라 했다.

"아, 이 동네 사는 총각 아입니꺼, 여보?"

창무보다 눈이 밝은 우 씨가 놀라 말했다. 창무는 그림자 가까이 다가섰다.

"그동안 총각이 우리 집에 들와서 물건 훔치간 기제?"

"……."

"앞날이 창창한 사람이 와 이런 짓을 하노?"

광에서 인심 난다고, 제 살림이 넉넉하여야 남을 동정하게 된다고 하지만, 그들 부부는 집에 광이 없어도 남을 위할 사람들이었다.

"잘몬했다꼬 말을 해야 하느님도 죄를 사해주실 낀데……."

"……."

그림자는 아무 말도 하지 못했다. 부부는 허탈감에 빠졌다. 독실한 신자들이기에 도둑을 미워하기보다도 제발 그의 죄를 용서해 달라고 하느님께 빌었다. 그렇지만 범인이 동네 총각이라는 사실에, 도둑을 잡았다는 안도감보다 서글픈 기분이 먼저 들었다.

"다시 이런 짓 몬 하거로, 그 집 어른들한테는 알리야것지예?"

우 씨가 남편 뜻을 물었다. 창무는 잠시 생각하다가 대답했다.

"길을 잃어삔 한 마리 에린 양인 기요."

의지가지없이 약하다는 뜻에서, 신자를 비유하는 말이었다. 그 양이라는 말 앞에서 다른 무얼 더 주저하고 망설이랴.

"그렇소. 바린 길로 인도해야 할 거 겉소."

"총각……."

부부는 신자들을 잠시 사랑채에 있게 하고 도둑의 집을 향했다. 도둑은 이제 모든 것을 포기했는지 순순히 앞장을 섰다. 얼핏 죄를 뉘우치는 것처럼 보였지만 그게 아니었다. 그는 속으로 무척이나 아쉬웠다. 이럴 때 점박이 형제 억호와 만호만 있다면.

"만호야, 맹쭐이를 니 동상매이로 잘 대해줘라. 난주 우리가 어른이 되모 씰 데가 마이 있을 끼다."

억호는 의미심장한 웃음을 띠었다. 아직 세견머리 없는 만호가 말했다.

"하기사! 머시든 잘 쌔빈께, 우리가 딱 시키갖고……."

그러다가 입조심 하지 않는다고 형한테 볼때기를 한방 얻어 걸치기도 했다.

'오데서 안 튀나오나.'

도둑은 가는 도중 그 점박이 형제를 만날 수 있길 간절히 바랐다. 우리 셋이 힘만 합치면 그들 부부를 물리치는 일은 식은 죽 먹기보다도 쉬울 거라 보았다. 세상에서 안 될 게 없으리라 맹신했다. 그렇지만 열심히 빌어본 효과가 없었다.

"이 자슥이 그 집에 들가서 물건을 우쨌다꼬요? 확실한 기요?"

그런데 도둑의 집에 들어가서 도둑의 부모를 만났을 때였다. 창무 부부는 도둑을 만났을 때보다도 더 황당한 일을 겪어야 했다.

"무담시 생사람 잡는 거는 아이것제?"

"……."

눈 허리가 시어 못 볼 만큼 거만스럽고 데데한 사람들이었다.

"하이고, 이눔아. 나가 뒈지라, 나가 뒈져. 동네 사람 보기 챙피해서 몬 살것다."

부모는 사죄하기에 앞서, 정말 우리 자식이 도둑질한 게 맞느냐, 남들 보기 부끄러워 못 살겠다, 그렇게 따지듯 회피하듯 하며 자식 꾸짖는 일에 더 급급했다.

"사람은 한 분씩은 다 나뿐 짓을 할 수도 있은께 인자 고만……."

"꼭 머를 우짤라꼬 우리 집에 들온 거는 아인 거로 비이고예."

상황이 묘하게 돼버렸다. 창무 부부는 되레 그들 부모를 말리고 도둑을 옹호해준 다음에 서둘러 그 집에서 빠져나왔다. 왠지 모르게 어둡고 험악한 공기가 감도는 집안이었다. 문간을 채 벗어나기도 전에 곧 죽는 사람의 비명소리가 났다. 실로 무지막지한 집이었다.

"여보! 당신은 그런 기분 몬 느끼엇어예? 똑 마귀들이 모이서 사는 곳 겉은……."

겁에 짓눌린 우 씨 말에 창무도 몸을 떨었다.

"솔직히 이약해서 내 눈에도 그곳이 지옥령들의 소굴 겉었소. 더러븐 쓰레기가 보석매이로 비인다쿠는 지옥령들……."

천주학 전도에 충실한 부부는 참되고 단란한 가정으로 주변의 부러움을 샀다. 조선은 그리스도의 나라로서 순탄한 길을 걸어갈 것처럼 보였다. 하지만 세상사 다 그렇거니와 거기에도 양면성은 있었다. 그들 부부에 대해 좋지 못한 말들도 나왔다.

"에핀네가 들어갖고 그 말짱한 남핀, 서양 구신한테 잡아먹히거로 안 하는가베."

"저라다가 난주 무신 일이라도 있으모 우짤라쿠노?"

사람들 머릿속에는 여전히 여러 차례의 천주학 박해 사건이 빼버릴 수 없는 못처럼 박혀 있었다. 아직도 천주학쟁이라는 멸시와 거부감이 팽배했다.

그 당시로선 그럴 만도 했다. 저 호주 장로교 총회 외지 전도국에서 파송한 의료 선교사 '커렐'이 이 지역에 기독교를 퍼뜨리기 시작한 것은 그로부터 무려 수십 년이 지난 후의 일이다. 부산에 이어 호주장로교회의 두 번째 선교지로서 나름대로 제법 큰 활기를 띠었지만, 창무가 전도하던 그때까지는 아직도 개신교가 민중 앞에 그 모습을 드러내기 전이었다.

그즈음에는 비교적 자유롭기는 해도 크게 드러내놓고서 하느님 나라를 외칠 정도는 못 되었다.

그러나 창무도 알지 못했다. 그들 부부가 민치목의 집을 찾아간 바로 그 이튿날 맹쭐이 점박이 형제를 만났다.

"어이, 맹쭐이. 니 얼골이 와 그 모냥이고?"

억호 말에 맹쭐은 오만상을 찡그리며 가래침 내뱉듯 말했다.

"내사 기분 팍 잡치서 몬 살것소."

"와? 새가 또 니 얼골에 똥싸놓고 달아났디가?"

만호가 헤헤대며 놀렸다. 참 이상한 노릇이었다. 새란 놈들이 유난히 맹쭐 얼굴에 대고 실례를 많이 했다. 셋이 나란히 걸어가거나 셋이 함께 서 있을 때도 꼭 날개 달렸다는 것들은 맹쭐 얼굴만을 겨냥했다. 물론 그 혼자 있을 때도 그건 예외가 아니어서, 맹쭐은 반드시 사냥꾼이 되어 이 세상에 있는 새라는 새는 모조리 없애버리리라는 각오를 다진 적도 있었다. 지금도 참새구이라면 사족을 쓰지 못하는 것도 그 결심의 연장선이라고 봐야 할 것이다.

"성님들예! 오데 신나는 일 있으모 내도 쪼매 끼워주소."

맹쭐은 무슨 일을 벌이고 싶어 하는 빛이 역력했다. 억호가 그깟 것

어려울 게 없다는 듯 간단하게 말했다.

"신나는 일이사 맨들모 되지 머."

깃이 같은 새가 함께 어울린다고 했다. 그들은 곧잘 이곳저곳 어울려 쏘다녔다. 맹쭐 눈에는 점박이 형제가 제일가는 영웅으로 비쳤다. 눈꼴 사나운 천주학쟁이들이 말끝마다 올리는 하느님보다도 훨씬 더 위대해 보였다. 그들 형제의 집이야말로 저 '하느님의 집'보다도 훨씬 훌륭하고 멋이 있다고 보았다.

그들은 돈과 세도를 가진 아버지 배봉의 든든한 배경뿐만 아니라, 완력도 대단하고 성깔도 여간 더럽지가 않아 모두가 슬슬 피하는 천하의 개망나니들이었다. 그 나이에 벌써 기방을 출입한 이야기며 군인을 흠씬 두들겨 팬 이야기며 여하튼 맹쭐에게는 우상이 아닐 수 없었다.

억호는 쌈질 몸놀림만큼 휙휙 두뇌 회전도 빨랐다. 만호는 머리가 둔했지만 덩치는 형보다 크고 기운도 더 세었다. 그리고 그들 형제 입장에서는 강아지처럼 쫄쫄 따라붙는 맹쭐이 부려먹기 딱 좋았다.

"니네 친척이라꼬 운산녀하고 가차이 하모, 우떤 구신이 잡아가는 줄도 모리거로 그냥 콱 쥑이쁜다. 알것제?"

만호가 겁 먹이면 맹쭐은 점박이 형제의 발바닥이라도 핥을 것같이 했다.

"내는 두 새이가 우리 아부지 어머이보담도 좋심니더."

온갖 아부와 아첨을 늘어놓았다. 같은 동네에 사는 그 또래 가운데에서 꾀가 아주 많아 '꾀쭐이'라고 불리는 '곤쭐'이라는 아이에 비하면, 돌대가리를 넘어 쇠대가리라고 해야 마땅할 터였지만, 남의 비위를 맞추는 데는 단연 최고였다.

"그러이 운산녀가 낼로 좋아해도 내는……."

셋이 모였다 하면 그들 주위에는 금방이라도 '펑' 하고 폭발할 것 같은 위험하고 험악한 공기가 감돌았다. 억호가 산적 패 두목 목소리를 흉내 내면서 제의했다.

"야, 우리 으행재(의형제) 맺자꼬!"

"그, 그런 영광이……."

만호도 손가락을 깨무는 시늉과 함께 떠벌렸다.

"자, 피를 내서 맹서하자꼬!"

"고, 고맙심더, 새이들예."

약삭빠른 맹쭐은 점박이 형제 힘을 빌려 창무 부부에게 복수할 계산이었다. 무슨 서양 귀신을 믿고 설치는 그들을 혼내 주리라. 억호와 만호가 하는 이런 소리도 들었다.

"내는 하느님 안 믿어도 딱 천당 갈 사람이라꼬. 그거 아나? 그 천주학재이가 이리 쌌는데? 머, 하느님은 모든 사람들이 구원받고, 또, 또 머라쿠더라? 진리의 깨달음에 도달하기를 원하는 분이라 놔서, 안 믿는 사람도 그냥 멤만 착하거로 묵으모, 머 영생인가 머신가에 이른다나 머라나?"

"칫! 넘 동네 들와갖고 설치쌌는 꼬라지, 어른들 말매이로 두 눈 뜨고 몬 보것다. 똥개도 지 동네서는 반은 묵고 들간다 글 쿠는데, 우리가 고것들을 우리 동네서 몬 살거로 해삘 끼다."

그런 가운데 대사지 근처 창무 부부가 머물고 있는 그 집에서는 주일 主日 행사가 열렸다. 거기 인근에서 온 시골 사람들 사이에는 그 동네에 사는 막딸이 아버지, 슬진이 어머니, 아름이 언니도 눈에 띄었다.

"오늘은 우리 조선 천주교회 역사에 대해서 함 공부해보거로 하입시더."

"잘 배우것심더."

지금 그들이 모여 있는 윗방 앞쪽의 대청과 그 옆의 건넌방에서는 텅 빈 집과 다를 바 없는 고요가 감돌고 있었다. 그만큼 모든 게 조심스럽고 경계하는 분위기라는 것을 잘 입증해주었다.

"임진년에 풍신수길이 쳐들어왔을 때……."

창무 입에서 그 이름이 나오자 방안 가득 홀연 우 긴장감이 밀려들었다. 듣기만 해도 치가 떨리는 인물이었다.

"그자는 불교 신자 아입니꺼? 내는 그리 알고 있는데……."

딸만 내리 다섯을 낳은 막딸이 아버지다. 이제는 제발 딸딸은 막아보자고 넷째 딸 이름을 막딸이로 지었지만 그 밑에 또 딸이라 포기했다.

"맞심더. 그래 그자는 조선 침략을 계기로 해갖고, 그때 당시 일본에 크기 퍼져 있던 천주학을 없앨라 캔 기지예."

창무의 말에 슬진이 어머니가 낯을 붉히며 화를 냈다.

"저리 몬된?"

지금 그곳에 있는 사람들에게는 다소 생소할 수도 있겠지만 그 당시 왜장들 이야기도 나왔다.

"우리나라를 칠라꼬 선봉장으로 내세운 고니시 유키나가, 그런께네 소서행장하고, 또, 구로다 나가사마, 즉 흑전장정 등도 천주학 신자였다꼬 합니더."

창무 말이 떨어지자 좌중에 비웃는 소리들이 흘러나왔다.

"허어, 가짜배기 신자였던가베예?"

"하모, 하모. 고것들 한 짓을 보모, 하느님이 너거는 내 백성들 아이다, 그리하심서 도로 벌을 주싯을 끼라요."

"고것들 나라는 섬나라라쿤께 물에 확 잠기거로 해서……."

조용히 웃는 창무 얼굴이 그러나 밝지는 못했다.

"문제는, 그때 왜국에 잽히간 조선인들입니더."

신자들 입에서 동시에 탈기하는 말이 튀어나왔다.

"아, 우짜노?"

창무는 그들 명복을 빌어주는지 잠깐 눈을 감았다가 다시 뜨며 말했다.

"7천 맹이 천주학 신자가 됐다 쿠는데, 저 '덕천막부' 박해 땜에 고마 전부 순교했다 안 쿱니꺼."

슬진이 어머니 옆에 앉은 머리 부스스한 시골 아낙이 두려움에 몸을 떨며 말했다.

"우짜모 억울하거로 죽은 그 구신들이 시방 이 방에 와 있는 줄 누가 압니꺼?"

다른 아녀자들이 잔뜩 겁먹은 얼굴로 주위를 둘러보면서 말렸다.

"그런 소리 마이소, 무섭거로."

호롱 불빛이 미치지 못하는 방구석 어둠 속에서 금방이라도 뭔가가 불쑥 튀어나올 것만 같은 무서운 분위기였다. 신자들이 모두 일어나 밖으로 달아나버리지 않을까 우려가 될 정도였다.

"오, 하느님……."

바로 그때다. 신자들이 모이는 날이면 언제나 방문 쪽에 앉아 있는 우 씨가 성호를 긋자 저마다 얼른 따라서 했다.

"오, 하느님……."

창무 음성에 자신감과 열기가 넘쳤다.

"조선 선비로서 처음 새래 받은 이승훈 그분이 증말 훌륭합니더. 귀양 가서 죽은 김범우 그분하고 교회를 첨 세웠은께예."

그러나 창무는 차마 입 밖으로 꺼내지 못했다. 김범우가 어떻게 순교했는가에 대해서는. 그가 영세를 받았을 때 우 씨는 들려주었다.

"맹래동(명례동)에 있는 그분 집에 모이서 주일 행사를 계속해쌌다가 말입니더. 고마 관헌들한테 발각돼갖고, 거게 있던 신자들하고 한꺼분에 잽히가거로 됐지예."

창무는 잠시 입을 다물고 좌중을 둘러보았다. 지금 우리들이 하고 있는 이런 주일 행사 때 관헌에게 발각되어 잡혀가 목숨을 잃었다는 것을 사실대로 알려주면 과연 이들은 어떻게 나올 것인가? 어쩌면 모두 기겁을 하며 여기서 나가버릴지도 모른다고 생각하고 있는데 아름이 언니가 말했다.

"궁금한 기 하나 있어예."

창무는 자신도 모르게 그만 가슴이 덜컥했지만 그런 내색은 하지 않았다.

"말씀을 해보이소."

"우리 동네 희자 어머이가 무당인데예, 자기가 뫼시는 신이라꼬 집안에 머신가를 증신 없이 막 붙이놓고 절도 해쌌고 그라는데예……."

아름이 언니는 손으로 귀밑머리를 쓸어 올리고 나서 말을 이었다.

"우리도 성모 마리아상을 그리 뫼시야 하는 깁니꺼? 안 그라모 해나 벌을 받는 거는 아인가예?"

창무보다 우 씨가 먼저 입을 열었다.

"아, 그거는 절대 아이지예."

"그라모?"

질문을 한 아름이 언니뿐만 아니라 거기 신자들 모두가 알고 싶어 하는 얼굴들로 우 씨를 바라보았다.

"성상聖像, 하느님이시며 구세주이신 그리스도의 행상, 성모 마리아와 성인들의 상을 성상이라 그리 쿠는데……."

대청과 건넌방의 공기도 그곳 윗방으로 와서 열심히 귀를 기울이고 있는 것 같은 분위기였다.

"이전에는 육신도 행채(형체)도 안 가지신 하느님을 그림으로 나타낼 수 없었지예."

말없이 자기를 바라보고 있는 좌중을 둘러보며 거기까지 말하고 있던 우 씨 눈에 어쩐지 새 각시를 연상시키는 젊은 여자 하나가 비쳤다. 이날 처음 보는 예쁜 여자였다. 비록 의복은 초라했지만, 어딘가 기품도 묻어나는 듯했다.

'똑 각시놀음 할 때 맹글어 논 각시 겉다.'

그렇게 생각하는 우 씨 머릿속에 주로 3월에 어린아이들이 곧잘 하는 그 인형 놀이가 되살아났다. 소나무 껍질이라든지 호박, 감자 등을 재료로 하여 사람 형상을 만들었다. 그러고는 헝겊 조각으로 노랑 저고리와 붉은 치마를 만들어 입히면 영락없는 새 각시가 되었다. 또 요나 이불, 베개, 병풍 같은 것도 꾸며놓고 그 인형을 각시라고 하면서 노는 그 놀이를 우 씨는 무척이나 좋아했었다.

"그라모 우쨌는데예?"

굵직한 남정네 목소리가 들리고 창무가 답을 해주는 소리가 났다. 그들 부부는 하나같이 주님의 심부름꾼이 되기에 모자람이 없어 보였다.

"그라다가 하느님이 육신, 곧 영혼의 핸신(현신現身)으로 나타나시어 사람들 속에 사신 이후로 그릴 수 있는 깁니더."

창무와 우 씨의 설교는 결코 쉬운 성질의 것이 아니었지만, 신자들의 기대감과 신앙심을 북돋워 주기에는 그만큼 더 좋은 것이 없을 터였다.

"그란께 성상 자체를 받들모 우상 숭배가 돼삐고, 또 십개맹(십계명)도 어기는 기라서 그거는 안 됩니더."

그러자 모두는 서당에서 처음 글을 깨친 학동들 모습을 보였다.

"아, 예에."

"그런께네……."

방 한가운데 놓인 등잔걸이에 얹혀 있는 호롱에서 타오르는 붉은 불

꽃이 이따금 화르르 떨었다. 검은 심지 바깥에는 바닷물 같은 푸른빛이
간간이 흔들렸다.

밤은 나지막한 기도 소리와 더불어 고요히 깊어만 갔다.

꽃 없는 꽃인가

비화는 두 손에 묻은 물기를 탈탈 털며 부엌 문을 열고 마당으로 나왔다.

속살이 내비칠 만큼 투명하고 밝은 햇살이 넓은 마당에 가득했다. 아찔한 현기증을 느낄 정도였다. 손이 저절로 이마에 갔다.

얼마 전부터 잎이 모두 져버린 앙상한 무화과나무 그림자가 드리워진 사랑채에서 남자들 목소리가 들려왔다. 성년 남자의 목울대를 타고 나오는 굵직한 저음도 있고 여자처럼 가녀린 음성도 섞여 있었다.

'꽃을 피우지 안 해도 열매를 맺는 저 나모는, 전설의 나몬 기라.'

아버지 호한에게서 그 이야기를 들은 후로 비화는 무화과나무를 볼 때면 까닭 없이 가슴 귀퉁이가 무엇에 찔리는 듯 찡했다. 아주 대단한 나무구나 싶기도 하고, 참 불쌍하다는 기분도 들었다.

'우짜모 무화과나모는 전생에 숨어 살던 사람이 죽어 환생한 거는 아이까?'

물론 비화가 볼 때는 꽃이 사람들 눈에 잘 띄지 않게 꼭 숨어 있어 그런 말이 나온 게 아닐까 싶었다. 하지만 그것보다도 무화과나무가 한층 더 비화 마음을 사로잡은 것은, 그 고을 북쪽 골짜기에 있는 비어사 주지 진무 스님을 만난 다음부터라고 해야 할 것이다.

그날 대문간 앞에서 비화가 제 이름을 말해주었을 때, 진무 스님은 장삼에 감싸인 야윈 고개를 가만히 끄덕이며 이렇게 물었었다.

"숨길 비秘, 혹은 신비로울 비秘, 꽃 화花, 그렇게 쓰는 비화냐?"

그러고 나서 진무 스님은 마치 삭정이 끝에 살짝 내려앉은 고추잠자리 날개같이 가늘게 떨리는 음성으로 말했었다.

"허, 그렇구먼, 그래! 숨어 있는 꽃, 신비로운 꽃이라. 하지만 이 세상 사람들이 그 꽃을 발견할 때쯤이면……."

그 말은 비화의 가슴에 영원한 꽃꽂이처럼 남아 혼자 속으로 이런 말을 하곤 했다.

'꽃이 좋아야 나비가 모인다 캤으이, 누가 보나 안 보나 이쁘거로 살아야제.'

그러므로 저 무화과나무는, 진무 스님 입을 빌리자면, '숨어 있는 꽃'인 비화 자신과 비슷하다는 생각을 했었고, 그 후로는 그녀 마음의 토양 위에 영원히 살아 숨 쉬는 그런 대상으로 자라나고 있었던 것이다.

'바람도 별로 안 불고 가지를 살살 건디리는 거 겉거마는. 똑 안됐다꼬 여기는 거매이로.'

비화가 지난 기억을 떠올리며 바람이 스치는 무화과나무 옆에 나무 그림자처럼 가만히 서 있는 동안에도, 사랑채에서는 경망스럽지 않은 가벼운 헛기침과 더불어 점잖은 말소리가 계속해서 흘러나오고 있었다. 집 안에 남자들이 많이 와 있어 그런지 무척 마음 든든한 느낌이 들었다.

'에나 좋을 낀데…….'

비화는 내게 남자 형제가 하나라도 있었으면 하는 소망 담긴 생각을 하다가 고개를 크게 내저었다. 아무리 부족함이나 약점이 있다 하더라도 결코 약해져서는 안 되었다. 아니, 그럴수록 더욱 강해져야 하는 것이다. 저 말티고개 근처에 있는 대장간 앞을 지날 때 그곳의 쇠를 가리키며 아버지가 주신 교훈이었다.

"아, 그렇다모?"

"하모, 맞심니더."

비화는 그들이 집에 자주 들르는 객들임을 알았다. 그중에는 한양을 종종 오르내리는지 완전히 한양 말씨는 아니어도 발음이 상당히 그쪽에 가까운 사람도 있었다. 그건 아버지 호한의 발이 그만큼 넓다는 것을 알 수 있게 하는 잣대이기도 했다.

"조선 정치담당 계급이었던 사림파의 진원지, 그기 바로 저게 성내에 있는 그 촉석루 아입니꺼?"

"그 신진세력의 조종祖宗이 김종직이었는데, 그가 함양 군수로 있을 때였지예."

"그라모 김종직이 함양 군수로도 있었던가베요? 내는 통 몰랐는데……."

"예, 그래갖고 그의 제자인 탁영 김일손이 진주목 교수로 와갖고 촉석루에서 모임을 소집했다 카듭니더."

"아, 그런 일도 있었심니꺼?"

"그때 당시에 정여창, 조위 겉은 사람들이 그 촉석루에서 소위 제세치국평천하의 이상을 실현할라꼬 동지회를 맨들었는데……."

"허, 맞소. 바로 금란계金蘭契 아인가베."

"아하, 금란계!"

"우리도 뜻이 맞는 벗끼리 그런 친목계 하나……."

그런데 비화가 아무리 두 귀를 기울여 들어봐도 정작 사랑채 주인

의 목소리는 단 한 번도 새 나오지 않았다. 그녀의 가슴이 찢어지는
듯했다.

'아, 아부지…….'

호한은 지금 지칠 대로 지쳐 있다는 것을 가족은 익히 알고 있었다.
그런 힘든 형편이니 그야말로 주인은 간 곳 없고 객들만 떠드는 격이
었다.

'울 아부지가 저리 변해삐리실 줄 우찌 알았것노?'

어머니 윤 씨의 눈물 섞어 탄식하던 소리가 비화 귓전에 쟁쟁했다.

"간장이 시고 소곰(소금)이 곰패이(곰팡) 날 일이 고마 우리 집에 생
기고 말았는 기라, 우리 집에. 누가 머라 캐도 이거는 절대로 있을 수 없
는 일 아이가. 흑흑."

비화는 또 모르지 않았다. 아버지는 이제 제발 객들이 내 집 발길을
다 끊어주기를 깊이 바란다는 것을. 하지만 평생 남들 앞에 혀 굽은 소
리 못 하는 당신이었다. 그뿐만 아니라 호한의 덕망을 흠모하는 벗이며
후학들이니 설혹 오지 말래도 올 그들이다.

'그래도 에나 다행인 기라.'

그랬다. 당나귀 못된 것은 생원님만 업신여긴다고, 임배봉 따위의 졸
부들이 호한 같은 몰락 양반을 괴롭히려고 발싸심을 해도 함부로 그러
지를 못하는 것은, 호한 가까이에 그런 사람들이 있기 때문이었다.

배봉은 어디 가서 주워들었는지 몰라도, '가진 돈이 없으면 망건 꼴이
나쁘다'는 말을, 개가 뼈다귀 물듯 입에 매달고 있으면서 호한을 증오하
고 저주했다. 몸에 지니고 다니는 돈이 없으면 그만큼 겉모양도 허술해
지고 마음에 떳떳하지가 못하듯, 호한이 바로 그런 인간으로 전락할 날
만을 손가락 발가락 꼽아가며 기다렸다.

'온다, 반다시. 걸베이가 되는 꼴을…….'

정녕 가증스럽고 소름 끼치는 집착이 아닐 수 없었다. 상놈으로서 잡초와도 같이 살아온 끈기와 강인함이 오늘의 그를 있게 한 바탕인지도 모른다. 사실 그로선 시대를 매우 잘 타고났다고도 할 수 있었다. 성골, 진골 따지던 신라 때였다면 언감생심 꿈도 꾸지 못할 일이었다. 아니, 양인良人이 스스로 천민으로 신분 하강을 하려는 자도 있었다.

배봉은 일찍이 비화 조부 생강에게 크나큰 원한을 품었다. 그의 사람됨이 간악함을 알고 생강이 크게 꾸짖은 뒤 일절 소작을 주지 않았다. 이에 배봉은 자신의 잘못은 돌아보지 않고 오직 생강 가문에 복수의 칼을 갈아왔다. 이제 숙원은 이뤄질 조짐을 보였다. 그래 기고만장함이 하늘 밑구멍까지를 찔렀다.

"비화 고것이 시집가고 나모, 인자 저 집에는 우리를 상대할 자가 없는 기다."

배봉은 시간만 나면 점박이 자식들을 앞에 쭉 불러 앉혀놓고 적대감정을 솔솔 불어넣어 주었다. 내 새끼들만은 생강의 후손들보다도 더 잘먹고 더 잘 자고 더 잘 입게 해주고 싶었다. 산 중턱 습지 같은 곳에 잘 나는 물푸레나무만큼이나 뒤틀릴 대로 크게 뒤틀린 성격의 소유자로 타락했지만, 돈이 붙고 세도가 붙으니 어느 누구도 감히 대놓고 그를 손가락질하지 못했다. 손가락질이라니? 오히려 발가락도 움직이지 못하고 살살 기었다.

비화네에게 든든한 울타리가 될 고마운 이들이 전혀 없는 건 아니다. 특히 옥진 아버지 강용삼이 그랬다. 그는 비록 명문대가名門大家 출신은 아니지만, 성품이 죽순같이 곧고 불의를 보면 그대로 참지 못했다. 찬물도 아래위가 있다는 것을 모르는 동네 건달패들도 그 앞에서는 함부로 난동을 부리지 못했다.

옥진이가 어머니 동실 댁에게서 고스란히 물려받은 선녀 같은 미모와

버들가지를 방불케 하는 허리를 지녔음에도, 사내대장부처럼 강단 있고 고집 센 것은 그러한 아버지 기질을 빼닮아서였다. 그런 옥진이 곁에 있어 비화는 항상 고맙고 마음 든든했다. 물론 옥진은 비화에게서 더 그런 감정을 느끼고 있는 것이었다.

언젠가 한 번은 이런 일도 있었다. 장난이 더할 나위 없이 심하고 무척이나 덜렁거리는 동리 선머슴 몇이 비화에게 짓궂게 굴었는데, 마침 멀리서 그 광경을 목격한 옥진이 앞뒤 재지 않고 바람같이 휭하니 달려왔다.

"야, 너거 이 자슥들아!"

첫소리부터가 여간 아니었다. 졸지에 나타난 망나니를 본 선머슴들 입에서 저마다 크게 당황하는 말들이 터져 나왔다.

"어? 어?"

"저, 저런 기?"

처음에는 놀라 어리둥절했던 그들이 나중에는 입에 게거품을 물었다.

"콱 때리쥑이삘라. 머? 자슥들?"

"요년의 가시나가야?"

그쯤 되면 웬만큼 당찬 사람일지라도 위기를 느낄 만한데도 옥진은 전혀 개의치 않고 기세등등하게 소리쳤다.

"너거들 시방 누한테 벌로 이리쌌는 기고? 그리할 사람한테나 그리해야제, 오데서 아모한테나? 내가 때리쥑이삘 끼다."

그런 호통을 마구 쳐가며 옥진은 치맛자락이 위로 말려 올라가는 것도 아랑곳하지 않고 선머슴들을 겨냥해 발길질을 해댔다.

"저년은 독버섯인 기라, 독버섯."

"고 치매 밑으로 쥐새끼나 들갔다가 나갔다가! 히히히."

비화에게 치근덕대다가 호되게 당한 선머슴들은 저만큼 떨어져 서서 가지가지 외설적인 야유와 악담을 퍼부었다. 남자가 여자보다 더 옹졸한 구석도 있었다. 소위 유학儒學을 가르치고 배운다는 나라에서 그것은 안 될 일이라고 치부하는 형편인데 말이다.

"지, 진아! 고마 퍼뜩 가자."

비화는 불을 담아 부은 듯이 몹시 낯이 화끈거려 어서 그 자리를 피하자며 옥진의 팔을 잡아끌었다. 어머니 윤 씨는 무남독녀에게 항상 이렇게 가르쳤다.

'사람은 우짜든지 답거로 사는 기 젤 중요하제. 남자는 남자답거로, 여자는 여자답거로, 그리 안 있나.'

그러나 옥진은 그 해찰궂은 사내아이들을 향해서 그다지 강해 보이지도 않는, 아니 되레 금방이라도 부러지지 않을까 걱정스러울 정도로 가느다란 고개를 빳빳이 치켜들었다.

"시방 낼로 보고 독버섯이라 캤디가?"

"……."

비화가 끼어들 틈도 주지 않았다.

"에나 듣기 좋네. 독버섯이 올매나 아름답노?"

막 나가는 여자애 하나에게 선머슴 여럿이 아무런 대꾸도 하지 못하고 도리어 혀를 휘휘 내둘렀다. 하여튼 오늘 임자 단단히 만난 꼴이었다.

바람이 불어 옥진의 치맛자락을 날렸는데, 그 순간에는 그게 무쇠로 만든 갑옷과도 같아 보였다.

"옥진아! 인자 됐다 안 쿠나?"

평상시 비화가 제발 좀 더 여자답게 처신하라고 혀가 닳도록 타일러도 듣지 않는 옥진이 그 순간에는 정말 여자가 아닌 성싶었다. 비화는 머릿속이 깡그리 하얗게 바래는 느낌이 들었다.

저렇게도 당찬 애가 유독 점박이 형제에게는 덜덜 떠는 그 나약한 모습이라니? 어른들이 말하는 소위 '목숨앗이'라는 것, 그러니까 천적天敵이란 게 그런 걸까? 하지만 아무리 그렇기로서니, 친자매처럼 지내고 있는 옥진이를 무당벌레에게 잡아먹히는 진딧물이나, 배추나비고치벌에게 잡아먹히는 배추흰나비로 생각할 수는 없었다.

"저런 기 우찌 여자라꼬."

"개 따라가모 통시로 간다 쿠데. 그런께 우리 인자부텀은……."

"저리 몬 얌전한 거 본께, 저 가시나 집구석에 가모, 성한 그럭이 한 개도 안 남아 있을 끼라."

"그럭이 머꼬? 숟가락하고 젓가락 몽디이도……."

당하고 있던 선머슴들이 이러쿵저러쿵 얘기하며 입을 모아 한꺼번에 또다시 공격해 와도, 옥진은 그야말로 난공불락의 성채를 연상케 했다.

"호호. 나는 독버섯, 너거는 쥐새끼. 독버섯, 쥐새끼……."

그 말을 열 번도 더 넘게 한 다음, 이번에는 비화를 보며 정숙치 못한 딸아이 모양으로 가볍게 굴기도 했다.

"언가야! 에나 재밌다, 그자?"

비화는 늙은이 손자 꾸짖듯 했다.

"야는? 시상에 재미있는 기 오데 씨가 말랐나, 이런 기 재미있거로."

하지만 옥진은 작은 악동 같았다.

"야, 이 쥐새끼들아! 시궁창에나 쌔이 들가삐라. 안 그라모 이 독버섯 독이나 한분 쐬어 볼래?"

"……."

비화는 막무가내로 굴어대는 옥진을 물끄러미 바라보다가 문득 생각했다. 그러고 보니 독버섯이란 그 비유가 정확한 것 같다고. 아니, 옥진은 독버섯의 고운 빛깔보다도 몇 배 아름다운 무지개 빛깔을 내뿜는 여자라고. 그러나 아무리 보기에 좋은 버섯이라고 해도 독을 가진 버섯인 것을.

어쨌든 가끔 길에서 곱게 치장하고 가는 기생을 보곤 하지만 옥진보다는 덜 예뻐 보였다. 만약 옥진이 정말 기생이 되면 화류계에 엄청난 바람이 불 것이라는 상상도 했다. 하지만 비화 입에서는 마음과는 다른 말이 나왔다.

"옥지이 니는 절대 기생은 몬 될 끼다."

그러자 옥진은 무뢰배 시비 걸어오듯 했다.

"와? 우째서?"

"하는 짓 본께네."

비화는 소원 비는 심정으로 얘기했는데 옥진은 아니었다.

"참, 언가도…… 기생이라꼬 모돌띠리 남자들한테 그냥 꼬박꼬박 하라쿠는 벱이 오데 있는가베? 그런 벱 있으모 오데 함 나와 봐라 캐라."

"니 사람 말을 우찌 알아듣노?"

비화는 중늙은이처럼 한숨까지 폭 내쉰 후에 타일렀다.

"누가 꼬박꼬박 하라 글 캤나? 그냥 여자모 여자답거로……."

그러면 마지막 비상수단으로 써먹는 소리가 있다.

"멀리 갈 것도 없다."

"누가 니 보고 멀리 가라 쿠더나?"

"논개만 해도 안 그렇나."

"니 또 논개……."

옥진 입에서 나오는 논개라는 이름은 언제나 비화 가슴을 저리게 했다. 아니, 긴장감을 넘어서 두려운 감정까지 불러일으켰다. 하지만 그때까지만 해도 그게 무슨 일을 가져올 징후인지 손톱만큼도 내다보지 못했다.

"또 있다."

"……."

자기가 말하려는 것이 그곳에 있기라도 하는지 눈동자를 휘익 돌려 주위를 둘러보았다.

"더 없는 줄 아나?"

"……."

또 기생 이야기다.

"옛날에 황지이는 뭇 사내들 모돌띠리 자기 치매 밑에 물팍 꿇고 앉 거로 맨들었다 안 쿠더나."

그런데 이건 또 무슨 조화 속인지 도무지 모르겠다. 비화는 자신도 모르게 이렇게 중얼거리고 있었다.

"옥지이, 황지이. 지이, 지이……."

그러던 비화는 그게 옥진을 향한 저주일 수도 있다는 자격지심에 울 고 싶었다. 어쨌든 거침없이 굴던 옥진은 비화 인상이 좋지 못한 걸 알 고는 이런 소리도 덧붙였다.

"언가 니도 들었을 끼거마는. 미모만 갖고 그런 기 아이고, 웬간한 선 비들보담도 상구 뛰어난 글재조로……."

비화는 멀거니 옥진을 바라보았다. 굼벵이가 지붕에서 떨어지는 것은 매미 될 셈이 있어 떨어진다는 어머니 말이 불현듯 떠올랐다. 그렇지만 기생이 되는 것과 큰일을 이룬다는 것은 아무리 짚어 봐도 삐거덕거릴 뿐 아귀가 맞지 않았다.

"어이구! 니 잘났다, 니 잘났어. 우짜모 그리 잘났노?"

체념하듯 하는 비화의 그 말을 한동안 가만히 듣고 있던 옥진은 돌연 그때까지와는 전혀 어울리지 않게 정색을 한 얼굴로 바뀌었다.

"울 어머이는……."

"각중애 어머이는?"

옥진은 농담인지 진담인지 분간이 안 갈 어조로 말했다.

"언가 니가 내보담도 더 잘났……."

비화는 괜히 나까지 끌어들이지 말라는 식으로 말했다.

"우찌 그런 거꺼지 다 아노?"

"누라도 귀가 있으모 다 들었을 이약인데……."

그러는 옥진이 또 다른 기생 타령으로 들어갈 것 같았다.

"내사 몬 들었다, 귀가 없어갖고."

비화는 끝내 제풀에 웃고 말았다.

"증말 니가 기생이 되모, 이 나라 싹 다 안 팔아묵으까이. 그래서 니는 안 있나, 기생이 되고 싶어도 몬 될 끼거마. 사람들이 그거를 그냥 보고 있것나."

옥진은 웃지 않았다. 그 대신 정나미가 똑 떨어질 만큼 무뚝뚝한 어조로 말했다.

"우리나라만 팔아묵것나."

"머라꼬?"

그게 무슨 소리냔 듯 눈을 멀뚱거리는 비화에게 계속 쏘아댔다.

"언가 니한테 이런 소리 해쌌기는 쪼꼼 머하지만도, 울 옴마 말매이로 귓구녕에 마늘쪽 박았나."

그러고는 눈동자가 딱 고정되면서 단언했다.

"대국大國, 중국도 팔아묵을 끼다, 내는."

"주, 중국……."

비화는 옥진이 중국 비단장사 왕서방에게 팔려가는 환상이 떠올라 더 말을 잇지 못하고 있는데 옥진은 시큰둥한 얼굴로 따졌다.

"와? 요분에는 중국 사람들이 그냥 보고 안 있을 끼라쿠는 이약하고

108

싶은가베?"

"문디 가시나……."

그러면서 눈을 흘기는 비화 머릿속에 문득 돌아가신 외할머니가 읽어주던 춘향전 한 구절이 되살아났다.

'금강산 상상봉上上峰에 물 밀어 배 띄어 평지平地 되거든…….'

그 소리보다도 더 실현될 가망이 없는 옥진의 말이지만, 비화는 꿈은 그냥 아무렇게나 꾸어도 해몽만 잘하라는 어른들 가르침을 되새겨 보았다.

"참말로 꿈 하나 야무지다 아이가. 차돌삐이보담도 몇 배나 더 단단안 하나. 그라모 니 덕에 내도 중국 땅 한분 밟아보것네?"

비화는 또 실실 웃음기가 삐어져 나오는데 옥진은 여전히 웃음을 보이지 않고 포원 진 악녀처럼 말했다.

"그뿐이 아이다, 언가."

비화는 웃음이 가시고 한숨이 터졌다. 도대체 끝이 어디인가?

"머라? 또 있나?"

"……."

야무진 입매가 되는 옥진더러 비화는 어른들처럼 말했다.

"에나 그 장단 춤추기 에럽다."

그런데 옥진은 언거번거하는 여자아이같이 굴었다.

"내는 팔아묵을 끼다, 저 왜눔들 나라도."

그러다가 옥진은 고개를 설레설레 흔들며 제 말을 고쳤다.

"아이다. 저눔들 나라는 그냥 시퍼런 바닷물 속에다가 콱 처박아삐야 것제. 사람들이 장 글 쌌데?"

"알것다."

비화도 정색했다. 흡사 닦은 방울처럼 반짝반짝 영채가 도는 두 눈에 시퍼런 불꽃이 튀었다. 음성도 싹 달라졌다.

"내도 우리 집 재산 다시 모을 끼다. 낼로 보고 여자라꼬 막 깔보는 사람들 모도 봐라꼬, 꼭."

옥진이 허공 어딘가로 깊은 눈길을 던졌다.

"언가는 장사해서 돈 한거석 벌이라. 내는……."

그러면서 뭐라 뭐라 하는 모습이 결코 장난이 아니고, 게다가 좋잖은 조짐처럼 너무너무 불길해 보였다. 내는, 뭘 어떻게 하겠다는 건지.

그러나 그들은 알지 못했다. 저만큼 미친 여자가 긴 머리카락을 제멋대로 풀어헤치고 서 있는 형상의 수양버들 가로수 뒤에서 고개만 빠끔 내밀어 자신들을 몰래 훔쳐보고 있는 눈이 있었다. 그 눈은 옥진을 겨냥하고 있었다. 그것도 야물게 박힌 못처럼 꼼짝도 하지 않은 채. 그의 눈빛은 큰 애틋함을 담고 있음에도 불구하고 대단히 강렬해 보였다. 그의 커다란 눈 속으로 지금 그가 바라보고 있는 그 대상물을 그대로 흡입해 버릴 것만 같았다. 세상에서 그렇게 위험한 시선도 드물 것이다.

그는 바로 근동에서 울보로 소문난 왕눈이 재팔이었다. 그도 이제는 제법 머리통이 굵어 보였고, 팔다리에도 '사내 꼭지'다운 힘이 들어 있는 성싶었다. 옥진을 막 놀리던 다른 선머슴들이 모두 어디론가 사라져 간 후에도, 오직 그 혼자 남아 그곳을 떠날 줄 모르는 무섭도록 끈질긴 그 사내아이의 그림자가, 옥진 쪽을 향하여 꼭 뱀의 몸통같이 기다랗게 뻗어 있었다. 무서운 일이었다.

세월은 언제나 그렇듯, 머무는가 하면 또 흘렀다.

아니었다. 미친 세월을 살아가고 있었다. 주변의 열강들이 저마다 이 나라를 집어삼키기 위해 혈안이 돼 있는 위태위태한 시대였다. 언제 어떻게 해서 알았는지는 모르지만 실로 신기하게도 모두 그렇게 알고 있었다. 민초들은 오늘 하루 끼니를 마련하기 위하여 동분서주하는 속에서도 조선의 안위를 염려하며 한숨지었다.

"미버나 고버나 그저 내 신랑이라꼬, 좋든지 안 좋든지 간에 내 사는 내 나라가 잘돼야 하는데……."

"하모, 하모. 조선이 없어 봐라, 조선 백성이 오데 있을 낀고."

"백성이라쿠는 그 말이 와 이리 서글프기 들리노?"

"살기가 좋으모 그 반대로 안 들리까이?"

촉석루 발치의 강 언덕에 꼭 터줏대감처럼 자리 잡은 소나무며 팽나무, 개나리는 계절의 변화를 잘도 알려주는 전령사였다. 꽃봉오리가 살포시 고개를 내밀면 비화 가슴도 그만큼 피어났다. 나뭇잎이 물들면 비화 마음도 같은 빛깔로 물들곤 했다. 자연으로부터 배우는 것이 인간에게서 배우는 것보다 더 나은지도 모른다.

그날, 호한과 윤 씨는 평소와는 다르게 대단히 진지하고 엄숙한 얼굴로 비화를 사랑방에 불러 앉혔다. 비화의 고개가 갸웃거려질 만큼 꽤 여러 날 전부터 당신들끼리만 무어라고 속닥대던 터였다.

"화야, 니 나이 하매……."

윤 씨를 향해 의미심장한 눈짓을 지어 보인 후에 호한이 맨 처음 꺼낸 말이었다. 비화는 다가오는 느낌이 여느 때와는 사뭇 색달랐다. 확실히 뭔가가 있다.

"아부지, 각중애 지 나이는 와예?"

조심스럽게 묻는데 어쩐지 가슴부터 풀쩍 뛰었다. 직감은 언제나 그렇게 앞섰다. 남달리 영특한 비화였기에 더 그랬다.

"이거는 각중애가 아인 기라."

"예에?"

"그래갖고 될 일도 아이고……."

"……."

아니나 다를까, 아버지 입에서는 참으로 경악할 이야기가 흘러나왔다. 어쩌면 그녀가 이 세상에 태어나서 지금까지 숱하게 들어왔던 그 어떤 말보다도 무겁고 비중이 높은 말이었다.

"인자 혼래를 치를 때가 되었다, 그 말이제."

그 말이 방바닥에 떨어지기도 전이었다.

"아, 혼래를!"

비화 얼굴이 금방 나뭇가지에서 굴러 내리려는 감처럼 벌겋게 달아올랐다. 머리만 풀에 감춘 꿩의 꼴이라도 좋으니, 조금이라도 어딘가에 몸을 숨기고 싶어졌다. 정말이지 부모 앞에서 그런 감정은 난생처음이었다. 앞으로도 없을 것이다.

'우찌…….'

그건 빨라도 2, 3년 후에야 들을 이야긴 줄 알았다. 하긴 드문 일이기는 하지만 어떤 집에서는 이제 고작 갓 열 살을 넘긴 자식을 혼례 시키는 경우도 보긴 했었다. 그리고 또 모르지 않았다. 부모님은 친손을 낳아줄 아들이 없으니 외손이라도 어서 보고 싶으신 심정이라는 것이다.

"하하. 와 그라느냐?"

"……."

귓불이며 목까지 물감을 들이기라도 한 양 붉어진 비화를 가만히 바라보는 호한의 얼굴에는 대견스러워하는 빛이 떠올랐다. 무척 감회 어린 표정이었다.

"아……."

뒤돌아보면, 나날이 가산家産이 망망대해 난파선처럼 속절없이 기울어지는 바람에 재물이 넉넉하지는 못해도, 명문자제답게 바른 가정교육을 받아가며 구김살 없이 곱게 자라준 딸이었다. 임배봉이 그렇게 독사

독기 품듯 욕심을 품고 노렸지만, 그래도 이 저택 하나만은 지금까지 용케 지켜낸 것은, 오로지 딸이 출가할 때 업신여김을 당하지 않게 하기 위함이기도 했다. 마당가에 자라는 오동나무 가지에 목을 매고 싶을 때도 많았지만 '나는 김 장군'을 되뇌며 이겨내었다.

십여 년 전 그날이 꼭 어젠 듯 기억의 언덕바지 위로 피어올랐다. 며칠 전부터 해산일인 그날을 위해 기저귀와 배내옷, 포대기라든지, 백미하며 해산미역 등속을 참 성심성의껏 마련해 두었었다.

"해산미역 값은 장사치가 달라쿠는 대로 다 조라."

"예, 서방님."

"요만큼도 값을 깎으모 안 되는 기라."

"자알 알것심니더."

"그라고 또……."

"예, 예."

시장 보러 가는 하인에게도 기둥에 대못 치듯이 단단히 일러두었다. 미역 단을 꺾거나 뜯어먹으면 안 된다는 속신을 감안하여 뒤주 위에다 올려놓기도 하였다. 그렇게 모든 준비를 철저히 해두었지만 걷잡을 수 없는 초조감에 부대꼈다.

'자고로 사내아이 태는 낫을 갖고 자르는 기 좋고, 여자아이는 가새(가위)로 자르는 기 좋다고 하지만도……'

촉석루에 혼자 올라 한참을 애태우다가 성 밖 집으로 내달렸었다.

"비화 니는 모릴 끼다마는, 이 애비가 니 태를 이빨로 끊었던 기라."

"예?"

비화는 금시초문이었다.

'아부지가 태를……'

그래 눈만 반짝이고 있는데 호한이 기원하듯 말했다.

"니 맹줄(명줄)은 에나 길 끼거마는."

부녀의 대화를 들으며 가만 미소 짓고 있던 윤 씨가 부창부수夫唱婦隨하듯 지아비 말을 거들었다.

"태어날 애의 아부지 되는 사람이 태를 이빨로 끊으모, 아 수맹(수명)이 길다쿠는 말이 안 있나."

비화는 희고 가지런한 제 이빨을 깨물어 보였다.

"아, 예. 아부지, 이빨이 안 아푸시셔예? 상구 아푸싯을 낀데······."

우물이 있는 뒤뜰에서 까치와 참새가 합창이라도 벌이는지 지저귀고 있다. 목이 마르면 꼭 그곳에 와서 물을 먹는 새들이 많았다.

"아푸기는? 그런 거는 하나도 모리것더라."

그러고 나서 호한은 감격스러운 표정을 짓는 딸을 향해 말했다.

"이 애비는 인자 시상 천지에 부러블 끼 한 개도 안 없나."

그건 당부 같기도 하고, 소원을 말하는 것 같기도 하였다. 비화는 가슴이 저며 왔다. 그녀 머릿속에 씌어지는 건 '이별'이라는 두 글자였다.

"니가 시집가서 잘살기 되모······."

호한의 목소리는 기대감으로 차 있었다. 그동안 잃었던 헌헌장부의 기개를 회복한 사람 같았다. 탄탄한 어깨에 힘이 실렸을 뿐만 아니라 눈에서는 빛이 솟아나고 턱도 강인해 보였다. 예전의 '김 장군'이 거기 있었다.

그렇지만 윤 씨는 달랐다. 지금까지 애지중지 길러왔던 딸을 남의 집에 보내야 한다는 그 생각에 벌써부터 가슴이 메는지 두 눈에 눈물이 글썽거렸다.

"부인!"

"흑······."

호한이 나무라듯 아내를 불렀고, 끝내 윤 씨의 뺨 위로 눈물방울이 굴러 내렸다.

'짹짹, 짹짹……'

갑자기 참새 무리가 큰 소리로 울어대기 시작했다. 책을 쌓아두는 책탁자와 문방사우를 놓아두는 탁자 위의 것들이 왠지 모르게 너무나 불안해 보였다. 그리고 금방 와르르 무너져 내릴 것만 같은 것은 그뿐만이 아니었다.

"두 분 다시없을 이런 갱사(경사)를 앞에 두고 무신 짓이오?"

"아……."

호한이 아내 마음을 다독거려주려고 노력했지만 윤 씨는 그저 손바닥으로 애꿎은 노란 장판지만 닳도록 문질러댔다. 그러고는 체머리 흔들듯 하며 말했다.

"아, 암만 그리 생각할라 캐도……."

호한 음성도 물기 머금은 조선종이처럼 눅눅해졌다.

"쌔이 그 눈물 거두소. 어른이 돼갖고……."

고개를 푹 수그린 채 듣고 있던 비화 마음속에도 추녀 끝에서 낙숫물 떨어질 때 나는 소리가 났다. 여자는 태어났을 때 부모 마음을 서운케하고, 자라서 시집갈 때 또 한 번 그렇게 해드린다더니, 이제 나도 그런 두 번째 불효를 또 저질러야만 할 시간이 왔는가 싶었다. 이럴 바에는 늙어 날지를 못하는 부모에게 언제나 먹이를 가져다 먹이는 새라고 하여 효조孝鳥나 반포조反哺鳥라고 불리는 까마귀로 태어났더라면.

"심지가 남강만치 깊은 임자라꼬, 내 넘들 앞에서 장 자랑삼아 왔거늘……."

호한은 헛기침을 연거푸 하면서 너무나도 실망했다는 빛을 의도적으로 내비치는 기색이 완연했다. 하지만 그의 기침 끝에도 눈물 기운이 묻어나고 있었다.

"흐……."

심성이 새싹만큼이나 여린 윤 씨는 흐느낌과 함께 계속해서 어깨를 들썩거렸다. 눈앞이 우물 속처럼 캄캄했다. 어떤 딸인데. 우리 비화가 어떤 딸인데…….

비화도 터져 나오려는 울음을 참느라 이를 악물었다. 이번에는 별안간 까치들이 울부짖고 있었다. 적어도 그 순간에는 반가운 손님이 온다고 내는 소리가 아니라 깊은 한이 서린 소리로 들렸다. 석양에 바다 멀리 수평선에서 희번덕거리는 놀을 '까치놀'이라고 하는 그 이유를 그 소리에서 찾을 수도 있을 성싶었다.

"역시 치매 두른 팽범한 여염집 아낙이었던 기요?"

아내를 가볍게 질책한 후 호한은 딸에게 천천히 일러주기 시작했다.

"동산면 새덕리에 있는 밀양 박 씨 가문이 니 시가가 될 것이거마는."

비화는 한순간에 벙어리가 돼버린 느낌이었다. 방안 가득히 이제 막 아버지 입에서 나온 말들이, 마치 쇠붙이나 대나무 따위로 둥글게 만든 아이들 장난감인 저 굴렁쇠같이 마구 굴러다니는 듯했다.

새덕리 그리고 밀양 박 씨. 아, 밀양 박 씨 새덕리.

"애비 말 꼭꼭 귀에 담아뒀다가, 똑 그리 실행해야제."

"……."

문득 그 요란스럽던 새소리가 뚝 멎었다. 그 미물들도 아는 게 있는 걸까?

"해나……."

호한의 자상한 타이름이 깊이 숙인 비화 이마 위에 계속 떨어져 내렸다.

"그짝 집 사람들한테서, 본 데 없고 배운 데 없는 그런 여자라꼬 구박당할 그 무신 실수라도 하모 절대 안 되는 기다."

"예……."

본디 책장이라는 것은 소직素直하고 장식이 없는 것을 격조 높은 것으로 여긴다며, 재질이 조촐한 목리문木理紋을 곁들이고 경첩과 장식은 모두 무쇠로 만든 책장이 그들 가족을 묵묵히 바라보고 있었다.

"그라고 그 사람……."

호한이라고 어찌 아내만큼 복받치는 감정이야 없겠는가? 그는 가족들 몰래 가쁜 숨을 몰아쉰 후 한층 낮은 소리로 천천히 말했다.

"신랑 이름은……."

"……."

"재영인 기라, 박재영."

비화는 세상에서 가장 조심스럽고 보배로운 이름을 들은 느낌이었다.

"박 재 영……."

한평생 지아비로 받들고 살아갈 신랑 이름을 맨 처음 듣는 순간 비화는 그만 숨이 턱 막혔다. 한 번도 보지 못한 신랑 얼굴이 방바닥 장판지 위에 그려졌다. 왠지 눈물이 막 솟아나려고 하여 얼른 고개를 치켜들었다. 눈물이라니? 왜 이런 때도 눈물이 나야 하는지 비화는 답할 자신이 없었다.

고개를 들자 또 묘한 현상이 일어났다. 어느새 천장에 신랑 얼굴이 나타나 있다. 비록 만나보지는 못했지만, 그 얼굴은 아주 다정다감하고 친근한 웃음을 띠어 보였다. 한데도 이쪽은 또 그저 울음이 터지려고만 했다.

'그분은 웃고 계시는데 내는 와?'

그때 별안간 호한이 소박맞고 친정에 쫓겨 온 딸을 매몰차게 시댁으로 다시 쫓아 보내는 부모처럼 분명히 화난 음색이 담긴 목소리로 짧게 말했다.

"인자 고마 나가 봐라."

비화는 졸지에 바뀐 아버지의 처사에 적잖게 놀라고 말았다.

"예? 예……."

윤 씨가 무슨 말인가를 하고 싶기는 한데 그러지는 못하는 눈치였다.

"여보……."

비화는 돌변한 아버지를 제대로 바라보지도 못했다.

"아부지……."

아무리 그렇게 받아들이려 하지 않으려고 해도 얼음장보다도 냉정하게 느껴지는 낯선 아버지 음성이었다. 그리고 비화에게 그것은 영원히 풀 수 없는 수수께끼로 남아 있을 것이었다.

그날부터 비화의 시간과 공간은 그 빛깔과 모양이 바뀌었다.

마당에 혼자 서서 용마루를 한참 올려다보다가 갑자기 윗방으로 뛰어들었고, 윗방 앞에서 꺾어 만든 대청과 건넌방에 들어갔다가, 그 앞 툇마루를 아주 배운 데 없는 여자처럼 함부로 쿵쿵거리며 걸었다.

한 번은 부엌광과 나뭇간 사이를 막은 간이 벽에 잠깐 등을 기대고 있다가 그대로 주르르 주저앉기도 하였다. 멀리서 그것을 보고 놀라 달려온 어머니에게 아무 말도 하지 못하고 있던 비화는 끝내 어머니를 붙들고 와락 울음을 터뜨리고 말았다. 윤 씨는 눈물을 보이지 않고 대신 웃었다. 하지만 비화의 통곡보다 더 아프고 슬픈 미소였다.

혼례를 얼마 남겨 놓지 않은 비화는 무척 심란하여 가만히 집 안에만 눌러앉아 있을 수 없었다. 부모를 비롯한 일가붙이들은 이것저것 혼사 준비를 하느라고 더할 나위 없이 분주했다. 오랜만에 '사람 사는 집'의 구색을 갖추었다. 하지만 좀 더 지나면 '나간 집'을 방불케 할 것이다. 그리고 그게 자꾸만 비화의 눈물샘을 자극하는 근원이었다.

"아자씨, 퍼뜩 오시이소."

"축하한다이."

비화는 때마침 집을 방문한 유춘계 아저씨를 모시고 남강가로 나갔다. 그를 마지막으로 만났던 게 언제였던가? 비화가 기억을 더듬어보고 있는데 그의 긴 손가락이 강물에 몸을 담그고 있는 의암義巖을 가리켰다.

"으애미, 으암은 으기암의 약칭 아이가."

"으기암예?"

"하모. 으로븐(의로운) 기생 바구, 그런 뜻인 기라."

"예……."

의암의 옆구리를 적시며 흐르는 남강물이 별안간 세찬 소리를 내었다.

"이름이 좋제?"

"좋네예."

"흠."

춘계는 비화와는 또 다른 감상에 빠져 있는 것 같아 보였다. 그뿐만 아니라 정확한 이유는 모르겠지만 어쩐지 너무나 위태위태하게 느껴지는 바람에 비화 가슴이 예리한 칼날에 대인 것처럼 서늘했다. 비록 넉넉한 살림은 아니지만, 자존심 강하기로는 아버지 호한과 어느 누가 더 '남산골 딸깍발이'인지 한참 재봐야 할 어른이었다.

나는 새에게 여기 앉아라, 저기 앉아라 할 수 없듯, 저마다 나름대로 의지와 신념이 있는 사람의 자유를 남이 구속할 수는 없다곤 하지만, 그래도 할 수만 있다면 친척 가운데서 누구보다도 존경하고 좋아하는 그를 그 답답하고 불안한 시간과 공간 밖으로 불러내고 싶은 게 웅숭깊은 비화의 바람이었다.

그러나 그때까지만 해도 어렴풋이 그런 예감만 들었을 따름이었지,

비화는 춘계 마음 저 깊숙한 곳에 자리하고 있는 참으로 크나큰 고민과 갈등을 전혀 알지 못했다. 하긴 산을 허물고 강줄기를 바꿔놓을 그 엄청난 비밀은 호한이라도 전혀 짚어내지 못했을 것이다.

"내가 따로 이약 안 해도 잘 알것지만도, 비화 니도 인자 시집가기 되모 지아비, 시부모 뫼시는 거를, 논개가 절개 지키듯이 그리해야 할 끼다."

옥진이 생각하는 논개와 춘계 아저씨가 생각하는 논개는 어떤 차이가 있을까, 내심 혼자 가늠해보는 비화였다.

"예, 아자씨."

"그래, 음……."

가슴 밑바닥에 비밀을 감춰둔 춘계는 비화 앞에서 내내 그런 내색을 하지 않았다. 그저 비화 혼례에 관한 이야기만 내비칠 뿐이었다. 무척 사려 깊은 그의 성품은 그런 데서도 여실히 나타났다. 과연 그 많은 농민들이 구세주로 따를 만했다.

얼마나 이런저런 이야기들이 오고 간 뒤였을까? 춘계가 거기서 보아 저 동쪽에 우뚝 솟은 선학산을 떠받치고 있는 가파른 뒤벼리에 시선을 둔 채로 꺼낸 이런 소리는 다소 뜻밖이 아닐 수 없었다.

"하지만도 말이다, 사람이 살아감서 넘의 말을 싹 다 들으모, 목에 칼 벗을 날이 없다 캤다. 아모리 시부모든 지애비든 안 있나."

그의 말은 간혹 거기 수면 위로 떠다니는 잎사귀나 나뭇가지같이 일렁거렸다. 그중에는 저 상류에서 떠내려온 잔해물도 섞여 있을 것이다.

"목에 칼 벗을 날이……."

비화는 죄인을 포박하는 형틀에 묶인 것처럼 가슴이 답답해져 왔다. 왜 느닷없이 저런 말씀을 꺼내시는지 머리가 어지러웠다.

"너모 잘 곧이듣고 그대로 순종만 하모, 낭패 보는 일도 생길 끼라."

"아자씨……."

춘계 이야기는 비화가 받아들이기에 강물이 역류하면서 내는 소리와 다르지 않았다. 의암도 그게 무슨 말이냐며 벌떡 물 위로 일어설 것만 같았다.

"그라이 꼭 들어야 할 거만 듣고, 그기 아인 거는 잘 판단해갖고……."

"……."

서편 나불천 쪽으로부터 막 불어오는 바람을 집어 타고 그의 말이 허공으로 흩어져 가는 게 눈에 보이는 듯했다.

"그렇다꼬 집안 어른들한테 공손치 몬하거나 저항하라쿠는 거는 아이고……."

강은 동쪽에서 서쪽으로 흐르는데 남강은 그 반대 방향으로 흐른다는 이야기가 새삼 떠올랐다. 또 이어지는 말을 들으니 이번에는 옥진과 똑같았다.

"으암을 본께 그런가 논개가 그리버지거마는."

게다가 그 말끝에 또다시 이어지는 소리가 한층 더 예사롭지 않았다.

"그란데 맹색 사내대장부로 태어난 내가, 지 할 말도 몬 함서 이리 부끄러븐 삶을 살고 있다이. 흐……."

"……."

비화 가슴을 또다시 날카로운 날이 휙 스치고 지나갔다. 지금 아저씨가 하고 싶은 말은 무엇일까? 그런 강한 궁금증과 나란히 또 옥진 얼굴이 눈앞에 그려졌다.

참으로 이상했다. 논개라는 말이 나오면 언제나 그러했다. 알 수 없는 불안감. 막연한 것 같으면서도 그 실체가 뚜렷이 나타나 보일 듯 이중적이고도 불가해한 이 감정의 결은. 대체 옥진에게 무슨 심상찮은 일이 생기려는 것일까? 아, 그리고 춘계 아저씨에게는……

비화는 풍랑같이 마구 흔들리는 마음을 바로잡기 위해 조금 전 춘계 아저씨가 한 것처럼 손가락을 들어 의암 한쪽을 가리키며 애써 밝은 음성을 지었다.

"저어기 저 글자는 운제 글잘까예? 상구 오래된 거 겉은데……."

굵직한 춘계 목소리가 그곳 강 언덕을 울렸다가 저편 백정들 거주지인 섭천 쪽 대숲으로 메아리가 되어 흩어졌다.

"아, 으암이라쿠는 한자 말이가?"

"예."

"저리 돌이나 나모에 새기는 거를 전각篆刻이라 안 쿠나."

그의 음성 속에는 그 자신도 그렇게 역사에 길이 남을 무엇인가를 반드시 만들고 싶다는 강렬한 신념과 의지가 분명히 담겨 있었다. 그러자 그게 무엇인지 비화는 이제까지보다 더욱 궁금해졌다.

"인조 7년인가 되는 해였제, 아마?"

그는 머릿속으로 잠시 헤아려보는 눈치였다.

"우리 고장 선비 정대륭이 새깃다."

"아, 정대륭이라쿠는 선비가예……."

내 서방님이 될 박재영 그분도 그런 선비였으면 참 좋겠다는 소망을 해보면서, 비화는 그 글자를 좀 더 자세히 볼 양으로 의암을 뚫어지게 바라보았다. 날만 새면 보는 바위였지만 지금은 어쩐지 처음 보는 것처럼 새롭게 비쳤다.

그런데 바로 그때였다. 강 언덕과 의암 사이의 좁은 공간으로 시퍼런 강물이 세차게 밀려들고 있었다. 그러다가 그것은 흰 포말을 일으키는가 싶더니 또다시 무엇이 그리도 급한지 굉장히 심한 급물살을 이루며 순식간에 쑥 빠져나갔다.

의암은 물결이 휩쓸고 지나간 그만큼 닳아버렸으리라. 저러다가 수많은 세월이 흘러가면 의암은 흔적도 찾아볼 수 없게 영원히 사라져버리는 게 아닐까 싶었다. 그렇게 돼버리기 전에 반드시 해야만 할 그 무슨 일인가가 있을 듯했다.

'아, 사라져삔다는 거, 그거는……'

비화는 갑자기 한층 알 길이 없는 불안과 초조에 사로잡혔다. 저 중요한 혼례를 바로 코앞에 둔 시기였기에 더욱 불안한 것이다.

"저 전각은 논개의 으로븐 죽음을 상징한 최초의 금석문金石文으로 가치가 에나 높다 카더라."

"최초의 금석문……"

쇠나 돌보다도 더 오래갈 논개의 꽃다운 행적이었다.

"그러이 올매나 귀하고 소중한 기고."

춘계의 그 말이 끝나기를 기다리고 있었던 걸까, 강 건너 푸른 대밭에서 까마귀 무리가 소스라치듯 솟구쳤다. 그 새들의 각별할 것도 없는 날갯짓을 이상할 만큼 몹시 복잡한 표정으로 한참이나 바라보고 있던 춘계가 말을 이어갔다.

"저게 섭천에서 대대로 살아온 백정들이, 자기들의 깊은 한과 슬픔을 새들 날개에 실어 날리보내는 거 겉거마는."

비화는 한없이 먹먹해진 심정으로 되뇌었다.

"백정들이……"

춘계에게서 갈수록 위험한 기운이 강하게 뿜어져 나왔다. 어떤 막강한 세력도 쉽사리 막아내지 못하게 하는 그 무엇. 비화는 그것을 확연히 느낄 수 있었다. 그는 저 폭발 직전의 화산을 떠올리게 했다.

"내 몸이 중이모 중 행세를 하라쿠는 말이 없는 거는 아이지만도……"

"······."

그의 말은 끝을 맺지 못한 상태로 끊어질 듯하면서도 계속 이어졌다.

"사람이 지한테 주어진 신분을 지키감서 사는 거도 한계가 있고······."

비화 눈길이 남강 위에 띄워놓은 놀잇배를 향했다. 가을에 여기 날아와 겨울을 보내는 순백색의 고니 형상을 본떠 만든 멋진 유람선이었다. 백정들이라고 해서 지금 저 배에서 울긋불긋한 옷을 입은 기생들과 더불어 풍류를 즐기고 있는 양반들처럼 뱃놀이를 하고 싶은 욕망이 어디 없겠는가?

"시상 만사 가마이 생각해보모, 귀한 사람이 오데 있고 천한 사람이 오데 있것노? 사람이모 다 똑겉은 사람이제. 그란데 귀천을 구분한 거도 사람 아이가."

춘계의 그 소리에 비화 가슴이 함부로 덜컹거렸다. 아저씨가 저런 말 씀까지. 그러자 의아해하는 비화 표정을 읽었을까? 춘계가 얼른 화제를 돌렸다.

"여서는 잘 안 비이지만도, 으암 바구 남쪽 면에도 글자가 남아 있제."

"아, 그렇심니꺼?"

비화는 여태 그런 사실까지는 알지 못했었다. 춘계 음성은 시간이 갈수록 이상하게 비화 가슴속에 걷잡기 어려운 사태沙汰를 몰아왔다. 춘계의 말들이 구름장같이 모여 큰비가 되어 거기 가파른 언덕을 무너져 내리게 하는 듯한 착각에 오싹 몸을 떨어야 했다. 대체 그에게 무슨 일이 일어나려는 것인지.

"한몽삼이라쿠는 선비가 해서체로 써놨는······."

선비이면서 선비이기를 포기한 그의 단아한 입에서 선비 이야기가 연이어 나왔다. 그가 말하는 그 해서楷書라는 명칭에는 '따라 쓰기에 좋다'는 의미가 있다는 걸 아버지에게 들은 비화였다. 가문의 대를 이어갈 아들이 없기에 딸을 아들처럼 키워온 아버지였다. 예서隸書를 간략하게 개량하여 획을 가로 세로로 반듯하게 만들고, 글씨 전체가 정사각형을 이루어, 세월이 더 지나가면 한자의 정체正體로 자리 잡지 않을까, 하시던 그 말씀도 아직 기억의 언저리에 남아 있다.

"저거매이로 아모리 세월이 가도 없앨 수 없는 그 머신가를 위해 우리는……."

"세월이 가도 없앨 수 없는……."

자신도 모르게 자꾸만 춘계 말을 되뇌며 비화는 억지로 마음을 추스르고 생각했다. 긴 세월이 흘러갔건만 아직도 저렇게 글씨가 또렷하게 남아 우리가 이런 이야기를 나눌 수 있다니 기적이 따로 없었다. 비화는 새삼스레 글의 소중함과 위대성에 놀랐다. 노동의 힘에 대해서도 들었다.

"누운 나모에 열매 안 연다 캤다."

춘계의 눈이 강 언덕바지에 우뚝 서 있는 나무들을 향했다. 비화도 그곳으로 고개를 돌렸다. 그중에도 붉나무가 가장 눈에 잘 띄었다. 여름에 흰 꽃이 피는 그 붉나무는, 잎에 진디 등이 기생하여 혹같이 돋은 '오배자'를 약용이나 적색 염료로 쓴다고 들었다.

"사람이 가마이 있으모 아모것도 되는 일이 없는 뱁이라."

"예."

"내 그래서 하는 이약인데……."

그때까지 비화가 알고 있는 그는 그렇게 말이 많은 사람이 아니었다. 사람은 불안하고 초조해지면 말수가 늘어난다고 했다. 그를 그렇게 몰아가는 것은 대체 무엇일까?

"열심히 움직이고 일해야 성공을 거둘 수가 있제."

"예."

"게으른 사람은 아모짝에도 몬 쓰는 썩은 나모토막 겉다는 말도 있고……."

비화는 의아한 중에도 그의 해박함이 진정으로 부럽고도 자랑스러웠다. 천하디 천해빠진 임배봉이 같은 것들이 재력이랍시고 쌓아 잔뜩 거드름을 피면서 세상을 휘젓고 다니지만, 내 주변에는 이런 배운 이들이 많다는 게 가슴 뿌듯했다.

하지만 그도 지금 나의 깊은 속내는 짚어내지 못하리라 생각하니, 비화는 마치 누가 쿡 쥐어박은 것처럼 공연히 콧잔등이 찌르르 했다. 어쩌면 이런 게 혼례를 바로 코앞에 둔 처녀의 복잡한 심경인가 싶었다. 이상하게 안정이 되질 않는다. 갈대밭에 이는 바람만큼이나 어수선하기만 하다. 어떻게 보면 이게 더 정상인지도 모른다.

'어른이 된다쿠는 기, 식은 밥을 물에 말아 묵는 거매이로 쉬븐 거는 아인갑다. 그래서 어른을 존갱해야 한다쿠는 말이 생긴 기가?'

그동안 바깥나들이는 자주 못 하고 주로 집 안에만 틀어박혀 여자가 갖추어야 할 여러 가지 소양과 솜씨를 닦아왔다. 이제 정든 고향 집을 떠나기 전 자신이 살았던 이곳저곳을 조금이라도 두 눈에 더 담아두고 싶어 나선 외출이었다. 그리고 이날따라 논개 이야기가 한층 더 가슴 밑바닥까지를 적시는 것이다. 그래서 옥진이 조금은 이해가 될 것 같기도 했다. 놀라운 심경의 변화였다.

"시방 내 눈에는 안 있나, 몸단장을 이쁘거로 한 논개가 저 바구 우에 딱 섰는 거 겉은 기라."

춘계는 시간이 갈수록 더욱 갈라진 목소리로 얘기했다. 철저히 다른 사람이 돼버린 것 같았다. 대체 무엇이 그를 저렇게 몰아가고 있는 걸까? 또다시 그런 걱정 섞인 의문을 품어가던 비화는 홀연 눈을 크게 떴다.

"……."

자기 눈에도 의암 위에 서 있는 여자가 보였던 것이다. 그러나 논개가 아니었다. 논개를 만난 적은 한 번도 없지만, 그것을 알 수 있었다.

옥진이다!

비화 입에서 비명에 가까운 소리가 터져 나오려고 했다.

'아, 우리 옥지이가 와 저게 서 있노? 저 이험한 곳에 말이다!'

뒤미처 이런 불안감이 엄습했다.

'오, 옥지이가 으암 바구에서 뛰내릴랑갑다! 옴마야, 우짜모 좋노?'

그런데? 뛰는 심장을 겨우 억누르고 좀 더 자세히 보니 옥진이 아니었다. 그러면 그렇지. 비화는 '후우' 하고 긴 안도의 한숨을 내쉬면서 한 손으로 앞가슴을 쓸어내렸다. 그래, 그날 옥진이가 점박이 형제에게 당한 장소는 여기가 아니다. 대사지 연못을 가로지르는 대사교에서 뛰어내린다면 또 모르겠다. 옥진이 남강 물에 몸을 던질 리는 없지.

그러나 정녕 믿을 수 없는 경악할 사태는 그다음에 벌어졌다. 의암 위에 있는 여자, 그 여자가 강에 뛰어내리려고 한다.

'아악!'

비화는 속으로 비명을 질렀다. 그 여자는, 바로 비화 그녀다! 비화, 비화다! 자신이 투신하려고 한다. 도대체 이게 무슨 영문인가? 비화가 왜 저런 모습인가? 아, 내가, 내가…….

이빨을 앙다물며 무섭게 치뜬 비화 눈에서 비화는 신기루같이 사라졌다. 의암 저 혼자만 유유히 흘러가는 강심 속에 천년의 뿌리를 박고 있다. 제발 정신 차리라는 듯 강바람이 사방팔방에서 불어와 비화의 뺨을 때렸다.

"으암기義菴記라는 글이 있거마는."

그때쯤 춘계 이야기는 글 읽은 관리답게 보다 전문성을 띠기 시작했다. 그래선지 약간은 난해하고 딱딱하게 느껴지기도 했다.

"효종 때 오두인이라쿠는 사람이 지은 긴데, 그의 문집 『양곡집』에 실리 있는 거를 내가 안 읽었나."

"……."

오두인이란 이름도 『양곡집』이란 문집도, 비화로서는 난생처음 들어보는 것이었다. 하지만 의암기라는 글이 실려 있다는 말이 어쩐지 가슴을 후려친다. 문득, 지금 내 심정을 글로 표현하고 싶다는 욕망이 불꽃같이 피어올랐다. 거기서 가까운 곳에 자라는 늙은 팽나무 이파리를 이리저리 흔들어대는 강바람 소리가 마치 서당에서 흘러나오는 학동들 글 읽는 소리처럼 들린다.

"사람은 남자고 여자고 간에, 책을 읽어야 하는 기다."

춘계는 배우지 못한 무지렁이들과 오랫동안 교류하면서 서책의 필요성을 절감하고 있던 터였다. 아는 것만큼 강인한 힘은 없었다. 모르는 것만큼 나약한 힘도 없었다.

"인자는 시대가 상구 마이 배꼈다. 그거를 알아야제. 모리는 사람은 이런 거 저런 거 싹 다 넘들한테 밀리서……."

그의 입에서는 참으로 새롭고도 놀라운 말이 나왔다.

"여자도 개맹(개명開明)해야 하는 시대가 왔거마는."

그러자 자신도 모르게 흘러나오는 비화 목소리가 사뭇 떨렸다. 그런 시대라니.

"여자도 개맹을……."

여자도 지식이 열리어 사물을 잘 이해하게 되고 높은 지혜를 얻어 문화 발달에도 한몫을 감당할 수 있는 그런 세상. 해가 뜨는 곳처럼 밝고 분명한 이치를 깨달아 남녀차별의 벽을 무너뜨릴 수 있는 세상.

'개맹하는 여자…….'

비화 가슴이 속된 말로, '미친년 널뛰듯이' 마구 뛰었다. 의암을 스쳐 온 바람이 저 위쪽 '의기논개지문'이란 현판이 붙어 있는 비각碑閣으로 단걸음에 올라간다. 그 비각 지붕 위에 나무그림자가 물살처럼 일렁거렸다. 하지만 기둥 상단부를 가리는 처마 그림자는 전혀 움직임이 없다.

"임은 갔어도 임의 자태는 저 그림자들맹캐 영원히 남아 있는 기라."

흡사 시구를 읊조리는 것 같은 춘계 목소리를 듣고 있자니, 비화 눈에도 의암 위에 우뚝 서 있는 논개가 보였다.

그렇다. 이번에는 논개다. 논개를 만난 적은 단 한 번도 없지만 그것을 알 수 있었다. 물 위에 어리는 바위 그림자는 꼭 논개 옷자락이 펄럭거리는 것처럼 비쳤다. 옛날과 현재의 시간과 공간이 강 속에서 함께 뒤섞이고 있다. 비화는 마음으로 말했다.

'논개하고 이약 한분 하고 시푸다.'

또 마음으로 말했다.

'우리 옥지이에 대해서도 이약하고…….'

평소에도 의암 근처는 물굽이가 굉장히 급했다. 의암을 감돌아 흐를 때 전해지는 물의 세력은 엄청났다. 수심도 매우 깊어 어른 키 서너 길은 족히 넘는다고 했다. 그 속에 한 번 빠졌다 하면 천하의 그 어떤 장사라도 헤어날 수 없는 무서운 급류였다. 왜장을 껴안고 죽어간 논개의 넋이 아직도 시퍼렇게 서려 있는 탓일까? 역사적 사실이라기보다 왠지 전설로만 느껴지는 것은 내가 아무것도 모르는 데서 오는 과오일 것이다.

'에나 얄궂도 안 하다. 내가 와 이라노?'

또다시 알 수 없는 불안감이 사나운 산짐승같이 덤벼들었다. 곧 다가올 신혼 꿈에 젖어 가슴이 은근히 두근거리지 않는 것은 아니지만, 또 그에 못지않게 불투명한 앞날에 대한 염려와 근심에 사로잡혀서인가? 그러나 단지 그렇게만 받아넘기기엔 지금의 이 꺼림칙한 예감이 너무나 뚜렷하고 부정하기 힘든 현실적인 실체로 다가왔다.

'오늘밤에는 비봉산 달맞이나 해볼거나.'

초조감과 두려움이 아귀처럼 덤벼드는 것에 대책 없이 당해가며, 비화는 내심 귀신 쫓는 주문 외듯 춘계 몰래 혼자 중얼거렸다.

아주 오래전부터, 어쩌면 유서 깊은 이 고을이 맨 처음 생겨날 그때부터, 비봉산 달맞이는 여기 터를 잡고 살아가는 사람들의 꿈 맞이요, 희망 맞이였다. 정월 대보름날이면 모두 초저녁부터 비봉산에 오른다. 목적은 달구경만이 아니다.

처녀 총각은 은밀히 눈도 맞출 수 있는 좋은 기회였다. 홀아비 과부가 새 반려자를 맞을 수 있는 환상의 밤이었다. 달이 중매를 서는 밤이었다.

"춘계 아자씨는 가싯고?"

춘계와 헤어져 집으로 돌아온 비화가 부엌으로 들어서자 부엌일을 하고 있던 어머니 윤 씨가 물었다.

"예, 바뿐 일이 좀 있으시다꼬……."

비화 대답에 윤 씨는 한숨을 쉬며 말했다.

"좋은 일이모 바빠도 괘안치만도……."

말끝을 흐리는 그 얼굴이 무척 어둡고 굳어 보였다.

"니 아부지도 그리 말씀하싯지만도, 그분 하시는 기 우짠지……."

바로 조금 전이 아니라 훨씬 더 오래전에 만났다가 헤어진 것처럼 춘계 아저씨 얼굴이 가물가물하게 떠오르는 비화였다.

'아부지하고 어머이매로…….'

비화도 같은 느낌이라고 생각했지만, 말은 하지 않고 잠자코 부엌 안을 둘러보았다. 하루에도 수없이 보는 그곳이 어쩐지 남의 집 그것처럼 낯설어 보였다. 부엌에 가면 더 먹을까 방에 가면 더 먹을까, 어느 쪽이 더 나을까 하여 망설이는 마음도 아닌데.

'인자 곧 시집 갈 끼라고 해서 내가 하매 이런 기분부텀 들모 안 되는 데……. 부모님이 아시모 올매나 서분하시것노.'

그러나 시집가면 언제 또 우리 집 부엌에 들어올 수 있을 것인지를 생각하니, 낙엽 지는 적막한 오솔길에 혼자 서 있는 듯 마음이 쓸쓸해짐은 어쩔 도리가 없었다. 천년 만 년 우리 집에서 부모님을 모시고 살아갈 것으로 믿어왔는데.

'아, 오늘 자세히 본께네 정지에 물건이 에나 짜다라 들어 있네. 그냥 몇 개 안 되는 거 겉더마는.'

비화는 마치 마지막으로 그 모든 것들을 눈에 담아두려는 사람처럼 부엌 가구들을 일일이 바라보았다. 사람이 제대로 살아가려면 방뿐만 아니라 부엌에도 그렇게 많은 가구들이 필요하다는 사실도 그때 처음으로 깨쳤다. 이제 진짜 어른이 돼가려는 것인가 보았다.

'함 봐라.'

뒤주, 공고상, 함지, 구절판, 두리반, 단각반, 원반 등이 있고, 전궤, 약장, 좌등 등이 있고…… 그 이름도 다 못 외우겠다.

특히 쓰기에 아주 편리하게 만들어진 찬탁이 눈에 들어왔다. 찬장을 겸하여 여닫으로 한 그것에는 많은 식기가 정연하게 얹혀 있었다. 깔끔한 윤 씨의 성품을 고스란히 드러내 보여주는 증거물이었다. 윤 씨가 딸에게 말했다.

"참, 우리 운제 반닫이 안에 넣어 논 제기祭器를 꺼내서 칼끗하거로 닦아보자."

제기뿐만 아니라 두루마리와 책 등속을 보관해두는 그 반닫이는 위쪽

반을 여닫을 수 있도록 만든 다목적 가구였다.

"예, 어머이. 그 속에 들어 있는 책도 같이 끄집어내서 바람에 좀 말리고예. 책 벌거지도 장난이 아이데예."

윤 씨는 그것까지는 미처 생각하지 못했다는 투였다.

"아, 그렇제!"

그러더니 침통한 낯빛이 되면서 자신도 모르게 흘러나오는 말이었다.

"니가 남자였다모……."

"……."

그 말을 들은 비화 눈앞에서 거기 나무로 네모지게 짜서 만든 함지가 둥그스름한 함지로, 둥그스름하게 짜서 만든 함지가 네모진 함지로 뒤바뀌어지고 있는 듯했다.

'아부지가 영정함影幀函은 오데로 옮기싯으꼬?'

불현듯 비화 뇌리를 후려치는 의문이었다. 화상을 그린 족자簇子를 넣어두는 그 나무 궤짝을 잃어버린 것처럼 짙은 상실감에서 헤어나지 못하고 있는 심정이었다.

칼 맞은 산

개천가는 언제 와 봐도 그대로다.

지난여름 폭우가 할퀴고 간 흔적은 이제 어디에서도 찾아보기 힘들다. 흙더미에 묻히고 죽은 것같이 쓰러져 있던 수초들도 제대로 머리를 들고 있다. 강인한 생명력이다.

성난 민중처럼 소리 질러대던 급류에 깡그리 떠내려간 징검돌도 새로 놓았다. 비만 오면 떠내려가는 징검다리. 오죽하면 다리 이름이 '비다리 (우교雨橋)'일까?

중키에 평범하게 생긴 젊은이 하나가 물가에 모습을 드러냈다. 굳이 특징을 들라면, 여자같이 좁은 어깨와 나약해 보이는 턱이다. 얼핏 봐도 힘들고 궂은일을 하며 살아온 사람은 아닌 것 같다. 그렇다고 무슨 큰 벼슬자리에 앉아 있는 사람도 아닌 듯하다. 그야말로 그냥 '백성'이라고 해야 함이 무방하다.

그는 띄엄띄엄 놓여 있는 징검돌을 딛고 지나가는 인근 학지암의 늙은 중과, 개울가에서 낚싯줄을 드리우고 있는 중년의 낚시꾼을 물끄러미 바라보았다. 그들은 세상 근심 걱정 하나도 없는 사람들로 보였다.

"후~우."

젊은이의 얇은 입술 사이로 가느다란 한숨 소리가 흘러나왔다. 아무래도 한창때의 그 나이에는 도무지 어울리지 않는 것으로 보인다. 그렇지만 그는 지금 가슴에 그칠 줄 모르고 쏟아지는 이 괴롭고 구슬픈 빗소리를 그 뉘 알리 싶었다. 심지어 물에 뛰어들어 죽어버리고 싶은 위험하고 못난 충동까지 느끼고 있었다.

"후~우."

또다시 한숨이 나왔다. 저만큼 제멋대로 들쑥날쑥 자란 갈대를 흔들어가며 불어오는 바람이, 마음을 수습할 수 없을 만큼 어지럽게 흔들어 놓는다.

"머라?"

"저……."

"시방 무신 소리 늘어놓고 있는 기고, 으잉?"

"……."

아버지 술천의 노기 띤 음성이 또다시 들려오는 것만 같아 그의 목이 추위 타는 것처럼 절로 움츠러든다. 그러자 보기와는 달리 왜소해 보이는 체구다. 마음은 금방이라도 스러질 듯 더 조그맣게 쪼그라들었다.

"아, 재영아! 니 시방 지 증신이가?"

"……."

"시상에, 오데서 그런?"

어머니 이 씨의 놀라고 당황한 얼굴이 연방 눈앞에 어른거린다. 광대패들이 쓴 탈을 보고 기겁을 했던 기억이 있었다.

"아아아……."

물속에 반쯤 잠긴 회색 바윗돌에 퍼렇게 낀 이끼처럼 가슴팍에 잔뜩 낀 답답함을 벗겨낼 길이 없다. 죄인의 목을 베는 망나니의 칼이나 짐승을 도축하는 백정의 칼로도 불가능할 것 같다.

'우짜노? 우짜모 좋노?'

언젠가 이런 날이 오리란 것을 예상치 못한 건 아니다. 하지만 막상 현실로 닥치는 순간, 그것은 막연히 예상해왔던 것과는 철저히 달라 도저히 견뎌낼 수가 없는 엄청난 무게로 덮쳐왔다.

'설마 무신 길이 없을라고? 시상일은 다 방법이 있을 기라.'

그러면서 제멋대로 판단하며 너무 가볍고 안이하게 대처해 온 결과였다.

"그, 그라모 이, 이몸은 우째라꼬?"

허나연은 무너져 내리는 하늘을 보는 여자 같았다. 눈물이 골짝 난다더니, 검고 커다란 두 눈에서 쏟아져 나온 눈물이 붉은 입술이며 갸름한 턱을 타고 줄줄 흘러내렸다. 머리 위로부터 물을 흠뻑 뒤집어쓴 형용이었다.

"그, 그, 그기……."

박재영도 꺼져 내리는 땅끝에 선 막막함에 머릿속이 하얗게 비어버리는 듯했다. 그의 몸 위로 픽 쓰러져 오는 여자 몸이 꼭 섬뜩한 시신 같았다. 그 자신 또한 산 사람 같지가 않았다. 그때 그는 나연에게 이런 말을 하고 싶은 걸 억지로 참았었다.

'우리 동반자살 해삐릴까?'

문득, 뒤쪽 산기슭에선가 산비둘기가 붉은 피를 왈칵왈칵 토하듯 애 터지게 울었다.

'구구구, 구구구, 구구구구…….'

저 '빈수골'을 울리는 상주의 애끊는 통곡 소리가 생각났다. 부모가 죽으면 시신을 모시고 삼년상을 치르는 움막도 떠올랐다. 혈육의 죽음과 정인情人의 죽음은 남은 자의 가슴에 어떤 상처로 남을 것인가?

'죽음…….'

재영은 관솔불처럼 피어오르는 잡념에 세찬 도리질을 했다.

'시방 내가 무신 방정맞은 망상을 하고 있는 기고?'

아무리 생각이라 할지라도 이건 절대 아니다.

'나연의 죽음을 상상하다이? 내가 미쳐도 골백 분 더 미칫다 아이가.'

그는 짝을 잃으면 여러 날 피눈물을 동이 째 내쏟다가 죽어간다는 그 하얀 새가 되어 속으로 울부짖었다.

'나연이가 없으모 내는 몬 산다. 우찌 살아?'

제 스스로 제 복장을 쥐어뜯고 싶었다. 바위고 나무둥치고 상관없이 머리통을 있는 대로 부딪치고 싶었다.

'아이다! 이거는 에나 아인 기라!'

그러나 그에게서 그 이야기를 전해 듣는 순간 나연이 함부로 몸부림쳐가며 하던 말은, 그의 가슴 한복판에 녹슨 대못이 되어 깊이 와 박혔다.

"내사 마, 몬 살아예. 메기굼터에 콱 빠지 죽어삘 끼라예!"

재영은 머리털이 쭈뼛이 곤두섰다. 온몸의 피가 거꾸로 돌고 살점이 곧바로 터져나가는 느낌이었다. 메기굼터에 빠져 죽는다.

한 해 내내 결코 물이 마르지 않는 물구덩이. 유독 메기가 많이 서식하는 곳이라 하여 '메기굼터'라고 이름 붙여진 장소지만, 가끔 사람이 익사하는 섬뜩한 곳이기도 했다. 그런 사람이 메기들의 밥이 되어 메기굼터를 영원히 있게 하는지도 모른다.

입이 몹시 크고 네 개의 긴 수염이 있는 메기가 그 순간에는 무슨 괴물처럼 느껴졌다. 입아귀가 길게 째져 넓게 생긴 입을 메기입이라고 했다. 그런 메기입을 가진 같은 동네 사람 류 씨가 떠올랐다. 그는 전생에 메기였을까?

'지한테 멤 두고 있는 정인이 있심니더. 와 그리 말 몬 했으꼬?'

돌아보면 돌아볼수록 후회막심, 내가 지지리도 못났다 싶었다.

'그런 소리는 하나도 입 밖에 몬 비추고, 그냥 혼래 몬 치르것다고만 했으이, 아부지하고 어머이가 그리 막 성내신 거 아이가.'

그 자신이 메기굼터에 빠져 막 허우적거리는 사람 같다. 눈먼 고양이 갈밭 매듯, 그저 한없이 갈팡질팡했다.

'하지만도 나연이 말은 몬 한다.'

어쩐지 안절부절못하고 있는 기색이 엿보이는 그를, 댓개비로 엮어 만든 갓을 삐딱하게 눌러쓴 낚시꾼이 약간 수상쩍다는 듯 흘끔 곁눈질했다가 입이 찢어지도록 하품을 했다. 아무래도 전문 낚시꾼은 아닌 성싶었다. 그 낚시꾼 입도 메기입을 닮았다.

'누가 내 입을 쫙 찢어뻰다 캐도, 나연이 이약은 할 수 없는 기라.'

모든 걸 그대로 실토했다간 밥도 죽도 안 될 것 같았다. 상식적인 선에서 요모조모 헤아려 봐도 불가능하지 않을까 싶었다.

'길게 생각 안 해도 뻐언하다 아인가베. 총각하고 넘들 모리거로 만내는 처녀를 우떻게 며느리로 받아들이시것나?'

부모인 술천과 이 씨의 노하고 황당해하는 모습과 나연의 괴로워하는 모습이 한데 겹쳐 보이더니, 아직 한 번도 본 적 없는 신붓감이 나타나 보였다. 눈도 코도 입도 없는, 그저 달걀같이 밋밋한 얼굴이다.

김해 김 씨 문중의 무남독녀. 이름이 비화라고 하던가?

김비화.

집은 성 밖에 있다고 했다. 부친 호한은 존경받는 무관 출신이고, 모친 윤 씨는 조선의 전형적인 현모양처로 널리 알려져 있다. 그런 가문에서 곱게 자란 규수이니만큼 무엇 하나 흠잡을 데 없는 일등 신붓감이라 했다.

"그러키나 바지런하고 또 사려 깊은 정숙한 처녀라꼬 근동에 소문이 자자한 기라. 이런 신붓감 다시 얻기 심들 끼거마는."

며느리 사랑 시아버지라고, 이 씨보다 술천이 더 서두르는 눈치였다.

"니가 장자長子는 아인께, 우리하고 같이 살 필요도 없구마. 저짝 처녀도 그런 사실을 알고 싫어는 안 할 끼라."

누가 들어도 좋은 소리만 나왔다. 재영의 고개가 광풍에 부러져버린 해바라기 모양으로 형편없이 꺾인 채 어깻죽지 사이에 들어가 있었다. 얼마나 혼자서 깊은 고민에 빠졌던지 불과 며칠 사이에 움푹 패어 들어간 눈은 기생이 머리에 쓰는 '하가마'가 되었다.

"니들 신랑 각시 둘만 오붓하거로 살아가모 되는 기다. 함 생각해 봐라. 에나 참 좋것제? 그러이……."

무작정 큰소리로 윽박지르는 술천과는 달리 이 씨는 찬찬히 아들을 다독거렸다. 그러다가 부모는 자식이 지켜보기에 민망할 정도로 심하게 다투기까지 하였다. 경사스러운 혼사를 앞두고 온 집안이 엉망진창으로 편한 날이 없었다. 조그만 실뱀이 넓은 바닷물을 흐리는 격이었다.

'에이, 좋다! 함 두고 보자.'

그러자 재영 마음에 이상한 가역반응이 일어나기 시작했다. 그건 진실로 두렵고 무서운 일이었다. 점점 신부 될 처녀를 향한 반감과 증오의 불씨가 커지는 것이다. 있을 수 없는, 아니 있어서는 아니 될 상황이 벌어지려 하고 있었다.

'지가 머신데, 엉?'

별로 강하지도 않은 주먹이 자꾸 앞으로 나가려고 했다.

'지가 머신데 내를 이리 괴롭히는 기고? 전생에 내하고 무신 웬수가 졌다꼬……'

나연을 떠올릴수록 그 감정의 골은 더한층 넓고 깊어만 갔다. 비화라는 처녀가 아무리 정숙하고 아름다운 여자라고 할지라도 도저히 사랑하고픈 마음이 생기지 않을 성싶었다. 그러기엔 그동안 햇살 아래 달빛 아래 나연과 차곡차곡 쌓아온 사랑의 탑이 너무나 높고 견고하고 감미로웠다.

'아아, 나연……'

나연은 끝내 나타나지 않을 모양이었다. 차라리 잘된 일이라고 자위했다. 나연과 얼굴을 마주할 일이 너무나 힘들고 괴로웠다. 이럴 땐 혼자가 더 나았다. 아무도 나를 찾아내지 못할 깊은 산골짝 암자에나 들어가 버릴까? 세상에 중만큼 홀가분한 신분이 없을 것 같다. 그렇지만, 아니었다. 시간이 지나면 지날수록 마음은 더 걷잡을 수 없을 정도로 초조하고 불안해지기만 했다. 딱 거기까지가 그의 한계였다.

'설마 메기굼터에 뛰든 거는 아이것제?'

평소에는 더할 나위 없이 상냥하고 나긋나긋하면서도 어쩌다 '돼지 발톱처럼 어긋나거나' 휑하니 틀어지기라도 할라치면 물불 가리지 않는 급한 성격의 나연이다. 맺고 끊는 것이 분명하지 못한 우유부단한 재영에게는 나연의 그런 면이 오히려 좋게 보였다. 내 자식도 나보다는 나연을 닮았으면 하고 바랐다.

'하매 시간이……'

처음에 재영이 거기 와 섰을 때 동쪽 산에 가까웠던 해는, 어느 틈엔가 중천을 막 지나 서녘 하늘가를 향하고 있다. 그는 마침내 더 이상 기다리는 것을 포기하고 맥없이 몸을 돌려세웠다. 나라도 이런 일을 당하면 나연을 만나려고 나연이 일방적으로 정한 약속 장소에 나가지 않을 거라는 깨달음이 뒤늦게 일었다. 그랬다. 지금처럼 그는 언제나 한 박자 속도가 느린 사람이었다.

'인자 오데로 가노?'

잠시 길 잃은 미아처럼 하던 재영은 마을 쪽을 향해 터덜터덜 걸어가기 시작했다. 짧은 그림자도 그의 몸에 바짝 들러붙어 힘없이 질질 딸려오는 듯하다.

'니 저리 좀 몬 가것나? 니가 내 그림자라도 보기 싫어 죽것다.'

재영 눈에는 그게 부모 강압에 못 이겨 마음에도 없는 처녀에게 장가들어야 하는 자신의 비참하고 못난 몰골로 비쳤다.

"아이다. 내가 이래서는 안 되제."

재영은 별로 튼실하지도 않은 이를 악다물며 혼자 중얼거렸다. 누가 보면 정신이 나가도 한참 나갔다 할 터였다.

"비화라쿠는 그 처녀한테는 상구 미안한 일이지만도, 내는 절대 나연이하고 헤어질 수가 없다 아인가베."

금방이라도 어디선가 해맑은 나연의 음성이 들려올 것만 같다. 살짝 등 뒤에 나타나 그를 부르며 장난스럽게 꼭 껴안을 듯도 싶다.

"진짜 우짤 도리 없어 장개를 들어도, 이런 내 심정은 쪼꼼도 안 배낄끼거마는. 그라고 그담은……."

머리에서 꿀렁꿀렁 소리가 나도록 머리를 있는 대로 흔들어댔다.

"에라, 그거는 내도 모리것다. 될 대로 되것제 머.'

이제껏 남자답지 못하다고 들어왔지만 이제부터라도 사내대장부답게 살아야겠다는, 비뚤어진 판단과 형편없는 오기에서 엉뚱한 결심까지 했다.

'어? 내가 요 왔네?'

이윽고 정신을 차려 둘러보니 막 당도한 곳이 주막거리였다. 거기 술집에는 술국이며 안줏거리 맛이 일미였다. '酒'라는 등이 내걸린 주막 문간에는 커다란 좌판이 있고, 소나 돼지 족발, 머리 등속을 삶아서 내놓았다. 그래서 행인들의 군침을 돌게 했는데, 특히 술청 안 벌건 화덕에서는 안주를 굽는 냄새가 천지를 진동시켰다. 그 때문에 사람들을 쉬 그대로 지나가지 못하게 해서 으레 술 몇 잔 정도는 쫙 들이켜고 가기 마련이었다. 또한 이 부근을 지날 때면 술집 안에서는 늘 호탕한 웃음소리와 신바람 붙은 노랫소리가 들리곤 했다.

'오늘은 술 내미(냄새)가 와 이리 좋은고 모리것다. 누가 보모 내가 술 중독자인 줄로 안 알것나.'

그는 계속 코를 벌름거렸다. 서편 산기슭에 누군가의 효자문이 있기도 한 주막은 언제나 술꾼들로 들끓었다. 불경기를 모르는 게 술장사, 아니 불경기일수록 더 잘 되는 게 술장사라더니, 그 말이 딱 맞게 여겨졌다.

'요런 때 술 안 마시모 운제 또 마시것노. 정 안 되모 나연이하고 둘이서 이런 술집이라도 함서 살모 되지 머.'

재영은 흙냄새가 솟아나는 주막 마당의 오래된 대추나무 아래 평상 한쪽으로 가서 힘겹게 엉덩이를 내려놓았다. 몸이 천근만근이었다. 머리를 배추 모양새로 아주 풍성하게 부풀어 올린 주모가 그를 향해 눈웃음을 살살 쳐가며 코맹맹이 소리로 알은체를 했다.

"하이고! 이기 올매 만이라예? 지를 보고 싶도 안 했던가베예? 증말 반갑네예?"

재영은 말 그대로 두 개 먹고 한 개 안 준 사람이 되어 시무룩한 얼굴로 혼잣말같이 대꾸했다.

"우짜다가 한 분 오는 내가 반갑기는 머가……."

살갑게도 대해주는 술어미가 그 순간에는 꼭 다람쥐 계집 얻은 것처럼 그저 힘에 버겁고 거추장스럽게 느껴졌다. 재영은 푸념조로 내뱉었다.

"시원한 막걸리하고 야문 안주 있으모 좀 내놓으소."

짙은 화장으로 감추어보려 했지만, 눈가에 보일락 말락 잔주름이 간 술어미가 과장이 묻어나는 놀란 눈빛으로 물었다.

"시원한 막걸리하고 야문 안주라꼬예?"

"야."

그 단 한마디 대답조차 하기 귀찮다는 표정의 재영이었다.

"꼭꼭 씹어묵고 싶거로 원한 진 누가 있어예?"

고개를 갸웃하며 묻는 주모 말을 재영이 되받아쳤다.

"꼭꼭이고 꼬꼬댁이고……."

그래도 평소 술꾼들에게 시달릴 대로 시달려온 주모는 전혀 무안을 타지 않은 얼굴로 무슨 대단한 비방秘方이라도 알려주듯 했다.

"그라모 술에다가 팍 띄워갖고 동동 떠내리 보내삐리소예."

재영은 평상에서 몸을 일으킬 시늉을 했다.

"내가 그냥 나가삐야 되것소?"

주모가 화들짝 놀라는 얼굴로 주방 쪽을 향해 뒷걸음질 치면서 말했다.

"아, 아이라예! 가, 갖고 오, 옵니더!"

재영은 공연히 두 눈에 칼을 세웠다.

"열 개 셀 때꺼정 음식이 안 나오모……."

재영은 주모가 술상을 차려오기 무섭게 주전자를 집어 들어 철철 흘러넘치도록 잔을 채워 단숨에 벌컥벌컥 들이켜기 시작했다. 술은 목을 타고 말 그대로 잘도 넘어간다. 아편을 맞은 듯이 짜릿한 쾌감이 금세 온몸에 전해졌다.

원래 소심한 사내일수록 더 술기운에 의존하는 성향이 있는 법이다. 그의 마음에 활활 이는 불길을 잡을 수 있는 건 오직 술뿐이었다.

"빌어묵을! 니기미!"

혼자서 보통 때 잘 하지 않는 욕설을 내뱉었다 오만상을 찡그렸다 하면서 급히 마셔댔다. 취기가 금방 올랐고 그럴수록 생면부지 신부에 대한 적개심마저 부글거렸다. 그 처녀가 무슨 죄가 있나 하는 생각이 잠시 들지 않은 것은 아니지만, 지금 그는 이성보다 감정의 지배를 받는 몸이었다.

"주모! 여……."

술어미는 자칫하면 배추머리가 풀어지지나 않을까 걱정이 될 정도로 고개를 크게 끄덕거렸다.

"하이고! 오늘 본께네……."

그런데 재영이 주전자 두 개를 비우고 세 개째 주문했을 때였다.

"아즉 술시戌時도 아인데, 뭔 술을 혼자서 그리 퍼대는감?"

우렁우렁 울리는 목청에 놀라 고개를 들어보니 이웃 마을에 사는 천필구다. 재영은 앉은 자리에서 약간 궁둥이를 들어 올리며 물었다.

"필구 아자씨 아이요. 여게는 우짠 일입니꺼?"

말이며 행동이 풀어질 대로 풀어진 게 누구 눈에도 이미 술에 점령당한 꼴사나운 그런 몰골이었다.

"아, 발 달리 있는 짐승이 오데를 몬 댕길 끼가?"

얼핏 재영의 눈에 들어온 필구의 발 크기는 웬만한 사람의 발보다 한 배 반은 족히 됨 직하다.

"발이 효도 자슥보담 낫다 캤으이, 내 발로 걸어댕길 수 있을 때 댕기야제."

그러면서 필구는 재영의 맞은편 자리에 털썩 거구를 내려놓는데 표정이 영 밝지 못하다. 그 큰 덩치를 가지고도 살아가기 힘든 세상인 모양이다. 재영의 생각은 이어졌다.

'예전에는 안 그랬다더이…….'

필구는 지금은 찢어지도록 가난한 농투성이지만 그의 고조부는 상술
商術이 제법 능해 돈푼이나 꽤 만졌다고 들었다. 그는 재영의 막내 삼촌
나이로서 이웃한 마을에서 오랫동안 함께 살아온 터라 아버지 술천과는
형, 아우, 하는 막역한 사이였다.

재영이 사는 곳은 자연마을 여섯 땀으로 이루어져 있다. 거기는 예로
부터 힘센 장정들이 많이 나기로 알려진 지역인데, 어느 날 재영은 아버
지로부터 이런 이야기를 들은 적이 있다.

"저짝 땀에 사는 천필구 안 있나, 저 돌비륵 기운을 받고 태어난 장사
라꼬 소문이 퍼져 있다 아인가베."

그 돌고개에 얽힌 사연은 재영도 알고 있었다.

"그거는 저 옛날 일이라꼬 들었는데예, 아부지. 그 돌비륵 땀에 여게
기운 센 장사가 짜다라 난다꼬, 강 건너 사람들이 한밤중에 몰래 와갖고
돌비륵을 팍 뿌사삐린 뒤로는 장사가 안 태어난다꼬 하데예."

술천이 고개를 세로저으며 아섭다는 투로 말했다.

"그런 이약도 있기는 하제. 그때 돌비륵에서 벌건 피가 마구재비 흘
리내릿다꼬."

"아, 돌비륵에서 벌건 피가?"

그 광경을 상상만 해도 심약한 재영은 가슴이 후들거렸다. 어릴 적부
터 사내자식이 그리 간덩이가 작아서 어쩌느냐고 걱정 반 핀잔 반 받아
오던 그였다. 얼마 전 의원에게서 폐가 나빠졌다는 진단을 받은 술천은,
이제는 제발 끊어야지 끊어야지 하면서도 여전히 끊지 못하고 있는 담
배를 한 모금 빨고 나서 말했다.

"하지만도 이 애비 생각에, 필구만은 그 전설을 벗어난 거 겉은 기
라."

"그라고 보이……."

재영도 그런 것 같다고 생각했다.

"더 들어봐라."

그러면서 술천은, 자신이 나이 차이가 꽤 나는 천필구와 서로 가깝게 지내는 것은, 그의 용력勇力도 용력이지만 남다른 패기와 정의감을 높이 사서라는 말도 덧붙였다. 친척 아저씨처럼 모시라는 당부도 잊지 않았다.

그것은 세상이 하루가 멀다 하고 신분 질서가 무너져 내리고 있다는 증거이기도 했다. 이제는 구태여 양반 상놈 가를 일도 조만간 사라질지 몰랐다. 백성, 그 한 가지 이름이면 족할 것이다.

오직 큰소리 땅땅 치는 건 돈, 그놈의 돈이었다. 돈은 무소불위의 힘을 발휘하였다. 그런 속에서도 갈수록 권위가 실추되는 양반 숫자가 거꾸로 불어나는 건 참으로 웃지 못할 비극이고 불가사의였다. 사람들은 여러 입으로 한 가지로 말했다.

"말세末世다, 말세."

재영은 아버지 그 말에서 사내답지 못한 자식을 깨우쳐주려는 당신의 숨은 뜻을 읽었다. 그렇게 되려고 나름대로 노력도 해봤다. 하지만 사람의 천성은 어쩔 수 없는지 재영은 필구가 될 수 없었다.

결국 소심한 재영은 언제부턴가 남자보다 약한 존재인 여자, 특히 돈을 주고 살 수 있는 기생을 가까이하고, 술 힘에 기대어 모든 것을 해결하려는 좋지 못한 버릇이 붙어버렸다. 버릇이 운명이 될 수도 있다는 말도 있지만. 그리고 그런 나쁜 버릇은 장차 아내가 될 여자에게로 고스란히 옮겨갈 위험도 다분히 있었다.

"칠봉산 약수암에 댕기오는 길 아인가베."

어딜 다녀오시냐는 재영 물음에 필구가 한 말이다.

"아, 거게 일곱 봉우리 중턱에 있는……."

필구 얼굴에 일곱 가지 빛깔의 감정이 엇갈리고 있는 듯했다. 술기운이 오르는 재영의 눈에는 필구 얼굴이 그 숫자만큼 보이기도 했다.

재영은 더는 묻지 못했다. 그 정도로 필구 표정이 지나치게 어둡고 딱딱했다. 침묵 속에 주거니 받거니 술잔만 기울였다.

'깍깍 까아악, 깍깍 까아악.'

근처 대추나무에서 까치 한 쌍이 울다 그치다가를 되풀이했다. 저들도 술이 마시고 싶은 것인가? 아니면 술 먹는 인간들을 비웃는 것인가?

그래, 술이 모든 것의 해결책은 아니라는 걸 잘 알지. 되레 독이 될 뿐. 하지만 그렇다고 술이라도 마시지 않으면 또 달리 무엇으로 이 가슴 속 응어리를 풀 것인가?

"자네, 괘안것는가?"

필구는 약간 염려스럽다는 빛이었다.

"지 말씀입니꺼?"

빤한 것을 되묻는 상대가 다소 짜증이 나는지 필구는 좀 더 무뚝뚝한 어투가 되었다.

"그라모 여게 자네 말고 또 누가 있는감?"

재영이 평소 그답지 않게 약간 호기롭게 느껴지는 웃음을 띠며 자신 있게 말했다.

"걱정마이소. 지 일 지가 다아 알아서 합니더."

그러자 필구는 심드렁한 표정을 지었다.

"하기사 나이가 올만데…….."

그러나 본디 약골인 데다 먼저 술을 많이 퍼마신 탓에 재영은 얼굴이 시뻘겋고 정신이 점차 흐려지고 있었다. 그에 비해 필구는 말술을 들이켜도 끄떡없는 강한 체질이라 자세 하나도 흐트러지지 않았다.

"아자씨요!"

"와?"

마침내 재영의 난잡한 주정이 시작되었다.

"남자는 꼭 장개를 들어 가정을 꾸리야 하는 깁니꺼?"

"각중애 뭔 소린고, 그기?"

필구는 입으로 가져가던 술잔을 내려놓고 가만히 상대방 얼굴을 살펴보았다. 재영의 혀 꼬부라진 소리가 이어졌다.

"지 말씀은……."

"말을 해봐라꼬."

갈수록 만화경 비슷한 소리만 내놓는다.

"그냥, 그냥 말입니더."

"그냥? 그냥 머 말인데?"

그러자 그 취중에도 한참이나 망설이는 눈치더니 털어놓았다.

"좋아하는 여자가 있으모……."

술 냄새 폴폴 풍기는 소리가 재영의 입에서 너절하게 나왔다.

"그 여자하고 한 분씩 만내갖고 사랑을 나누모 되제……."

"……."

"그런께네 지가 주장하고 싶은 거는……."

화덕 쪽에서는 숯불이 만취한 사람의 얼굴빛같이 벌겋게 피어오르고, 술청에는 들어오는 사람만 보이고 나가는 사람은 없었다.

"와 반다시 부모가 짝지어준 여자하고 혼래식 올리갖고 같이 살아야 하노, 그 말입니더. 크윽."

재영은 당장이라도 게워낼 사람처럼 보였고, 가부좌를 틀듯이 하고 앉은 필구가 무겁게 입을 뗐다.

"그기 사람이 시상 사는 이치 아인가베."

"시상 사는 이치예?"

재영이 내는 말소리가 너무도 큰 탓에 다른 자리에 앉아 있는 손님들이 눈동자를 흘겨 뜨고 연해 이쪽을 노려보았다. 하지만 필구의 체구가 워낙 엄청난지라 감히 입을 떼지는 못하고 무척 마음에 들지 않는다는 표정들만 지었다.

"하모, 산다는 기 머 벨거 있것는가?"

필구는 큰 얼굴을 숙였다가 치켜들었다. 그러고는 한층 더 튼실해 보이는 턱으로 대추나무를 가리켰다.

"저게 대초나모에 앉았는 까치 부부 함 봐라꼬. 미물도 저렇는데……."

필구는 제대로 말끝을 맺지 못했다. 재영은 전혀 모를 것이다. 지금 필구 자신이 처자식 때문에 얼마나 힘들어하는가를. 내 분신과도 같은 처자식이 걸림돌이요, 원수였다.

물어보고 싶었다. 사내대장부의 진정한 길이 무엇인지 한 번이라도 깊이 고민해본 적이 있느냐고. 비웃고 싶었다. 이리 훤한 시각에 곤드레만드레 되어 사랑타령이나 늘어놓는 너 같은 백면서생이 뭘 알겠냐고.

그러나 천하없어도 이것 하나만은 입 밖에 내지 못할 것이다. 지금 유춘계를 비롯한 몇몇 의식 있고 양심 바른 양반들의 지휘 아래 각처 농민들이 들고일어나, 산이 뿌리째 흔들리고 강이 거꾸로 흐를 일을 은밀히 꾸미고 있다는 사실을 너는 상상이나 해봤느냐. 그것은 목숨과도 바꾸어야 할 극비라는 것이다.

"참, 아까 칠봉산 약수암에 댕기오시는 길이라꼬 하싯는데, 거게 가시갖고 머슬 빌었지예?"

재영은 술이 취했다 깼다 하는 모양이었다. 약간 본정신이 돌아오자 자기 딴에는 진지하게 물었다. 필구는 시종 깊은 상념에 잠긴 얼굴로 고개를 깊이 숙인 채 손가락으로 그저 술잔만 만지작거리다가 되물었다.

"거 겉으모 머를 빌것는가?"

"지 겉으모예."

재영은 목소리를 가다듬으며 천주학 신자들이 기도하듯 대답했다.

"진정으로 사랑하는 사람하고 팽생을 함께 살거로 해 달라꼬……."

"진정으로 사랑하는 사람하고 팽생을……."

재영 말투까지 그대로 흉내 내던 필구의 두툼한 입술 사이로 몹시 헛헛한 웃음이 삐어져 나왔다.

"아자씨!"

재영은 기분 상한 얼굴로 필구를 째려보듯 하며 물었다.

"와 그랍니꺼?"

"아일세."

술상 너머로 '아니다'라는 말만 오갔다.

"아이라꼬예?"

"아이거마는."

필구는 가마솥 뚜껑만큼이나 투박하고 커다란 손, 바로 농사꾼의 손을 휘휘 내저었다.

"내는 다만 이 인간 시상이라쿠는 데가 증말 그리만 될 수 있다모, 에나 올매나 좋것노 싶어서 그냥 해본 소린 기라."

"지는 그냥 해본 소리가 아입니더."

재영은 여전히 못마땅하다는 기색을 거두지 못했다. 그러고 보니 그도 고집은 있는 사람 같았다. 그것도 생고집. 만약 그게 사실이라면 장차 그의 아내가 될 여자에게는 결코 좋을 게 없었다. 게다가 그는 반드시 알아야 하겠다는 빛이었다.

"그라고 그기 그러키나 에렵다는 깁니꺼?"

"그러키나 에렵다는 기나……."

필구는 그 소리밖에는 그 어떤 대꾸도 하지 않았다. 그의 눈에는 앞에 마주 앉은 사람이 보이지 않는 듯했다. 그저 초점 잃은 눈으로 먼 허공 어딘가를 멍하니 보고 있을 뿐이다. 퀭한 눈빛이 가을걷이 끝난 겨울 논바닥처럼 허허롭고 차가웠다.

그때 필구가 보고 있는 것. 그것은 장대 끝에 걸린 죄인의 머리였다. 어느 백사장에 썩은 통나무같이 나뒹굴고 있는 목 없는 시체였다.

그리고…… 그것은 바로 자신의 머리요, 주검이었다. 그저 눈만 감았다 하면 여러 날 지독한 악몽을 통해 보았던…….

필구는 엉덩이에 불길이 붙기라도 한 사람처럼 갑자기 자리에서 벌떡 몸을 일으켰다. 그 서슬에 술잔 가득히 출렁거리던 술이 자칫 엎질러질 뻔했다.

'짹짹, 짹짹.'

그새 대추나무에서 까치는 날아가고 참새 무리가 귀를 따갑게 할 만큼 시끄러웠다. 필구 음성이 번득이는 칼날같이 위험한 빛을 띠었다.

"우리 함께 걸어감서 이약이나 좀 나누모 우떨까 싶거마는."

그는 재영의 답변을 듣기도 전에 평상 위에서 미끄러지듯 내려섰다. 그러고는 커다란 배 같은 큼직한 짚신을 꿰차고 계산대 쪽으로 성큼성큼 걸어가 술값을 치렀다. 어느 누구든 머뭇거릴 새도 없이 무작정 따라나설 수밖에 없는 상황이다.

"와 그리 급하심니꺼? 같이 가이시더, 아자씨."

"……."

"그라모 안 되는데예. 술값은 지가 낼라캤는데……."

재영이 계속해서 입을 열었지만 필구는 아무 말이 없이 똑바른 걸음걸이로 앞서갔다. 재영은 연방 비틀거리며 주춤거리듯 뒤따랐다. 두 사람 모습이 그렇게 대조적으로 비칠 수 없었다.

150

"아자씨!"

길이 줄어들기도 하고 늘어나기도 하는 것 같은 재영이었다.

"오데로 가는?"

"……."

얼마 동안 그렇게 걸었을까? 이제는 제법 긴 거리를 갔을 때였다. 필구가 문득 멈춰서는 바람에 재영도 멈칫 따라 섰다. 필구가 약간 각진 턱을 들어 남쪽으로 우뚝 솟은 산을 가리키며 말했다.

"저게 비이는 기 '칼 맞은 산'이라쿠는 산 아인가베."

재영은 멍청히 있다가 갑자기 칼 맞은 사람같이 번쩍 정신이 들었다.

"칼 맞은 산이라꼬예?"

필구의 말이 칼에 잘려나가는 느낌이었다.

"저 산을 잘 모리는가베?"

"아, 지는……."

재영은 고개를 내젓다가 그만 어지러운지 얼굴을 있는 대로 찌푸렸다. 사실 그의 머릿속은 울렁울렁했다. 속도 엄청 메스꺼웠다. 땅이 움직이는 것만 같아서 몸의 균형도 가까스로 잡고 있는 중이었다.

"그라모 한분 들어볼랑가?"

재영은 또 비틀거리면서 한쪽 눈은 뜨고 한쪽 눈은 감은 채 대답했다.

"예……."

필구는 그 자신에게 주어진 운명을 비겁하게 피하지 않으려는 사람처럼 옷자락을 날리게 하는 바람이 불어오는 방향을 향해 몸을 딱 돌려세웠다. 그러고는 사뭇 비장한 목소리로 입을 열었다.

"예전, 상구 예전에 비가 왔는데, 각중애 하늘이 큰소리로 막 울어싸면서 시뻘건 불칼이 내리왔다더마는."

재영은 뱃속이 울컥거리면서 또 금방이라도 토악질을 할 것만 같았다.

"아, 불칼이!"

필구는 주먹으로 무엇을 세게 내리치는 동작을 했다.

"그래갖고 산봉우리 세 군데를 꽝 때려서 고마 산이 쩌억 갈라졌다더마는."

"사, 산이 갈라져……."

재영은 바보 같은 표정을 지었다. 아닌 밤중에 홍두깨라더니, 한낮에 불칼이 무슨 소리냐? 또 갈라진 산은 무엇이고?

"그러이……."

어리둥절해하고 있는 재영 귀에 필구 말이 다시 들렸다. 그런데 그 소리가 여간 심상치 않았다.

"시방도 그때맹커로 불칼이 시상을 갈라삘 일이 생기지 말라쿠는 벱 있는가베? 아이제. 그런 불칼이 더 필요한……."

"무신 이약인고 지는 도통 모리……."

필구가 재영 말끝을 그야말로 불칼로 뎅겅 자르듯 했다.

"내 이약은, 시방겉이 시상이 어수선할 적에는, 증신 바짝 안 채리모 우떤 구신이 와서 잡아갈랑고 모린다, 그런 소리 아인가베."

재영은 몸서리를 쳤다.

"우떤 구신?"

눈앞의 사물들이 흐리멍덩하게 보이는 걸 조금이라도 막기 위해서인지 제 손으로 제 귀싸대기를 때리고 나서 물었다.

"우떤 구신 말인데예?"

"……."

그러나 그 말을 마지막으로 필구는 다시는 더 입을 열지 않고 걸음만 옮기기 시작했다. 바람을 쐬자 조금 정신이 돌아오던 재영은 지금까지 마신 술기운이 한꺼번에 몰려오는 기분이었다. 정신을 차리지 않으면 귀신이 잡아갈지 모른다.

재영이 더더욱 필구를 이해하기 힘든 기묘한 상황이 벌어진 것은, 마을 남서쪽에 있는 재먼당, 둔티재라는 곳에 이르렀을 때였다. 그곳에는 재영이 여태 잘 보지 못한 광경이 펼쳐져 있었다.

'누?'

낯선 이들이 많이 모여 앉아 쉬고 있는데, 그들 옆에 쌓듯이 가득 놓여 있는 건 분명히 쌀가마니다. 그는 그렇게 엄청난 양의 쌀은 태어나서 한 번도 구경하지 못했다. 최고 큰 싸전에서도 그렇게는 하지 못할 것이다.

"아, 우찌 저리 많은 쌀을?"

재영은 취중에도 대단히 놀란 얼굴로 필구를 바라보았다. 그런데 더 경악스러운 게 필구 표정이었다. 당장이라도 폭발할 것같이 더없이 위험하고 험악한 얼굴……

"필구 아자씨?"

다른 것도 아닌 쌀가마니를 보고 그토록 노한 빛을 띠는 그를 이해할 수 없었다. 그런 재영을 향해 필구는 마치 염소나 돼지몰이하듯 심하게 몰아붙였다.

"머 보고 있노?"

"예?"

필구 스스로도 거기 더 있다가는 무슨 일을 벌이고 말 거라고 감지한 모양이었다.

"얼릉 가자꼬."

"예……"

필구는 흡사 못 볼 것을 보기라도 한 사람처럼 뒤도 돌아보지 않고 마구 달음질치듯이 걸음을 빨리했다. 재영은 아무 영문도 모른 채 다리를 재게 놀려 숨 가쁘게 그를 쫓아갔다. 점점 더 알 수 없는 필구의 행동이었다.

이윽고 산모롱이를 돌아가서 쌀가마니와 사람들이 보이지 않게 됐을 때 필구 걸음 속도가 조금 늦추어졌다. 재영은 헐떡거리며 물었다.

"헉헉. 대체 와 그랍니꺼?"

"……."

길 위에 흙바람이 일더니 하늘로 치솟는 게 보였다.

"함 말씀해보이소."

"……."

하지만 필구는 아무 대답이 없다. 꼭 입을 다문 채 좀처럼 말을 하지 않으려고 하는 게, 달팽이 뚜껑 덮은 것 같았다. 술기운이 좀 가신 목소리로 재영이 또 물었다.

"그 사람들이 누고, 그 쌀은 또 무신 쌀인고 아십니꺼?"

필구는 잠자코 고개를 끄덕이더니 곧이어 잔뜩 분노 서린 눈빛으로 말했다.

"나라에 세미稅米를 바칠라꼬, 쌀을 짊어지고 가는 사람들도 모리는 가베?"

재영은 잘 모르고 있는 사실이었다.

"나라에 머를 바친다꼬예?"

필구는 참으로 한심하다는 표정이었다.

"아, 조세租稅로 갖다 바치는 쌀도 모리나?"

재영은 그만 목을 움츠리며 기어드는 목소리가 되었다.

"조세로……."

필구는 신경질과 함께 저주 퍼붓듯 내뱉었다.

"저짝에 있는 사천 조창항漕倉港으로 가는 행렬이것제."

조창이란 조세로 거둬들인 현물을 한데 모아 보관하고 이를 중앙에 있는 경창京倉으로 수송하기 위해서, 수로 연변水路沿邊이라든지 연해안 요충지에 설치한 창고나 그 일을 담당하는 기관을 일컫는 말이었다.

"그란데 우째서 그리 성이 나서?"

"우째서 그리?"

재영의 말을 곱씹는 필구의 짙은 눈썹이 꿈틀했다.

"나라도 쌀이 없으모……."

재영의 철딱서니 없는 그 말에, 급기야 필구는 땅속에 못처럼 박혀 있는 돌멩이를 발로 걷어차며 소리쳤다.

"흐응, 백성들이사 굶어 뒤지든, 벗어 꺼꾸러지든!"

당장 사천 조창항으로 가는 행렬이 있는 곳으로 달려갈 자세를 취하면서 말했다.

"나라에는 꼬박꼬박 쌀을 조세로 갖다 바치라쿤께, 이거사말로 불칼 맞을 일 아이고 머시고?"

"……."

그 서슬에 너무나 놀란 재영 눈에 온 세상이 불칼 맞은 산같이 비쳤다.

문서 없는 종이 되어

한겨울이라 날은 그저 춥다. 뼈마디가 욱신욱신 쑤실 정도다. 가만히 있으려 해도 자꾸 오슬오슬 떨린다.

그래도 비봉산 산길을 오르는 사람들. 횃불을 켜든 사람도 보인다. 그런 사람들 사이에 끼여 부지런히 네 다리와 꼬리를 놀리는 개들도 있다.

드디어 동녘 하늘이 복사꽃과도 같이 붉어지고 불끈 솟아오르는 달. 능선에 길게 늘어선 사람들은 농사와 절후 이야기를 은근슬쩍 음담패설에 섞어 나눈다.

"올해는 장마가 한거석 질 모냥이거마."

"와?"

"달빛이 처녀 살갗매이로 저리 하얀 거를 본께네."

"오데 살갗만 뽀얗더나. 그 멤은 더하다. 또오……."

"눈만 붙은 아아들 듣는데 고마하소."

"눈만 붙어? 그라모 귀하고 코는 옴마 뱃속에 놔놓고 나온 아아도 있나?"

"작년은 달님이 그러키나 붉더니만, 참말로 날이 안 가물었는가베."

"올해는 하늘 두 쪼가리 나도 풍년이거마는."

"머를 믿고 그리 큰소리고? 대천大川 바다도 건너봐야 안다 캤다."

"내가 씹어묵거로 이약해주까?"

"묵고 죽은 구신이 얼골도 좋다 캤으이, 씹어묵거로 해보소."

"귀 동냥 보내지 말고 잘 들으라꼬. 저 달빛이 에나 안 진하나."

"눈하고 코는 동냥 안 보내고?"

해는 사람을 이성적으로 만들고, 달은 사람을 감성적으로 이끈다.

"아, 오늘밤 겉은 날은 안 있나. 저 달님매이로 살갗 하아얀 여자하고 붙어앉아 갖고 정분이나 함 나누모 에나 좋것다."

"아아들 듣는데 고만해라쿤께?"

"그라모 어른들만 들으라쿠지 머. 아아들한테는 듣지 마라쿠고."

"니 새끼 내 새끼 할 거 없이, 오데 새끼들이 말 듣더나?"

"그 봐라. 방금 니 입으로 새끼들은 말 안 듣는다 안 캤디가. 그러이 안 들을 낀께 무신 상관 있노?"

개들이 컹컹 짖어댄다. 달을 보고 그러는지 나무숲 그늘을 보고 그러는지 사람을 보고 그러는지 알 수는 없다. 어쩌면 오랑캐 개처럼 달을 물고 가고 싶은지도.

"농사만 잘되모 머를 더 바래것노. 더 바래모 벌 받제."

"그라고 본께네 내도 운젠가 한분 들은 거 겉거마."

"머를?"

"대보름날 달빛이 흐리모 숭년 들고, 달빛이 진하모 풍년이라 꼬……."

"봐라, 봐라카이. 내 말이 딱 안 맞나."

"소는 안 맞고?"

"머 맞으모 다 괘안타."

그런 의견 일치만 보이는 건 아니었다. 가다 때론 입씨름이 한창이다. 바닷가 마을에서 왔다는 키만 홀쭉하게 크고 빼빼 마른 사람이 말했다.

"우리 해변이 풍년인 기라."

그러더니 몸을 남쪽으로 기울여 보이면서 덧붙였다.

"보시요들. 달이 남쪽으로 치우쳐 안 있소."

짧고 더부룩하게 난 수염이 두루미 꽁지를 연상시키는 산골 사람이 질세라 썩 나섰다.

"시방 댓구녕으로 하늘 보고 있는 기요? 함 더 잘 보소. 내 볼 적에는 북쪽에 더 치우쳐 있는 거 겉소."

몸을 앞의 사람과는 반대인 북쪽으로 기울여 보인다.

"잘 알도 몬함시로."

산촌 풍년을 기대한다는 얘기였다. 그러다가 모두 쑥스럽기도 하고 참 우습지도 안 하다는 듯 입을 꾹 다물기도 한다. 하긴 괜히 입만 아픈 말씨름에 이겨봤댔자 따로 건질 것도 없다. 사람은 남의 말을 많이 듣고 자기 말은 적게 하라고, 조물주가 사람 입은 한 개, 귀는 두 개를 만들어 주었다고 하지를 않던가 말이다.

어쨌거나 낮술 서너 잔씩은 얼큰히 걸친 남정네들 흰소리를 안 듣는 척 듣는 여자들 마음도 보름달처럼 두리둥실 떠오르기만 하는 날이다. 그래서 그런지 이날 여자들 얼굴은 하나같이 달님처럼 훤해 보였다.

"시집 갈 때가 된께 에나 이쁘다, 우리 지순이. 지순이가 떠오는 달이라."

"고모도 영판 처녀 겉은데예 머. 새로 시집 가도 되겄어예."

"하이고, 니 남살시런 소리 할 끼가?"

그때 누군가가 갑자기 읊조린다.

"임아, 임아, 우리 임아……."

그러자 누군가가 그 소리를 받는다.

"아아, 우리 임한테 만리장성을 써서 보내고 시푸다. 그라모 임도 내한테 길거로 편지 안 써 보내시까?"

그 말이 씨알이 되어 또 온갖 임타령이 벌어졌다.

"요 에핀네들아, 나값들 좀 해라. 얼라도 아이고."

새하얗게 센 머리가 흡사 모시 바구니 같은 노파가 나서서야 여자들 가벼운 입방아가 비로소 사그라졌다. 하지만 마음은 풍선이 되어 두리둥실 한껏 부풀어 오르기만 한다.

꼭 어른들만 해당되는 것은 아니었다. 그날은 오히려 아이들 축제 날이다. 며칠 전부터 어머니들은 자식들에게 기둥에 대못 박듯 단단히 내질렀다.

"그날은 안 있나, 다린 집 아아들보담도 일쪽 산에 가야 하는 기라. 그래갖고 떠오르는 달이 젤 잘 비이는 장소를 먼첨 차지해야제."

"사람이 너모 그리 서둘러쌌는 거도 신상에 안 좋다 고마. 먼첨 꼬랑대이 친 개가 난주 묵는다 캤다."

"얼라도 울어야 젖 준다쿠는 말도 몬 들어봤는가베?"

"하여튼 서둘기는 서둘라도 천천히 서둘라야 하는 기다."

집집마다 설교가 절정이다.

"더 중요한 거는 안 있나, 달님이 마악 동산에 떠오르는 바로 그 순간에 넘보담도 앞서 소리를 질러야 하는 기다. 알것제? 방금 내가 했던 말, 한 분 더 해봐라."

어머니들 표정은 자식을 위험한 전쟁터에 보내는 부모만큼이나 긴장되고 엄숙해 보였다. 아이들은 그저 즐거운 속에서도 괜히 긴장되어 어른 눈치를 살피기도 한다. 시키는 대로 하지 못했어도 돌아와서는 그렇게 했다고 거짓말이라도 둘러댈 낌새들이다.

비화도 여느 어머니들과 크게 다르지 않은 어머니 윤 씨에게 연방 고개를 끄덕여 보이며 비장한 각오의 표시로 입술을 꾹 깨물곤 했다.

'야아, 달이닷!'

그렇게 막 고함을 쳐야 한다는 타이름이었다. 말하자면 남들보다 가장 먼저 달을 봤다는 사실을 알려야 한다는 거였다. 그해 정월 대보름달을 맨 처음 본 사람은 그야말로 운수 대통大通한다는 일종의 속설이었다. 총각은 조랑말 타고 장가들고, 처녀는 꽃가마에 얹혀 시집간단다.

윤 씨는 또 마음속으로 소원을 빌어라 했다. 그리하면 그 소원은 꼭 이루어진다는 것이다. 그렇지만 남들보다도 달을 먼저 본다는 것은 달을 따오는 일만큼이나 힘들고 어려웠는지도 모른다. 어른 아이 모두 잔뜩 벼르고 있었다.

원래 일 년 가운데 달이 최고로 큰 날은 보름날이 아니라 보름 다음 날이었다. 훗날 회상의 능선 위에 그날만큼 크고 둥근 달은 떠오르지 않을 것이라고 한숨짓는 비화 가슴에는, 정녕 알 수 없게도 보름달은커녕 캄캄한 그믐날 밤만 밀려오고 있다.

마침내 혼례를 치르는 날이 왔다.

고옥 널찍한 마당에 수많은 하례객들이 들끓었다. 철저히 전통혼례식으로 행해졌다. 신랑은 바지저고리와 두루마기를 입었다. 신부는 초록저고리, 분홍치마다.

'우짜노? 우짜노?'

조혼早婚을 치르는 비화는 온몸이 부들거리고 정신이 하나도 없었다. 신부를 도와주는, 달 속에 있다는 선녀, 항아姮娥 두 여자가 좌우에서 비화를 부축했다.

"자, 저리 보고…….."

비화는 동쪽을 보고 섰다.

"손도 칼끗이(깨끗이) 씻고……."

비화는 신랑처럼 손을 씻었다. 물이 손을 씻는지 손이 물을 씻는지 도통 모르겠다. 알 수 있는 건 아무것도 없었다. 어쨌거나 그런 다음에 역시 누군가가 옆에서 시키는 대로 신랑에게 큰절을 하니 신랑이 답 절했다. 신랑 신부가 또다시 손을 씻고 이번에는 신랑이 먼저 선 읍 후배하고 신부가 답 절했다.

"신부 참말로 이쁘다아!"

아낙네 하나가 소리쳤다. 옥진 어머니 동실 댁 목소리 같기도 하고, 골목 맨 안집에 사는 막딸이 어머니 음성 같기도 했다. 어쩌면 다른 여자인지도 알 수 없다. 그만큼 긴장한 탓에 지금 비화는 콩과 팥이 구별이 안 된다.

"신랑도 에나 으즛(의젓) 안 하나!"

사내 하나가 질세라 외쳤다.

"하모, 오데 가서 저런 신랑 만낼 끼고?"

또 다른 사내의 뻐김이 이어지는데…….

"그런 소리 벌로 해싸모 신부 안 준다아!"

여자 그 말에 남자들 목소리는 쑥 들어가고 혼례식장이 갑자기 긴장하는 것으로 보인다. 뒤이어 나오는 이런 소리에는 하늘도 땅도 숨을 멈추는 듯하다.

"문서文書 없는 종 데꼬 감서, 고마븐 줄도 모리는가베?"

문서 없는 종. 문서 없는 종…….

그 정신없는 와중에도 그 말만은 이상할 정도로 비화 가슴팍에 먼 우

주로부터 지구로 날아온 운석처럼 콱 박혀 들었다. 며느리는 팔고 살 수 있는 종이 아니라도 종과 같은 천대를 받고 종과 같은 고된 일을 한다는 뜻이 아니겠는가?

"신부 안 주모, 신랑은 꼼짝도 몬 하고 청상홀애비가 돼삐는 기라."

그때 또다시 들려오는 남자같이 걸걸한 여자 목소리. 비로소 막혔던 숨통 틔듯 여기저기서 와그르르 쏟아져 나오는 웃음소리.

"아, 청상과부라쿠는 소리는 들어봤지만도, 내 눈 우에 눈썹 나고 청상홀애비라쿠는 고 소리는 첨이다, 첨."

"하기사 우째갖고 키워온 딸인데 넘한테 퍼뜩 주고 싶것나. 사우자슥 개자슥이라 쿠더마는."

그러자 누군가 점잖은 목소리로 나무랐다.

"예끼, 이 사람 겉잖은 사람들아! 사람이 장소에 따라서 할 이약이 있고, 안 할 이약이 있제. 혼래 마당에 와갖고 그기 할 소리가, 으잉?"

비화는 더 정신이 없었다.

"언가야!"

하는 소리를 들은 듯했다.

'아, 옥지이구나! 옥진아.'

비화는 구원을 청하듯 마음속으로 옥진을 불렀다.

'옥진아, 오데 있노?'

지금 생각 같아서는 당장이라도 고개를 들어 옥진의 얼굴을 바라보고 싶었다. 그 예쁘고 정겨운 얼굴이라도 한번 보면 가슴이 한결 진정될 것 같았다.

그러나 그것은 단지 마음뿐이었다. 그리고 어쩌면, 아니 분명히 환청이었을 것이다. 이런 자리에서 옥진이 어찌 나를 불렀겠는가 하는 자각과 회의가 일었다. 그렇지만 옥진을 떠올리는 그 한 가지 일만으로도 비화는 어느 정도 안정을 찾아가고 있었다.

'언가야!'

'옥진아!'

비화는 마음속으로 그 두 가지 소리를 끊임없이 만들고 또 만들어내었다. 옥진과 둘이서 정답게 소꿉놀이하던 모습이며, 그림자같이 붙어서 놀러 다니던 그 광경이 그저 자꾸만 가물가물 감기려고 하는 눈 저편으로 나타나 보였다. 비화는 마음속으로 옥진에게 말했다.

'옥진아이, 오데로 가지 말고 거 있거라이.'

이윽고 신랑은 신부에게 읍을 하고 자리로 가 앉았다. 비화도 자리에 앉았다. 신랑이 술잔을 들고 인도자가 술잔에 술을 따랐다. 신랑은 술을 땅에 붓고 안주를 들어 앞으로 내밀었다. 인도자가 그것을 받아 상 위에 두었다. 신부의 혼례 장롱으로 만들기 위한 재료로 베어질 뻔했던 마당가 오동나무 가지 위에서 까치 두 마리가 번갈아가며 소리를 내었다.

'깍깍, 깍깍.'

신부가 술잔을 들고 항아가 술을 부었다. 신부는 그 술을 땅에다 붓고 안주를 들어 앞으로 내밀었다. 항아가 그것을 받아 상 위에 두었다. 신랑과 신부가 손을 씻고서 술잔 번갈아들기를 했다.

"히야! 새색시가 술도 에나 잘 묵는다!"

"신랑하고 맞술하모 누가 이길랑고 모리것네?"

"집안의 주도권을 누가 쥘 낀고 궁금타 그 말이가?"

짓궂은 목소리들이 들린다. 다시 왁자지껄한 웃음 산, 웃음바다. 이날은 어느 누가 무슨 말을 해도 전부 받아들여질 것 같다.

신방에 들었다. 아, 말로만 들어오던 그 신방. 그 긴장되는 신비의 공간. 어쩌면 태초의 밤이 열리고 있는 듯한 곳이다.

비화는 그때까지도 신랑 얼굴을 똑똑히, 아니 흐릿하게라도 보지 못했다. 물론 마음이야 너무너무 궁금하여 보고 싶은 생각이 굴뚝같았지만 그럴수록 고개는 한층 더 아래로만 떨어뜨려졌다.

"……."

신랑은 무뚝뚝한 사람 같았다. 합방을 치르고 나서도 별말이 없었다. 기침 소리도 내지 않았다. 대오리로 사람의 키만큼 긴 원통형으로 엮어 만든 저 죽부인과 함께했었던 게 아닐까 싶을 지경이었다.

'아…….'

비화 심정이 내내 어둡고 불안했다. 혼례 치르기 전날 밤에 어머니가 딸에게 마지막으로 해주던 말을 백번 천번 곱씹었다.

'시가에서 시키는 일은 머시든지 싹 다 순종해야 하는 기라. 오죽하모 소금 섬을 물로 끌어라 하모, 끈다쿠는 말꺼지 있으까이.'

소금 섬을 물로 끌어라 하면, 끌어라.

'옥진아!'

비화는 또 마음의 목청을 돋워가며 옥진을 불러보았다. 이제는 바로 이웃이 아니고 제법 멀리 떨어진 이곳. 제아무리 큰 소리로 불러본들 옥진의 귀에 닿을 리 없었다. 그런데도 부르지 않고는 못 견딜 것 같았다.

'에나 요상한 일도 다 안 있나? 와 어머이하고 아부지보담도 옥지이 생각이 더 나까? 참 얄궂어라.'

그랬다. 비화는 시가에 와서도 계속해서 들었다.

'언가야!'

옥진의 목소리다. 비화는 옥진에 대한 그 환청이 무척 반가우면서도 한편으로는 등골이 송연했다. 오싹 소름이 끼치기까지 했다. 세상에, 옥진이 목소리가 여기까지 따라오다니? 내가 무엇이 어떻게 좋지 않으려고 내내 이러는 것일까?

'아, 어머이, 아부지.'

실로 황당무계한 이야기가 따로 없었다. 비화의 그 막연한 예감은 그대로 맞아떨어질 나쁜 조짐을 보였던 것이다.

"음."

남편 재영은 어쩐지 처음부터 부인을 싫어하는 눈치였다. 비록 내놓고 막 구박을 하는 건 아니지만, 둘이 같이 있는 자리에서 잠시도 떨떠름한 표정을 지우지 않았다.

'옥진아이, 내 우짜노? 옥진아이, 내 우짜모 좋노?'

새댁은 신혼의 단꿈에 젖기도 전에 온갖 불길하고 절망적인 상념에 부대끼기 시작했다. 이래서는 안 된다고 다짐하면 할수록 더 그런 쪽으로 기울어지는 걸 도무지 막을 재간이 없었다.

'와 그라실꼬?'

손바닥으로 가만히 얼굴을 쓸었다.

'내 용모가 멤에 안 드신단 말가.'

별별 방정맞은 생각들이 아귀같이 덤벼들었다.

'아이모 성객이 맞지 않기 땜에?'

처녀 시절에도 자주 들여다보지 않은 거울 앞에 하루 열두 번도 더 앉았다. 빗살이 굵고 성긴 얼레빗으로 빗었다가, 대나무로 만든 아주 가늘고 촘촘한 빗살을 가진 참빗으로 머리 빗질을 셀 수 없이 해보았다. 화장을 했다가 금방 고치기를 되풀이했다.

'내가, 내가 아인 기라.'

그것은 그녀에게는 전혀 어울리지 않는 참으로 낯선 모습이었다. 평소 몸치장에는 거의 신경을 쓰지 않는 편이었기에, 자신의 행동이 스스로 봐도 어색하고 겸연쩍기까지 했다. 거울이 웃을 것 같았다.

'아이다. 내가 방정맞기는! 인자사 개우시 몇 날밤에 함께 안 지냈는데, 이것도 저것도 아일 끼다. 착각 아이것나, 착각.'

그런 결론을 내렸지만, 영리한 비화는 판단할 수 있었다. 내게 문제가 있는 게 아니라 신랑에게 문제가 있을 수도 있었다.

'만약 혼래 전에 있었던 문제라모, 내 잘못은 아인께네.'

그렇다고 해서 마음이 안정되는 것은 결코 아니었다. 다른 사람도 아닌 지아비의 문제가 아닌가? 소매 걷어붙이고 나서야지 나는 몰라라 외면만 할 일이 아니다.

"후~우."

집안일을 하다가도 손을 놓고서 한숨을 내쉬며 한참을 정신 나간 여자같이 멍하니 앉아 있기 일쑤였다. 그런가 하면, 댓돌 위에 서서는 지금 내가 마루에 올라서려고 했던가 축담 밑으로 내려가려고 했던가 기억이 나질 않아 허둥거릴 때도 있었다.

'그라모 해나? 해나?'

오랜 생각 끝에 홀연 강렬하게 머리를 후려치는 게 있었다. 비화는 바짝바짝 애간장이 타들어 갔다.

'따로 멤에 품고 있던 여자가?'

머릿속이 울렁울렁할 정도로 세차게 고개를 흔들었다. 도대체 왜 그러냐고 대놓고 물을 수도 없는 노릇이라, 그녀가 제일 싫어하는 도둑고양이처럼 그저 남편 눈치만 살폈다. 그런 속에서 안타깝고 초조한 마음을 억누르기 위해 억척같이 집안일에만 달라붙었다.

'일이나 하자, 일이나.'

원래 마 끈처럼 억세고 질긴 성품인지라 힘든 줄은 몰랐다. 아니다. 일을 할 때 육신은 피곤하지만, 마음만은 가벼웠다. 여자 손 치고는 큰 손에 굳은살이 박이고, 허리가 끊어질 듯 아파도, 노동만이 그녀의 유일한 구원이요 도피처였다.

그러나 남편과의 어색하고 불편한 관계는 정말 견뎌내기 힘들었다.

원앙금침 낙을 누릴 시기에 명색 신접살림을 차렸다는 부부간의 대화가
저 겨울날 냇가의 쩡쩡 얼어붙은 얼음장보다도 더 냉랭했다.

"숭냉(숭늉)을 올리까예?"

"괴안소. 내는 본디부텀 물 짜다라 마시는 사람 아이요."

"대님을 대령……."

"상관 마쇼. 갑갑해서 그거 잘 안 차요."

"이부자리를 깔까예?"

"아즉 잠자고 싶은 멤 없소."

"군불 한참 때놔서 방바닥이 뜨끈할 낍니더."

"내는 몸에 열이 많은 사람인 기라."

"뒷봉창을 쪼매 열어놓까예?"

"내는 추위를 한거석 탄다는 거 우찌 모리요?"

"……."

급기야 비화는 포기하고 말았다. 나라님도 어쩔 도리가 없을 것 같았
다. 뒷산처럼 한번 돌아앉아 버린 남편 마음을 잡기에는 너무나 역부족
이었다. 결국, 지쳐버린 비화가 기댈 것은 온 조선팔도를 다 뒤져도 오
직 한 가지밖에 없었다.

육체노동이었다.

그러던 어느 날이었다.

"언가 니는 일할라꼬 이 시상에 나왔나."

비화가 마당 귀퉁이에 놓인 절구통 앞에서 절구질하고 있는데 옥진이
사립문을 밀고 안으로 들어섰다.

"일구신이 씌이도 에나 얀다무치(야물게) 안 씌잇나."

처음부터 시어미 며느리 구박하듯 한다.

"무시라, 무시라."

흘겨보는 눈으로 집 안을 빙 둘러보며 빈정거렸다.

"그 잘난 서방님은 또 오데로 출타하싯는가베? 하기사 그러키 잘났은 께 오라쿠는 데도 천지삐까리 아이까이?"

"쌔이 오이라. 벨일 없었디제?"

무척이나 반가워하는 비화 음성이 폐가처럼 괴괴하기만 했던 집 안을 울렸다. 그때까지 납작 엎드려 있던 사물들이 부스스 몸을 일으키는 것 처럼 보였다.

"또 이 먼데꺼지 혼자 왔는가베? 미안해갖고 우짜노?"

이쪽은 진정으로 느꺼워 어쩔 줄 몰라 하는데, 저쪽은 다분히 냉정하 고 심지어 공격적이기까지 하다.

"혼자모 우떻고, 혼자가 아이모 우떻는데?"

"우떻든 고맙다이."

진심인데도 콧방귀 뀌듯 한다.

"이 시상에 고마븐 일이 씨가 말랐는갑다. 이런 기 다 고맙거로."

"문디 가시나 아이가?"

남의 시가 사람들 눈치 따윈 보지 않고 자주 찾아주는 옥진이 더없이 고마우면서 미안하기도 한 비화였다.

"다리 아푸제?"

그러나 옥진은 만호가 유난히 눈길을 보내는 그 예쁜 다리를 너무나 정숙치 못하게 마구 흔들어대며 야멸치게 굴었다.

"니 다리가, 내 다리제. 아푸모 우짤 낀데?"

"밥은 뭇고?"

이마에 송골송골 맺힌 땀방울을 손등으로 훔쳐내며 정답게 웃는 비화 에게 옥진은 계속 투정 부리는 못된 아이처럼 굴었다.

"또 밥? 언가 니는 밥만 묵고 사나."

"그라모?"

비화는 손자 밥 떠먹고 천장 쳐다보는 격으로 옥진을 외면했다. 그러고는 어머니가 늘 하는 말을 했다.

"밥보담도 더 중요한 기 오데 있노? 밥은……."

옥진이 작두로 베듯 비화 말끝을 싹둑 잘랐다.

"그리할라모 시집은 와 왔노?"

비화는 낯을 붉혔다. 목소리를 한껏 낮추었다.

"처녀가 몬 하는 소리가 없다 아이가. 해나 누 들을라."

옥진은 잔뜩 토라진 얼굴을 집 바깥쪽으로 싹 돌리더니 온 동네 사람들 모조리 들으란 듯 목청을 돋우어 소리 질렀다.

"밥만 묵고 사는데, 시집은 와 온 기고?"

비화는 어쩔 줄 몰라 했다. 두 손까지 크게 내저으며 말렸다.

"누 듣는다 캐도?"

"사람이 귀 놔 놨다가 머할 끼고?"

사립문이 저 혼자 흔들렸다가 잠잠해졌다.

"머하기는?"

"들으라꼬 있는 거 말고 또 머가 있는데?"

옥진은 되레 더한층 목청을 높였다. 마침 집 안에 아무도 없는 게 얼마나 다행한 일인지 몰랐다. 지난번에는 사람이 있어도 제 할 소리 제할 행동해대는 통에 비화는 얼마나 간담이 내려앉고 당혹스러웠는지.

'후우. 까딱했으모…….'

지금 와서 돌아봐도 큰 위기를 넘겼다 싶을 정도였다. 그리고 비화가 더욱 불안한 건, 어쩌다가 한 번씩 만나는 옥진은 갈수록 버릇없고 위험하기 짝이 없는 여자아이로 바뀌어 가고 있다는 사실이었다. 저러다가 무슨 엄청난 사고를 저지를지 그 누구도 예상하지 못할 것이다.

"와?"

"그기……."

"시방 내가 틀린 말 핸 기가?"

"……."

옥진은 지나치게 가느다란 허리춤에 앙증맞은 양손이라도 척 걸칠 태세였다.

"함 이약을 해봐라."

갈수록 흥분하여 눈에 핏발까지 서서는, 빚쟁이가 채무자 독촉하듯 했다.

"와 암 말도 몬 하노?"

비화는 싸늘하기 그지없는 남편 앞에서 크게 더듬거리는 것처럼 했다.

"그, 그기……."

"그기고, 저기고!"

옥진은 꼭 시비 거는 왈패처럼 꼬부장한 눈으로 비화 몸 위아래를 쭉 훑어 내리며 무척 한심하다는 투로 말했다.

"언가 니 소박때기 모냥 본께, 내는 더 시집을 가고 싶은 멤 안 생기는 기라."

"니 자꾸……."

비화가 이제 그만하라고 해도 옥진은 사람 속을 훤히 들여다보기라도 하는 품새였다.

"거울은 보고나 사나? 새댁 얼골은 하나도 안 비치고 벌거지 묵은 배추 이파리만 비칠 끼다."

크지도 않은 집채를, 길고 가느다란 고개를 삐딱하게 만들어 거만하다 싶을 정도로 빤히 올려다보며 혀를 찼다.

"하기사 이집에는 거울도 없을 끼거마는. 아이제. 없는 기 오데 거울 뿌이까이?"

"……."

"사람 겉은 사람도……."

그 소리가 그렇게 비화 마음을 아프게 깎아내릴 수 없었다.

"옥진아!"

옥진은 이번에는 그냥 들른 게 아니라 아예 뿌리를 빼려고 온 사람 같았다.

"내가 이런 이약꺼지는 안 할라캤는데……."

정자나무가 서 있는 동구 쪽으로부터 날아오고 있는 것은 작고 귀여운 때까치였다. 그렇지만 개울가에서 그놈이 개구리를 잡아먹는 광경을 본 뒤로는 만정이 똑똑 떨어지는 비화였다.

"이런 기 시집살이라쿠는 거 진즉 알모, 처녀들 누도 혼래 안 치를라쿨 끼다. 미칫나, 그런 짓 하거로."

단정하듯 하는 옥진 말에 비화는 굳은 얼굴로 피식 웃고 말았다.

"내가 니 핑개거리 되것네?"

그만하면 뿌리도 빼냈을 법하건만 옥진은 더욱 쥐어박는 소리다.

"그리라도 되모 좋것다."

이건 또 무슨 생뚱맞은 얘긴지 모르겠다.

"그거는 또 무신 이약이고?"

"이약이고 저약이고……."

옥진은 길고 하얀 손가락으로 절구통 바로 옆에 붙어 있는 오래된 앵두나무 가지를 만지작거리며 말했다.

"내는 안 있나, 이 앵도나모를 보모 더 기분이 묘해지는 거 있제?"

갈수록 예사로워 보이지를 않았다.

"뭔 소리고?"

"……"

이번에는 앵두 알 같은 옥진의 입이 자물쇠를 채웠다.

"앵도나모가 와 우째서?"

비화는 제 목소리가 생소했다. 옥진이 앵두나무 가지에서 손을 뗐다.

"내 언가 닌께네 한 개도 안 기시고 탈탈 모도 털어놓는데……."

누가 지켜보기 무서울 만큼 허공 어딘가로 눈동자를 딱 고정시키며 실토했다.

"자꾸 오데로 막 도망치고 싶어지는 기라."

"도, 도망?"

비화 가슴이 철렁, 했다. 아무래도 그냥 한번 해보는 소리가 아닌 것 같았다. 무엇보다도 그렇게 받아들여질 정도로 지금 옥진 얼굴은 굉장히 지치고 심각해 보였다.

"니 시방 그기 말이라꼬 하고 있는 것가?"

대답 대신 사레 걸린 것처럼 재채기를 하는 옥진이었다.

"함 더 조잘거리봐라."

다그치는 비화에게 옥진은 약간 목쉰 소리로 말했다.

"막 달아나고 싶다 캤다, 와?"

비화는 그곳이 옥진 집이기라도 하듯 주위를 둘러보았다.

"옴마 들으시모 우짤라꼬?"

그러자 대뜸 한다는 소리가 기도 안 찼다.

"들으라제?"

더 두려워할 어른을 내세워야 되겠다 싶었다.

"아부지가 들으모 당장 집에서 후차내실(쫓아내실) 끼다."

한데도 똑같은 어조로 대꾸했다.

"후차내라제?"

비화는 억장이 막혔다.

"진아?"

옥진은 금세 울음보를 터뜨릴 것 같았다. 순간적이지만 비화는 옥진의 얼굴 위로 겹쳐 보이는 울보 재팔의 얼굴을 본 듯했다. 둘 다 눈이 커서 더 그랬는지도 모른다. 옥진은 원망인지 하소연인지 모를 소리로 말했다.

"아이다. 에나 그렇다."

"그래도 그런 소리 벌로 하는 기 아인 기라."

비화의 타이름에 옥진이 주먹만 한 머리통을 있는 대로 흔들었다. 그러고는 한다는 말이 다소 의외가 아닐 수 없었다.

"낼로 퍼뜩 시집보낼 끼라고 안 있나."

그 말에 지금까지 있었던 두 사람의 실랑이 아닌 실랑이가 언제 있었냐는 듯 자취를 감추게 되었다. 비화는 적잖게 충격받은 빛으로 되뇌었다.

"시집……."

"하모, 인자 내 나이가 몇 살 됐다꼬."

절구떡처럼 찰딱찰딱하는 목소리였다.

"나이……."

"언가 니 나이에 시집 간 거도 넘들에 비하모……."

초가지붕 위에 올라앉은 때까치는 아까부터 흡사 정물처럼 움직임이 전혀 없었다. 동네에는 볏짚이나 밀짚, 갈대 따위로 지붕을 이은 집들이 많지만 다른 곳으로 날아갈 생각이 도무지 없어 보였다.

"저, 안 있나……."

옥진은 이 이야기는 할까 말까 약간 망설이는 눈치더니 털어놓았다.

"매파 넣고 해쌌는 거 보모……."

비화는 끝까지 듣지도 못하고 반문했다.

"매파?"

"하모."

비화는 뾰로통한 옥진의 입을 슬쩍 보고 나서 말했다.

"그라모 일이 잘돼가는가베 머."

"머라꼬?"

"잘됐다."

두 번이나 하는 비화의 그 소리에 옥진의 두 눈이 샐쭉해졌다.

"잘되기는 왜눔 똥이 잘돼?"

"니가 왜눔 똥을 봤나?"

비화가 퉁바리를 주었다. 옥진은 구원을 요청하듯 정말 너무 힘들다
는 얼굴을 해 보였다. 여간해선 그런 내색을 하지 않는 옥진이었다.

"혼인 중매 잘한다꼬 소문이 퍼져 있는 그 할망구가 우찌나 우리 부
모님한테 찰떡매이로 찰싹 달라붙는고, 내사 그 할망구 말도 하기 싫다
고마."

"하기 싫은데 하기는 와 하노?"

짐짓 건성으로 묻는데도 대답이 자못 심각하다.

"그래서 내도 내가 미븐 기라."

"말이나 몬 하모 밉기나 덜하제."

그러면서도 비화는 충분히 이해가 되었다. 어떤 매파든지 마찬가지일
것이다. 만약 옥진 집안에서만 좋다고 하면, 이미 혼사는 성립된 것이나
다를 바 없는 것이다.

"난주는 안 된께, 낼로 보고 싶다 안 쿠나."

얼른 와 닿지 않은 말이었다.

"닐로?"

"응."

부모가 아니라 당사자를? 비화는 한 번 더 물었다.

"니는 와?"

"언가 니겉이 똑똑한 사람이 그거를 몰라서 묻는 기가?"

옥진의 입에서 잔뜩 볼멘소리가 나왔다.

"직접 내를 만내서 설득시킬 끼라고 그라것제 머."

"머, 그 매파가 잘하거마는?"

농담이 아니라 진짜 그렇게도 생각하는 비화였다. 사실 그 정도의 적극성이 없으면 어느 누구도 옥진에게 족두리를 씌울 생각은 아예 접어야 할 것이다.

'그 매파가 증말로 잘했으모 좋것다.'

비화가 속으로 그렇게 염원하고 있는데 이번에는 장단 맞추듯 하는 옥진이다.

"참깨 들깨 노는데 아주까리 몬 놀까, 하는 기가 머꼬?"

비화는 진심 어린 눈빛으로 권했다.

"한분 만내나 보지 와?"

그러자 옥진이 대뜸 쏘아붙였다.

"앵도장수 되라꼬?"

"……."

비화는 잠시 할 말을 잃었다. 앵두장수. 잘못을 저지르고 어디론지 자취를 감춘 사람을 두고 이르는 말이었다.

그러니까 옥진이 하는 말뜻은, 자기가 매파를 만나겠다고 하는 것은, 절반은 승낙했다는 의미로 받아들여질 것이고, 그렇게 해놓고서 혼례를 치를 수 없다고 돌아선다는 건, 곧 달아나서 종적을 감춰버리는 행위와

다를 게 없다는 얘기였다.

"옥지이 니 그리카나 시집을 가기 싫은 것가?"

걱정스러운 비화 물음에 옥진은 딴소리를 했다.

"그 할망구한테 확 넘어가갖고, 울 어머이하고 아부지는 낼로 잡아묵을라쿤다."

"텍도 안 되는 소리 마라."

그때 지붕에 앉아 있던 때까치가 앵두나무로 옮겨 앉고 싶었는지 양쪽 날개를 퍼덕거려가면서 앵두나무 위로 날아오다가, 아무래도 사람들이 마음에 걸렸는지 도로 지붕으로 돌아갔다. 복잡한 기운이 서린 야릇한 눈빛으로 그것을 뚫어지게 바라보고 있던 옥진이 말했다.

"와 텍도 안 돼?"

비화는 어릴 적에 어른들한테서 들은 그대로 얘기했다.

"자슥 잡아묵는 부모 없다."

그러자 옥진은 애꿎은 앵두나무 가지 하나를 그대로 부러뜨릴 것같이 아주 세게 휘어잡으며 툭 내뱉었다.

"그라모 부모 잡아묵는 자슥은 있는가베?"

비화는 처음으로 옥진이 좀 버겁다는 마음이 일었다.

"참, 말 몬 해서 죽은 구신은 하나도 없다쿠디이……."

한참 열을 내던 옥진은 서 있기조차 힘이 드는지 절구통 가장자리에 선머슴처럼 털썩 걸터앉으며 또 위험한 소리를 했다.

"내사 부모고 시상이고 다 싫다 고마."

비화는 누가 옆에서 보면 너무너무 지루할 정도로 우리가 왜 이리 말이 늘어지는가 싶어 가슴이 답답했다.

"그라모 내도 안 좋나?"

"……."

176

"말 안 하는 거 보이, 이 언가도 그렇는갑거마."

옥진은 비화의 그 물음에는 계속 답을 하지 않고 있다가 잠시 후에 이랬다.

"내도 싫은데 머."

비화는 고향 집에 계시는 아버지 호한과 어머니 윤 씨를 떠올리며 그만 슬픈 음성이 되었다.

"그런 기 시상 부모들 멤 아이것나."

"아즉 아아도 안 놔봐갖고, 부모 멤을 우찌 알아서?"

옥진은 꼬박꼬박 말대꾸다. 비화는 더 대거리할 기운도 마음도 없어짐을 느꼈다.

"우리가 자슥 된 도리로서 그거를 알아야제."

그러자 옥진은 그 소리가 나오기를 기다리고 있었는지 곧바로 받아쳤다.

"흥! 언가 니 꼴 두 눈 뜨고 빤하거로 봄서도?"

비화는 그만 입을 다물었다. 옥진은 예나 이제나 너무 솔직한 게 탈이었다. 외모는 여자 중의 여자 같으나 성격은 남자보다 직선적이고 털털하고 대담했다.

"언가야, 쌔이 서방님 발목 묶어라쿤께?"

옥진이 갑자기 말머리를 돌렸다.

"안 그라모 운제 저 새들맹캐 훌쩍 날라가삘지 모린다."

옥진의 눈은 초가지붕에 올라앉아 꼬리를 달랑거리다가 뒷산 쪽으로 날아가는 때까치를 올려다보고 있었다. 잡은 먹이를 나뭇가지나 뾰족한 가시에 꽂아 두는 아주 묘한 버릇이 있다는 그놈은, 머리가 붉은 갈색인 것으로 미뤄보아 수컷이 분명했다.

"참, 가시나도. 서방님 발이 오데 개나 달구새끼 발이가? 묶거로."

비화가 하얗게 눈을 흘기자, 옥진은 열이 올라 있는 얼굴을 찡그리며 이 세상에서 가장 하기 싫은 말을 하는 사람같이 했다.

"설마, 언가 니도 귀가 있는데, 몬 들은 거는 아이것제?"

"진아……."

비화는 허겁지겁 달려들어 옥진 입을 틀어막고 싶었다. 아니다. 온 세상의 입이란 입은 모조리 그렇게 해버리고 싶었다. 하지만 이미 늦었다.

"기생방 출입……."

그러던 옥진은 박꽃을 연상시키는 하얀 손을 휘휘 내저었다. 그 손이 낙화처럼 떨어져 내릴 것만 같아 비화는 얼른 외면해버렸다.

"고만둘란다."

옥진은 노파처럼 한숨을 몰아쉬고 나서 절구통을 보면서 얘기했다.

"언가 니하고 말하느이, 이 절구통하고 말하는 기 낫것다."

"니 증말?"

비화는 말끝을 잇지 못하는데 옥진은 뒷산 쪽을 올려다보면서 말했다.

"아이모 아까 그 새하고 이약하든가."

"내 할 이약 없다."

파르르 입술이 떨리는 비화의 낯빛이 앵두처럼 붉었다. 옥진은 작고 둥근 엉덩이를 걸친 절구통을 손바닥으로 가볍게 두어 번 치며 말했다.

"이 절구통은, 그래, 니 말이 똑 맞다, 함서 가마이 듣고나 있제."

언제 나타난 것일까? 이번에는 몸이 잿빛인 때까치가 나지막한 흙 담장 위에 앉아 있다. 암컷이다. 어쩌면 조금 전 뒷산으로 날아간 수컷을 찾고 있는지도 모른다.

"새색시 맞이한 기 올매나 됐다꼬, 하매 저리 기생질인데……."

거침없는 옥진 말에 비화 언성이 높아졌다. 하지만 힘은 없었다.

"고마하라 캐도?"

"와?"

"진아, 인자 지발······."

"하늘 겉은 내 서방님 험담한다꼬, 듣기가 쪼매 그런가베?"

옥진 입귀가 실룩거렸다. 예쁜 얼굴도 그렇게 하니 보기 흉했다.

"옥진아, 안 있나."

비화는 억지로 음성을 아래로 내리깔았다. 여자 목소리가 담 밖으로 새 나가면 그 집구석은 벌써 볼 장 다 본 거라던 어머니 말이 떠올라서였다.

"니도 시집 함 가봐라. 그라모······."

그러나 옥진은 여전히 같은 한 자리에 놓여 있거나 서 있는 그 절구통이나 앵두나무처럼 조금도 뒤로 물러서지 않았다.

"앞으로 세월 더 가서, 언가 니 허리통이 이 절구통맹캐 돼봐라."

비화는 절구통에는 눈길도 주지 않았다.

"나 들모 그리 안 되는 사람 하나도 없다. 그기 또 정상이고."

"정상?"

옥진 음성이 텅 빈 겨울 논을 하얗게 뒤덮고 있는 서릿발보다 싸늘했다. 비화는 자신이 그 논에 서 있는 허수아비로 느껴졌다.

"그때 가모 증말 시상 천지 다 내놓고 쏘댕길 끼다."

옥진의 그 말에 끝내 비화의 참을성도 점점 그 수위를 넘어서고 있었다. 그러다 보니 이런 마음에도 없는 소리가 튀어나왔다.

"넘이사!"

옥진은 흠칫, 하는 듯했으나 그대로 물러서지 않고 더욱 단단히 무장하는 병사처럼 했다.

"아이다. 소박 안 당하모 에나 다행이제."

"옥진아!"

"와 내 말 틀린 기가?"

옥진은 제 가슴이라도 칠 것같이 했다.

"온 동네 개들한테 물어봐라, 이거는…….."

저놈의 때까치는 왜 뒷산으로 가든지 앞산으로 가든지 하지 않고 저렇게 꾹 눌어붙어 있는지 모르겠다. 비화는 내가 별것에 다 신경 쓴다고 쓴웃음을 지었다.

"사람 말귀 알아듣고 대답할 줄 아는 개 있으모 함 데꼬 와 봐라."

그때부터였다. 옥진이 홀연 악을 쓰듯 마구 해대기 시작했다.

"용가마에 삶은 개가 멍멍 짖거든?"

"진아?"

비화는 몸에 불이 붙은 것같이 놀랐다. 하지만 옥진은 불길에 바람을 불어넣듯 했다.

"솔방울이 울거든?"

비화는 누가 바늘로 찔러도 꼼짝도 하지 않을 행세를 했다.

"그보담 더 가망이 없어도 내는 포기 안 할 끼다."

그러자 급기야 숫제 팔딱팔딱 뛸 기세로 구는 옥진이었다.

"열녀 났다, 열녀 났어."

"열녀? 여자 열 사람이 열녀 아이가."

비화는 삐딱한 여자 모양새로 굴었다. 옥진이 소리쳤다.

"동네 사람들아, 여 기경 한분 와 보소오!"

비화도 익히 들어 알고 있었다. 남편이 총각 때부터 번질나게 기방을 드나들었다는 것을. 쥐뿔도 없는 주제에 할 짓은 다 하고 다닌다고 사람들이 빈정거렸다.

비화는 꼭 그게 자신이 저지른 잘못이기라도 한 것처럼 얼굴이 온통 벌떼에 쒼 듯 마구 화끈거렸다. 그래서 거북한 공기를 바꿔 버릴 양으로 말했다.

"그러키 넘의 서방 넘기다보는 기 기생인데, 그래도 옥지이 니는 시방꺼정 기생을 입에 달고 있는 것가?"

그렇게 나무라듯 묻기가 무서웠다.

"기생이 우뗳다꼬?"

옥진의 크고 동그란 두 눈에 번쩍! 불똥이 튀었다.

"오데 시상 기생들이 모도 다 그런 기가?"

"그라모?"

둘 다 반 발짝도 물러날 기미가 없었다. 그렇게 하면 까마득한 벼랑 아래로 굴러떨어질 사람들 같았다.

"기생에 대해서 잘 알도 모림서……."

옥진의 혼잣말 비슷한 그 소리에 이번에는 비화가 쏘아붙였다.

"니는 올매나 잘 아노?"

"흥!"

코웃음 치는 옥진의 안색이 여러 날 앓은 병자만큼이나 파리해졌다.

"넘들 모리거로 벨벨 더러븐 짓은 다 함서, 겉으로는 최고로 정숙한 척해쌌는 대갓집 마나님보담, 기생 생활이 백 배 훤하고 칼끗타 쿠는 거 언가 니는 모리제?"

"그래, 모린다, 모린다. 우짤래?"

끝내 비화도 참을성이 수위를 넘어 소매를 걷어붙일 태세였다. 그러거나 말거나 옥진은 본체만체 제 할 소리만 했다.

"가리고 있는 거 다 없애뻬고 들이다보모."

가만히 놔뒀다간 옥진의 입이 어디까지 험해질지 모르겠다.

"돼도 안 하는 어거지 부리쌌지 마라."

비화가 일침을 놓았다.

"내가 살아도 니보담은 더 살았다."

나이로 눌릴 참이었다. 그런데 옥진은 말대꾸 대신에 홀연 꿈꾸는 눈빛이 되었다. 그 갑작스러운 변신에 비화는 적잖은 어지럼증에 시달렸다.

"짝이 죽으모 그 자리서 피를 짜다라 토함서 울다가 따라 죽어가는 학 겉은 기생도 있다 쿠데. 가령……."

비화는 옥진의 말끝을 낚아챘다.

"와? 또 논개 이약할라쿠는 기제?"

"……."

"누가 모릴 줄 알고?"

"언가!"

옥진의 눈이 활활 불타올랐다. 사람 그것이 아니었다. 경악하는 비화 눈에 옥진의 몸이 한순간에 모두 타서 깡그리 없어지는 환영이 보였다. 결국 비화는 사뭇 달래는 태도로 바꾸었다. 누가 뭐래도 자기가 손윗사람이다.

"옥진아, 인자는 기생 타령 고마할 때가 안 됐나?"

그런데 옥진은 어디 갈 데까지 가보자는 심산이 엿보였다. 아마도 나름 큰 결심을 다지고 온 게 틀림없었다. 그리고 그건 그만큼 참기 어렵고 힘든 시간을 보내고 있다는 증거일 것이다.

"그라모 무신 타령하까?"

"……."

"생과부 타령이 더 어울리것나?"

생과부 타령. 그 말이 또다시 신경을 있는 대로 마구 긁어놓았지만 비화는 철부지 친동생 타이르듯 했다. 상대는 옥진인 것이다. 그리고 나를 대할 때 옥진도 나와 같은 심정일 거라는 데 요만큼도 의심의 여지가 없었다.

"그러이 인자는 부모님 속 더 썩히지 말고……."

비화 말이 미처 끝나기도 전에 옥진은 찬바람 소리가 날 정도로 매몰차게 내뱉었다.

"알것다. 고마해라. 한 분만 더 그리 해싸모 내는 그냥 갈란다."

언제 사라져버린 걸까? 암컷 때까치가 앉아 있던 흙 담장 위는 텅 비어 있다. 비화 눈에 그 자리가 이상하게 커 보였다.

"참 문디 가시나 아이가? 너거 집 정지 솥뚜껑에 엿을 놔 놨나? 머 땜새 오자마자 그리 얼릉 돌아갈라쿠는 기고."

옥진이 얌생이같이 급한 성깔에 금방이라도 돌아서서 휑하니 나가버리지나 않을까 하여, 비화는 계속해서 입을 열었고 옥진 또한 침묵할 줄 모른다.

"올매 안 가서 우리 서방님 멤 잡으실 끼다."

"어느 천년에?"

"내는 그리 믿는다 아이가."

"그리 안 믿는 사람은 우짜고?"

"그라이 무담시 잘몬 넘기짚지 말고……."

옥진은 너무 답답하고 안타깝다는 듯이 비화를 불렀다.

"언가!"

그 소리의 여운이 좁은 마당을 잠깐 맴돌았다가 저만큼 장독대가 있는 곳을 향해 잦아드는 것 같았다.

"와? 아까부텀 지 앞에 있는 사람은 머 땜새 부리노?"

비화가 삐딱하게 나가자 옥진은 정색한 얼굴이 되었다.

"언가 니한테는 참말로 미안한 소리지만도, 내 생각에는 안 있나."

비화는 칼로 무 자르듯 했다.

"내 생각에는 없다."

"……."

그날따라 구름 한 조각 떠 있지 않은 푸른 하늘을 무연히 올려다보는 옥진의 눈빛이 차가운 유리거울을 방불케 할 만큼 서늘하다.

"언가가 저 하늘겉이 믿는 서방님은……."

그 소리가 여자를 땅같이 믿는다는 의미로 둔갑하여 들렸다. 비화는 옥진과의 천금 같은 우리 시간이 하늘만큼 땅만큼 허비돼버렸다는 조바심과 아쉬움을 떨치지 못했다.

"니 자꾸 그런 소리 해싸모 내 진짜 성낸다?"

"언가……."

비화는 또 깜짝 놀라고 말았다. 언제부터인지 모르겠지만 옥진의 눈에 눈물이 가득 고여 있지 않은가.

"옥진아!"

"언가야!"

다음 순간이다. 두 사람은 꼭 부둥켜안고 울기 시작했다. 비화는 제손이 미치지 못하는 지아비 때문에, 옥진은 어쩔 수 없는 숙명에의 예감 때문이었다.

앵두나무 그림자가 포근히 감싸주려는지 그들 몸 위로 기다랗게 드리워져 있었다. 훌쩍 뒷산으로 날아갔던 때까치가 언제 짝과 함께 다시 돌아왔는지 담장 옆 감나무 가지에 나란히 앉아 '깍깍' 울어대기 시작했다.

"그래, 맞다."

비화는 옥진의 작고 둥근 등을 가만히 어루만지며 크게 울먹이기 시작했다.

"옥지이 니 말매이로 우짜모……."

순간, 옥진이 발작을 일으키듯이 비화 몸을 와락 밀치며 소리쳤다.

"됐다 고마!"

감나무 가지가 흔들리고 때까치들이 소스라쳐 몸을 옹크리는 것 같았다. 그래도 멀리로 달아나지 않는 게 다행이었다.

"우짜모고 저짜모고 싹 다 듣기 싫다 안 쿠나?"

"……."

비화 머릿속에 혼례를 치르지 않고 혼자 살겠다는 옥진의 그 결심이 어쩌면 더 현명하고 더 옳은지도 모르겠다는 생각이 자리한 것은 그때부터였다. 시집 밥은 살이 찌고 친정 밥은 뼈살이 찐다는 말이 그릇된 소리가 아니지 싶었다. 그와 동시에 옥진이 무슨 말을 해도 상대할 용기가 나지 않았다.

"언가야! 니 이런 속담 알제?"

"……."

"애기업개 말도 귀담아들어라, 그런……."

"……."

"언가 니 눈에는 내가 철따구니 하나도 없는 아맹캐 비일지 몰라도 안 있나."

"……."

"그런 사람 말속에도 진리가 있을 수 있으이, 잘 들어둬라 캤다."

잠시 후, 꼭 다물려 있던 비화 입술 사이로 구슬픈 노랫말 닮은 소리가 새 나왔다.

"우리 그이는…… 그이는……."

남자에게 버림받은 여인같이 마당가에 혼자 나뒹굴고 있는 절굿공이에 와 부딪는 햇빛만 눈물 흔적처럼 반짝거렸다.

비화의 친정에 있는 것은 쇠로 만들었고, 옥진네 것은 돌로 만들었는데, 그것은 나무로 만든 절굿공이였다.

불 속의 여자

비화의 예감은 적중하고 말았다. 옥진의 그 애기업개 우려가 현실로 나타났다. 그야말로 화살이 과녁 한복판을 꿰뚫고 그대로 통과해버린 격이었다.

그것은 비가 오나 눈이 오나 숙명같이 서 있기만 해야 하는 장승도 기가 차서 그 자리에 주저앉아버릴 노릇이었다. 혼례를 치른 지 불과 몇 달이 지나지 않아 박재영은 홀연 연기나 바람처럼 어디론가 사라져버린 것이다. 어느 구름에 눈이 들며 어느 구름에 비가 들었는지, 우리 인간들에게는 언제 무슨 일이 생길지 모른다고 했지만 이건 결코 아니었다.

"들어봤나?"

"들어봤제."

"몬 들어봤나?"

"몬 들어봤제."

무정한 호사가들은 남의 일이라고, 심심하던 차에 잘됐다 싶었는지, 까끄라기가 어디로 날리던 아랑곳하지 않고 제멋대로 입방아들을 찧어 댔다.

"한양으로 갔다고 하데?"

"아이지. 전라도에서 봤다는 사람이 있다쿠더라."

"여자 하나 꿰차고 가는 기, 여러 사람 눈에 띄었다는 기라."

"혼래 전에 만내던 여자라는 말이 맞것제?"

"모리지. 기방에 자조 들락거리쌌다는 이약도 들리던데……."

"돈이 마이 있는 거도 아이고, 그렇다꼬 높은 배실자리에 앉아 있는 거도 아인데, 우찌 그랄 수 있제? 하여튼 재조도 좋다."

"그런 재조를 부러버하는 니도 문제가 있다이?"

"문제는, 상세한 내막도 잘 알지 몬함시로 벌로 막 씨부리는 사람들한테 안 있나? 하기사……."

아무리 이쪽 귀 저쪽 귀 꽉꽉 틀어막아도 들릴 소리는 다 들리는 게 세상이었다. 아무리 오른 눈 왼 눈 감아버려도 보일 것은 다 보이는 게 또 인간이었다. 그런 세상에 그런 인간이 피할 곳은 어디에도 없었다.

'아아, 아아아……'

어린 새댁은 하루아침에 독수공방 신세로 전락하고 말았다. 세상 끝은 분명히 있었으며 그것을 보았다. 지아비 없이 젊디젊은 여인 혼자 사는 집은 무덤 속처럼 무섭고 깊은 산골짝같이 적적했다. 비화는 퍼렇게 멍이 들도록 가슴을 치며 탄식해 마지않았다.

'절간도 이런 절간이 다시없을 끼다.'

조선 천지에 이런 무인지대가 또다시 있을까? 난리가 벌어져 모두가 깊고 깊은 산속으로 피신해버리기라도 한 것인가? 종말을 맞은 지구에 혼자 살아남았는가?

'내가 비구니도 아인데, 대체 이기 무신 불상사란 말고?'

어디로 가야 남편을 찾을 수 있을지. 당분간 혼자서라도 가정을 꾸릴 꿈을 포기한 건 아니다. 그렇지만 한갓 꿈으로 끝나버릴 것도 같아 못 견디게 무서웠다. 스스로도 믿을 수 없는 그녀 자신이 귀신보다 두려웠다. 원수보다 싫었다. 사람으로 태어났다는 사실이 그렇게 원망스러울 수 없었다.

무작정 집 밖을 나섰다. 신발이 이끄는 대로 걸어갔다. 허공을 딛는 느낌의 발길은 자신도 모르게 고향 집을 향했다. 그러나 차마 친정에는 들르지 못했다. 무엇도 낯짝이 있다던가. 나무에도 못 대고 돌에도 못 댄다던가. 의지가지없는 신세였다.

'아, 여게가 오데고?'

비화는 강가에 혼자 서 있는 자신을 발견했다. 처녀 시절 어머니 윤씨와 함께 정겹게 빨래하던 그날의 광경이 눈앞에 펼쳐져 보였다. 거창댁이 불러대던 '진주라 치리미들에 갱피 훑는 저 마누라…….' 하는 구성진 노랫가락이 들리는 듯했다.

그런가 하면, 임배봉 집 여종 언네의 앙칼진 음성이 다시 날아올 것만 같아 절로 목이 움츠러들었다. 비화 자신의 머리통을 깨버릴 것 같은 목소리였다. 심지어는 시퍼런 강물 위 어딘가에 언네 하반신이 둥둥 떠다니고 있는 성싶었다. 질투심에 불탄 운산녀가 칼로 싹 도려내 버렸다는…….

그 괴담만큼이나 막막한 노릇이었다. 대체 남편이 어디로 갔는지 그 정확한 행방이 전혀 밝혀지지 않은 것처럼, 왜 집을 나가버렸는지 그 이유 또한 알 재간이 없었다. 예전부터 사귀고 있던 여자나, 아니면 어떤 기생과 애정 도피 행각을 벌인 것으로는 믿고 싶지 않았다. 그것은 어떤 면에서 홀로 내팽개쳐져 있는 그 자체보다도 더더욱 참기 어려운 일이었다. 그런 비애와 치욕은 죽음보다 싫었다.

'옥지이를 만내로 가보까.'

보고 싶고 듣고 싶었다. 그 화사한 모습과 낭랑한 음성. 오뉴월 녹두

깝대기 같은 그 신경질이 못 견디게 그립다. 하지만 간간이 먹장구름 끼듯 그 고운 얼굴에 드리워지는 어두운 그늘, 저 대사지 악몽의 흔적.

'아이다. 꼬라지도 요런 상걸베이 꼬라지를 해갖고 우찌?'

초라한 이런 꼴은 정말이지 곧 죽는다 해도 보이기 싫었다. 내가 잘되기 전까지는 어느 누구도 찾아가지 않으리라. 만나도 못 본 척할 것이다.

'아, 처녀 적 그 시절로 되돌아갈 수만 있다모 올매나 좋것노.'

비화 두 눈에 눈물이 그렁그렁 고였다. 금방 굴러 내리려는 눈물을 막아볼 양으로 목이 뻣뻣해질 만큼 한껏 뒤로 젖혔다. 그러자 지독한 현기증이 와락 일어나면서 세상이 온통 뒤집혀 보였다. 지금 그녀의 마음이 투영된 그대로였다.

'아, 우리 집은 잘 있는가?'

한동안 강가에 서 있던 비화는 집 쪽이 좀 더 잘 보이는 누각으로 비치적비치적 몸을 옮겨놓았다. 날렵하면서도 고풍스럽게 창공으로 치솟은 팔작지붕의 목조 기와집은 매우 산뜻하고 단아했다. 저편 담장에 띄엄띄엄 박힌 돌은 떡시루를 연상케 했다.

'아아, 내 혼래를 치를 적에 떡을 그리도 한거석 안 맨들었디가.'

그러자 끝내 주르르 두 뺨을 타고내리는 뜨거운 기운이었다. 쿵더쿵 쿵더쿵 떡방아 찧는 소리가 금세 들려오는 것 같았다. 혼례식 마당의 성가시지 않은 떠들썩함과 신방에서의 숨죽인 긴장감이 바로 어제인 양 생생했다.

내가 꿈을 꾸었던가? 아니, 지금 이게 꿈이 아닐까? 꿈이라면 어서어서 깨어라. 얼핏 든 낮잠에서 눈을 뜨듯이. 그러나 꿈이라기에는 모든 게 너무나도 확연했다. 꿈에 서방 맞은 격이라지만 그이는 분명하지 못한 존재가 아니다.

'그날 밤 장지문을 비추던 달빛은 우찌 그리 푸르던고!'

난생처음 보는 달빛 같았다. 모든 것이 그렇게 새롭기만 하고 마냥 가슴 뛰게 했었지. 앞날에 대한 무지갯빛 설계도 했었지.

'아, 그이는 애정도 없심서 내를 가까이하싯다는 것가?'

비화는 쪽 찐 머리가 풀어지지 않도록 가로질러 꽂아놓은 비녀가 빠져 달아날 정도로 고개를 함부로 내저었다.

'김 장군의 여식인 내가 와 이라노? 저 비어사 진무 스님이 하신 말씀을 하매 잊아뻔 기가?'

그러자 마음 저 깊은 곳에서 힘든 중생을 구원하는 부처의 말씀처럼 이런 소리가 들려왔다.

'일을 하거라, 일을.'

옥을 쪼지 않으면 그릇을 이루지 못한다고 들었다. 그래, 넘을수록 높은 재라도 다 넘고, 건널수록 깊은 내라도 다 건너리라.

'일을 해야제. 하모, 그래야 내가 안 죽고 살 수 있는 기다.'

철천지원수의 킬킬거리는 웃음소리가 강바람 속에 섞여 있었다. 그것들의 음성이 강물 속에 비수처럼 꽂혀 있었다.

'우리 집을 망하거로 핸 배봉이 고눔한테 복수도 몬 하고 저승에 가모, 염라대왕도 낼로 상구 크기 나무랠 끼라.'

비화는 진무 스님 모습을 가슴에 새기면서 쥐가 나도록 주먹을 불끈 거머쥐었다. 초록 치마폭을 감싸는 바람기가 드세었다.

그 고을 북쪽 골짜기에 있는 비어사.

진무 스님은 싸릿가지 빗자루로 빗질한 흔적이 아직도 잔잔한 물결무늬같이 남아 있는 절집 마당 가장자리에 혼자 서서 한참이나 산 저 아래쪽을 내려다보고 있었다. 저곳이 고해苦海라면 이곳은 고해가 아니란 말인가? 부처의 구제의 대상이 되는 중생衆生이 항간에만 있고 다른 곳에는 없다는 것이더냐?

바람은 바닷속같이 잔잔하다가도 어느 순간이 되면 갑자기 미친 듯이 허공에서 막 몸을 흔들어댔다. 자연도 그 자신을 늘 평온케 하기는 힘든 것일까?

'허, 오늘따라 왜 내 마음이 이다지도 어지러운고?'

빗자루에서 떨어져 나간 싸릿개비 하나가 흙 위에 떨어져 있었다. 땅을 깨끗이 하기 위해 저 자신을 희생한 거룩한 잔해였다.

'이게 내 마음이 맞는가? 전란의 말발굽이 요란하게 짓밟고 간 자리가 이러할까? 못된 마귀들이 들어앉았는가? 나무관세음보살.'

간밤 꿈이 참으로 흉흉했다. 세상 사람들이 흔히들 믿기 어려울 때 '꿈만 같다'라는 말을 하지만, 그건 참으로 꿈으로라도 있어서는 아니 될 꿈이었다.

처마 끝에 달아놓은 작은 종 모양의 경쇠가 갑자기 툭 떨어져 내렸다. 어느 누군가 아주 예리한 칼날로 북을 북북 찢어놓았다. 법당 격자 문짝이 빠져 위태롭게 흔들거렸다. 그리고 차마 입에 올리기조차 불경스럽게도 대웅전 부처님이 앞으로 엎어져 계셨다.

'이 모든 것이 내 불심佛心이 형편없이 얕은 탓이야.'

비록 꿈이지만 절이 검붉은 화염에 휩싸여 있던 광경은 기억으로 되살리기만 해도 정말 끔찍하기 그지없었다.

'부처님께서 지옥을 내게 미리 보이심인가? 허허.'

그런데 아직도 알 수 없는 의문이 있다. 활활 타오르고 있는 불길 속에 누군가가 갇혀 있었다. 절집 사람들 모두 그 화마를 피해서 밖으로 나왔는데 어떤 사람 하나가 미처 빠져나오지 못한 채 비명을 질러대고 있는 게 아닌가?

"여자 신도 같심니더, 스님!"

아직 변성기가 오지 않은 동자승이 하얗게 질린 얼굴로 소리쳤다.

"모, 몬 보던 시, 신돕니더. 스, 스님은 아, 아시는 시, 신돕니꺼?"

절에 자주 오는 대갓집 노부인이 숨넘어가는 소리로 물었다.

"그, 글쎄요. 빈도의 눈에도……."

그랬다. 미친 듯이 멋대로 치솟아 오르는 불길에 싸여 있어 자세히 볼 수는 없지만, 진무 스님이 봐도 모르는 여신도 같았다.

'머리를 안 깎은 보살할미도 아닌 것 같고…….'

그런데 참으로 기이한 노릇은, 그 여자가 마냥 낯설지만은 않다는 사실이었다. 지난날 그 어느 곳에선가 한 번쯤은 스쳐 간 인연의 끈으로 맺어져 있다는 느낌. 아니, 그것은 단순한 느낌 정도가 아니라 온몸과 마음으로 와닿는 또렷한 직감과도 흡사한 것이었다. 그런데? 다음 순간이었다.

"아, 스, 스님?"

진무 스님이 길거리에 버려져 있는 것을 발견하고 절로 데리고 와서 키운 동자승의 그 외마디를 필두로 외침들이 쏟아졌다.

"크, 큰일 났다아! 스, 스님을 구, 구해야 한다아!"

"스니임! 진무 스니임!"

사람들이 하나같이 놀라 내지르는 소리에 퍼뜩 정신을 차려보니 이게 웬일인가? 자신이 불더미 속으로 뛰어들고 있지 않은가. 그는 자신도 어떻게 해서 그런 모습을 보이는지 알지 못했다. 다만 이런 깨달음 하나만은 무서울 정도로 또렷했다.

'아아, 내 안에 또 다른 내가 있었구나!'

뜨거웠다. 참으로 매운 열기였다. 숨이 턱턱 막히고 끝내 온몸이 인두에 달궈지는 듯한 엄청난 통증이 왔다. 세포 하나하나에 불화살이 날아와 박히는 고통이었다.

"으으, 으으으."

놀라 눈을 떠 보니 자신이 가위에 눌려 신음소리를 내고 있었다. 요사채 방바닥에 땀이 흥건하고 전신에 펄펄 열이 났다. 정말 불에 들었다 나온 사람 같았다. 하지만 그보다 정말 궁금한 게 있었다. 그는 염불하듯 중얼거렸다.

"한데, 내가 그 신도를 구했을까, 구하지 못했을까?"

그랬다. 다른 것은 현실의 일처럼 아주 생생하게 떠오르는데 정작 가장 중요한 그 한 가지 사실만은 전혀 기억나지 않았다. 그 여신도의 신분을 알지 못하는 것보다도 더한층 답답하고 안타까운 일이었다.

'참으로 알 수 없는 일이로고! 불심이 얕은 내가 미처 깨닫지 못하는 부처님의 또 다른 설법인가?'

자신이 불더미 속으로 달려 들어가 불길에 갇혀 고통스러워하는 여자의 손을 잡고 불바다 밖으로 빠져나오려고 한 것까지는 생각나는데 그 후가 문제였다. 그 여자 목숨을 무사히 건져주었는지 아니면 같이 타죽고 말았는지 그저 깜깜했다.

'모든 걸 너무 급히 알려고 하지 말라는 게 나의 법문이거늘…….'

그런데 진무 스님이 또다시 자신의 불심을 부끄러워하면서 막 몸을 돌려세우려고 할 그때였다. 몹시 다급하면서도 카랑카랑한 음성이 진무 스님 발끝을 휘어잡았다.

"스님! 진무 스님!"

젊은 여자 목소리였다. 얼핏 들어도 반가움이 가득 넘치고 감격에 겨운 목소리였다.

"누구신가?"

진무 스님은 소리 나는 곳을 돌아보며 천천히 물었다.

"스님……."

웬 여자 하나가 느티나무 아래에 서서 금방이라도 와락 울음을 터뜨리려는 표정을 짓고 있었다. 그녀는 더없이 떨리는 목소리로 말했다.

"지, 지를 기억 몬 하시것지예, 스님?"

진무 스님은 고개를 갸우뚱했다.

"그, 글쎄……."

여자는 진무 스님 품에 안길 것처럼 다가섰다.

"지는 저어기 성 밖에 살았던 비화라고 합니더. 김비화."

그러고 나서부터는 제대로 입을 열지 못했다.

"비, 비화? 김비화?"

진무 스님 눈이 크게 떠졌다. 비화는 벅찬 가슴을 가라앉히기 위해 숨을 몰아쉬고 나서 좀 더 기억을 되살려주었다.

"예, 스님. 스님께서 그날 지한테 큰 부자가 될 상이라고 하싯지예?"

그러자 진무 스님 음성이 그답지 않게 흔들렸다.

"허, 그렇다면 색시가 그날 그 여자애였다는 말인고?"

비화는 기쁨과 반가움이 서린 목소리로 대답했다.

"예, 스님."

느티나무 가지도 고개를 숙여 비화를 내려다보고 있었다. 나무 꼭대기에 걸린 하늘이 둥글고 거대한 명경 알처럼 투명했다.

"색시가?"

땡그랑, 처마 끝에 매단 풍경이 그윽한 소리를 내었다.

"진즉 찾아뵙지 몬한 것을 용서해주시소."

비화는 허리를 깊숙이 굽히며 사죄했다.

"정녕……."

진무 스님은 여전히 놀랍다는 표정에서 벗어나지 못하는 얼굴이었다. 그렇지만 그는 또렷하게 기억하고 있었다.

"색시가 숨길 비, 꽃 화, 그런 이름을 가진?"

"예, 비홥니더."

시든 꽃처럼 파리한 비화 얼굴에 환한 웃음이 피어났다. 목소리도 한결 밝아졌다.

"이리 스님을 만나 뵈께 에나 기쁩니더."

아이였을 때 본 기억이 남아 있어서인지, 진무 스님이 느끼기에는 젊다기보다는 아직도 어리다는 표현이 더 어울리는 비화였다.

"이런 일이, 이런 일이?"

진무 스님은 그런 말만 되풀이했다.

"부처님께 증말 감사드리고 싶심니더."

그것은 사실이었다. 비화는 진무 스님을 처음 만났던 날 이후 한시도 마음에서 그를 잊은 적이 없었다.

"아즉꺼지 스님이 여기 비어사에 계실까, 해나 안 계시모 우짤꼬 염려했는데……."

비화 말끝에 진한 눈물방울이 맺혔다.

"연緣이로고! 연이야, 이건!"

진무 스님은 연방 감탄사를 발했다.

"참 좋은 절 겉심니더."

진심어린 비화 말이었다.

"절이, 좋은 절이 어디 있고 나쁜 절이 어디 있을꼬?"

스님다운 말이었다.

"그래도예, 스님."

절집 경내를 둘러보는 비화 눈에서 조금씩 그때까지의 그늘이 지워지고 있다. 마치 구름 사이로 내리비치는 햇살을 가득 받고 있는 얼굴 같았다.

'아아.'

비화는 도시 믿을 수 없었다. 어쩌면 몸도 마음도 이렇게 가벼워질 수가 있을까? 과장이 아니라 금방이라도 둥둥 공중으로 떠오를 것만 같다. 모든 짐을 하나도 남김없이 그대로 내려놓은 듯한 이 홀가분한 느낌. 바람이나 공기가 된 기분이다.

크지는 않지만 무척 정갈한 사찰이었다. 무성한 잎이 하늘을 가리는 느티나무는 이 절의 역사가 결코 짧지 않음을 대변해주고 있었다. 불가佛家의 시간은 어떤 형체와 빛깔을 가졌으며 또 어디로 어떻게 흐르는지 궁금했다.

그때 문득 진무 스님이 입 안으로 굴리는 소리가 났다.

"아, 부처님. 이 중생이 오늘 저를 찾아오려고 그런 꿈을⋯⋯."

그런데 그 혼잣말을 다 끝내기도 전이었다. 경악할 사태가 벌어졌다.

"꿈!"

진무 스님은 또다시 무언가를 깨쳤는지 홀연 낯빛이 새파랗게 질려버렸다. 어쩌면 그는 '할!' 하는 소리를 내고 싶었는지도 모른다. 그의 얇고 붉은 입술 사이로 무슨 신이 지핀 듯 이런 소리가 흘러나왔다.

"아, 그런데 그 꿈이라니! 그런 불길한 꿈이라니!"

비화가 크게 놀란 목소리로 물었다.

"스, 스님! 와 그라심니꺼?"

"아, 아니야, 아무것도."

진무 스님은 세찬 도리질을 했다. 하지만 비화의 눈에는 결코 아무것도 아닌 얼굴이 아니었다. 안색이 낮달같이 창백했고, 야윈 팔다리가 후들거렸다. 그는 깊은 한숨을 토해낸 후 말했다.

"어쨌든 안으로 들어가자꾸나."

"예, 스님."

비화는 자연석을 가져다 놓은 댓돌 위에 진무 스님의 깨끗한 짚신 바로 옆에 자신의 짚신을 나란히 벗어놓고 조심스럽게 법당 안으로 따라 들어갔다. 그곳에 안치해 놓은 불상이 비화에게 어서 오라고 고개를 끄덕이는 것 같았다.

"모든 게 업보인 것을."

"스님……."

"업보인 게야."

화두처럼 업보라는 말을 계속해서 입에 올리고 있는 진무 스님에게서 아직도 '바스락' 하고 바싹 마른 나뭇잎 소리가 나는 듯했다. 비화는 자신의 몸도 마음도 그를 처음 만났을 때로 돌아가 있는 느낌이었다.

"자, 편히 앉아라. 많이 피곤해 보이는구나."

"……."

피곤해서라기보다 어쩐지 가슴이 꽉 막혀 아무 말을 할 수 없었다. 하고 싶은 이야기는 넘치는데도 그랬다.

"하긴 산다는 건 누구에게나 쉽지 않은 일이지."

진무 스님 눈길이 비화의 얼굴을 스쳐 벽면을 향했다.

"나라님이라고 안 그럴까?"

절집을 빙 에워싸고 있는 주변 숲에서 산새 울음소리가 났다.

"생명을 얻는 그 순간부터 오욕칠정의 늪에서 허우적거려야 하느니."

그러더니 진무 스님은 댓잎에 바람 스쳐 가는 소리로 말했다.

"제발 그 꿈이 현실과는 다르기를……."

"……."

비화는 그저 비몽사몽에 빠지는 기분이었다.

"나무관세음보살."

스님은 자꾸만 접히려고 하는 허리를 바로잡으려고 애쓰는 눈치였다.

'대체 무신 꿈이라서 스님이 자꾸 꿈, 꿈, 하시는 기꼬?'

비화는 무척이나 궁금했다. 그렇지만 군이 알고 싶은 마음은 없었다. 절집으로 들어서는 그 순간부터 이미 모든 것들이 꿈이라고 생각했다. 남편 재영이 집을 나간 것도 하나의 꿈일 뿐인 것을. 그러고 보면 불경스러운 생각이지만 해탈이라고 하는 것도 별것이 아닐는지 모른다.

'우짜모 놀빛이 저리도 신비로울꼬?'

법당 격자 창살에 저녁놀이 막 물들려 하고 있다. 그 붉은빛이 무슨 소리인가를 낼 것만 같았다. 비화 심장이 터질 듯했다.

'아아, 부처님은 빛으로 오시는갑다.'

진무 스님 얼굴도 낙조처럼 붉었다.

"십 년 세월이 찰나라는 걸 새로이 깨닫게 되었도다."

부처님 음성을 듣는 기분이었다. 비화는 절로 목이 메었다.

"그 시간들이 지한테는 천년보담도 길고 지루했심니더, 스님."

진무 스님 고개가 크게 끄덕여졌다.

"하기야 속세의 시간과 불가의 시간을 어찌 서로 견줄꼬?"

"……."

비화는 문득 시간이 딱 정지해버리는 착각에 사로잡혔다. 공간도 사라졌다. 진무 스님이 법문을 펴듯 말했다.

"하지만 불가의 세계도 인간 세상과 크게 다를 바가 없어."

"그렇심니꺼, 스님."

그는 실망에 젖는 비화 얼굴을 가만히 보고 나서 이번에도 화두처럼 말했다.

"지옥이 천당과 다를까?"

"예?"

"천당이 지옥과 다를까?"

"스님……."

진무 스님에게서 또다시 마른 나뭇잎 서걱거리는 소리가 났다. 비화 마음 끝에서 삭풍이 몰아쳤다. 먼바다에서 일렁이는 파도 소리 같은 말이 이어졌다.

"어쩌면 더 지독한 고통의 바다일 수도 있거늘."

비화는 거기 법당 안이 크게 기우뚱하는 느낌이 들었다. 자신도 모르게 손바닥으로 얼른 방바닥을 짚었다. 냉방이었다.

"하지만 배는 흔들리면서 항해하는 법……."

진무 스님은 상체를 천천히 좌우로 흔들었다. 비화는 분명히 느꼈다. 지금 내 몸이 배로 변해가고 있다는 것을. 그 뱃전을 때리는 잔잔한 물결을 연상시키는 소리가 나왔다.

"배가 산으로 올라가도, 사공은 배에서 내릴 수 없지."

"아, 배가 산으로 올라가도, 사공은……."

비화는 진무 스님의 그 몇 마디 되지 않은 법어法語에서 벌써 마음이 더할 나위 없이 편안해짐을 느끼기 시작했다.

"스님께서는 쪼끔도 변하지 않으신 거 겉심니더."

비화가 보기에 시공을 초월한 것 같은 진무 스님이 헛헛한 웃음을 지었다.

"내 불도의 깊이가 여전히 천박하다는 얘긴가?"

"스님!"

산새가 또 울었다. 그러자 격자문도 그에 호응하듯 가볍게 흔들렸다. 불가에서는 생명이 없는 것이 곧 있는 것이고, 있는 것이 곧 없는 것인가. 그렇다면 있다, 없다, 하는 그 자체가 무의미하고 잘못된 구분이리라.

"허허. 아니야. 사실이 그런걸. 어쨌든 반갑구나."

"스님!"

진무 스님은 손을 한 번 내젓고 나서 말했다.

"길다면 긴 그 세월이 흘러갔지만, 잊지 아니하고 이렇게 찾아와 주어서 고맙단 말부터 해야겠지."

"아입니더, 스님."

승려는 눌러앉은 그 자리가 바로 법당이라는 말은 들었지만, 아무리 그렇다고 할지라도 석가모니불과 연등이 있는 곳에 비길 바가 있으랴. 새삼 그런 자각이 드는 비화였다.

"죄송합니더. 장 스님 생각을 하고는 있었는데 오늘에사⋯⋯."

고요한 산사에서 '똑 똑 똑'하고 울려 나오는 청아한 목탁 소리와도 같은 말소리가 흘러나왔다.

"행行보다 지知가 중요할 때도 있느니."

"예⋯⋯."

잠시 동안 미답未踏의 길 위에 깔린 침묵을 방불케 하는 기운이 흘렀다. 진무 스님은 다시 한번 비화 얼굴을 슬쩍 건너다본 후 지그시 눈을 감았다. 짧은 순간이지만 격한 감정을 감추려는 빛을 비화는 놓치지 않았다.

'스님께서 시방 머신가를 상구 괴로버하고 계시는 기라. 와 그라실꼬?'

조금은 밝아지려던 비화 마음에 또다시 그늘이 짙게 졌다. 그 그늘은 시가 마을 동구에 서 있는 팽나무 그림자 같았다. 나무는 비화에게 늘 많은 것을 생각게 하였다. 나무는 왜 자기 키보다도 긴 그림자를 드리우고 있는 것일까? 한과 설움이 맺힌 여자가 죽으면 나무로 환생하는 건 아니겠지.

'환생한다쿠는 기 슬프다는 생각이 드는 거도 첨이네.'

비화는 머리를 흔들어 이곳이 진무 스님이 주지로 있는 비어사라는 사실을 마음에 새겼다. 그러자 곧 하나의 기적처럼 어머니 품안에서 느끼는 포근함이 밀려왔다. 몇 번 안겨보지 못한 남편 품에서는 느낄 수 없었던 감정이었다.

"그건 그렇고……."

이윽고 천천히 눈을 뜬 진무 스님은 수수께끼를 내듯 했다.

"역시 내 예감대로 흘러가려는 것 같도다."

"무신?"

대나무 쪼개지는 것과 같은 소리가 멍한 표정을 짓고 있는 비화의 귀를 울렸다.

"비화 너의 숙명 말이다."

"지 숙맹?"

숙명이라는 그 말이 어쩐지 무서웠다. 날 때부터 정해진 운명은 결코 대결할 수 없는 것이라면, 그것은 축복이라기보다도 저주에 더 가까운 것이다.

"한 가지만 물어보마."

진무 스님 음성에 거대한 쇠북 소리와도 같은 힘이 실렸다.

"그날 내가 한 말 잊지 않았겠지?"

"그날……."

비화 마음이 어김없이 그날로 돌아가고 있었다. 진무 스님은 한 번 더 강하게 확인시켜 주려는 목소리였다.

"비화 네가 거부巨富가 될 상이라는 거 말이니라."

비화 가슴 한구석이 바늘 끝에 찔린 듯 찌르르 했다.

"예, 한시도 잊은 적이 없심니더마는……."

"그렇다."

벌써 둥지로 찾아든 걸까? 이제 산새 소리는 끊어져 있었다.

"네가 주어진 운명대로 되기 위해서……."

"……."

비화 마음의 숲에서는 미지의 싹이 돋아나고 있었다.

"네가 또 어쩔 수 없이 참고 견뎌야 할, 불더미 속에 든 것 같은 고통……."

"……."

진무 스님 낯빛이 달라지고 있다. 너무나 불가해한 빛이다. 밝은 빛인지 어두운 빛인지 좀처럼 분간이 되질 않는다.

"너모도 죄송하지만……."

비화는 사실대로 말했다.

"스님, 지는 무신 말씀이신지 하나도 모리것심니더."

진무 스님은 말없이 법당 문짝을 밀었다. 열린 문 사이로 흰 물체가 어른거렸다. 비화가 산문山門을 들어설 때 보았던 개였다. 털빛이 꼭 눈송이같이 새하얀 진돗개. 덩치가 웬만한 송아지만큼이나 컸다.

"저 '보리'를 보거라."

"예, 스님."

이름이 보리인 모양이었다. 쌀이 아닌 보리, 그리고 석가모니께서 그 아래 앉아서 도를 깨달아 정각正覺을 성도成道하셨다는 보리수, 그 두 가지 그림을 그려보고 있는 비화 귀에 이런 물음이 떨어졌다.

"왜 개로 태어났겠느냐?"

"예?"

느닷없는 그 질문을 받은 비화는 한층 더 어리둥절해지고 말았다. 개가 왜 개로 태어났겠느냐? 솔직히 한 번도 그런 의문은 가져본 적이 없었다. 그건 너무나 당연한 일이어서, 바위는 그냥 바위, 꽃이나 새는 그냥 꽃이나 새, 그리고 사람은 사람, 그렇게만 여겨왔다. 그런 비화 머리 위로 더욱 알 수 없는 말이 떨어져 내렸다.

"비화 넌, 혼례 치른 초년初年에 지아비와 떨어져서 살아가야 할 팔자를 안고 태어났다는 얘기니라."

"……."

비화는 경악했다. 앉은 자리에서 그대로 숨이 멎어버릴 것만 같았다.

"스, 스님……."

더없이 허둥거리는 비화에 비해 진무 스님은 믿어지지 않을 만큼 조용한 어투였다.

"그래야만 하늘이 네게 주신 복을 제대로 받을 수 있는 게야."

"그, 그라모……."

비화는 자신도 모르게 머리가 법당 바닥에 닿게 조아렸다.

"스님께서는 시방 지 처지를 아, 알고 계, 계시……."

진무 스님이 헛헛한 웃음과 함께 대답했다.

"허허, 어쩌겠느냐?"

"……."

법당 뒤쪽에선가 이번에는 꼭 무슨 산짐승이 내는 듯한 소리가 들려왔다.

"내 이 두 눈이 아직은 무간지옥을 헤매고 있지는 않으니……."

"스님!"

비화 눈에는 진무 스님이 앉아 있는 그 자리가 보리수 밑으로 보였다. 그의 입에서 마치 성불成佛한 것 같은 소리가 나왔다.

"뭐든 말해보려무나."

"질이, 질이 안 비입니더!"

홀연 비화는 생떼 부리듯 했다. 두서없이 여러 말들을 마구 늘어놓는 품이, 어떻게 보면 정신이 제대로 박혀 있지 못한 여자였다. 이미 숨겨지고 신비로운 꽃, 그 비화는 없었다.

"길이, 보이지를, 않는다……."

진무 스님은 딱딱 끊어 말하고 나서 아이같이 맑은 눈을 빛냈다.

"길이 끊어져 버렸다면……."

비화는 끊긴 길 앞에 선 소경처럼 보였다.

"그냥 앞이 캄캄합니더. 뒤도 옆도 캄캄합니더. 이리 어드블 수가 없심니더."

진무 스님은 눈을 한 번 감았다가 다시 뜨며 말했다.

"마음의 눈을 밝혀야 하겠거늘……."

"질이, 질……."

비화는 자꾸만 눈이 감기려 했다.

"진실의 눈을……."

눈을 떠야 별을 보지, 진무 스님의 눈은 그렇게 말하고 있는 듯했다.

"지가 우찌하모 되것는지, 밝게 인도해주시소."

그때 보리라는 진돗개가 갑자기 '컹' 한 번 크게 소리 내고는 절 마당을 가로질러 층계 쪽으로 횡하니 그 자취를 감춰버렸다. 그 순간, 진무 스님이 적잖게 놀라는 얼굴로 누군가에게 확인하듯 했다.

"허어, 저놈이 소리를 냈겠다?"

"……."

"지금까지 여러 해 동안 저놈이 소리 내는 것을 단 한 번도 보지 못했거늘……."

"……."

진무 스님 음성이 어떤 감격으로 심히 떨렸다.

"그래, 들리는 듯하구나! 들리는 듯하구나!"

그는 마치 부처님의 육성을 듣고 격한 감정을 떨치지 못하는 불제자처럼 보였다.

"세상을 향해 크게 울리는 비화 네 목소리가……."

비화는 그만 온몸이 오싹해지는 느낌이었다.

"스님……."

"그렇다면……."

갑자기 진무 스님이 잿빛 승복의 소맷자락을 휙 바람 소리 나도록 들어 올려 법당 문짝 바깥쪽을 가리키며 죽비로 내리치듯 명했다.

"이만 돌아가거라, 어섯!"

"예에?"

비화는 하도 창졸간에 당하는 일이라 가슴이 풀쩍 뛰고 눈이 휘둥그레지고 말았다. 그만 자신도 모르게 원망의 말이 나왔다.

"스님! 우찌 이리 매정하거로 퍼뜩 내칠라 하십니꺼?"

"돌아가라고 했느니."

법당 바닥만큼이나 차가운 소리였다.

"내 말 못 들었느냐?"

"지는 오늘 밤 스님의 높으신 말씀 더 듣고……."

그러나 비화의 애원 섞인 그 말이 미처 끝나기도 전에 진무 스님은 이미 몸을 일으키고 있었다. 그러면서 한층 모질게 독촉했다.

"보리가 돌아오기 전에 떠나야 하느니라."

비화는 일어서지도 앉아 있지도 못한 어정쩡한 자세로 더듬거렸다.

"스님, 하지만도……."

"아직도 모르겠느냐?"

향불 냄새를 실은 풍경 소리가 은은하게 들렸다. 그러자 모든 것이 비현실적으로 바뀌는 분위기였다. 진무 스님도 현실 속의 그가 아니었다.

"지는……."

"모르겠느냐 말이다!"

비화가 입을 열려고만 하면 진무 스님은 윽박지르듯 했다. 노을빛이 모두 모여 야윈 그의 얼굴을 덮고 있는 것 같았다. 음성마저 붉었다.

"네 진정 천 길 캄캄한 무간지옥 골짜기에 처박히는 어리석은 중생이 되려고 애를 쓰는 것이더냐?"

"스님……."

비화는 진무 스님 바짓가랑이를 붙잡으려고 했지만, 그는 어느새 법당문으로 한 발을 옮겨놓으며 다시 한번 소름 끼칠 정도로 냉정하게 몰아붙였다.

"시간이 없느니라, 시간이!"

"스님, 지발……."

비화가 크게 울먹거렸지만 그의 목소리는 더없이 매서웠다.

"너는 하늘이 내리시려는 복을 스스로 포기할 셈이더냐?"

비화도 필사적이다.

"지발 귀하신 말씀 더 듣게 해주시소. 이대로 돌아가모 지는……."

어서 나를 통과하라는 듯 법당 문짝이 흔들거렸다.

"내가 네게 해줄 말은 모두 다 했다."

진무 스님 표정은 단호함을 넘어 숫제 표독스럽게 보일 정도였다. 비화가 느끼기에는 악귀에게 점령당한 사람 같았다. 갈수록 심한 소리가 나왔다.

"그리고 앞으로는 정말 필요할 때가 아니면 이곳 걸음을 하지 말거라."

"우, 우찌?"

비화가 입을 열 틈도 주지 않았다.

"그럴 시간이 네겐 없느니."

"하, 하지만도……."

시간이란 것에 대해 아버지 호한이 딸 비화에게 들려주었던 말이 있다.

'과거와 현재 그리고 미래가 내리 무한하게 유전하여 연속하는 것이 바로 저 시간이라 할 수 있다.'

"네가 진정 내가 생각하던 그 비화라면……."

"스님!"

비둘기는 어미가 앉은 가지에서 셋째 가지 아래 앉는다고 했다. 비둘기도 그처럼 예의를 지키는데 하물며 사람이 어찌 예의를 안 지킬 수 있겠느냐? 그게 비화의 생활신조였다. 그렇지만 지금 그녀는 예의를 넘어서라도 부처님의 가호를 얻어내지 않으면 안 될 만큼 절박한 처지인 것이다. 한데, 진무 스님은 사천왕상처럼 눈까지 부릅떴다.

"있지 않다고 몇 번을?"

"예……."

비화는 어쩔 수 없음을 깨달았다.

"알것심니더, 스님."

진무 스님은 별안간 기력이 쇠잔해진 사람이 신음하듯 했다.

"음."

비화는 간신히 입을 열었다.

"도, 돌아가것……."

마구 터져 나오려는 울음을 가까스로 억눌러가며 법당문을 나서니 밖은 그새 제법 짙은 어둠의 숲에 가려져 있었다. 비화는 보았다, 어두운 산 능선에 걸려 있는 배 한 척을.

'아, 신이!'

비화는 전율했다. 댓돌 위에 놓인 진무 스님의 깨끗한 짚신은 잘 보였지만, 비화 자신의 때 낀 짚신은 잘 보이지가 않았다. 비화는 그 두 가지 신발을 통해 뭔가 퍼뜩 깨쳐지는 게 있었다. 어렴풋이나마 꼭꼭 닫혀 있던 마음의 문이 아주 조금은 열리는 것 같았다. 그러자 그제야 비로소 때가 끼어 새카매진 자신의 짚신도 또렷이 눈에 들어왔다.

"그라모 스님, 지는 이만……."

"오냐, 잘 가거라."

진무 스님은 자기 음성에서 모든 감정을 일절 빼버리려고 한다는 것을 비화는 뒤늦게 깨달았다.

"내 다시 한번 일러두거니와, 지아비가 네 곁에서 멀어지려는 것을 설워 말아라."

"……."

비화는 입을 열지 못했다.

"원망도 해선 아니 되느니라."

"……."

"저주는 더더욱……."

오랜 가뭄에 새득새득 말라붙은 꽃이나 풀처럼 건조한 목소리였다.

"스님……."

기어코 참고 참았던 눈물방울이 저고리 앞섶으로 또르르 굴러 내렸다. 끝내 진무 스님 목소리에도 풀밭에 내린 밤이슬 같은 눅눅한 기운이 묻어났다.

"이 모든 게 오직 너의 운명대로 되게 하기 위한 부처님의 크신 뜻이거늘……."

"시방 스님께서 해주신 그 말씀, 죄 많은 이 몸띠이 피에 흐르게 하고 뼈마디에 새기고 살아가것심니더."

비화는 여자답지 않게 큰 손으로 눈가를 닦아냈다.

"우떤 험한 파도가 닥치도, 지 배에서 절대, 절대로 내리지 않것심니더."

마음의 향불을 피울 때 인간은 무엇을 바라보게 될까?

"그 어떠한 고난과 시련이 닥치더라도, 지금 내게 했던 그 맹세를 절대 저버려서는 아니 될 것이야."

곧이어 진무 스님 하는 말이 비화 뼛속으로 스며들었다.

"그건 부처님과의 약속이니라."

절 마당 가장자리에 피어 있는 수국처럼 은은하고 잔잔한 어감이었다. 그러나 이런 말을 할 땐 급기야 그의 음성도 흔들리고 말았다.

"만약, 만약에 말이니라. 배가 파선되면, 그 배와 운명을 같이하거라."

그러자 지금까지 흔들리던 비화 목소리가 전혀 그렇지를 않았다.

"알것심니더, 스님. 반다시 그리하것심니더."

바람은 절집이 자리한 골짜기에서 일어나 골짜기에서 스러지고 있었다.

"부처님께서 다 듣고 계신다. 처음부터 끝까지……."

진무 스님 음성 끝에는 쇠북이 달려 있는 것 같았다.

"예, 스님."

비화는 합장한 자세로 말했다.

"다시 찾아뵐 그때꺼정 부디 건강하시고……."

"음……."

진무 스님은 끝까지 법당 밖으로 따라나서지 않았다. 그렇지만 비화는 자기 등 뒤로부터 확연히 느낄 수 있었다. 법당문을 반쯤 열고 앉아 언제까지고 자신의 뒷모습을 묵묵히 지켜보고 있는 자애로운 눈길을.

'대자대비하신 부처님!'

비화가 나가자 진무 스님은 혼자 마음속으로 기도하기 시작했다.

'저 가련한 중생이 제발 고통과 실의의 불지옥에서 살아남을 수 있도록 자비를 베풀어 주시옵소서.'

그의 눈가가 눈물로 번질거렸다.

'부족하기 그지없는 저에게 둥지 잃은 어린 새처럼 찾아든 한 생명을 끝까지 지켜줄 힘을 내리소서. 나무아미타불 관세음보살…….'

비화는 산문을 다 빠져나올 때까지 보리를 발견하지 못했다. 마치 어느 날 홀연히 집을 나간 남편처럼. 그러나 비화 귀에는 진무 스님의 이런 음성이 실체와는 결코 떨어지지 않는 그림자같이 따라붙고 있었다.

'진정 시간이 없느니. 지금 네게 주어진 시간은 너무나 짧도다. 남편이 돌아오기 전까지 부자가 돼 있어야 하느니라. 그렇지 않으면 남편은 또다시 떠날 것이니라. 그리고 네 운명마저도 널 배신할 것이다.'

내 몰랐다, 사랑아

비화가 혼례를 치른 그해가 지나가고 새해가 밝았다. 그런데 세상은 신년 벽두부터 여간 떠들썩한 게 아니었다.

"새 목사牧使가 부임해올 끼라며?"

"와 아일 끼고. 진즉에 고마 탁 바뀌서야 안 했나."

"하모. 잘몬된 기 있으모, 꼬부라진 못 바로 세우듯기, 쌔이 바로잡아야 하것제."

"아, 인자 이랑이 고랑 되고, 고랑이 이랑 될 날이 올랑가?"

그런 왁자지껄한 갖가지 소리 소문들 속에서 비화도 알게 되었다. 이 번에 그곳으로 새로 오는 목사가 누구라는 것을.

홍우병 목사.

그러나 어찌 내다보았으랴. 백성들에게는 하늘과도 같은 목민관인 그 홍 목사가 앞으로 옥진을 통해서 간접적이나마 비화 자신에게 개인적인 어떤 영향을 주리란 것을. 어쩌면 진짜 변화는 내부가 아니라 바깥에서 부터 시작되는 것인지도 모른다.

어쨌거나 홍 목사의 유서 깊은 이 고을 부임은 모든 이들의 크나큰 관심거리가 아닐 수 없었다. 그것은 우선 그가 청렴결백한 관리로 알려져 있다는 데서 비롯된 것이었다. 사람은 기대가 큰 만큼 호기심도 덩달아 불어나는 법이다.

"삼정승이 온다 캐도 이리는 야단법석들 안 부릴 끼다. 그자?"

"하모. 나라님 행차시라도 이리해쌌지는 않것지."

"그거는 그렇고, 목사라쿠는 배실은 올매나 높은 기고?"

"그거도 모리나?"

"모린께 묻는 기지, 아는데 물을 끼가? 비싼 밥 묵고 심 빼거로."

"정3품 외직 문관 아인가베."

"와아, 그런 것가? 별로 볼 끼 아이거마는."

"암튼 관아 나뿐 눔들 죄 모돌띠리 까발리갖고, 우리매이로 심없는 백성들 좀 잘살거로 해주모 에나 좋것다."

"민심이 천심이라꼬, 사람들이 이리쌌게 그리 안 되까이."

"하모, 하모. 정성이 지극하모, 돌 우에 풀이 난다 안 쿠더나."

"풀 우에 돌은 안 나고?"

홍 목사는 그 고을 백성들이 이야기하는 그대로 올곧고 사심 없는 인물이었다. 아니, 그 기대를 훨씬 뛰어넘었다. 그는 그곳에 오자마자 보리 싹처럼 시퍼런 명을 내렸던 것이다.

"우선 환곡 실태부터 철저히 조사해 올리렷다!"

"예, 목사 영감."

관아에 딸린 모든 아전들이 하나같이 바싹 긴장했다. 눈치 살살 보아 가며 대강 근무하고 부정부패 세력과 적당히 영합하면서 봉급이나 꼬박 꼬박 타먹는, 따뜻한 봄날, 선선한 가을날 같은 그런 좋고 안이한 시대는 이제 다 지나간 듯했다.

"그리고 이 일을 행함에 있어 차후 만에 하나라도 어떠한 소홀함이 있다거나 거짓됨이 드러나면……."

"그, 그런 일은 어, 없……."

"지위고하를 막론하고 모두 가차 없이 목을 칠 것이다!"

"지극히 옳고 바른 처사이시옵니다!"

"명심, 또 명심하라!"

"아, 알겠사옵니다!"

그곳 관아는 큰 가마솥에 뜨거운 물 끓듯 했다. 호방, 이방 할 것 없이 모두가 발바닥에 펄펄 불이 일어날 판국이었다. 정신을 쏙 빼어서 꽁무니에 차고 다니는 것 같아 보였다. 이제 호시절은 다 끝났다고 연방 한숨들이었다.

"차라리 무지렁이로 살아가는 게……."

"내일 아침에도 눈을 뜰 수 있을지 모르겠구나."

비봉산 아래의 그 관아는 고려 초기부터 그때까지 쭉 존속해오고 있었다. 목사 집무처인 보장헌은 물론이고, 정문인 관화루, 그리고 통방, 기방, 추방, 노방, 작청 등의 모든 곳에서 그 고을을 바꿔놓을 새로운 공기가 흐르기 시작했다.

"알아들 보았느냐?"

체구가 그다지 크지는 않아도 대추나무 방망이처럼 단단하게 생긴 홍목사는 대범하면서 세심했다. 지방 관아의 형방에 속한 구실아치들도 가장 부담스러워하는 직속상관이 바로 홍 목사 같은 관원일 것이다.

"그래, 언제부터 환곡의 포흠이 시작되었더냐?"

"헉!"

"포흠, 포흠 말이닷!"

"으……."

지금까지 언제나 백성들 위에 떡 군림하면서 '세월아 네월아 가라' 하고 무사안일주의로 나갔던 아전들이 숨 쉴 틈도 주지 않았다.

"그, 그게……."

"어허, 이런 것들을 봤나?"

홍 목사의 검은 수염발이 칼날처럼 꼿꼿이 곤두섰다. 내지르는 그의 호통소리가 거인의 다리같이 우람한 관아 기둥을 흔들었다. 그 소리는 관화루를 빠져나가 목 관아와 대사지 사이에 있는 그 고을 진영鎭營의 무덕루 정문까지 흔들 만하였다.

"썩 사실대로 고하지 못할까?"

"예? 예, 예."

온 고을에 까마귀 울음소리가 낭자했다.

"당장 거꾸로 매달 것이다!"

"어이쿠!"

포흠, 그것은 관아 물품을 사사로이 이용하는 것으로, 당시 그로 인하여 백성들 원성이 땅을 갈라지게 하고 하늘 밑구멍을 찔렀다.

"정확히 14년 전부터인 것으로 드러났사옵니다."

그때까지 썩은 낙엽더미 밑에 깔려 꼭꼭 숨겨져 있는 것 같았던 모든 부조리와 비정상적인 실태가 속속 폭로되기 시작했다.

"무어라?"

"허억!"

"14년 전? 허어, 14년이라니!"

"그저 주, 죽여……."

홍 목사는 실로 어이가 없고 더욱 분노가 치솟는 모습이었다. 그 서슬에 관아 서까래가 폭삭 내려앉을 지경이었다.

"그동안 썩고 곪은 치부가 얼마나 될 것인고!"

"어, 얼마나……."

푸른 낙엽 붉은 낙엽 할 것 없이 병든 낙엽은 모조리 휘날려야 할 시간이 왔다.

"입이 광주리만 해도 말은 못 하리라. 내 당장……."

"예, 예. 지, 지당하고 지당하옵신……."

아전이 자라 목 오므라들듯 연신 고개를 조아리며 더듬거렸다.

"하, 하온대 무, 문제가 있사온지라……."

홍 목사 두 눈에 불길이 이글거렸다.

"문제라니?"

"……."

제아무리 능갈치게 구는 아전일지라도 감당키 어려울 터였다.

"무엇이 문제란 말이더냐?"

"실은, 포흠한 자들을 세세히 밝혀본즉……."

아전은 계속 말끝을 흐렸다.

"밝혀본즉?"

"그, 그게……."

"왜 어서 말을 계속하지 못하느냐?"

"나, 나리……."

구름도 관아 지붕에 걸려 옴쭉달싹 못 하는 것 같아 보였다.

"밝혀본즉 어떻더란 말이냐?"

"과반수가 이미 도망쳤거나 죽어버린 자들이옵니다."

"허, 저런!"

아전은 점점 사색이 돼갔다.

"뿐만이 아니옵고……."

"또 문제가 있더란 말인고?"

헹궈도 또 헹궈도 더러운 물이 빠지지 않을 것 같은 보고報告 일색이었다.

"분실돼버린 환곡 장부도 적지 않을뿐더러……."

"이런! 이런!"

홍 목사의 희고 단아한 이마 위로 굵고 시퍼런 심줄이 불끈 돋아났다. 그는 눈앞에 대역 죄인들을 잡아놓고 족치듯 엄중한 말투로 명했다.

"잘 들어라. 이 모든 게 결국 수취 체제가 전정, 군정, 환곡의 정체제로 바뀌고, 환곡이 재정의 중요한 부분으로 등장하면서 생겨난 폐단일 것이야."

아전은 목사의 무섭게 부릅뜬 눈을 억지로 외면하며 고했다.

"그렇사옵니다. 그 횡포가 이만저만이 아닌데다가……."

윗물이 맑으면 아랫물도 맑은 법이라더니, 홍 목사가 그러니 못된 타성에 물들어 있던 아전들도 이제 하나둘 청백리로 돌아서기 시작했다. 그들 중에는 홍 목사가 미처 손댈 생각을 하지 못한 부분까지 솔선하여 아뢰는 자도 있었다.

"그렇지! 잘 말해 주었다."

홍 목사는 강단 있게 생긴 입술을 꾹 깨물며 다짐해 보였다.

"여하튼 본관이 할 수 있는 데까지 노력해볼 것이야."

"예, 영감."

관아 북쪽에 우뚝 서 있는 비봉산으로부터 곧잘 내려오는 바람조차도 두려운지 불어오지 않았다. 팽팽하게 긴장된 공기만 감돌았다.

"그러하니 그대들도 그렇게 알고 한 치 어긋남도 없도록 행하렷다!"

모두가 한입으로 고했다.

"반드시 그렇게 하겠사옵니다."

"됐다. 문서를 정리할 사람들만 남고, 나머지는 서둘러 현장으로 출동토록 하라!"

216

탁상공론이 아니라 현지에서 문제점을 찾고 해결하라는 점을 강조했다.

"옛, 알겠습니다."

"백성들 실태를 아는데 현장만큼 확실하고 중요한 곳도 없느니."

비화가 청천벽력보다도 더한 소리를 전해 듣게 된 것은 그즈음이었다. 참으로 칼을 물고 피를 토할 노릇이 아닐 수 없었다.

"머시라꼬?"

"……."

"그기 무신 소리고?"

비화는 앞에 앉은 처녀에게 큰소리로 다그쳤다.

"길순이 니, 다시 한분 더 말해 봐라."

당장 입에 침이 마르고 눈이 허옇게 뒤집혀 보이는 비화였다.

"오, 옥지이가 우, 우쨌다꼬?"

길순은 옥진의 외가 쪽 친척 동생인데, 평상시 비화와 옥진이 '코 아래 입'같이 가깝게 지내는 것을 옆에서 쭉 지켜보고 자기도 비화를 친언니처럼 대해왔다. 코가 남달리 커서 '코순'이란 별명을 가지고 있는데 성질이 매우 수더분한 편이다.

"하매 한거석 됐어예. 우리만 모리고 있었지."

"우리만 모리고……."

길순의 그 대답에 비화는 망연자실했다. 언제나 풀 끝에 앉아 있는 새처럼 안심이 되지 않고 불안해 보이던 옥진이었다.

"그라모 요, 요새가 아이고?"

여전히 믿을 수 없어 하는 비화였다.

"예."

길순은 코가 가려운지 손가락으로 문질렀다.

"우짤꼬오!"

비명 지르듯 하는 비화를 길순은 목구멍으로 기어드는 소리로 불렀다.

"어, 언니……."

비화 입에서 울부짖는 소리가 잇따라 나왔다.

"옥지이, 우리 옥지이를 우짜노?"

길순은 계속 손가락으로 제 코만 만지작거렸다. 그 바람에 고뿔이라도 앓은 것처럼 코가 붉게 부어 보였다.

"우짜모 좋노?"

비화 손에 들려 있던 저고리 동정이 서리 맞은 나뭇잎과도 같이 방바닥에 맥없이 떨어져 내렸다.

"툭."

동정 못 다는 며느리 맹물 발라 머리 빗는다는 말이 있기는 하지만, 그것은 어디까지나 일솜씨는 없는 주제에 겉치레만 꾸미려 함을 비꼬는 얘기고, 비화가 그 흰 헝겊 오리를 한복 저고리 깃 위에 조붓하게 덧대는 솜씨는 가히 신기에 가까웠다.

"개, 갤국…… 그, 그리 되, 되고 말았거마!"

길순의 큰 코가 씰룩거렸다.

"흐……."

자다가 뒷봉창 두드리는 소리도 이러지는 않을 것이다.

"아모리, 아모리 지 처지가 그렇다 쿠더라도……."

탈기하는 비화 눈앞에 천상의 선녀가 시샘할 만큼 고왔던 옥진의 자태가 화공畵工이 그린 초상화처럼 떠올랐다. 요 입이 그냥 원수라, 그동안 먹고산다고 정신없이 지내다 보니 내가 참으로 등한시했구나! 하는 강한 자책과 후회가 걷잡을 수 없이 밀려왔다.

'점벡이 요것들아! 이기 모도 너것들이 옥지이를 그리한 탓인 기라. 흐, 니눔들, 니눔들 땜에…….'

마지막으로 옥진을 본 게 언제였는지도 정확히 기억에 남아 있지 못했다. 그렇지만 그 일을 되살릴수록 비화는 혐오스러울 정도로 자신이 너무나 무관심하고 몰인정했었다는 자격지심이 그물망처럼 덮쳐왔다. 그러고 보니 그날 옥진이 해 보이던 그 모습과 태도가 여간 심상치 않았었다. 그 당시에는 그렇게 심각하게 받아들이지 못했다.

"언가야."

옥진은 평소의 그 아이답지 않게 뭔가 모르게 자꾸만 망설이고 주저하는 눈치였다. 그저 '언가야'만 되풀이했다.

"으응……."

비화는 마침 오랜만에 한꺼번에 들어온 바느질감을 빨리 해결하기 위해 거기에만 정신을 팔고 있을 때였다. 그럴 때 아니면 제법 큰 목돈을 만질 수 없었다.

"언가야……."

비화는 야가 각중에 와 이라노? 하는 이상한 생각이 좀 들지 않은 건 아니지만, 그보다 밀린 주문품을 한시바삐 완성해야 한다는 일념이 더 앞서 건성으로 대하고 있었던 게 속일 수 없는 사실이었다.

"와 연방 언가야만 부리노?"

비화는 두 손으로 바느질감들을 들어 보였다.

"니 보다시피 일감이 이리 산걷이 안 밀리 있나."

"언가야."

비화는 계속해서 일손을 멈추지 않으면서, 꼭두각시 인형처럼 입만 열었다.

"그러이 할 이약 있으모 퍼뜩 해봐라."

그런데 또 옥진은 그 소리를 하지 못해 죽은 귀신이 씐 듯했다.

"언가야."

꼬끼요오오…….

동네 어느 집에선가 낮닭 울음소리가 연이어 들려오고 있었는데, 똑같이 느려 터져 있었다.

"급한 일이 아이모, 요 담에 하고……."

"언가야."

그래도 옥진은 끊임없이 '언가야'였다. 끝내 비화는 자신도 모르게 벌컥 언성이 높아지고 말았다.

"언가야, 언가야. 후우, 그눔의 언가야."

"언……."

바늘 쥔 손가락 끝에 낀 골무가 그만 빠질 뻔했다.

"싹 다 닳아 없어지모 안 부릴 끼가?"

"흑……."

옥진이 좁은 어깨를 들썩이며 울먹거렸다.

"그, 그기 아이다."

"아이모?"

잠시 침묵이 가로놓이는가 싶더니 또 같은 말이었다.

"시, 실은 언가야."

"허, 또 언가?"

그때 비화는 온 신경이 쇠뿔처럼 잔뜩 곤두세워져 있는 처지였다. 일감 가운데에는 근동 정 부잣집 마나님이 집안 잔치 때 입을 옷이라며 각별히 신신당부한 것도 있었다. 자칫 까다롭기가 하나같이 고개를 절레절레 흔들지 않을 수 없게 하는 그 마나님 마음에 들지 않아 나쁜 소문이라도 퍼져나가면, 어느 누가 나에게 일감을 맡기랴 여간 마음 쓰이는 게 아니었다.

"언가야."

이윽고 옥진이 자리에서 맥없이 일어서며 말했다.

"내는 고마 갈란다, 언가야."

그렇게 또 '언가'였다.

카악, 카오옥!

어디선가 까마귀란 놈이 유난히도 한참을 소름 끼치도록 크게 울부짖고 있었다. 하늘을 온통 뒤덮은 시커먼 구름장이 날개를 있는 대로 펼치고 지상을 노려보고 있는 거대한 한 마리 까마귀 형상으로 비쳤다.

그날의 일들이 잠시도 그칠 줄을 모르고 비화 머릿속에 음지식물처럼 되살아났다. 기억해낸다는 그 자체가 정녕 견디지 못할 고문이요, 절망의 문을 따는 일이었지만 불가항력이었다. 사람의 '마음'과 '뇌'는 어떤 끈으로 연결되어 있을까 궁금해졌다. 만약 실제로 그런 끈이 있다면 '탁' 끊어버리고 싶었다.

몇 번을 들먹여도 지나치지 않을 만큼 비화는 너무나도 서글프게 들리는 옥진 말에 가슴이 저리지 않은 것은 아니었지만 그때 당장 입에 풀칠할 일이 더 급했다. 사흘 굶어 담 넘어가지 않는 사람이 없다고 했다. 쌀독이 바닥을 보이는 심정은 당해 본 사람만이 알 것이다.

'니는 아즉꺼정 부모님한테 얹히서 산께, 서방 없이 혼자 벌어 묵고 살아야 하는 내가 올매나 심들고 답답한 줄 모릴 끼다.'

또 마음 한구석에 질투나 원망 비슷한 기분도 서려 있었던 게 사실이었다.

'아, 시방 내가 무신 생각하고 있는 기고?'

마음 다른 귀퉁이에서 나오는 소리였다. 지금까지 갖지 않았던 전혀 다른 감정이 아닐 수 없었다. 다른 사람이라면 또 몰라도 옥진이 아닌가?

'미칫다, 내가.'

그만큼 비화의 생활은 험준한 벼랑 끄트머리에서 위태롭게 흔들리고 있었다. 아니었다. 이미 까마득한 낭떠러지 아래로 추락하는 중이었다. 손에 잡고 매달릴 만한 것을 찾기에는 이미 늦어버렸다.

하지만 아무리 그렇다 하더라도 방문을 열고 나가려는 옥진에게 '잘 가라이, 요 담에 또 보자', 그런 인사 정도라도 해주어야 할 것 같다는 생각에, 일손을 멈추고 고개를 들었을 때였다.

"지, 진아?"

비화는 놀라 눈을 크게 치떴다.

옥진이 울고 있었다. 비화는 오랫동안 이웃에 살면서도 옥진이 우는 모습을 보지 못했다. 아, 꼭 두 번 있다. 저 대사지 나무숲에서 점박이 형제에게 당했던 일을 들려주던 그때, 그리고 그녀더러 남편 박재영의 발목을 묶어야 한다던 그날이었다.

그런데 지금은 눈물을 보일 상황이 아니었다. 비화가 일에 쫓기는 나머지 자기를 제대로 상대해주지 않는다고 해서 서러워하거나 성을 낼 옥진은 더더욱 아니었다. 오히려 비화 손에 들린 바늘이나 일감을 확 낚 아채든지 반짇고리를 발로 세게 걷어차기도 하면서 악동처럼 한층 짓궂 게 굴 아이였다.

어쨌거나 비화가 어떻게 해볼 틈도 없이 옥진은 그날 그렇게 사라져 갔다. 그리고 방에 혼자 남은 비화는 얼마 안 가서 그 생각을 잊어버렸 다. 옥진의 행동을 곰곰이 되새기기엔 자신의 처지가 너무나도 급박했 고, 그만큼 다른 잡념이 끼어들 여지가 없었다. 실수로 바늘에 찔린 손 가락 끝에서 나오는 피를 닦을 시간조차도 아까운 때였다.

'요새는 우찌 지내꼬?'

그날 이후 가끔씩 옥진의 생각을 하기는 했다. 옥진은 다시 찾아오지 않았다. 비화는 뭔가 일이 있겠거니 대수롭잖게 여겼다. 어쩌면 부모님 손에 이끌려 혼수품을 보러 다닐 수도 있겠고, 아니면 고삐 풀린 망아지 같은 그 성격에 어떤 남자를 몰래 만나고 있을지도 몰랐다.

'하모, 그럴 끼거마는.'

좋은 쪽으로만 생각의 가닥을 잡았다. 그게 마음 편했다.

'머 딴 일이사 있으까이.'

벌써 다 결정 난 일로 치부했다.

'시집갈 일 말고는.'

그렇다면 정말 잘된 일이었다. 옥진이 저 대사지에서 겪었던 끔찍한 악몽을 기억에서 몰아냈다는 증거인 것이다. 그늘이 드리워진 옥진의 얼굴 위로 한 줄기 빛살이 비치는 것 같기도 했다. 그때 그 눈물이 마음에 가시로 크게 걸리긴 했지만.

"옥지이 갸 안 있나, 태어날 때 안 울어갖고 온 집안이 야단 난리를 쳤다 안 쿠나. 상상만 해도 아찔한 일 아이가."

"가가이다(가관이다). 시상에 태어남서 안 우는 애기도 있는 기가?"

"하모, 있제. 그래 손톱으로 안 있나, 아 궁디이를 이래 콱 꼬집어갖고, 억지로 울거로 맹글었다쿠는 기라."

하마터면 벙어리가 될 뻔했다며 동리 아낙들은 옥진을 놀려먹었다.

"진아, 니 궁디이 좀 보자. 시퍼렇기 멍이 들어 있을 끼다."

그러면 옥진이 해 보이는 반응이 또 가관이었다.

"넘 궁디이는 와 볼라 캐예? 사람 궁디이도 안 봤어예? 그라고 넘이사 시퍼렇든지 시뻘겋든지 무신 상관이라예? 에나 얄궂어라!"

어른들을 아주 머쓱하게 만들면서 눈물 한 방울 비추지 않던 옥진이었다. 칠 년 대한大旱에 비 바라듯 하는 셈이었다.

"내 고마 가예."

"그, 그래. 잘 가라이."

기운 없이 신발을 발에 꿰는 길순을 돌려보낸 후 비화는 한참 동안 일 감에 손을 대지 못했다. 일감에 손을 대기는 고사하고 전신이 마비되면 서 그만 호흡조차 멈춰지는 듯했다.

기생.

기생이라니? 옥진이가 기생이라니? 관아 감영에 예속된 저 교방의 관기官妓라니?

'흐……'

관기가 된 옥진의 모습을 상상하기 어려웠다. 아니다. 상상조차 하기 싫었다. 상상하는 그 자체만으로도 미칠 것 같았다.

'시상에, 이, 이기?'

기어이 기생의 길로 들어서고 말았다니. 간간이 요염한 빛이 느껴지 기는 했어도 티 없이 맑고 순수한 미소가 좋았던 옥진이. 평안감사라도 함부로 손을 댈 수 없을 그 정도로 곱고 아름다운 옥진이. 그리고 그 모 든 것에 앞서 유일하게 이 비화를 '언가'라고 불러주던 아이.

아, 배봉의 새끼들인 억호, 만호에게 당한 그날의 상처는 정녕 치유 할 수 없는 운명의 사슬이었더란 말인가? 대사교는 영영 다시 돌아올 수 없는 다리였더란 것이냐?

'내 이것들을, 이것들을……'

비화는 뿌드득 분노와 증오의 이빨을 갈았다. 눈에서 피가 흘러나오 는 듯했다. 어디선가 임배봉과 운산녀, 점박이 형제의 징그러운 웃음소 리가 끝도 없이 들려오고 있었다. 그들이 히히대며 속닥거리는 말소리 도 들리는 듯했다.

'옥진아이. 장 논개가 우떻고 기생이 우떻고 글쌌더이, 니는 참말로

기생이 될 팔자였던 기가, 기생이?'

바늘 끝에 찔린 손가락에서 뚝뚝 떨어져 내리는 붉은 핏물을 멈출 생각은 하지 않고, 비화는 내내 울먹이다가 그만 목 놓아 울고 말았다.

갈수록 괴롭고 힘든 나날이었다.

모든 일이 자신의 신념과 의지와는 반대 방향으로 튀었다. 죽어라 말 안 듣는 청개구리 잔등에 얹힌 세상이었다.

비화는 야트막한 토담 너머로 끊어질 듯 들려오는 노랫가락에 가만히 귀를 기울였다. 시퍼런 비수가 되어 가슴팍을 찔러오는 내용이 아닐 수 없었다.

화촉동방 첫날밤 부끄럼 무릅쓰고
밤중도 야밤중에 보선발로 살짝 나와
낭군님 홀목 살풋 쥐고 들어가오
낮으나 상방으로 들가요

'첫날밤 노래'다. 첫날밤 신부의 마음을 그렇게 잘 그려내고 있는 노래가 또 있을까 싶은 비화였다.

'아, 낭군님 홀목 살풋 쥐고, 라이······.'

시집와서 수십 번도 더 들어온 노래였지만, 들을 때마다 새로운 감정이 그 무게를 더해가며 새록새록 솟아났다.

'그거는 그렇고, 운제꺼지 저랄 끼꼬? 남사시러븐 줄도 모리고.'

그녀의 처지를 뒤돌아볼 때 차라리 상부喪夫 노래가 더 잘 어울릴 법하건만, 밤골 댁은 이날같이 휘영청 달 밝은 밤이면 꼭 저 노래를 참 청승맞게도 불러대곤 했다. 그녀가 그렇게 하는 사연이 무엇일까 궁금하지만, 알고 싶지는 않았다.

"새댁 아이"

그 밤골 댁이 비화만 보면 하는 소리가 있다.

"따지보모, 새댁 신세나 내 신세나 그기 그거 아인가베?"

"……."

비화가 아무 대꾸를 하지 않자, 밤골 댁은 기어코 사람 심장을 그을음 앉은 부뚜막같이 시커멓게 태워버릴 작심이라도 한 듯했다.

"사벨이나 생이벨이나 저울에 달아보모 안 있나, 하나도 한쪽으로 안 기울어지는 똑같은 이벨이라쿤께?"

이별이 어떻고 해가며 억지 부리듯이 하는 그녀가 비화 눈에는 가증스럽다기보다 처연해 보였다. 어떻게 보면 인생 밑바닥을 모조리 헤매고 다닌 닳아먹은 여자 같기도 하고, 또 달리 보면 전혀 세상에 물들지 않은 '백합'과도 같은 여자였다.

"됐심니더, 인자 고마하이소."

어쨌든 그럴 경우 비화가 할 수 있는 소리는 고작 그것뿐이었다. 그렇지만 밤골 댁은 무슨 억하심정인지 그만하기는 고사하고 이런 말까지 끄집어내었다.

"아이거마는. 내매이로 서방이 탁 죽고 없으모, 그라모 도로 포기나 하제."

"……."

자기 이야긴지 비화 이야긴지 구분도 되지 않았다.

"포기도 몬 하고, 또오……."

그 말 한마디 한마디가 사람을 형틀에 매다는 것과 다름없는 고문이었다.

"지발 고마, 고마하이소오!"

급기야 비화는 소리 지르고 말았다. 더 듣고 있다간 사람 말라 죽을 판국이었다. 그런데 또 기이한 일이 일어났다.

"그라고 본께, 생이벨이 더 사람 쥑이는 기라."

말은 그렇게 해놓고 속곳이 내비칠 정도로 아무렇게나 퍼질러 앉아 섧게 우는 쪽은 또 밤골 댁이다.

"아이구, 아이구우! 그 멤씨 좋고 인물 좋던 내 서방을 누가 데꼬 갔노?"

그 투박하고 까칠한 두 손을 뻗어 당장 애꿎은 비화의 복장이라도 사정없이 쥐어뜯을 사람같이 굴었다.

"이 시상에서 누도 몬 덮을 최고로 멋진 그 사람을 말이다! 흥, 우떤 년이든지 넘보기만 해 봐라."

그러고는 도대체 누구를 이르는 말인지 모르겠는 소리를 내쏟는다.

"내 서방 데불고 간 고, 고것을 가마이 안 놔둘 끼다. 누가 가마이 놔놔?"

이런 타령도 나왔다.

"곤륜산에 불이 나모, 옥도 타고 돌도 탄다더이, 착한 사람 나쁜 사람 모도 쥑이는 기 무신 하늘 이치고?"

하늘에 대고 손톱이라도 확 할퀼 태세다. 비화는 자신도 모르게 그 말을 잘근잘근 곱씹어보았다.

'옥도 타고 돌도 타고……'

그 곤륜산이야말로 우리 집이다.

여하튼 그렇게 주책일 정도로 말수가 많고 눈치코치 없는 과수댁이지만, 눈물 많은 사람 정도 많다고, 사람 좋은 그녀라도 옆집에 같이 살고 있기 망정이지 그렇지 않았다면 벌써 열두 번도 미쳐났을 비화였다. 그리하여 광녀가 되어 동네방네 쏘다니며 만나는 사람마다 붙들고 어서 내 서방 찾아내라고, 돌려 달라고 바락바락 악을 써댈 것이다.

    내 품속 안긴 손님
    임이걸랑 변치 말고
    꽃이걸랑 지지 마소

밤골 댁은 끝내 목이 메는지 마지막 가락은 제대로 부르지도 못했다. 그리고 한 많고 설움 많은 여인네 흐느끼는 소리가 저 마귀 할망구 울음처럼 너무나도 스산하고 음습하게 들려온다.

"흐흐, 으흐흐……."

비화는 머리가 터질 것 같다. 심장이 다 녹아내리고 말 듯하다. 옥진의 흐느낌, 비화 자신의 흐느낌이다.

관기가 돼버린 옥진. 기방 어딘가에 혼자 쪼그리고 앉아서 소리 죽여 흐느끼고 있을 옥진의 모습이 보인다. 거친 사내 손길에 시달리고 있는 광경도 나타난다.

"아, 새댁은 그거도 모리나? 에나 모리나? 해나 암시롱 부러 모리는 거매이로 해쌌는 거 아이가?"

기생에 관하여 이것저것 물어가면서 제가 아는 대로 이야기하는 비화를 상대로 밤골 댁은 괜스레 열을 올렸다.

"기생이라꼬 똑겉은 기생이 아이라쿤께?"

"그기 아이모예?"

비화가 안달 나 할수록 밤골 댁은 딴전부터 부렸다.

"새댁 눈이 에나 초롱초롱하다."

비화는 혹시라도 밤골 댁이 무슨 낌새라도 알아챌까 봐 억지로 감정을 추스렸다.

"지 눈 초롱초롱한 거하고 기생하고 무신 상관 있어예?"

산으로 가자고 하니 강으로 가는 밤골 댁이다.

"남자로 태어났으모 조선팔도를 한손에 들었다 놨다 할 낀데 에나 아깝다."

꽃이나 풀이 시드럭부드럭 하듯이 차차 시들어가는 여인네처럼 이마에 주름살을 긋고 고개를 내젓기도 했다.

"삼신할미가 큰 실수했다 고마. 할마이가 돼서 눈이 어두버져삣나?"

심지어 치한처럼 비화 하반신을 힐끔힐끔 훔쳐보기까지 했다.

"딱 하나만 몸에 더 달고 나왔으모……."

"아주머이……."

비화 얼굴이 봄날 비봉산을 물들이는 진달래처럼 붉어졌다. 만약 오라비나 남자 동생이 하나라도 있었다면 그렇게까지는 되지 않을 터였다.

"애호박에 손톱도 안 들갈 소리 인자 고만하시고예, 아까 전에 하던 기생 이약이나 퍼뜩 더 해주이소."

비화가 보채는 아이같이 하자 그제야 밤골 댁은 심각하리만치 정색을 한 얼굴을 했다.

"함 들어볼 끼가, 새댁아."

"예, 얼릉 말씀해주이소."

굳이 그 말을 더 듣고 나서야 털어놓았다.

"에, 그런께네 안 있나……."

그 출신이 의심스러울 정도로 밤골 댁은 기생에 관해서 아는 것도 많았다. 비화가 옥진에 대해서는 일절 입에 올리지를 아니하고, 그냥 조금 알고 싶어 그러는 것처럼 꾸며 슬쩍 지나가는 듯이 기생 이야기를 끄집어냈던 참인데, 밤골 댁은 심심하던 차에 잘됐다는 듯 또 한바탕 그녀 특유의 수다를 늘어놓기 시작했다. 어쩌면 이야기를 하는 동안만이라도 죽은 남편 생각에서 자유로울 수 있기에 저러는 게 아닐까 싶기도 했다. 콩쥐 이야기든 팥쥐 이야기든 한번 했다 하면, 콩이 팥이 되고 팥이 콩이 될 때까지 내내 멈출 줄을 몰랐다.

"기생도 세 종류가 안 있는가베."

"세 종류나예?"

비화로선 금시초문이었다. 그러고 보니 이 세상 모든 것들은 하나같이 층이 지어져 있는 듯싶었다. 변화가 있어 좋다는 만족감보다도 불공평하구나 싶은 반발심이 앞섰다.

"하모. 일패─牌하고 이패, 삼패, 그리……."

몇 사람이 어울린 동아리를 뜻하는 그 '패'를 끌어다 그렇게 부르는 모양이었다. 비화는 왠지 밤골 댁 앞에서는 솔직해지곤 하는 자신을 의식하곤 했다.

"아, 그래예? 지는 기생은 모돌띠리 겉은 줄 알고……."

밤골 댁은 정말 걱정된다는 얼굴이었다.

"하이고! 저리 시상 물정 어두버갖고, 앞으로 이 험한 인생길에서 우찌 살 낀고?"

"호롱불 키고 살모 되지예."

서슴없이 말하는 비화를 밤골 댁은 참 생뚱맞다는 눈으로 쏘아보았다.

"머라꼬? 호롱불 키고 살모 된다꼬?"

"지가 아주머이 보고 석유 지름값 달라꼬는 안 할 낀께네 그런 거는 신갱 쓰지 마시고예, 기생 이약이나 쌔이……."

비화는 어떤 기대감에 흔들리는 목소리로 얼버무리며 계속 재촉했다. 화류계에도 등급이 매겨져 있다니, 그렇다면 옥진이가 조금이라도 더 높은 기생이었으면 하는 그런 바람이었다. 솔직히 기생이라면 그저 술자리에서 가무를 하면서 남정네 술 시중이나 드는 천한 신분이겠거니

하는 생각밖에 하지 못했다.

"이런 이약하모 넘들은 낼로 우찌 볼랑가 모리것지만도……."

그러다가 낯가죽 얇은 소릴랑 집어치우라는 듯 이렇게 말했다.

"에이, 뭔 소리고? 넘들이 오데 내한테 쌀 한 톨을 주나, 옷 한 벌을 주나……."

밤골 댁은 쪽 찐 머리에서 은빛 비녀를 뽑았다가 뒤통수에도 눈이 달려있는 듯 익숙한 솜씨로 다시 꽂았다.

"내가 우짜다가 퇴기, 그런께네 기방에서 은퇴한 우떤 늙은 기생하고 좀 친하거로 지낸 적이 안 있었던가베."

그러는 품이 남우세스럽다는 건지 자랑스럽다는 건지 도통 알 수가 없다.

"아주머이가 퇴기하고예?"

비화는 신기해서 물었는데 밤골댁 귀에는 확인하는 것으로 들렸는지 기분 나쁘다는 듯 입까지 뾰로통해지며 퉁명스럽게 내뱉었다.

"와? 몬 믿것나?"

"그거는 아인데예……."

"아인데?"

"지 말씀은예……."

비화 마음에 퇴기는 뭔가 남다른 모습으로 살아갈 것같이 여겨졌다. 어쩐지 세상을 달관한 선사禪師와 비슷한 존재. 한쪽 눈은 눈물을 흘리면서도 한쪽 눈은 웃음을 지을 것 같은 아주 특별한 비밀을 안고 사는 여자.

그러나 밤골 댁은 전혀 그렇게 보지 않는 모양이었다. 아마도 그녀가 맞을 것이다.

"한창때는 감사도 모싯다 글쌌는데……."

"감사예?"

기대 섞인 비화 반문에 이런 말이 나왔다.

"암만캐도 그거는 아인 거 매이다(같다)."

옥진과 같은 기생 출신인 여자를 폄훼하는 소리로 들려 기분이 좀 그런 비화였다.

"에나 그리했는지도 안 모립니꺼?"

"머라꼬?"

밤골댁 눈이 꼬부랑해졌다.

"직접 안 보고 우찌 알아예?"

남을 지나치게 잘 믿는 바람에 결국 파탄에까지 이른 아버지 생각이 났다.

"무담시 사람을 으심하는 거도 쪼꼼 그렇고예."

비화 그 말에 밤골 댁은 또다시 자못 염려된다는 표정을 지었다.

"새댁!"

"예."

"이 시상에서 사람을 기시는 거는 하나밖에 없다쿤다."

"그기 머신데예?"

하지만 그런 대답이 나올 줄은 몰랐다.

"사람."

"예에?"

"사람도 모리나, 사람이."

"그거는 안 되지예."

비화는 강하게 부정했다. 부정하고 싶었다.

"그래도 사람이 사람을 믿어야지예. 사람을 몬 믿으모……."

그러자 밤골 댁은 그녀의 고향 밤골마을에 지천으로 흐드러지게 피는 그 밤꽃처럼 하얗게 눈을 흘긴 후에 입을 열었다.

"하여튼 기생이라쿠는 기 보통 시상 사람들이 알고 있는 거하고는 상
구 딴판 아이것나. 머리 하나 달리고 폴(팔) 두 개 있는 똑겉은 사람 아
인가베."

부질없는 시간들이 흐르고 있었다. 그렇지만 비화도 밤골 댁도 시간
을 죽일 수 있는 이야기가 필요한 여자들인지도 몰랐다. 집안에 남자가
없어 여자 혼자 힘으로 살아가야 하는 처지들이기에 비록 시간에 쫓기
는 사람들이지만. 어쨌든 한참 동안 악의 없는 너스레를 떨던 밤골 댁은
홀연 의아해하는 눈빛이 되었다.

"오늘 새댁이 쪼매 이상 안 하나. 아이다. 쪼매가 아이고 한거
석……."

비화는 찔리는 데가 있어 오히려 시치미를 뗐다.

"지가예?"

"하모, 여 새댁 말고 또 누가 있노?"

그러면서 주위를 둘러보는 밤골 댁더러 물었다.

"지가 와예?"

"아, 보통 때는 내가 무신 소리 해싸도, 까마구 활 본 듯기 하더니마
는."

거기서 밤골 댁은 갑자기 비화를 이래 노려보며 윽박질렀다.

"기시지 말고 답을 해봐라, 얼릉!"

비화는 배시시 웃었다.

"지는 시방 기시는 기 하나도 없어예."

그러나 밤골 댁은, 없긴 왜 없어? 하는 얼굴로 따지려 들었다.

"기생에 대해서는 와 그리키 관심이 높으노 말이다!"

비화는 제풀에 놀라 더듬거렸다.

"아, 아입니더, 아이라예."

"아이라?"

"예, 지가 무신?"

그러자 밤골 댁은 홀연 사내처럼 입을 있는 대로 크게 벌리고 '하하' 웃었다. 벌건 잇몸이 다 드러날 정도였는데 이빨은 퍽 튼실해 보였다.

"솔직히 새댁이사 용상에 앉히준다 캐도, 기생질 할 사람은 아이란 거 내 다 안께, 그리 몸 사릴 필요사 없고……."

시집온 지 이태나 되었지만 밤골 댁은 여전히 맨 처음 봤을 때처럼 비화더러 '새댁'이라 부른다. 그만큼 사람됨이 변함이 없다는 증거일 것이다. 그래서 비화는 밤골 댁이 그냥 좋았다. 그녀는 아직 나이가 젊다면 지금이라도 기방에 나가고 싶은 심경일까? 열심히 기생 이야기를 하는 모습이 어쩐지 행복해 보였다.

"가마이 있거라, 먼첨 삼패부텀 이약해보까."

마치 지금까지 둘이 했던 이야기는 처음부터 아예 없었던 것처럼 했다. 그러면서 이야기보따리를 착착 풀어놓기 시작하는 그녀는, 옛날이야기를 정말 재미있게 들려주던 돌아가신 외할머니를 생각나게 했다. 그러자 밤이 새도록 둘이 이야기를 나누고 싶었다.

"삼패는 공창公娼을 말한다 아인가베."

"공창예?"

밤골 댁은 다리가 저려 오는지 자리를 고쳐 앉았다.

"그렇제. 관청에서 공식적으로 허가 받고 사내한테 몸 파는 짓을 영업으로 하는 여자 아이가."

비화가 잘못 본 것인지는 몰라도 둥그스름한 밤골댁 얼굴에는 은근슬쩍 부러워하는 빛이 떠올랐다. 혹시 독수공방보다 돈도 벌고 사내와 동침하는 게 행복하다고 생각하는 걸까? 비화는 밤골댁 몰래 앉은 자리에

234

서 엉덩이를 조금 뒤로 빼었다.

"이패는 안 있나, 밀매음, 그런께네 허가도 안 받고 넘들 모리거로 매춘을 하는 기생을 가리키는 기라."

비화는 공연히 두근거리기부터 하는 제 앞가슴에 손을 얹었다.

"그라모 장 불안해서 우찌 그 짓 함서 살아예?"

밤골 댁은, 새댁이 아직 고생 안 해봤구나! 하는 어조였다.

"새댁아, 니 잘 들어라이."

낯빛이 여간 의미심장해지지 않았다.

"목구녕이 포도청이라쿠는 그 말이 오데 그냥 생깃는 줄 아는가베."

"……."

포도청 변 쓰듯, 남이 알아듣지 못할 말을 툭툭 내뱉는 게 습성인 사람 같았다.

"무신 소린고 잘 모리것애도 그냥 들어보래이. 사람이 묵고살라쿤께 우짤 끼고? 우쨌든 그리라도 해서 목심을 부지해야제."

비화는 더할 수 없이 먹먹한 심정으로 생각해보았다. 옥진은 살아갈 방도가 그것 하나뿐이라고 믿었던 것일까?

비화는 뻣뻣해지려는 고개를 흔들었다. 그러는데 눈에서는 당장 눈물이 뿌려질 것만 같았다. 고갯짓을 딱 멈추었다. 비화 눈앞에서 밤골댁 얼굴이 팽이나 굴렁쇠처럼 팽그르르 돌았다.

"인자는 일패가 남았네?"

"일패……."

이야깃거리가 점점 바닥이 드러나 퍽 아쉽다는 표정까지 지어 보이는 밤골 댁은, 입이 마른지 혀로 연방 입술을 축이며 그다음 이야기를 들려주었다.

"관기를 말하는 긴데……."

"과, 관기!"

일순, 비화는 그만 '흐읍' 하고 가쁜 숨을 몰아쉬고 말았다. 심장이 덜컥 크게 내려앉는 소리가 귀에 들렸다. 밤골 댁이 그 소리를 듣지는 않았을까?

관기……. 아아, 드디어 관기에 관해 듣게 되는구나.

"아, 새댁도 관기는 아는 모냥이제?"

이럴 때 보면 밤골 댁은 여간 빠른 눈치가 아니었다. 그리고 보면 다른 때는 전부 다 알아채고서도 일부러 모르쇠로 나가는 건지도 몰랐다.

"그렇거마는. 궁중이나 관아에서 노래부리고 춤추고 악기도 키고 하는 기생……."

비화는 그것보다도 다른 게 더 알고 싶어 이렇게 물었다.

"예, 지도 그 정도는 압니더. 그런 거 말고 또 없어예?"

밤골 댁이 양미간을 그러모으며 대답했다.

"으술(의술)하고 바느질도 배우고 익힌다 쿠더라마는."

비화는 자신도 모르게 마음속으로 고개를 내저었다.

'다린 거는 모리것고, 바느질은 아이다.'

그러다가 체념의 말을 곱씹듯 했다.

'하기사 으술도 가리방상할 끼라.'

유난히 바느질하기를 좋아하는 비화 자신을 보고 질투 반 부러움 반 뒤섞인 목소리로 무어라 조잘거리던 옥진이었다. 봄날 푸르른 보리밭 위에서 지저귀는 예쁜 종달새 같은 옥진.

그렇다면 옥진이 춤은 잘 추었던가? 그리고 노래는? 악기는? 모르겠다. 참으로 이상하게 아무것도 기억나지 않는다. 옥진과 함께했던 그 모든 지난 시간들이 과거의 영역 속에서 싹둑 잘라져 나가버린 느낌이었다.

"일패는 우리나라 전통 가무에도 뛰어난 기생이라 안 쿠나."

밤골댁 음성이 앞서 보다는 좀 더 구성지게 들렸다. 문득, 비화는 전통 가무를 하는 옥진 자태를 그려보며 소원 빌듯 물었다.

"기생이라도 일패는 괘안네예?"

밤골 댁이 시무룩한 얼굴로 대답했다.

"여자 팔자 사나버서 그런 짓 하는 기지, 괘안키는 머시 괘안컷노?"

그 말끝에 밤골 댁은 갑자기 생각난 듯 말했다.

"두 눈 시퍼렇거로 뜨고 딱 살아 있는 지 조강지처 놔놓고 기생 품에 안깃다가, 고마 두고두고 넘들 입질에 올라쌌는 사내보담은 낫을 수도 있것제."

그녀에게서 풍기는 느낌이 또 심상찮았다.

비화 안색이 불티가 튄 듯 훅 달아올랐다. 아무래도 남편 박재영 이야기 같다. 밤골 댁은 비화 처지를 잊었는지 아니면 일부러 그러는 건지 알 수 없지만 이렇게도 물었다.

"기생한테 홀리서 본처 내버리삔 우리 고장 난봉꾼 이약 모리제?"

"……"

모를 줄 알고 있었다는 투였다.

"이 고장 최초 기생 이름이 월정화라 쿠데?"

비화 머릿속에 그 이름 대신 '기생 옥진이'라는 글자가 씌워졌다. 밤골 댁은 아주 큰 비밀이라도 알려주는 품새였다.

"여게 사록司錄 배실 살던 위제만이라쿠는 난봉꾼이 그 기녀한테 폭 빠지는 통에, 그 부인이 울화뱅으로 죽어삤다 쿠더라."

잠자코 듣고 있던 비화가 별안간 다른 여자가 된 듯 냅다 소리쳤다.

"그렇다꼬 죽어예?"

그 고함소리에 그러잖아도 낮은 방 천장이 폭삭 내려앉을 것 같았다.

밤골 댁이 경악한 얼굴로 더듬거렸다.

"아, 새, 새댁아!"

비화는 막 나가는 여자처럼 한 번 더 외쳤다.

"죽기는 와 죽어예?"

"……."

"됐심더, 고마하이소."

비화는 그만 자리에서 발딱 일어나 발소리도 요란하게 쿵쿵거리며 마루로 나오고 말았다. 하지만 험한 가시밭길 걷듯 발걸음이 너무나 힘들기만 했다.

그때 등 뒤에서 밤골 댁이 저주하듯 발악하듯 읊조리는 것은, 비화도 언젠가 들은 적이 있는 이 고장 '난봉가'였다.

'내 이럴 줄 내 몰랐다. 사랑 사랑 내 사랑아, 너는 죽어 꽃이 되고 나는 죽어 벌나비 되어…….'

비화는 마루 끝에 걸터앉아 멍하니 밤하늘을 올려다보았다. 저 달은 무엇이 죽어서 된 것일까? 저 별은 무엇이 죽어서 된 것일까? 나는 죽어서 무엇이 될까? 옥진이는? 아, 다 싫고 귀찮다. 차라리 아무것도 안 되면 좋겠다.

변신

홍우병 목사는 유난히 새하얀 기녀 이마에서 좀처럼 눈을 떼지 못했다. 마치 누에 눈썹 위쪽에 박꽃이 붙은 듯하다고 해야 할는지.

'참으로 깨끗한 이마를 가진 아이로구나.'

어미 뱃속에 들어 있을 때 저러할까?

'갈수록 추악해지는 이런 세상에서 저토록 맑은 이마를 가질 수 있다니…….'

그는 숨까지 턱, 막히는 기분이었다.

'내가 한양에서 태어나 조선팔도를 다 돌아다녔지만 저런 여인은…….'

"……."

해랑이 크고 새카만 눈을 살짝 들어 말없이 홍 목사를 바라보았다. 간절한 그 눈빛이 사내 마음을 졸아들게 했다.

"해랑아!"

홍 목사는 입에 댔던 술잔을 천천히 내려놓으면서 말했다.

"지금 내게 뭔가 하고 싶은 말이 있는 게로구나."

"……."

얼른 대답이 없자 재촉했다.

"서슴지 말고 어서 얘기해 보거라."

해랑의 음성에도 향기가 묻어나는 듯했다. 하긴 다른 관기들도 말하곤 했다. 해랑이 넌 세상 제일가는 꽃향기를 풍기는 여자라고.

"목사 영감……."

홍 목사는 넉넉한 웃음을 지었다.

"그래……."

"저……."

"저, 뭔데 그러느냐?"

해랑의 영롱한 눈망울이 촉촉했다. 그녀는 저 가야국의 가실왕이 만들었다고 하여 일명 '가얏고'라고도 불리는 가야금을 조용히 방바닥에 내려놓은 다음에 자세를 바로잡았다. 곧이어 양귀비꽃처럼 붉은 입술 사이로 낭랑한 음성이 새 나왔다.

"이몸이 비록 아조 미천한 신분이지만도……."

그 순간에는 이슬 젖은 야생화를 방불케 하는 모습이었다.

"그래도 사람이라 놔서 두 귀가 있고 두 눈이 있사온지라……."

그 말이 끝나기도 전이었다.

"무어라?"

"……."

"그러면 귀도 없고 눈도 없는 동물이 있단 말이더냐? 하하하."

홍 목사는 수염이 흔들릴 만큼 크게 웃어 젖혔다. 그런데 어인 영문일까? 호탕하지만 어딘지 서글픔과 공허함이 번져나는 웃음이었다.

"아니야, 아니야."

이윽고 웃기를 그친 그의 입에서 흘러나오는 말이 이랬다.

"정말 천한 것들은 따로 있지. 바로 양반입네 선비네 하면서 뒷구멍으로 온갖 나쁜 짓을 저지르는 자들이 아니겠느냐?"

"나리!"

해랑의 작고 둥근 어깨가 보일락 말락 가늘게 떨렸다. 손으로 술잔을 만지작거리며 홍 목사가 명했다.

"어여 그다음 말을 계속해보도록 하라."

해랑은 입술을 꼭 깨물었다가 다시 열었다.

"목사 영감께서 본 고을에 부임해 오신 후⋯⋯."

하지만 거기서 주저주저했다. 홍 목사는 안달이 나는 빛이었다.

"허, 상관없대도?"

호롱 불꽃이 흔들리자 벽면에 비친 그들 그림자도 덩달아 흔들렸다. 그래서인지 그곳은 약간 몽환적인 분위기를 자아내고 있었다.

"어디 마음속에 있는 그대로를 고해 보아라."

상대를 편안하게 해주는 자상한 말투였다. 해랑은 한때는 내 옆에 저렇게 내 마음을 참 편하게 해주던 여자가 있었다는 사실에 가슴이 저릿해졌다.

"그리 말씀하시이⋯⋯."

그리고 나서 용기를 얻어 좀 더 또렷한 어조로 말을 이어갔다.

"환곡의 포흠을 낱낱이 밝히시갖고⋯⋯."

고개를 한 번 숙였다가 다시 들었다.

"본 고을 백성들 칭송이 상구 자자한 줄로 알고 있사옵니다."

홍 목사가 글방 훈장에게서 칭찬받은 학동같이 쑥스러운 표정을 지었다.

"무슨?"

그의 몸 뒤에 세워져 있는 병풍의 풍경들로 인해 그는 방이 아니라 자연 속에 앉아 있는 것처럼 비쳤다. 그래선지 그는 나라의 녹을 먹는 관리가 아니라 초야에 묻혀 살아가는 자연인自然人과 유사한 분위기를 풍기고 있었다.

"내 아직도 해결치 못한 일들이 산같이 쌓여 있거늘……."

"아이옵니더."

해랑은 가늘고 긴 목을 고집스럽다 싶을 만큼 크게 가로저었다.

"하찮은 신분에 있는 지로서는 건방진 말씀이지만도, 영감께서는 그동안 짧은 기간에 참 많은 업적을 남기셨사옵니더."

여인의 목소리는 낮에 듣는 것과 밤에 듣는 것이 다르다는 묘한 생각이 드는 홍 목사의 귀를 간지럽히는 말이 이어졌다.

"전임 목사들은 생각도 몬한 선정을 베풀어 주싯사옵니더. 다만……."

언제나 의욕과 긴장의 기운을 띠고 있는 홍 목사 눈빛이 그 순간에는 안개 속에서처럼 흐려 보였다. 그는 겸손이 몸에 익은 사람 같았다.

"내가 원체 부족한 게 많은 사람이니라."

그러면서 마음을 다잡듯 방석을 고쳐 앉았다.

"이몸이 올리고자 하는 말씀은 그런 기 아이옵고……."

해랑은 은은한 푸른빛이 감도는 청자 주전자를 들어 홍 목사의 빈 잔을 가득 채워주고 나서 다시 머뭇거렸다.

"그런 게 아니라면?"

"……."

홍 목사가 또 재촉했다.

"어허, 해랑이답지 않도다."

그래도 묵묵부답이자 이번에는 보다 강한 어투가 되었다.

"대관절 오늘따라 왜 그러느냐, 응?"

"영감……."

"듣고 있다."

마침내 해랑이 결심을 내렸는지 단호한 어조로 입을 열었다.

"사실대로 고하겄사옵니다."

오동나무로 길게 만든 공명관 위에 명주실을 꼬아 만든 열두 줄을 세로로 매어, 각 줄마다 안족雁足을 받쳐놓고 손가락으로 뜯어서 소리를 내는 가야금이, 문득 저 혼자서도 '다당둥당 둥기둥' 소리를 내는 것 같았다.

"말하라."

재촉받은 해랑 얼굴이 붉었다. 호롱 불빛 때문만은 아닐 것이었다. 그래선지 입을 열 때 조금 내보이는 이가 한층 더 희게 빛났다.

"진실로 송구시럽기 짝이 없는 말씀이지만도, 목사 영감께서 그리키나 애를 쓰싯음에도 불구하고……."

또 말이 끊어졌다.

"말하래도?"

홍 목사 음성은 낮았지만 거역키 힘든 기운이 실려 있었다.

"포흠에 의한 갤실(결실) 부분은……."

해랑은 사약을 마시는 기분으로 고했다.

"그 부분은, 쪼꼼도 탕감이 안 된 거로 알고 있사옵니다."

잠깐 부자연스러운 침묵이 가로놓였다가 아뢰는 말이 이어졌다.

"탕감, 탕감이 안 된 것으로, 안 된 것으로……."

그 소리만 몇 번이고 되뇔 뿐 홍 목사는 더 말이 없었다. 그러자 주위는 더 적요해지는 느낌이었다.

"영감!"

해랑이 안타까운 목소리로 그를 불렀다. 그렇지만 그는 잠자코 주안

상 위에 놓인 잔을 들어 단숨에 마셔버렸다. 술을 즐기는 편이기는 해도 폭주나 과음을 하는 쪽은 아니었다. 술뿐만 아니라 모든 것에 절제할 줄 아는 목민관이라고 소문이 나 있었다.

"……."

하지만 그 짤막한 순간에도 해랑은 놓치지 않았다. 그의 약간 두툼한 입술과 각진 턱이 미세하게 파르르 떨리고 있었다. 그 약해 보이는 모습 때문에 해랑은 입으로 호롱불을 '후' 하고 불어 꺼버리고 싶은 충동에 사로잡혔다. 그의 그런 모습은 보고 싶지 않았다.

"나리……."

해랑은 가슴이 갈기갈기 찢어지는 것만 같았다. 덕으로 다스리는 그를 칭송해 올리지는 못할망정 도리어 깎아내리는 말을 해야만 하는 현실이 너무나도 고통스럽고 죽기보다도 싫었다. 직언直言을 한다는 게 막연히 예상했던 것보다도 훨씬 힘들고 어렵다는 것을 깨달았다. 충신忠臣과 양신良臣의 차이는 무엇일까?

그러나 어쩔 수 없다. 내가 이 길로 나선 것은 바로 이런 일을 하기 위함이 아니었더냐? 악령같이 눈앞에서 사라질 줄 모르는 점박이 형제 억호, 만호의 징그러운 얼굴들을 향해 거침없이 가래침을 뱉어야 한다. 그러자 볼기를 맞아 살점이 터지고 피가 솟구쳐오를 태형笞刑을 맞을 수도 있는 무서운 말이 해랑 입에서 걸러지지 않고 나왔다.

"시방 고을 백성들 사이에는 갈수록 원성이 높아지고 있사옵니다."

"……."

"탕감은커녕 도로 중앙에서 수납을 더 강요해대는 바람에 민심은……."

그런데 거기까지 고하던 해랑은 그만 속이 뜨끔해지고 말았다. 홍 목사가 직접 주전자를 들더니 자작하기 시작한 것이다. 저런 모습을 보는 것도 이날이 처음이었다.

"영감⋯⋯."

서둘러 팔을 뻗어 주전자를 받아들려던 그녀는 손을 거둬들이며 전혀 못 본 척 그대로 내버려 두었다. 그러고는 마저 하지 못한 나머지 말을 내쏟았다.

"결국 그 모든 부담은 고스란히 백성들 몫이 될 수밖에 없는 실정이 아이옵니꺼? 또한 거다가⋯⋯."

홍 목사가 홀연 손과 고개를 함께 내저었다.

"그만! 되었다."

"⋯⋯."

그는 미천한 관기 앞이었지만 탈기하는 모습을 굳이 감추려 들지 않았다. 도리어 진솔한 말을 입술에 올렸다.

"이 모두가 본관이 너무 모자란 탓인 것을."

"나리!"

끝내 해랑의 말끝에는 눈물 기운이 이슬방울같이 맺혔다. 그런 해랑의 모습은 흡사 이슬 머금은 새벽 칡꽃처럼 고왔다. 그녀가 칡꽃의 빛깔과 비슷한 자색 옷을 입고 있어 더욱 그런 느낌을 자아내고 있는지도 모르겠다. 홍 목사 음성에도 물기가 묻어났다.

"나도 진작 알고 있었느니라."

홍 목사 목소리는 웅혼하고 깊은 남성적 소리를 내는 거문고 소리를 방불케 했다.

"그러나 어느 누구도 내 앞에 와서 너처럼 사실대로 직언해주는 자가 없었느니."

해랑을 바라보는 그의 눈빛이 정월 대보름날 달집 놀이마당에서 타오르는 불길처럼 활활 타오르고 있었다. 너무나 강렬한 그의 안광에 호롱 불꽃이 몸을 사리는 듯했다.

"모두들 그저 내가 선정을 베풀어 백성들이 하늘같이 생각하고 있다는 그런 소리들만 해 왔느니라."

"……."

사기로 만들어진 호롱에 담긴 석유가 갑자기 '훅' 하고 냄새를 내뿜는 것만 같았고, 그 냄새에 해랑은 정신이 혼미해지는 기분이었다.

"해가 갈수록 가중되는 환곡 폐해에……."

밤이 점점 깊어지는지 방문 창호지에 비치는 달빛이 한층 교교했다.

"상경하여 직소하는 농민도 있다고 들었거늘."

홍 목사 목소리는 숫제 흐느낌에 가까웠다. 해랑은 피를 토하듯 울부짖었다.

"영감!"

호롱 불꽃이 화르르 타올랐다. 그와 동시에 세상 모든 것들이 크게 흔들리는 듯싶었다. 지진이라도 일어나려는 것인가?

"가야금 소리나 한 번 더 들려다오."

해랑이 아무리 그렇게 듣지 않으려고 노력해도 지쳐 빠진 홍 목사 목소리였다. 해랑 또한 기운이 하나도 들어 있지 못한 소리로 말했다.

"예."

방 위쪽 벽면에 바투 붙어 세워진 병풍에 그려진 호수 속의 원앙새 한 쌍이 금방 병풍 밖으로 나올 것 같았다. 그 습성이 오리와 달라 즐겨 나무에 앉고 집을 높은 나무구멍에 만든다는 원앙새였다.

'원앙아. 차라리 병풍 속이 안 좋겄나. 비록 갑갑하더라도 말 몬 하거로 혼탁한 이 바깥 시상보담은 상구 나을 끼다.'

그렇게 마음속으로 한탄하는 해랑의 복사꽃 빛깔 두 뺨 위로 기어코 눈물방울이 주르르 타고 내렸다. 어지간한 일에는 눈물을 보이지 않던 자신이었다. 찡한 가슴 한구석에서 자조와 탄식이 섞인 이런 소리가 들렸다.

'내가 관기가 됐다쿠는 정그(증거)가 바로 이 눈물인갑다, 이 눈물. 아, 각중애 눈물이 와 이리 짜다라 나와쌌는 여자가 돼삣는고 모리것다.'

해랑이 더욱 괴롭고 안타까운 것은, 홍 목사에게 압력과 고통을 주는 대상을 알고 있기 때문이었다. 그렇지만 홍 목사가 뛰어넘기에는 너무나도 벅찬 상대였다. 바로 홍 목사의 직속상관인 경상우도 병마절도사 박신낙이었다. 그자와 그의 후광을 업고서 하늘 높은 줄도 모르고 날뛰는 몇몇 관리들의 탐학은 극에 달할 대로 달해 있었다. 그들을 말릴 자 세상에 아무도 없었다.

이 지역 벼슬아치들만 그런 것이 아니었다. 나라 전체가 그런 자들의 비리와 태만, 수탈로 온통 썩고 병들었다. 그런 허술한 틈새로 외세는 마치 금 간 바람벽에 찬 기운 끼쳐 들듯 파고들어 오고 있었다.

그런데 해랑을 한층 더 불안하게 하는 것이 또 있었다. 홍 목사가 그런 것까지 감지하고 있는지는 모르겠으나, 아니면 분위기를 느끼고 있지만 어쩔 도리가 없어 그냥 속으로만 힘들어할 수도 있겠으나, 저 농민들의 인내심이 한계에 이르렀다. 조만간 쌓일 대로 쌓인 불만이 어떤 형태로든 반드시 폭발하고야 말리라는 매우 불길한 기류였다. 어쩌면 이미 공식화된 예고인지도 몰랐다.

'아, 민심이라쿠는 기 무섭다. 에나 무섭다. 민심이 천심이라쿠는 그 말이 쪼꼼도 안 틀린다. 백성이 목사보담도, 아니 임금보담도 상구 더 두렵다.'

해랑은 가녀리면서 기교 많은 가야금 줄이 금방이라도 '툭' 하는 소리와 함께 터질 것 같아 줄을 고르는 손가락 끝이 자꾸만 저리고 움츠러드는 것이다.

해랑의 불안과 초조는 요즘 들어 홍 목사의 그답지 않은 행동 때문에 더더욱 깊어졌다. 홍 목사는 언제나 사려 깊고 점잖은 그 성품이 잠자리까지도 그대로 이어지는 편이었다. 상대가 비록 천한 기녀지만 그렇다고 함부로 대하지는 않았다. 해랑은 그와 동침할 때면 자신이 고관대작의 고명딸, 심지어 왕후나 공주 같다는 황감함마저 맛보았다.

'내가 이리 호사시러븐 생활을 누리도 되는 기까?'

그런데 얼마 전부터 홍 목사가 돌변했다. 흡사 오랫동안 기방에 들지 못해 안달나 하던 바람둥이 사내처럼 조급해졌다.

'아……'

해랑은 홍 목사가 눈치채지 못하게 눈물을 흘렸다. 만약 홍 목사가 눈물을 알아차린다고 할지라도, 그건 정분에 느꺼워하는 여자가 나타내는 반응이라고 보이게 하면 그만이다.

그러나 문제는 그게 아니었다. 해랑이 진정 참아내기 어려운 것은, 그 눈물이 홍 목사의 그런 변화된 행위로부터 온 것이 아니라는 엄연한 사실이었다. 어느 틈엔가 해랑의 홍 목사를 향한 연모의 정은 깊을 대로 깊어져, 설령 홍 목사가 그녀에게 먹고 죽을 약을 내려도 기꺼이 받아들일 마음 자세가 돼 있었다.

그렇다면 그 이유는 무엇인가? 그것은…… 죽어 저승에 가더라도 결코 떨쳐버릴 수 없는 그날의 기억에서 비롯된 것이었다.

대사지가 보였다. 연꽃이 피어 있다. 그리고 못가의 어두운 나무숲. 먼 하늘가에 총총 박혀 있던 푸른 별.

악마의 두 얼굴, 억호와 만호.

그랬다. 해랑은 홍 목사가 꼭 다른 사람처럼 보일 때, 그의 어깨너머로 음흉하고 잔인한 웃음을 짓는 두 얼굴을 보아야만 했다. 그럴 때는 홍 목사가 아닌 점박이 형제와 함께 있다는 착각을 벗어던질 수 없었다.

그런데 해랑이 홍 목사에게 직언을 고한 날로부터 나흘이 지난 후였다. 그날은 흙바람이 시도 때도 없이 불어 나무도 새도 움츠리게 하였다.

"툭!"

혼자 방에 앉아 가야금 연주 연습을 하고 있던 해랑은 그만 비명을 내지를 뻔했다. 곧이어 자신의 힘이나 의지로는 도저히 감당할 수 없는 엄청난 불길함에 치를 떨어야 했다.

'아아, 줄이, 줄이 터지다이……'

해랑은 목이 꺾여버린 인형처럼 고개를 푹 수그린 채 망연자실, 줄이 나가버린 가야금을 내려다보았다.

'이, 이기 가야금이 맞는 것가?'

줄마다 기러기발로 받친 이 나라 고유의 그 훌륭한 현악기가 그 순간에는 어찌하여 그다지도 초라하고 불안해 보이는가? 가야금을 뜯으면 모든 한과 설움이 그 소리에 섞여 날아가는 듯하여 무슨 천상의 악기같이 느껴질 때도 있었다.

'내다. 내가 여 있다.'

해랑은 그 악기를 통해 만나고 있었다. 형편없이 망가져 버린 그녀 자신의 몸을. 진흙탕에 거꾸로 처박혀 있는 자신의 운명을.

요즘 들어서 밤마다 꿈자리가 사납더니만 기어이 무슨 불상사가 터지려나 보았다. 하루의 피로를 풀어주는 고마운 잠자리가 아니라 '지옥의 자리' 그것이었다.

'아, 꿈. 우찌 그런 꿈이……'

해랑은 치유할 수 없는 상처를 입은 짐승이 울부짖듯 속으로 절규했다.

'아이다, 아이다. 이거는 아인 기라!'

홍 목사가 흰옷을 입고 어디론가 한없이 가는 기이한 꿈이었다. 흰옷, 색채가 없는 무색옷이라니? 그것은 관직에 나아가지 않고 초야에 묻혀 지내는 사람의 의복이다. 더 나쁜 쪽으로 말하면, 귀양살이를 갈 때 걸치는 옷이 아닌가?

'대체 나리께 무신 일이 있을라꼬…….'

머릿속이 온통 하얗게 비어버리는 느낌이었다.

'뱅마절도사 박신낙만 아이더라도 큰 문제는 없을 낀데.'

삼정三政의 문란으로 크나큰 고통을 겪어오던 농민들은 병마절도사 박신낙의 가혹한 착취와 탄압에 그 분노가 극에 달했다.

'아, 이라다가는…….'

해랑은 소리 없이 서서히 다가오는 검은 그림자를 분명히 느낄 수 있었다. 하늘을 찢고 땅을 뒤흔들 무서운 괴물…….

"으흐흑."

해랑은 끝없이 오열했다. 줄이 나간 가야금을 꼭 부둥켜안고서. 가얏고 열두 줄에 모든 것을 걸고 살아가려고 했는데, 그랬는데…….

꿈뿐만 아니라 현실도 마찬가지였다. 아니다. 보다 구체적이고 확연한 현실 속에서 부는 바람이 더 사람을 벼랑 끝으로 내몰았다. 이제 더이상 물러설 데가 없었다.

"저 이포吏逋를 백성한테서 거두모 안 되는 깁니더."

다른 사람도 아니고 명색 관아에 몸담고 있는 사람 입에서 그런 소리까지 나올 줄 차마 몰랐다. 그런 하극상도 없었다. 세상은 그야말로 뒤죽박죽이었다.

"그란데 나라가…….."

"이포가 뭣인데예?"

관기들 가운데 가장 호기심 많은 청라가 물었다. 영리하긴 했지만 어떨 땐 하도 어린아이처럼 구는 통에 나이를 거꾸로 먹는다는 소리를 곧잘 듣는 그녀였다.

"관청의 재정 결손액을 말하는 기니라. 아전이 공금을 집어쓴 빚 겉은……."

그 대답에 이어, 이번에는 눈매가 매같이 날카로워 보이는 관리가 깊은 한숨 섞어 입을 열었다.

"이포라는 말을 들으니, 이포역포以暴易暴라는 말이 떠오르는구먼."

횡포한 사람으로 횡포한 사람을 바꾼다, 말하자면 바꾸기 전의 사람과 뒤의 사람이 꼭 같이 횡포하다는 것이었다.

"관직에 있는 우리가 이런 이약꺼지 하긴 쪼매 머해도……."

턱이 기다랗게 뾰족한 다른 관리도 한양 말에 가까운 말씨로 입을 열었다.

"저 도결都結하고 통환統還도 필시 혁파해야 할 것이야."

"콜록, 콜록."

갑자기 돌림병이라도 된 듯 몇 사람이 한꺼번에 기침해댔다. 그 얼굴들이 너나없이 붉어졌다.

"낡아갖고 몬쓰거로 된 기 와 이리 짜다라 널리 있는고……."

누군가의 그 말을 마지막으로 잠시 침묵에 싸였다가 다시 이야기가 흘러나왔다.

"도갤과 통환이라 하심은?"

기녀 지선이 예쁜 손으로 가만가만 술을 따르며 물었다. 그러자 관리 두 사람이 동시에 말했다.

"그게 무어냐 하면……."

'아…….'

해랑은 너무나 가슴이 답답해서 용변 보러 나가는 것으로 가장하고 밖으로 나와버렸다. 그날따라 왠지 모르게 버선에 싸인 발바닥이 시려 오는 높은 대청 끝에 서서 고개를 들고 무연히 올려다보는 하늘빛은 농민들 분노만큼이나 시퍼렇다. 어쩌면 저 하늘은 백성들 마음을 비춰보는 거울인지도 모르겠다.

"박신낙 뱅사 안 있나, 전라좌수사로 있을 때도 돈 떼묵고 옥살이했다 쿠데? 잡도독도 아이고……."

남달리 의분이 강한 기녀 지홍의 말이 되살아났다. 역사는 밤에 이루어진다는 말이 있듯이, 정치란 것은 주로 밤의 술자리에서 잘 논해지고, 그 자리에 불려 나간 기녀들은 자연스럽게 세상 돌아가는 공기를 알게 되기 마련이다.

"그런 자가 우찌 갱상우뱅마사로?"

해랑 물음에 지홍은 주위를 둘러보며 목소리를 한껏 낮추었다.

"뇌물을 써갖고 한 자리 산 적도 있다쿠는데 머."

잔뜩 경멸하는 듯한 그녀의 눈빛 속에는 칼날같이 매섭게 전해지는 무언가도 담겨 있어 해랑은 더 이상 묻지 못했다. 때로는 같은 관기끼리도 서로 경계하고 일부러 침묵해야 할 경우가 적지 않다는 것을 이미 체득한 해랑이었다.

그런데 해랑이 다시 그 좌석으로 돌아왔을 때 그곳에는 한층 경악할 이야기들이 오가고 있었다. 그것은 공무로 한양을 자주 오간다는 키 큰 관리의 입에서 나왔다. 그는 이 고을 태생이라고 들었다.

"요분에 영국하고 불란서 연합군이 북갱을 점령했다쿠는 사실을 아는감?"

중국과 일본을 말해도 익숙하지 못할 터인데 영국과 불란서라니, 갑자기 그 자리가 세계로 통하는 입구로 화하는 분위기였다.

"예에?"

"부, 북깽을예?"

좌중의 기녀들은 깜짝 놀라는 눈빛으로 그를 바라보았다. 해랑은 얼마 전 홍 목사에게서 서양인들이 중국 땅을 유린하고 있다는 소리는 들었지만, 북경까지 빼앗겼을 줄은 조금도 예상하지 못했다.

"그 소식을 듣고는, 한양에서 배실 살던 자들이 고마 관직을 내삐리고 향리로 돌아오는 사태꺼지 벌어지고 안 있소."

관기들은 서로 얼굴을 마주 보았다.

"그 좋은 배실꺼지?"

홍 목사는 그보다 더 걱정스러운 게 이 나라 조세 제도라고 했다. 해랑으로선 좀체 이해 안 되는 내용도 있었지만 이런 말도 꺼냈다.

"예전에는 각 지방 특산물을 공물로 거둬들였는데, 이제는 모두 미곡으로 환산하여 바치게 하는 대동법大同法으로 시행되었지."

그는 대동법에 관해 묻는 누군가에게 말해주었다.

"균역법으로 양인농민의 군포 부담이 조금은 줄었지만, 그중 일부가 결작結作 형태로 토지에 부과된 것이야."

"……."

관기들로선 무척 생경할 수밖에 없는 이야기들이었다. 관기 신분이란 어떤 면에선 가장 세상 한복판에 던져져 있으면서도, 또 다른 한편으로는 세상과 철저히 단절된 곳에 살고 있다고도 할 수 있었다. 그렇지만 홍 목사 입을 통해 흘러나오는 말에서 백성을 위하는 훌륭한 목민관의 마음만은 넘치도록 느낄 수 있었다.

"어쨌든 그러다가 대부분의 조세가 토지에 몰리고 말았지."

평소에는 전란이 벌어져도 꿈쩍 않을 듯한 홍 목사가 땅이라도 칠 것같이 했다.

"이게 큰일인 게야, 이게."

해랑은 홍 목사 얼굴에 드리워지는 근심과 불안의 그림자를 보며 막 울고 싶었다. 한갓 여자, 그것도 관기 신분의 자신이 할 수 있는 일이라고는 오로지 술을 따르고 가야금을 켜는 것뿐이란 생각이 들자 미칠 것만 같았다. 힘들어하는 연인을 위해 아무것도 해줄 수 없다는 사실만큼 고통스러운 게 세상천지에 다시 없을 것이다.

'그런 자가 우찌 그 높은 관직에?'

쥐같이 생긴 박신낙의 얼굴이 자꾸 망령처럼 어른거렸다. 그자 때문에 홍 목사마저 무슨 위험에 처할지 모른다. 세상 뒤집힐 무슨 사태가 반드시 벌어지고야 말 것이란 무서운 풍문이 공공연히 나도는 이즈음이었다.

'정월 첫 쥐날에 쥐 쫓을라꼬 논둑하고 밭둑에 쥐불 놓듯기, 박신낙 뱅사 쫓아뻴 쥐불은 없으까?'

해랑 마음이 고양이에게 쫓기는 쥐만큼이나 하릴없고 막막했다.

'우짜다가 고마 불에 데이기도 하지만도, 달밤 쥐불놓이는 에나 신나는 놀이였제. 달님, 뻴님 그리고 어른들이 말하던 우리 벗님…….'

해랑은 쥐불놓이를 하던 지난 시절이 너무나도 그리워져 눈물이 핑 돌았다. 그 눈물방울 속에 가없이 멀어져 가는 뒷모습은 연인 홍 목사였다.

어릴 적부터 그림자같이 붙어 다니며 늘 함께 쥐불놀이하던 비화는 언제부턴가 해랑의 기억 속에서 지워져 가고 있다는 증거일까? 저 '언가야' 하는 소리를 할 사람도 들을 사람도 더 이상 존재하지 않는 시간과 공간으로 내던져졌다는 마지막 경고인가?

그건 아닐 것이다. 그렇지만 의도적이든 무의식적이든 간에 그런 것은 이제 중요한 게 아니라고, 중요해서는 안 된다고, 혼자 공연한 억지를 부려보기도 하는 해랑이었다.

둥지를 꿈꾸는 죄

"복조리 사려, 보옥조오리이 사아려어!"

새해 정월은 복조리장수의 복조리 사라는 소리로 시작된다. 그 소리에 온 세상이 하얀 눈을 털고 부스스 몸을 일으켜 세우는 것만 같다. 올해도 한 해의 복을 받을 수 있다는 복록 사상 때문에 사람들은 앞다퉈 복조리를 샀다.

"복조리장사! 여게……."

"아, 예, 예."

"우리도 한 개 주소."

"인자 다 팔리삣는데……."

"젠장, 쪼꼼 더 마이 안 가지댕기고?"

"요 담부텀은……."

"에이, 놔두소. 없는 손자 환갑 바래지."

"손자야 맨들모 되고. 헤헤."

"저리 가소. 아까븐 시간만 날리삣다 아인가베."

이제부터라도 하루를 좀 더 알차게 보내야지 다짐하며 시간을 아끼려고 해도 날은 금방 또 금방 바뀐다. 흡사 대한 가뭄 논밭에 여우가 아무렇게나 갈긴 오줌 줄기와도 같이 스쳐 지나간 빗방울이 곧바로 말라버리듯이.

그렇지만 세상이 제아무리 힘들어도 정월 초순의 마을 풍경은 그저 평화롭기만 하다. 윷판을 벌이는 총각들 어깨에는 신명이 붙었다. 처녀들 널뛰기는 하늘로 치솟는 그 높이만큼이나 즐겁다. 처녀 댕기 머리 예쁘게 나풀거리면 강아지도 꼬리 흔들며 이리저리 뛴다.

"올 한 해도 잘 부탁드립니더."

"흐음!"

지주를 찾아 세배드리는 소작인 모습은 무척 공손하면서도 애처롭다. 그에 비해 지주는 일부러 행세 안 해도 점잖고 두려워 보인다. 호랑이는 웃어도 무섭다는 말이 있다.

"신수身數 한분 보로 안 갈라요?"

"에이, 사람 앞날을 우찌 알 낀데?"

"하모. 무담시 아까븐 돈만 내삐리는 거 아이것나."

"믿거나 안 믿거나 자유지만도, 심심풀이 삼아 함 보는 거 아인가베?"

"그 돈 있으모 내사 심심풀이 호박엿이나 사묵것다."

"또, 또 묵는 이약!"

"그라모 니는 안 묵고도 살 수 있는 기가?"

"살모 되제, 안 될 끼 머가 있노?"

"그 용한 재조 내한테도 좀 갈카조라."

"맨입으로?"

지나가는 행인들 대화가 마냥 격의 없고 한가롭기만 하다. 토정 이지함이 지었다는 책 『토정비결』은 세상이 아무리 발달해도 아마 영원히 이어지리라. 어쩌면 『토정비결』은 세월이 가면 갈수록 더 큰 관심을 끌지도 모른다. 사람이란 지식이 산같이 쌓여도 불가사의한 삶 앞에서는 더한층 몸을 사리게 될 것이다.

'앞으로 천년만년 후에도, 사람 사는 거는 시방하고 똑 안 겉으까이. 그런 기 좋은 긴지 나쁜 긴지는 잘 모리것지만도……'

해랑은 오랜만의 바깥나들이에 추운 것도 잊었다. 고추 당추 매운 시집살이 얼마 만일까? 아마도 친정부모 뵈러 가는 근친 길에 나선 모양이었다. 남편과 나란히 눈길을 걸어가고 있는 여인네 붉은 치마가 흰 눈빛에 반사되어 꽃 색이나 놀 빛보다도 몇 배 더 아름답고 환상적이었다. 민화民畵도 저렇게 곱고 정겨운 민화는 드물지 싶었다.

'머슴이 등에 지고 있는 채반 속에는 머시 올매나 들었으까?'

길가 나무에 핀 눈꽃은 실로 눈부시기만 한데, 낯 검은 저 머슴은 무엇이 저리도 좋을꼬? 마치 자기가 근친 가는 듯하다.

'아, 우리 부모님들은 모도 잘 계시는지……. 그라고 비화 언가는……'

해랑은 콧등이 시큰해져 그만 그들에게서 얼른 고개를 돌려버렸다. 나이는 고작 한 살을 더 먹었는데 생각은 백 살을 더 챙겨 먹는 모양이었다. 과거는 이미 다 흘러갔고 미래는 아직 오지도 않았으니 현재에만 마음을 두라는 불가의 말씀이 얼핏 뇌리에 떠오르기도 했다. 이런저런 상념들에 사로잡혀 걷던 해랑은 자칫 얼음판에 미끄러질 뻔했다.

"……"

해랑이 어떤 수상한 예감에 뒤를 돌아본 것은 그때였다. 무어라고 확실히 말할 수는 없지만 그것은 굉장히 기분 나쁜 성질의 느낌이었다.

'이상타? 아모도 없는데……'

스스로를 꾸짖고 다잡았다.

'시방 내가 신갱이 너모 과민한 모냥 아이가.'

그때 그녀 눈에 비친 것은 눈을 흠뻑 뒤집어쓴 채 우두커니 서 있는 키 큰 가로수들뿐이었다. 앙상한 겨울 나뭇가지마다 수북이 내려앉은 눈송이로 인해 나무들은 잎이 무성한 여름날 못지않게 풍성해 보였다. 원래 이곳은 눈이 퍽 귀한 고장인데 몇 해 만에 흐벅지게 내린 대설大雪이었다.

해랑은 다시 고개를 돌려 걸음을 떼놓기 시작했다. 그렇지만 그것도 잠시, 그녀는 어떤 손이 목덜미를 낚아채듯 문득 멈춰 서며 또 뒤를 돌아보았다.

'아이다. 머신가 있다.'

해랑의 시선이 거기 길을 따라서 기다랗게 늘어선 가로수 하나에 가 멎었다. 가늘고 긴 가지가 축축 늘어진 버드나무였다. 그 알 수 없는 기운의 진원은 그 나무둥치 뒤인 것 같았다. 해랑은 자신도 모르게 그 나무가 있는 쪽으로 한 발을 내디뎠다. 가슴이 마구 후들거렸지만, 그보다도 그녀를 미행하고 있는 그 정체를 반드시 알아야겠다는 생각이 더 앞섰다.

그런데 다음 순간이었다. 그곳에 꼭 숨어 있던 누군가가 불쑥 그 모습을 드러낸 것은. 아마도 들켰다는 것을 알아채고 먼저 나서는 게 틀림없었다.

"아!"

해랑의 입에서 놀람과 두려움의 외마디가 터져 나왔다.

"자, 잘 있었나? 오, 오랜만이거마."

그렇게 크게 더듬거리는 사람은 얼굴이 새빨갛게 달아오른 울보 재팔이었다. 그는 시선을 해랑에게 똑바로 주지 못한 채, 마치 눈먼 봉사 언덕 더듬듯이 얼어붙은 허공 어딘가를 더듬고 있었다.

"도둑눔도 아이고, 딱 숨어갖고 그기 머하는 짓이고?"

"……."

해랑은 자기를 놀라게 한 것에 대한 앙갚음이라도 하듯 더할 나위 없이 심한 경멸조로 톡 쏘아붙였다.

"와 그라는고 안 묻나?"

그 소리에 앙상한 가로수 가지에 붙어 있던 눈이 와르르 땅으로 굴러내릴 듯했다.

"그, 그랄라꼬 한 거는 아, 아인데……."

왕눈은 크게 당황한 나머지 말도 제대로 하지 못했다. 하긴 꼭 그런 경우가 아니더라도 옥진이 앞에서는 언제나 그래왔었다. 그러면서도 옥진을 잊지 못하고 따라다니는 행위는 안타까운 일이 아닐 수 없었다. 그것도 그의 운명이라고 하면 더는 할 말이 없을 것이다.

"그기 아이모?"

"……."

해랑이 앙칼진 목소리로 따지고 들자 왕눈은 금방이라도 와락 울음을 터뜨릴 얼굴이 되었다. 예전 같으면 벌써 눈물을 보였을 것이다. 그렇지만 이제는 그도 나잇값을 하느라 그러는지 잘 견뎌내고 있었다.

그러나 해랑은 그게 더 마음에 걸렸다. 재팔은 울보 아이가 아니라 엄연한 사내로서 그녀 앞에 서 있는 것이다. 더욱이 몹시 당황해하는 와중에도 힐끔힐끔 그녀 얼굴을 훔쳐보는 눈빛이 적잖게 위험하고 무엇보다 더없이 불온해 보였다.

"와 사람을 그리 기분 나쁘거로 보는 기고? 꼭 볼라모 똑바로 보모 되제."

"지, 진아……."

"그라다가 눈깔 돌아가삐도 내사 책임 몬 진다."

하등의 상대할 가치조차 없다고 여기면서도 해랑은 욱하는 그 성질에 그대로 돌아서질 못하고 다그쳤다. 왕눈은 더욱 더듬거렸다.

"하, 할 이약이 조, 좀…….”

"할 이약?"

해랑이 같잖다는 어투로 반문했지만 상황은 달라지지 않았다.

"으, 응.”

왕눈은 이런 좋은 기회를 잡기 힘들다고 생각하고 내심 무언가를 단단히 작심하고 있는 눈치였다.

"내는 할 이약이 하나도 없다 고마.”

해랑이 매몰차게 내뱉었다. 솔직한 마음 같아서는 말이 아니라 그의 얼굴에 대고 침을 내뱉고 싶은 걸 억지로 참고 있었다.

"너, 너모 그, 그라지 마라.”

왕눈의 그 말이 떨어지는 것과 동시에 급기야 가로수 가지에 내려앉아 있던 눈 뭉치가 와르르 밑으로 굴러 내렸다. 해랑은 더욱 퉁명스럽게 말했다.

"내가 머를 너모 그라는데?"

차가운 하늘가에는 다른 깃을 가진 까치와 까마귀가 함께 날아다니고 있었다.

"내 멤도 아, 알아…….”

왕눈 입에서는 애원인지 원망인지 모를 소리가 나왔다.

"흥! 내(川)고 또랑(도랑)이고 간에 내사 알 것도 없고, 또 알고 싶은 멤도 없거마는. 그러이…….”

말을 마치지도 않고 해랑은 몸을 돌려세웠다. 그렇지만 왕눈이 포기하지 않고 계속해서 치근덕거리며 따라붙을 거로 생각했다. 그래 정 안되면 행인들에게 여기 이 치한을 쫓아 달라고 구원을 요청할 궁리까지 하였다.

'불 우에 내리는 눈이 안 녹고 쌓이 봐라, 내가 니하고……'

내게 과거를 떠올리게 하는 대상은 그 무엇이든 멀리하리라. 그래야만 현재의 내가 살고 미래의 내가 존재할 수 있을 것이다.

"……"

그런데 예상 밖이었다. 왕눈은 급하게 뒤따르기는커녕 어떤 말 한마디도 건네지 않았다. 숨소리조차 크게 내지 않았다. 해랑이 궁금하여 돌아보고 싶은 유혹을 느낄 지경이었다. 해랑은 좀 더 빨리 발을 옮겨 놓았다.

'우쨌든 퍼뜩 여게를 벗어나야 하는 기라.'

온몸에 오싹 소름 기가 끼쳐 들었다. 차라리 팔이라도 붙잡고 말을 걸어오는 편이 되레 더 나을 성싶었다. 어떻게 저럴 수가 있는지 의아함을 넘어 경악했다. 그뿐만이 아니었다. 왕눈은 실수로라도 입 밖에 내비치지 않았다.

'옥지이 니가 관기가 됐담서?'

그건 어쩌면 가장 당연히 먼저 해야 할 소리였다. 누구든 그녀를 보면 그런 뜻을 담은 눈빛을 보냈다.

'우짜모 재팔이가 시방꺼정 내가 막연히 판단하고 있던 거하고는 상구 다린 사람인지도 모리것다.'

불현듯 그런 생각이 해랑의 뇌리를 세차게 후려쳤다. 그렇다면 더 큰 일이었다. 소심하고 부끄럼을 잘 타는 쪽이 아니라, 거미처럼 음흉하고 애벌레같이 끈질긴 쪽이 몇 배 더 버겁고 힘들었다. 여자는 이런 사내가 제일 상대하기 두려운 것이다.

'무시라.'

해랑은 또다시 깨닫고 전율을 금치 못했다.

'시상 사내들은 안 무서븐 사람이 하나도 없는갑다.'

해랑이 목적지에 당도할 때까지 왕눈이 뒤를 따라오는 기척은 그 어디에도 없었다. 해랑을 미행하던 그는 한순간에 바람처럼 구름같이 사라져간 것이다. 그렇지만 또 금방 어디선가 다시 불어오고 나타나는 것이 바람과 구름이었다.

한 달이 금세 지나고 2월 초하룻날이 되었다.

옥진의 부모 강용삼과 동실 댁은 모두 새벽같이 눈을 뜨고 일어났다. 부엌 벽 중턱에 드린 살강에는 댓가지가 세워져 있었고 다섯 가지 색깔의 헝겊을 걸쳐놓았다. 그 앞에는 짚으로 만든 똬리가 있는데 동실 댁이 거기 물을 떠다 놓았다.

바로 저 '바람 올리기'였다. 그날 하늘에서 내려온 '바람 할매(영등할미)'를 모시려고 하는 것이다. 팥과 수수, 찹쌀을 넣어 밥을 짓고 미역국도 끓여놓았다. 온 집 안 가득히 음식 냄새가 진동했다.

"……."

"……."

부부는 좀처럼 입을 열지 않았다. 둘 다 하나같이 크게 다툰 사람들처럼 딱딱하게 굳은 표정들이었다. 그렇기는 하지만 여느 해와는 다르게 이번에는 용삼이 참여하고 있는 날이었다.

옥진이 집에 함께 살고 있을 때는 동실 댁과 옥진 모녀가 주로 바람할매 모시기를 해왔다. 남자인 데다가 그런 일은 거의 관심이 없는 용삼은 항상 그 일에서 빠져 있었다. 그리고 그게 오히려 더 자연스러운 모습으로 비쳤다.

그러나 이날만은 달랐다. 어떻게 보면 용삼이 동실 댁보다 더 신경을 많이 쓰는 눈치였다. 그건 물론 옥진 때문이었다. 관기가 돼버린 불쌍한 내 딸자식의 건강과 재수를 간곡하게 비는 아버지 심정에서였다. 지금도 아무리 살을 꼬집어가면서 생각을 거듭해 봐도 도무지 현실로 받아들일 수 없는 노릇이었다. 금쪽같던 내 딸이 관기가 되다니.

"오늘 밥을 할라꼬 마당에 널어놓은 나락을 새가 묵으모, 그 새는 고마 죽는다쿠는 말이 있담서예? 바람 할매 영험이 하도 커갖고⋯⋯."

집 안이 저 선학산 공동묘지보다도 조용하여 당장 숨이 막힐 듯한 동실 댁이 마침내 입을 열어 그런 소리를 했다. 그런데 공허한 메아리처럼 돌아오는 것은 다른 게 아니었다.

"모리것소."

딱 그 말뿐인 용삼의 짤막한 응대였다.

"여보, 그라고예⋯⋯."

"모리것소."

"지 말씀은⋯⋯."

"⋯⋯."

동실 댁은 공연히 낯이 자꾸만 화끈거려 혼자서 이렇게 중얼거렸다. 마치 그게 남편의 대답이기라도 한 것처럼.

"하기사 요새는 나락을 안 널어봤은께⋯⋯."

그건 맞았다. 그들은 현재 사는 그 집 마당에는 나락을 넌 적이 없었다. 사실 어떤 면에서는 지금 그들이 바람 할매를 모시는 의례를 한다는 게 어울리지 않기도 했다. 2월 바람을 '농사 바람'이라고도 할 정도로 바람 할매를 모시는 것은, 한 해 농사가 잘되기를 기원하는 데 그 큰 원인이 있었으니까.

물론 동실 댁은 시집오기 전 친정에 있을 때는 바람 올리기를 많이 했었다. 그때는 그녀 집에서 농사를 짓고 있어서 마당에 나락을 널기도 했지만 한 번도 새가 죽어 있는 것은 본 적이 없었다.

그런데도 동실 댁이 용삼에게 그렇게 물은 것은, 어떻게 해서든 남편 마음을 조금이라도 풀리게 할 수 있는 좋은 화젯거리가 없을까 하고 궁리한 끝에 나온 것이었다. 아니, 무엇보다도 처음에는 동실 댁이 우겨 그 의례를 하게 되었다.

"똑 풍년이 들기만을 소원해서 하는 기 아입니더."

"……."

오랜 세월 살을 맞대고 살아온 남편이지만 말이 없을 땐 생판 모르는 남의 남정네처럼 손이 아프고 서먹서먹하기만 했다. 그들 사이에 자식들이 많았다면 달라졌을지도 몰랐다.

"지가 시골서 살 적에 본께네 그렇데예."

"……."

"농사 안 짓는 집에서도 집안 식구들이 무병장수하고 좋은 일이 있기를 비는 그 뜻에서, 바람 올리기를 하는 거를 봤어예."

그런 의례 따윈 애당초 관심이 없었던 용삼으로선 동실댁 말이 사실인지 아닌지 도시 알 수가 없었고, 무엇보다 그 진위를 캐보고 싶은 마음도 전혀 없었다. 그는 딸자식 때문에 너무나 실망하고 지친 상태였으므로. 살아 있어도 죽은 것과 마찬가지였다.

"우리 옥지이를 위해서라도 한 분만 지 뜻대로 하거로 해주이소."

동실댁 그 말이 용삼 마음을 가까스로 움직여 놓았다고나 할까? 그런데 이어지는 아내 이야기를 들으니 뜻밖에 그도 점점 바람 올리기에 흥미와 관심이 붙기 시작했다.

"바람할매가 딸을 데불고 오모 우떻고, 며누리를 데불고 오모 우떻다꼬요?"

남편이 그렇게 물어오자 동실 댁은 좀 더 기분이 나아져서 말수가 많아졌다.

"오늘 겉은 2월 초하룻날 아츰에 안 있어예, 바람 할매가 저 하늘에서

264

내리올 적에 안 있어예, 딸을 데꼬 오모 바람이 불고, 며느리를 데꼬 오모 비가 온다 안 해예?"

그러자 용삼은 비바람을 맞는 사람처럼 어깨를 움츠리며 물었다.

"그거는 와 그렇다 쿠는데?"

동실댁 눈에 남편이 꼭 옥진이 어릴 적에 매구에 대해 물어오던 그때 모습같이 비쳤다. 동실 댁은 그날 딸에게 그랬던 것과 마찬가지로 웃음 머금은 얼굴로 대답했다.

"할맘네가 며느리한테는 용심을 부리서 비가 온다쿠는 기라예."

"용삼이 아이고 용심?"

그러면서 용삼도 픽 웃음을 터뜨렸다.

"그런께 딸을 데꼬 와야 좋고, 또 농사도 잘된다, 그 말인가베?"

동실 댁은 연방 고개를 끄덕였다.

"하모, 하모예."

용삼은 짐짓 겁을 집어먹은 얼굴을 했다.

"고 할맘네가 대단한 할맘넨갑거마. 하하."

동실 댁이 지극히 당연하다는 듯 말했다.

"아, 그런께네 이리 뫼시준다 아이라예? 호호."

"내사 젊고 이뿐 여자모 더 좋것거마는."

"예?"

"젊고 이뿐 여자."

"함 더 말씀해 봐예. 우떤 여자예?"

"당신 겉은 여자!"

"옴마야, 남사시럽거로."

분위기가 한결 부드러워졌다. 부부는 물을 새로 갈 때마다 그들 세 식구 이름을 모두 들먹이면서 건강과 운수를 빌었다. 처음에는 몹시 쑥스러워하던 용삼도 나중에 가서는 스스럼없이 동실 댁을 따라서 이름도 부르고 소원하는 말도 하고 했다.

어쨌거나 딸을 위해 기원한다는 사실 자체부터가 그들로서는 마음 한 구석으로나마 무척 편안하고 뿌듯했다. 자신들에 대해 빌 때보다 가련한 우리 딸을 위해 빌 때 목소리도 더욱더 간절하고 깊은 정성이 담겨 있었다.

"마즈막 날에는 안 있어예."

동실댁 말에 용삼은 아쉽다는 빛이었다.

"하매 마즈막 날이 돼삣는가베?"

동실 댁은 배시시 웃음 깨문 얼굴로 말했다.

"예, 그날은 물을 안 떠놓고 물그럭을 엎고 댓가지만 태우는 기라예."

용삼은 고분고분 공부에 임하는 학동의 모습이었다.

"그런 기요?"

"그라고 또……."

그 의례에 대해 용삼보다도 몇 배나 잘 알고 있는 동실 댁은, 바람 올리기를 하는 내내 남편에게 바람 올리기와 관련된 이런저런 이야기를 열심히 들려주곤 했다. 상기된 아내 얼굴이 그렇게 아름다워 보일 수가 없어 용삼은 아내를 안고 싶은 감정을 겨우 억눌렀다. 그런 신성한 의례를 하면서 몸과 마음은 정갈해야 하는 것이다.

그런데 그 무슨 좋지 못한 조짐이나 예고였을까? 그들의 바람 할매 모시는 일은 마지막 날까지 가지 못하고 말았다. 도중에 중지하지 않으면 안 되었다.

"아, 여보, 우짭니꺼?"

잠깐 집 밖에 나갔다가 들어온 동실댁 얼굴이 사색이 돼 있었다. 깜짝 놀란 용삼이 급히 물었다.

"와, 와 그라요?"

"저⋯⋯."

얼른 입을 열지 못하는 아내더러 더욱 긴장된 목소리로 말했다.

"해나 우리 오, 옥지이한테 무신 아, 안 좋은 일이라도 생긴 기요?"

동실 댁이 여전히 길고 가느다란 목을 내저었다.

"그거는 아이고예⋯⋯."

"그라모?"

뜻밖의 말이 나왔다.

"시방 동네에 초상이 났다 아입니꺼?"

"초상이?"

"예."

"누, 누가 죽었소?"

딸에 대한 것은 아니라니까 조금은 안도하는 기색이었지만 그래도 용삼의 목소리는 크게 떨렸다. 심약한 동실 댁은 가쁜 숨을 몰아쉬고 나서 가까스로 입을 열었다.

"우리 동리서 젤 연세 높으신 분 안 있어예. 엄 노파라꼬⋯⋯."

"아, 그라모 그 엄 노파가?"

안됐다는 표정을 짓는 용삼이었다.

"간밤에 주무시다가 그대로 돌아가싯다꼬 하네예."

"허, 저런!"

엄 노파. 바로 지난날 어린 옥진더러 매구라고 했던 그 노파였다. 땅바닥에 질질 끌리는 물빛 치마를 즐겨 입던 그 노파가 숙환으로 세상을 뜬 것이다.

"우짤 수 없이 바람 할매를 더 몬 뫼시거로 돼삐릿네예."

뜬금없는 동실댁 그 말에 용삼이 멀뚱멀뚱한 눈으로 물었다.

"그기 무신 소리요? 와 더 몬 뫼신다 말이요?"

동실 댁이 한숨 섞어 대답했다.

"바람 할매를 뫼시다가 동네에 초상이 나모 고만두는 기거든예."

"고만두는 기라꼬?"

"예, 여보."

"그 이유가 머시요?"

용삼이 따지듯 하자 동실 댁은 그 나이가 무색할 정도로 가녀린 어깨를 움츠리면서 낮은 소리로 대답했다.

"부정을 타모 안 된다꼬 그란다데예."

용삼 목소리도 덩달아 작아졌다.

"부정을 탄다⋯⋯."

부부는 한참 동안 입을 다문 채 가만히 있었다. 두 사람 얼굴 모두 몹시 불길하고 께름칙해하는 빛이 서려 있었다. 같은 동리에 사는 사람이 그런 일을 당했으니 당연한 노릇이겠지만 어쩐지 느낌이 너무 좋지 못했다.

해랑이 그 충격적인 소식을 접한 것은, 교방 뜰에 서 있는 앙상한 갈색 석류나무 가지가 꽃샘추위를 머금은 바람에 심하게 흔들리는 그달 하순의 어느 날 오후였다.

"언니! 언니!"

새끼 기생 효원이 밖에서 난리가 났다.

"방에, 방에 계시예?"

"와? 내 여 있다."

뭔가 좋지 못한 기분이 든 해랑은 오른손바닥을 들어 억지로 가슴을 쓸어가면서 방문을 열었다. 그러자 기다렸다는 듯 차가운 기운이 와락 덤벼들었다. 축담 아래 선 어린 효원은 죽을상이 돼 있었다.

"니 또 무신 호도방정(호들갑)이고?"

해랑이 긴 목을 빼어 효원을 내려다보며 혀를 찼다.

"아모리 아즉 에리지만 여자가 칠칠치 몬하거로……."

효원은 차분하지 못하고 한층 흔들리는 음성이었다.

"이, 일이 터, 터질 끼라고 해예!"

흡사 뒤에서 사나운 산짐승이라도 쫓아오는 것 같은 모습이 아무래도 심상치 않아 보였다. 석류나무뿐만 아니라 언제나 의젓해 보이는 잔디밭 노송도 몸을 떨어대는 성싶었다.

"머라꼬? 일이?"

해랑은 세차게 뇌리를 후려치는 어떤 예감에 가까스로 물었다.

"우, 우떤 일 말이고?"

그러자 효원의 입에서 나오는 소리라니!

"노, 농민들이 드, 들고 이, 일어, 나, 난다꼬……."

해랑은 머리털이 쭈뼛 곤두서고 숨이 턱 멎는 느낌이었다.

"머시라? 노, 농민들이?"

그게 뜬소문이길 그렇게도 바랐었는데 결국 현실로 나타났다는 것인가? 효원은 마른침을 꿀꺽 삼켰다.

"예에, 언니."

해랑 눈동자가 딱 멎었다. 아니, 온 세상이 그대로 멈추어버리는 듯한 소식이었다.

"가, 가마이 있거라."

"……."

효원은 크고 동그란 눈을 멀뚱거리기만 했다.

"그렇다모 주, 주동자가 이, 있을 거 아이가?"

혼잣말처럼 하고 나더니 해랑이 다시 물었다.

"주동자가 누라쿠는데?"

"그, 그거는…….'"

효원이 멍한 표정을 지었다.

"하기사 니가 우찌 그런 거꺼지 알것노."

해랑은 무작정 외출을 서두르기 시작했다. 마음이 그렇게 다급할 수가 없었다. 끝내 올 것이 오고야 말았다.

"아, 언니! 오데 가실라꼬예?"

부랴부랴 옷을 바꿔 입는 해랑을 멀거니 바라보고 있던 효원이 물었다. 해랑은 부지런히 손을 놀리면서 대답했다.

"좀 가볼 데가 있어갖고…….'"

그러자 아직도 철부지이면서 유독 호기심 많은 효원이 같이 따라나설 채비를 했다. 해랑이 그런 효원에게 부탁이나 단속을 하듯 말했다.

"내 금방 댕기온다."

무단외출이 마음에 걸리는 모양이었다.

"누가 낼로 찾으모 니가 적당히 잘 둘러대라. 알것제?"

"예, 알것어예, 언니."

효원이 자기 용모에 걸맞게 시원시원하게 응했다.

"이 효원이가 그런 거 하나는 저 산매이로 최고 아이라예, 최고?"

그곳에서 올려다 보이는 비봉산을 한 번 쳐다보고 나서 말했다.

"아모 걱정하지 말고 천천히 일 보고 오이소."

해랑은 잰걸음을 놀렸다.

"고맙다이. 내한테는 효원이 니밖에 없다."

그 말끝에 해랑은 머릿속이 마구 헝클어지는 것을 어쩌지 못했다.

'농민들이 우떤 사람들이고? 그리키나 순박한 사람들도 안 없나?'

치마 앞자락을 발로 잘못 밟아 자칫 엎어질 뻔한 그녀였다.

'그란데 그런 농민들이 들고일어날 정도라모…….'

아침나절에는 맑던 하늘이 지금은 금방 축 처져 내릴 듯이 두꺼운 잿빛 장막인데, 교방 마당에는 눈을 못 뜰 만큼 세찬 흙바람이 몰아쳤다. 이즈막에 그런 날씨가 잦았다.

'까악, 까악.'

교방 지붕 위에서는 조정을 향한 농민들의 저주처럼 시커먼 까마귀가 붉은 피를 토하듯 함부로 울어대고 있었다.

토담 그림자가 지친 듯 길게 드러누웠다.

하지만 잔인한 바람은 지쳐 빠진 그림자마저도 그대로 두고 보지 못했다. 바람 끝에는 이 강토를 유린하려는 외세의 검은 손이 숨어 있는 것일까? 아니, 지금 당장은 나라 바깥 세력보다도 내부의 힘에 더 옥죄일 때였다.

'날도 에나 가당찮다.'

비화는 바람에 귀밑머리를 날리면서도 차가운 툇마루에 혼자 앉아 시름없이 자신의 신세 같은 그 그림자를 바라보고 있었다. 그랬다. 그녀 몸에서 실체는 빠져나가고 빈껍데기만 남아 숨 쉬는 듯했다. 그리고 그 숨마저 언제 정지해버릴지 몰랐다.

'내가 이런 식으로 하모 안 되는데…….'

처음에는 나무라든지 개, 닭 그림자만 봐도 남편이 왔는가 싶어 심장부터 쿵쿵쿵 뛰었다. 그렇지만 이제 몸도 마음도 물먹은 솜처럼 무겁게 처져버렸다. 바람이라도 쐬지 않으면 가슴이 막혀 질식할 것이다.

삐이걱!

그런 소리와 함께 사립문이 열린 것은 비화가 고단한 몸뚱어리를 잠시 눕히기 위해 막 방으로 들어가려고 방문 고리에 손을 가져갔을 때였다. 이따금 비루먹은 동네 개들이 눈곱 낀 흐릿한 눈으로 꼬리를 내린 채 문 틈새를 들락거릴 뿐, 찾아오는 사람 하나 없어 여간해선 열리지 않은 사립문이었다.

'아!'

무슨 인기척을 듣고서 그쪽을 돌아보는 비화의 눈이 마구 커졌다. 하도 뜻밖이라 비화가 미처 말문을 열기도 전에 저쪽에서 먼저 말해왔다.

"언가야!"

언가야! 그 소리. 얼마나 듣고 싶었던 말이던가.

"아, 니가?"

비화는 맨발인 채 마당으로 내달렸고 곧 옥진과 얼싸안았다. 옥진 몸에서는 은은한 화장 냄새가 풍겼다.

"옥진아!"

"언가!"

한참 후 두 사람은 얼굴을 마주 보면서 사뭇 떨리는 목소리로 서로를 불렀다.

"왔구마, 니가 왔구마."

비화가 젖은 눈으로 말했다.

"아, 내 증신 나간 거 좀 보래이. 얼릉 안으로 들가자. 여꺼지 온다꼬 에나 춥고 피곤할 낀데……."

옥진의 눈가도 붉었다.

"아이다. 언가야, 내는 괘안타."

옥진의 눈길이 비화 얼굴에 닿았다. 그러더니 애가 타는 목소리로 말했다.

"그보담도 언가 니 얼골이 영 말이 아인 기라."

비화는 못된 짓을 하다가 들킨 아이가 어쩔 줄 몰라 하는 모습이었다.

"말이 아이기는……."

옥진이 비화 말끝을 낚아챘다.

"우짜다가 요리도 한거석 상해삘 기고?"

비화는 슬그머니 얼굴을 돌렸다.

"안 그렇거마."

옥진은 꼭 누가 자기 뒤를 따라온 것처럼 사립문 밖으로 시선을 보내며 말했다.

"됐다 고마."

사립문이 계속해서 덜컹거렸다. 절구통 가까이 서 있는 오래된 앙상한 앵두나무가 속절없이 몸을 떨어댔다.

"흑……."

옥진이 입술을 삐쭉삐쭉하며 울려고 했다. 마치 지난날 대사지에서 점박이 형제에게 당한 이야기를 들려줄 때처럼. 비화는 격한 감정을 가까스로 추스르며 보다 일상적인 대화로 분위기를 바꾸려고 했다.

"밖이 상구 춥제?"

그 말을 하는데도 전신이 덜덜 떨렸다. 마음이 떨리니까 몸도 더 그렇게 되었다.

"장난이 아일 낀데……."

"춥기는!"

옥진이 작고 붉은 꽃대 같은 혀를 장난스럽게 쏙 내밀었다.

"언가 니한테 온다꼬 생각한께, 하나도 안 춥데."

비화는 가볍게 눈을 흘겼다.

"문디 가시나 아이가?"

두 사람은 방으로 들어와서도 한참 동안 맞잡은 손들을 놓지 못했다.

집 밖에 있다가 들어온 옥진의 손이 집 안에 있던 비화의 손보다 되레 따뜻했다. 친동기 이상의 도타운 정이 다시금 새록새록 돋아났다.

'시방 내 멤이 옥진의 멤보담 쌍그리해져(싸늘해져) 있기 땜이까?'

비화는 차갑게 느껴지는 제 손이 그저 부끄럽기만 했다. 남편 사랑을 받지 못한 아내의 손이라 그럴까? 그런데 옥진과는 손과 손을 통해 따뜻한 피가 통하는 것 같았다. 하지만 주고받는 말들이 공허하고 서글펐다.

"그래, 그동안 우찌 살았노?"

"그냥 살았제."

"지낼 만은 한 기가?"

"지낼 만 몬 하모 우짤 끼고?"

이윽고 손을 놓고 마주 앉아 바라보는 비화 눈에 비친 옥진의 안색이 몹시 나빴다. 미색인지라 그냥 지나치면서 보면 모를 테지만 자세히 보니 너무나 핼쑥하다. 얼굴뿐만 아니라 몸도 축이 많이 나 있는 것 같다. 얼핏 나무꼬챙이에 천 조각을 걸쳐놓은 성싶다.

"고생이 심한가베? 하기사……."

비화가 말끝을 맺지 못하고 울상부터 짓자 옥진이 고개를 내저었다.

"시방 내 얼골색이 안 좋다 그 말이가?"

비화는 옥진 얼굴을 외면했다.

"으 응."

"고생은 언가가 상구 더 마이 하제."

그러던 옥진은 더 이상 시간을 끌 수도 없고 비밀로 할 수도 없다는 듯 마침내 거기 온 용건을 끄집어내기 시작했다.

"내는 그거 땜에 이라는 기 아이고……."

옥진은 비화 눈을 똑바로 응시하며 조심스럽게 불렀다.

274

"언가야."

"와?"

약간 의아한 표정을 짓는 비화였다.

"내가 시방부텀 무신 소리를 해도……."

옥진은 숨을 크게 들이켜고 나서 단속부터 했다.

"언가 니 절대로 놀래모 안 되는 기다. 알것제?"

"머라꼬?"

비화는 금방 울음을 터뜨릴 사람 같아 보였다. 옥진은 그런 비화 모습 위로 겹치는 왕눈 재팔이를 보고 몸서리를 쳤다. 어쨌거나 누가 옆에서 그걸 보면 우리 동네에 여자 울보도 하나 생겼다 할 판이었다.

"우리 그이한테 무신 밴고(변고)가 생긴 거 아이가, 으응?"

옥진이 부리나케 고개를 흔들었다.

"아이다, 아이다. 그거는 아이다."

비화가 구들장이 내려앉을 만큼 폭 한숨을 내쉬었다.

"그라모 됐다. 그라모 됐다."

"……."

그렇게 되풀이하는 비화가 옥진 가슴을 한정 없이 저리게 만들었다. 비화는 꼭 궁상맞은 중늙은이 같은 모습을 보였다.

"그런 일 아이모, 내사 이 시상에서 놀래고 겁낼 일이 머시 또 있것노? 없다, 한 개도 없다."

옥진으로서는 두드러기가 돋고 신경질이 날 소리를 비화는 거듭했다.

"그라이 아모 상관 말고 말을 해보거라이."

그러나 옥진은 재차 다짐받았다.

"증말 언가 니 안 놀랠 끼제?"

"하모."

짧게 사이를 두었다가 또 그랬다.

"놀래모 안 된다이?"

"우리 서방님 일만 아이모 안 놀랜다."

비화는 시종일관 그 소리다. 옥진은 울컥했지만, 지금은 그보다도 더 급하고 중요한 일이 있다. 큰 사건을 앞에 두고 자질구레한 감정 따위에 시간을 빼앗길 여유가 없다.

"사실은 안 있나."

"……."

"시방 바깥 시상에는 농민들이 이래갖고는 도저히 하로도 몬 살것다 꼬 천지로 야단 난리 아이것나."

"후우."

비화는 가늘게 숨을 내뿜었다. 바람이 한층 기승을 부리기 시작한 모양이었다. 문풍지가 더욱 세게 흔들렸다. 문틈으로 새어 들어오는 바람을 막기 위해 문짝 가에 붙였지만, 그 종이는 거의 속수무책이었다. 비화는 바람에 울고 있는 그 문풍지를 한 번 보고 나서 말했다.

"그거는 내도 들어 안다."

옥진 음성이 안으로 기어들어 갔다.

"그란데 안 있나."

비화가 이번에는 바람벽에 눈을 둔 채 말했다. 자꾸만 시선을 이리저리로 옮기는 품이 몹시 안정되어 있지 않다.

"또 그리쌌네?"

"……."

옥진으로서는 정말 그렇게 할 수 있으면 얼마나 좋을까 싶은 말을 비화가 했다.

"니 이약 안 하고 싶으모 안 해도 된다."

옥진은 소스라치며 얼른 말했다.

"그, 그래서는 안 되고……."

그런 옥진을 물끄러미 바라보고 있다가 비화가 물었다.

"머 무울 거 좀 주까?"

그러고 나서 방바닥에 손을 짚으며 힘겹게 자리에서 몸을 일으켰다.

"다린 거는 몰라도 보리죽은 끓이줄 수 있는데……."

옥진 얼굴에 엄중한 빛이 서렸다.

"언가, 내 이약할 끼거마. 사실은……."

"사실은 머꼬?"

비화의 반문이 끝나기 무섭게 옥진이 봇물 틔우듯 말을 내쏟았다.

"언가 니한테 아자씨뻘 되는 그 유, 유 머신가 하는 분 안 있나?"

순간, 비화 낯빛이 확 흐려지면서 음성이 크게 떨려 나왔다.

"아, 유춘계 아자씨 말이가?"

옥진이 어머니 동실 댁을 닮은 길고 가느다란 목을 움츠렸다.

"그, 그래, 맞다. 유춘계 아자씨."

비화가 심각한 얼굴로 빚쟁이 독촉하듯 했다.

"와? 그 아자씨가 와?"

바람이 한층 날을 세우는 소리가 들리고 문풍지가 금방이라도 떨어져 나갈 것처럼 위태로워 보였다.

"무신 일이 생긴 기제, 그렇제?"

"……."

옥진은 또 입이 겨울 강처럼 얼어붙었다. 그러다가 간신히 하는 말이 이랬다.

"언가……."

"답답타. 후딱 말해 봐라."

비화는 곧장 옥진의 무릎을 잡고 함부로 흔들어댈 사람처럼 보였다. 옥진은 잔뜩 겁에 질린 표정으로 입을 열었다.

"시방 우리 고장 공기가 그리 험악한 거는, 수탈에 시달리는 농민들 땜인데……."

"그거는 니가 방금 말 안 했디가?"

확실히 평소의 비화가 아니다. 사냥꾼에게 쫓기는 산짐승과 다름없다.

"농민들이 몬 살것다꼬 야단이람서? 그란데 와?"

옥진은 죽어가는 사람이 마지막 숨을 가쁘게 몰아쉬듯 하면서 말했다.

"유춘계 아자씨가 맨 앞에서 이끌고 있다쿠는 소문이 자자하다 아이가."

이윽고 사실대로 털어놓자마자 공기가 싹 바뀌었다.

"머시? 머시라꼬?"

비화의 단말마 같은 소리가 천장까지 날아올랐다. 저 거칠 것 없어 보이는 바람조차도 숨을 죽일 형국이었다.

"그 아, 아자씨가 노, 농민들을 이, 이끌?"

눈알이 확 뒤집혀 보이는 게 비화는 그대로 혼절할 사람 같았다.

"언가!"

옥진이 더없이 놀라면서 두 손으로 비화의 양쪽 어깨를 잡았다. 그러고는 제발 정신 좀 차리라는 듯 말했다.

"언가 니 안 놀랜다꼬 안 캤나? 내하고 약속했다 아이가?"

비화는 가까스로 입을 열었다.

"아, 아자씨가?"

북쪽 벽에 붙은 작은 봉창을 때리는 바람 소리가 요란했다. 아마도 집 뒤 대숲에서부터 생겨나고 있는 바람일 것이다.

"그, 그래, 우, 우찌 돼, 됐다, 쿠데?"

"아즉은 아모 일도 없은께 걱정 안 해도 된다, 언가야."

옥진이 그렇게 안심시켜 주었다.

"우째 이런 일이?"

비화 가슴이 대책 없이 들썩거렸다. 폐부를 찌르는 듯한 신음소리만 흘러나왔다.

"아아……."

옥진은 입술을 깨물고 묵묵히 방바닥만 내려다본 채 더 말이 없었다. 빛바랜 너덜너덜한 노란색 장판지가 이 집안 형편을 그대로 말해 주고 있었다. 옥진 마음도 그처럼 찢기고 있었다. 우리가 어쩌다가 둘 다 요 모양 요 꼴이 되고 말았는가?

"그치만, 언가야."

옥진은 무슨 말로든 비화를 안심시켜야 할 필요를 느꼈다.

"춘계 아자씨 혼자만 주도하는 기 아이고……."

"아이고?"

봉창을 차고 들어온 찬 기운이 매서웠다. 벽에 낸 저 작은 구멍으로 들어오는 바람의 양이 대체 얼마나 되기에 이토록 심한지 모르겠다. 옥진의 마음에 지금 농민군 기세가 이러할까 싶었다.

"딴 사람도 더 있다 들었는 기라."

언니가 동생 타이르듯 옥진이 말했다.

"그라이 너모 염려 말고……."

비화는 마지막 지푸라기라도 잡으려는 빛이 역력했다.

"딴 사람도 더 있다꼬?"

옥진은 목소리에 힘을 주었다.

"하모, 하모."

"아, 그래도……."

비화는 세상 끝을 보고 있는 사람 형용이었다. 차라리 이것저것 모르고 살아가는 편이 더 나을 거라는 생각을 하며 옥진은 당부를 넘어 호소하듯 했다.

"참아라, 언가야."

"으음!"

항상 울이 되고 담이 되어 주는 비화의 그런 모습은 옥진의 마음을 더할 수 없이 아리고 서글프게 만들었다.

"언가 니 안 겉다."

"흐……."

안절부절못하는 비화 모습을 통해 옥진은 자신의 모습을 지켜보는 기분이었다. 비화가 유춘계 아저씨를 위하는 것만큼 옥진 또한 홍 목사 안위를 걱정하고 있었다. 그랬다. 세상 사람들이 비록 입들은 꼭 채워진 자물통처럼 꾹 다물고 있었지만, 머잖아 하늘이 내려앉고 땅이 갈라질 엄청난 일이 일어날 거라는 소문이 꼬리에 꼬리를 물었다. 아니, 해가 뜨고 달이 지는 것같이 기정사실로 굳어져 있다.

장차 어떤 일이 닥칠 것인가를 뻔히 알면서도, 그저 두 손 놓고 기다리고만 있어야 하는 것만큼 사람을 미치도록 힘들게 하는 게 또 있을까? 문풍지 일부분이 떨어져 나간 방문이 바람에 속절없이 당하고 있었다.

'저게 비화 언가하고 내 모습 아이것나.'

옥진이 일어섰다. 비화는 일어서지 않았다. 얼른 사립문을 나서지 못하고 좁은 마당에서 서성이는 옥진의 발걸음 소리가 비화 가슴에 그 숫자만큼의 낙엽이 되어 마냥 떨어져 내렸다.

아직 자식이 없는 비화에게는 자식 농사보다 일 년 농사가 더 귀했다.

비화는 시간이 있을 때마다, 아니 시간이 없을 때도, 채소밭을 찾았다. 무릇 벼는 주인의 발자국 소리를 듣고 자란다고 했다.

채소 또한 비화의 발자국 소리를 알아듣고 쑥쑥 자랐다. 다른 농사꾼들이 시샘할 만큼 작황이 좋았다. 남들 같으면 기껏해야 집에서 가꿔 먹을 정도의 아주 작은 채마밭이지만, 비화의 땀방울이 굴러떨어진 밭에서는 읍내장터에 내다 팔아도 제법 돈이 될 정도로 온갖 푸성귀가 나왔다.

"오늘이 장날이라꼬 장에 갈라쿠는 기요?"

소를 몰고 밭두렁 옆을 막 지나가던 한돌재가 말을 붙여왔다. 이태 전 상처한 이웃집 사내다. 그도 비화와 마찬가지로 딸린 자식이 없었다.

홀아비는 이가 서 말이고 홀어미는 은이 서 말이라고, 여자는 혼자 살 수 있어도 남자는 돌보아 줄 사람이 없으면 궁색해진다고 했다.

"……."

비화는 자신을 바라보는 돌재의 복잡한 눈빛이 언제나 마음에 부리로 걸렸다. 너무나도 꺼림칙하고 신경이 쓰였다. 그렇다고 해도 이웃 간에 그냥 있을 수도 없는 노릇이었다. 어쩔 수 없이 비화는 약간 고개를 숙여 보이는 것으로 인사말을 대신했다.

"참말로 요상한 일도 다 있제."

눅눅한 사내 음성이 비화 가슴에 불쾌하게 부딪쳤다.

"젊은 아주머이 밭은 밤낮으로 토째비들이 와서 도와주는 기 아인가 모리것소. 내가 그 토째비를 직접 보지는 몬했지만도 분맹히 그럴 끼라요."

"……."

연방 말을 걸어오는 그가 비화에게는 '도깨비 사귄 셈이라'는 말을 갖다 붙여야 할 만큼 꾕장히 귀찮고 부담스러운 존재가 아닐 수 없었다.

"사람 능력이라쿠는 거는 다 한정이 있는 벱인데……."

하필이면 그때 옆을 지나가는 사람은 물론 개 한 마리도 없었다. 하늘의 구름장도 아주 멀리서 나와는 하등 상관없다는 듯 무심하게 떠 있었다.

"아주머이가 거두는 소출은 에나 구신이 탄복할 끼요."

돌재는 흙 묻은 손을 들어 올려 이마에 밴 땀을 닦는다. 날씨가 더워서가 아니라 은근히 마음에 두고 있는 여인 앞에서 가슴이 떨린다는 증거였다. 그는 갈수록 적극적으로 나왔다.

"내는 아주머이를 보모……."

"……."

"아즉도 처녀 겉기만 해서……."

더없이 끈적끈적한 기운이 묻어나는 말투였다. 비화는 잠자코 방금 밭에서 뽑아낸 무를 대나무로 만든 둥근 광주리에 서둘러 담기 시작했다. 유난히 빛이 희고 살이 많은 뿌리였다. 봄에는 담자색과 흰색 꽃이 피는 줄기가 좋았다.

'움~메.'

돌재의 소가 울었다. 빨리 가자고 주인을 재촉하는 소리 같았다. 돌재는 계속해서 말을 붙이고 싶은 눈치였다. 그렇지만 비화가 노골적으로 멀리하려는 기색을 드러내 보이자 아쉽다는 얼굴로 억지로 발을 떼놓기 시작했다. 소가 푸주에 들어가듯 무척이나 가기 싫어하는 모습이었다. 하지만 눈길은 비화 이마에 그대로 머문 채였다.

'후우.'

비화는 속으로 긴 안도의 한숨을 내쉬었다. 비로소 약간은 마음이 놓였다. 하지만 절대 가만히 있을 사람이 아니었다. 언제 또다시 접근해올지 모른다. 흔히 무거운 절 말고 가벼운 중 떠나는 게 낫다고 하지만, 지금 그녀의 신세나 처지에 비춰볼 때 떠난다는 건 곧 모든 걸 포기한다는 것과 다름없었다.

'그날만 생각하모…….'

열흘 전이다. 그날 이웃 마을 잔칫집에서 밤늦게까지 일품을 팔고 아주 파김치가 돼버린 육신을 간신히 이끌고 막 동구로 들어서고 있을 때였다. 그믐이 가까운지라 사위는 매우 캄캄했고 마을은 깊은 잠에 혼곤히 빠져 있었다. 개가 나무 그림자 보고 짖는 소리조차 없었다. 그런데 다음 순간이었다.

'옴마야! 저기 머꼬?'

그 마을과 역사를 같이한다는 수백 년 묵은 팽나무 그늘 밑에 분명 시커먼 물체 하나가 보였다. 동구나무가 아니라 여느 팽나무 같으면 벌써 베어져 기구器具나 숯의 원료가 됐을 나무였다. 비화 가슴이 '쿵' 짚동 무너지는 소리를 내며 내려앉았다. 근처 야산에서 곧잘 출몰하는 산짐승은 아닌 것 같았다.

산은 오를수록 높고 물은 건널수록 깊다고, 어린 나이에 신혼 초기부터 그 어려운 일을 당하여 감당키 힘든 판에 무슨 불행이 더 닥치려고 이러는지…….

'대체 머실꼬?'

그 물체는 혹시라도 장승이나 바윗덩이가 아닐까 여겨질 정도로 아무런 움직임이 없었다. 하지만 비화는 알고 있었다. 원래부터 거기는 장승이라든지 바윗덩이, 혹은 그 밖의 어떤 것도 없는 곳이라는 것을.

'우, 우짜노?'

비화는 간이 콩알보다도 더 작아질 만큼 겁이 났지만 그렇다고 거기서 돌아설 수도 없는 노릇이었다. 등을 보이면 더 위험할지도 모른다. 그러니 아무도 없는 빈집이지만 빨리 집 안으로 들어가야 한다는 생각만을 하며 억지로 발을 빠르게 놀렸다. 그러자 상대는 갑자기 조급증을 느끼는 모양이었다.

"흐~음."

그는 가벼운 헛기침을 했다. 여기 사람이 있으니 그대로 지나가지 말고 그냥 멈춰 서서 이야기나 나누자는 표시 같았다.

'아, 저 사람은!'

비화가 그의 신분을 알아차렸을 때, 사내는 성큼 한 걸음 앞으로 내딛고 있었다. 더할 수 없이 위험한 공기가 쏴아 몰려들었다.

"누가 코를 베묵어도 모릴 정도로 이리카나 어드븐데, 혼자 오데 가 싯다가 인자사 오는 기요?"

사내 말 한마디 한마디에 반가운 기운이 철철 흘러넘쳤다. 비화는 엄청난 위기가 내게 닥쳤다는 여자의 직감에 반사적으로 몸을 사리며 몹시 말을 더듬거렸다.

"예. 그, 그냥 좀……."

캄캄한 탓에 얼굴도 자세히 보이지 않는 돌재가 묻지도 않은 소리를 했다. 그것은 흡사 유령이 내는 소리 같았다.

"내사 하도 잠이 안 와갖고……."

"……."

그 소리에 잠들었던 사위가 번쩍 눈을 뜨는 듯했다.

"이래 잠이 안 오는 거는……."

비화는 소름이 쫙 끼쳤다. 사내 목소리는 우회적이 아니라 직선적으로 의도를 드러내고 있었다.

'우짜든지 이 자리를 퍼뜩 벗어나야 하는 기라.'

비화는 그런 마음이 굴뚝같지만 몸이 제대로 따라주지를 않았다. 홀연 사내 몸집이 아름드리 팽나무 둥치보다도 더 커 보이고, 사내 팔이까치둥지 걸린 팽나무 가지보다도 더 길어 보였다.

'해나 누가…….'

그런가 하면, 행여 지켜보고 있는 눈이 있지나 않을까 하여 또 애간장이 바싹바싹 탔다. 누가 보면 딱 오해하기 십상이었다. 지아비가 집을 나가버려 과부 아닌 과부 신세인 여자와 상처한 사내. 나이 차이가 얼마가 되든지 간에, 그런 남녀가 깊은 한밤중에 인적 드문 장소에 함께 있다면…….

"사람이 혼자가 되모……."

"……."

그믐밤에 홍두깨 내민다고, 그야말로 생각지 않던 일이 갑자기 일어난 바람에 비화가 할 수 있는 것은 그저 듣고 있는 게 고작이었다.

"씰데없는 공상만 늘어난다 글쿠더이."

"……."

그때 돌재는 비화가 평상시 지나치면서 보던 그런 무식한 농투성이가 절대로 아니었다. 그의 입에서는 풍류깨나 읊조리는 선비가 할 만한 소리가 나왔다.

"내는 저게 팽나모에 걸리 있는 둥지를 볼 적마당, 미물인 까치들이 너모너모 부럽다 아이요. 넘들은 그런 내를 우찌 생각할랑가 몰라도……."

어둠속에서 돌재 눈빛이 갈수록 야릇하게 번득였다. 어떻게 보면 맹수의 눈빛을 닮았다. 그것은 욕정의 눈빛이었다.

"가족이 같은 한 보곰자리(보금자리) 안에서 오순도순 산다쿠는기……."

비화 귀에는 실타래같이 술술 풀려나오는 돌재의 말이 전혀 들리지 않았다. 어떻게 하면 이 위기의 순간을 무사히 넘기나 하는 그 한 가지 궁리뿐이었다.

"아주머이!"

"……."

낮말을 들을 쥐와 밤말을 들을 새가 있을 것 같은 게 그때 비화의 심정이었다.

"내, 내는……."

'흡.'

비화는 여느 여자들보다 큰 주먹을 불끈 쥐면서 숨을 크게 몰아쉬었다. 그러고는 서둘러 걸음을 옮겨놓기 시작했다. 바보처럼 그대로 선 채 고스란히 당할 수는 없었다. 가다가 발목이 부러지면 엉금엉금 기어서라도 갈 것이다.

"아, 아주머이!"

예상한 대로 돌재가 따라붙었다.

"내, 내는……."

"……."

"아주머이, 아주머이를……."

"……."

비화가 허둥지둥 걸음 속도를 빨리하자 돌재는 한층 더 빠르게 접근했다. 무서울 정도로 민첩한 행동이었다. 지금 그는 느릿느릿 소를 몰고 갈 때의 그가 아니었다.

'헉!'

비화는 소스라쳤다. 분명 사내 손끝이 등에 닿았다. 그건 날카로운 못이나 가시 돋친 나뭇가지에 등을 찔린 것보다도 더 아찔한 느낌을 주었다.

"이, 이라모 아, 안 됩니더!"

비화 입에서는 자신도 모르게 거기 있는 팽나무도 놀랄 만큼 크고 매정한 소리가 터져 나왔다.

"아주머이!"

돌재도 절대 하늘이 내려준 이 좋은 기회를 놓칠 수 없다는 듯 단호한 목소리로 나왔다. 그는 꼭 젊은 사람처럼 말하고 행동했다.

"내가 누 땜에 공상이 쌔뺏고, 또 잠을 통 몬 자고 이리 밖에 나와 있는고, 아주머이는 모리것심니꺼?"

"그, 그거는 아, 아자씨 새, 생각, 메, 멤이고…….."

비화는 송충이 떨어내듯 하며 황급히 걸었다.

"아, 아주머이…….."

비화는 가슴을 쓸어내렸다. 뒤따라오던 돌재가 어쩔 수 없다는 듯 그 자리에 멈춰 서는 기색이 전해졌다. 그러자 그 황황한 와중에도 돌재가 선량한 사내라는 생각이 얼핏 들었다. 만일 막돼먹은 인간말종이라면 끝까지 따라붙어 기어코 천추에 씻어내지 못할 짓을 저지르고 말 것이다.

'으흐흐흐.'

'악!'

점박이 형제의 음흉한 웃음소리와 옥진의 비명이 세차게 귀를 울린 것도 그때였다. 어느새 그곳은 새덕리 동구 밖이 아니라 성 북동쪽에 있는 대사지였다. 온 세상이 그 못물에 빠져 허우적거리고 있었다. 아름다운 연꽃이 피어 있는 못과는 너무나 거리가 멀었다.

"헉헉."

비화는, 걸음아 나 살려라, 엎어질 듯 고꾸라질 듯 무작정 집 쪽을 향해 내달렸다. 누구 하나 반겨줄 사람 없는 집인데도 그곳 말고는 아무 데도 생각나지 않았다. 사내의 가쁜 숨소리가 아귀처럼 달라붙는 밤이었다.

이 걸이 저 걸이 갓 걸이

읍에서 서남방으로 삼십 리가량 떨어진 버들마을.

박임석의 외방 객실은 한겨울 차가운 바깥 날씨보다도 더한층 매서운 공기가 감돌았다. 시퍼런 대나무를 통째로 쩍 쪼개버릴 형세였다. 산을 옮기고 바다를 메우고도 남을 엄청난 힘이 느껴졌다.

"더 많은 농민들을 불러 모울 방법이 없으까예?"

그렇게 묻는 김민준의 눈에서 광채가 났다.

"음."

유춘계는 신음과 유사한 소리 끝에 입술을 꾹 깨물었다.

"그리 모운 군중을 우찌 이끌고 나갈 것인가도 중요한 문젭니더."

자못 근심에 잠기는 그의 얼굴이 보는 이들 마음을 천근보다도 더 무겁게 했다. 춘계가 봄이면 봄, 춘계가 겨울이면 겨울인 사람들이었다.

"그것도 그렇네예."

그곳 벽에 걸어 놓은 족자의 글씨와 그림에 눈을 둔 채 듣고 있던 이기개 목소리도 크게 떨렸다.

"우쨌든 우리가 오늘 이 자리에 모이기꺼지는 참말로 넘들이 알지 몬 할 복잡한 사정들이 많았심니더. 하늘도 눈치채지 몬했을 낍니더."

어떤 보이지 않는 그림자에게 한참이나 쫓겨 온 사람 같았다.

"날짜도 한거석 흘렀고예."

고개를 끄덕이던 임석이 흥분을 가라앉히지 못했다.

"더는 참을 수 없는 막바지에 왔지예, 막바지."

"누도 감당 몬 할 그눔의 세금 땜에 억울하거로 토지를 빼앗긴 영세소작농들 분노는, 마, 하늘을 찌리고 물의 흐름을 꺼꿀로 돌리고도 남을 낍니더."

춘계가 품에서 무슨 글씨가 적혀 있는 종이 한 장을 꺼낸 것은 그때였다. 모두의 눈길이 강력한 자력에 이끌리듯 일제히 그것에 쏠렸다.

"그기 머심니꺼?"

기개가 모두를 대표하여 물었다. 그러고는 눈을 가느다랗게 뜨고 좀 더 자세히 종이의 글자를 바라보면서 중얼거렸다.

"무신 언문 겉은데……."

그러자 또 누군가가 말했다.

"맞심니더, 우리 글자……."

춘계는 낮으나 힘이 들어 있는 목소리로 말했다.

"우리 농민들을 하나로 묶을 노래가 필요할 거 겉애서……."

거기서 말을 끊고 좌중을 둘러보았다.

"내가 한분 지이본 깁니더, 넘들 볼 적에는 우떨랑가 몰라도."

그새 볼이 더 홀쭉해진 얼굴에 나타나는 표정이 여간 예사롭지 않았다. 살이 빠지자 좀 더 날카롭고 강한 상像으로 보였다.

"허, 운제 그런 노래꺼정?"

"하여튼 유 행(형)은 다시 봐야 할 거 겉심니더."

민준과 임석이 동시에 말했다. 그처럼 그들 모두는 언제부턴가 하나

에서 열까지 마음이 맞아 있었다. 그리고 마음 한번 잘 먹으면 북두칠성
이 굽어보신다고, 마음이 흔들 비쭉, 심지가 굳지 못하고 감정에 좌우되
어 행동해서는 안 된다고 다짐했다.

"그러이 우리가……."

"옳으신 말씀입니더. 이 일을 시작할 수 있는 것도 모도……."

"하모, 하모예."

춘계를 향한 강한 믿음과 존경심이 뚝뚝 묻어나는 목소리들이었다.
춘계가 중심이라는 사실은 누구도 질투하거나 부정하지 않았다. 아니,
오히려 만천하에 선포하고 싶은 그들이었다. 우리들의 지도자는 그분이
라고.

그러나 그때까지만 해도 그 방 누구도 몰랐다. 겉보기에는 그저 종
이쪽지 한 장에 가볍게 휘갈겨 쓴 듯한 글씨였다. 그것이 훗날 두고두
고 영원히 세상에 전해져 내릴 유명한 노랫말이 되리란 것은 아무도 몰
랐다.

이 걸이 저 걸이 갓 걸이

진주 망건 또 망건

짝발이 휘양건

도르매 줌치 장독간

머구밭에 덕서리

칠팔월에 무서리

동지섣달 대서리

"흠."

잠시 후 춘계가 목청을 가다듬듯 하고 나서 자작自作한 그 글을 아주

천천히 읊조렸다. 무슨 뜻일까? 얼른 알아들을 수 없는 대목도 섞여 있었다.

그러나 모두가 그것에 관해서 큰 관심을 보이며 한마디씩 했다. 그 모습들이 목마른 병아리가 하늘 한번 보고 땅 한번 보면서 작은 웅덩이에 괸 물을 쪼아대듯 마시는 모양을 방불케 했다.

"무신 으미가 들어 있는고 함 말씀해보시소."

"하모요. 우리들부텀 먼첨 알아야 안 하것심니꺼."

"읽는데, 하매 느낌이 보통 거하고는 다린 거 겉심니더."

춘계는 그것을 무슨 보물지도처럼 매우 조심스럽게 방바닥에 펼쳐놓았다. 그러고는 길고 창백한 손가락으로 한 자 한 자 짚어가며 설명해주기 시작했다.

"우선 '걸이'는 우리 농민을 뜻합니더."

임석이 좀체 이해가 안 된다는 빛으로 고개를 갸우뚱했다.

"걸이가 농민을 뜻한다꼬예? 걸이, 농민……."

그러면서 멀뚱멀뚱 춘계를 바라보았다.

"예, 농민."

춘계 대답은 의외로 간단했다. 그래서 듣는 사람들로서는 더 복잡하게 다가왔다.

"와 그렇는지 통 모리것네예."

하나같이 그렇게 나왔다. 메마른 춘계 손가락이 다음 글자를 가리켰다.

"그담에 나오는 여게 이 글자, '갓'을 보이소."

얼핏 저주와 탄식이 배여 있는 어투였다.

"양반이 쓰는 갓 말입니더."

"양반이 쓰는 갓예?"

몇 사람이 반문했다. 어른이 된 남자가 머리에 쓰는, 말총으로 만든 의관衣冠이라는 사실 말고는 딱히 신기할 것도 없는 게 그 갓이라는 것이었다. 그렇지만 그 순간에는 퍽 새로운 그 무엇인가로 여겨지는 그들이었다.

"말하자모, 양반 갓을 걸어두는 기 걸이 아입니꺼."

춘계 말에 민준이 얇은 손바닥으로 살이 없어 앙상한 무릎을 탁 쳤다.

"아, 인자 알것심니더! 알것심니더!"

그러고는 확신에 찬 목소리로 물었다.

"농민의 참담한 모습을 걸이라쿠는 말로써 그리낸 거 아입니꺼?"

참담한 농민의 모습이 눈에 보인다는 표정이었다. 춘계 입가에 골짜기를 덮은 안개 같은 엷은 미소가 감돌았다.

"잘 보싯심니더. 바로 그런 으밉니더."

"아, 예. 그런 뜻이……."

그 소리를 마지막으로 좌중에는 무거운 기운이 흘렀다. 탐관오리 수탈에 시달려 더없이 지치고 쇠약해진 농민들 몰골이 그들의 눈앞을 스쳤다. 양반 갓 밑에 깔려 숨도 제대로 못 쉬고 있는 무지렁이들의 신음 소리도 들렸다.

"첨 보신께 낯설어서 그렇제, 알고 나모 그리 에려븐 노랫말도 아입니더."

그러고 나서 춘계는 다음 글자로 넘어갔다.

"바로 밑에 나오는 '망건'은 갓하고 그 뜻이 마찬가집니더. 양반을 상징합니더."

이름에 걸맞게 씩씩한 기상과 꿋꿋한 절개가 온몸에서 느껴지는 기개가 물었다.

"그란데 여게 '또 망건'이라 돼 있는 이거는 무신 뜻입니꺼? 그냥 망건이모 망건이지, 또 망건이라쿠는 거는…….”

“아, 그거…….”

그곳 외방 객실 공기는 점점 더 열기가 차올랐다. 언문으로 된 그 노랫말은 야릇한 힘을 발휘하고 있었다. 선비 연한 체하는 자들이 배우지 못한 무지렁이들 앞에서 마치 천상의 그것처럼 하는 한자보다도 더 격조가 높아 보이는 순간이었다.

“모도 느끼는 사실이것지만도…….”

거기서 춘계 안색이 홀연 크게 바뀌었다.

“인간들이 모이서 사는 시상은, 참 묘한 곳임서 또 에나 더러븐 곳입니더.”

누군가가 그 말을 받았다.

“좋은 쪽으로 묘하모 괜안은데…….”

또 누군가가 이랬다.

“똥작대기로 휘젓는 통시지예.”

어디선가 개 짖는 소리가 들려오고 있었다. 그 말에서 오물 냄새를 맡기라도 한 것인지 모르겠다.

“우리 함 생각을 해보입시더.”

춘계는 강한 자존심을 담은 어조로 나왔다. 갈수록 그의 인간됨이 빛을 발하고 있는 것 같았다.

“시방 여게 있는 우리는, 비록 몰락은 했지만도 양반 식자층 아입니꺼.”

그러자 저마다 고개를 끄덕거렸다. 그렇지만 또 하나같이 기운은 너무 없어 보였다. 저 ‘식자우환識字憂患’이라는 말이 그대로 맞아떨어지는 양상이었다.

“나라 돌아가는 꼬라지가 하도 애니꼽고 치사시러버서…….”

춘계 음성에 분노가 보태지기 시작했다. 벽면에 걸린 한 족자 속 그림은 수묵화 같은데, 채색을 쓰지 아니하고 수묵의 짙고 옅음의 조화로 형상을 표현한 솜씨가 예사가 아닌 성싶었다. 천인일치天人一致의 초자연적 표현을 주로 하는 그림다웠다.

"쥐꼬랑대이만 한 배실자리 내팽개쳐삐고, 천대받는 농투성이들 구해보자꼬 이리 모인 거 아입니꺼?"

크나큰 각오와 의지가 담긴 춘계의 그 말에 민준이 빙 둘러앉은 좌중을 돌아보며 비장한 얼굴로 입을 열었다.

"두말 하모 입 아푼 소리지예."

그의 목소리도 춘계 음성 못지않게 날카롭고 뜨거웠다.

"소작농조차 하기 심이 들어 날품팔이로 살아가는 농민도 속출하는 시상……."

하늘을 향해 집게손가락을 치켜세워 보였다.

"우짜든지 한분 바로 세워 보자꼬 우리가 하나밖에 없는 목심 내걸고 나섰지예."

춘계가 억지로 마음을 추스르듯 하며 누구에게랄 것도 없이 물었다. 하긴 누구에게 묻더라도 마찬가지일 것이다.

"그란데, 또 다린 한쪽에서는 우짜고 있심니꺼?"

다른 사람이 입을 열기도 전에 그의 말이 먼저 이어졌다.

"가짜배기 양반, 가짜배기 배실아치들이 그냥 하나둘이도 아이고, 봄날 언덕에 번지는 쑥부쟁이맹캐 불어나고 있는 실정입니더."

그러자 푸른 핏줄이 드러나 보일 만큼 주먹을 불끈 쥔 채 들고 있던 기개가 문득 떠오른 듯 말했다.

"맞심니더. 방금 그 말씀 에나 자알 하싯심니더."

얼핏 시비라도 거는 사람으로 비쳤다.

"모도 들어보싯지예? 성 밖에 사는 임배봉이라쿠는 그 엉터리 양반 말입니더."

말만으로는 모자라 주먹까지 날릴 태세였다.

"아, 배봉이 그눔!"

민준도 도저히 참을 수 없다는 얼굴을 했다.

"압니더. 배봉이 지는 기실 끼라꼬 쉬쉬 해싸도, 알 만한 사람은 싹 다 알지예. 그거 모리모 첩자, 첩자라쿠는 소리도 있지예."

홀연 방안 가득 살벌한 기운이 감돌았다.

"그자가 무신 수를 써서 그런지는 몰라도, 원래는 김호한 장군 집안에서 소작 부치 묵던 상구 천한 상것이었는데……."

생각만 해도 기분이 나빠 못 살겠다는 기색이었다.

"우떤 날 각중애 떠억 양반이 돼갖고, 하늘 높은 줄 모리고 지 멋대로 막 설치대고 안 있심니꺼?"

민준의 말을 듣고 있는 춘계 낯빛이 굉장히 복잡해졌다. 호한의 친척인 그는 지금 거기 있는 누구보다도 감정이 짙을 수밖에 없을 것이다.

"시방 그눔한테 원한 가진 사람이 한둘이 아이라꼬 알고 있심니더."

임석이 그 말을 받았다.

"거다가 그 집구석 에핀네하고 점벡이 자슥들은……."

일순, 춘계가 다급한 목소리로 그의 말끝을 끊었다. 좀처럼 하지 않는 언동이었다.

"아, 잠깐만예."

"예?"

춘계는 의아해하는 임석에게 물었다.

"배봉, 임배봉이라쿠는 바로 그 사람 말인데, 해나 넘들을 잘 속카묵는 그런 야비하고 몬된 위인은 아입니꺼?"

"와 그라심니꺼?"

임석이 무어라 하려는데 기개가 먼저 약간 이상하다는 눈빛으로 물었다.

"그자와 무신 상관이라도 있는 깁니꺼?"

춘계는 여전히 알 수 없어 하는 얼굴이었다.

"이런 이약꺼지는 할 필요가 없것지만도……."

행여 누라도 끼칠세라 염려하는지 무척 조심스러운 어조였다.

"요새 김호한 장군 집안 살아가는 기 저리 에려버린 거하고, 똑 무신 연관이 있을 거 겉다는 생각이 들어서……."

그렇게 말끝을 흐리고는 뭔가 짚이는 게 있는지 골똘한 상념에 잠기는 빛이었다.

"내가 들은 바에 으하모……."

이번에는 민준이 춘계 말을 받아 나섰다.

"이거는 오데꺼지나 흘리가는 바람갤에 들은 거이고, 확실한 근거도 없는 것이지만도, 배봉이 그 인간 꼬임수에 고마 넘어가갖고 집안 크기 망한 사람이 천지삐까리라꼬 합니더."

임석도 한 소리 거든다.

"맞심니더. 아까 번에 쪼꼼 말이 나오다가 도로 들어갔지만도, 배봉이 그 가짜배기 양반 눔한테 복수심 품은 사람이 너모 많심니더. 고 인간, 절대 지 수맹대로 살모 안 될 인간 아입니꺼."

기개도 질세라 나선다.

"그자한테는 좀 전에 누가 말씀한 거매이로, 얼골에 크고 시커먼 점이 벡힌 아들 눔들이 둘 있는데, 이거들이 지 애비 쏙 빼닮아갖고 포악하기가 에나 말도 몬 합니더."

천주삼위天主三位, 곧 성부와 성자와 성신의 이름으로 기도를 올리는

296

천주학 신자가 떠오르는지 이렇게 말했다.

"포교하로 돌아댕기는 천주학재이들 말대로 증말 하느님이 있다 모……."

다시 임석이 한층 흥분한 낯빛을 지었다.

"근동 처녀라쿠는 처녀는, 아이지예, 처녀뿐만 아이라 유부녀들도 상당수가, 모돌띠리 한 분쯤은 그 점벡이 자슥들한테 놀랜 적이 있다꼬 소문이 날 정돈께네, 올매나 막돼묵은 집구석인가 알 쪼 아입니꺼?"

"알지예. 와 모립니꺼?"

민준도 빠질세라 거들었다. 화제가 갑자기 엉뚱한 데로 가고 있었지만 거기 누구도 그런 생각을 하는 것으로 보이지 않았다. 오히려 진작 나왔어야 할 이야기가 늦게 나왔다는 표정들이었다.

"그냥 놀랠 정도라모 괘안커로예?"

민준은 심장에 화뿔이 돌는지 혀로 입술을 축이기까지 했다.

"아즉꺼정 대갈빼이 쇠똥도 다 안 마른 것들이, 지들보담 약하다꼬 생각되모 그 대상이 우떤 누든 간에 그냥 죽거로……."

그러자 듣고 있던 춘계가 무슨 확신이 서는지 더없이 긴장된 말투로 입을 열자 저마다 귀를 잔뜩 곤두세웠다.

"여러분들 말씀을 종합해본께, 우짜모 내 짐작이 맞을랑가도 모리것 심니더."

그러자 모두 서로 얼굴을 마주 보았다.

"우떤 짐작예?"

"그기 무신?"

춘계는 더욱 깊은 생각에 잠기는 표정이 되었다.

"운젠가 농민들하고 사직단 보로 갔을 때, 그 임배봉이하고 김호한 장군의 오랜 친구인 소긍복인가 하는 자가 함께 걸어가는 거를 본 적이 있지예. 그란데 우짠지 벌로 볼 수가 없는 기…….”

“예에…….”

하나같이 적잖게 심각한 기색들이 되었다. 자기들이 믿고 따르는 지도자가 저렇게 할 땐 충분히 그만한 이유가 있을 거라고 믿는 그들이었다.

“김 장군이 내한테 세세한 이약꺼지는 안 했지만도, 이것저것 앞뒤를 꿰맞차본께네, 여게는 분맹히 좋지 몬한 머신가가 있심니더. 거다가…….”

그러던 춘계는 문득 말끝을 흐려버렸다. 그런 집안 내력까지 다른 이들에게 털어놓을 수 없다는 자각이 생겼기 때문이었다. 더군다나 호한의 자존심은 천하가 다 아는 일이었다. 그리고 비화도 있다.

“…….”

그곳 외방 객실은 잠시 침묵에 휩싸였다. 작은 기침 소리 하나 나오지 않았다. 그 공기를 알아차렸는지 개도 더 짖어대지 않았다. 춘계가 계속해서 입을 다물고 있자 기개가 재촉하듯 말했다.

“또 망건이라쿠는 말에 대해 이약해주시다가 말았지예?”

“예, 더 말씀을 드리지예.”

춘계는 끝까지 설명해 줄 필요를 느꼈다.

“또 망건은 가짜배기 양반이 또 있다, 그런께네 짜다라 있다쿠는 그런 뜻으로 지이본 깁니더.”

그는 지금까지와는 달리 서둘러 입을 열기 시작했다. 작금의 그들에게는 시간이 곧바로 금쪽이었다. 거사를 하기 전까지 해야 할 일들이 산더미처럼 쌓여 있었다.

“그라고 ‘짝발이 휘양건’은 쫙 벌어진 휘양건, 그런께네 겨울철 미투리에 쓰는 방한구가 벌어졌다, 다시 말하자모…….”

버들마을 외방 객실의 역사는 물의 시간과 불의 시간을 번갈아 이뤄

내고 있었다. 영원과 순간이 손을 맞잡는 현장이었다.

"양반과 지방 관리들이 부정축재를 할라꼬 폭정과 탐학을 벌로 일삼는 그거를 풍자한 깁니더."

크게 고개를 세로젖던 민준이 또 반드시 알아야겠다는 듯 물었다.

"'도르매 줌치'는 양반 허리춤에 차고 댕기는 동그란 주머이 그긴데, 와 그 노래에다가 넣었심니꺼?"

그러자 다른 사람들도 너나없이 궁금하다는 빛이었다.

"아, 그거는……."

춘계는 전후좌우로 단 한 치 앞도 내다볼 수 없는 암울한 현실처럼 희미한 웃음을 띤 얼굴로 대답했다.

"그 주머이 속에다가 토지나 노비 문서를 넣고 댕기기도 안 합니꺼. 그런 점에서 양반의 세도를 가리키는 기지예."

임석이 연방 고개를 끄덕거렸다.

"'장독간'은 무울 끼 한거석 쌓잇다, 그런 으미 겉은데 맞심니꺼?"

"잘 보싯심니더."

기개가 감회에 서린 얼굴로 말했다.

"에릴 적에 동무들하고 돌팔매질하고 놀다가 넘의 집 장독을 깨갖고……."

민준이 무엇을 부수는 동작을 취했다.

"심도 없는 백성들 거 빼앗아서 채워 논 양반집 장독은 돌삐이가 아이라 철퇴로 내리쳐서 박살을 내삐야지예."

모두가 한입으로 읊조렸다.

"이 걸이 저 걸이 갓 걸이……."

춘계는 퍽 흡족한 표정을 지었다. 역시 서로 마음이 잘 통하는 동지들이었다. 외방 객실 안에서는 계속해서 열심히 묻고 성의껏 답하는 소리가 쭉 이어졌다. 그 어떤 글방이나 서원도 그런 향학열은 기대하기 어려울 것이다.

"'머구밭'은 머를 말합니꺼?"

"머구는 응달에서 잘 커는 식물이지예."

"응달식물……."

"그래서 참 끈질긴 생맹력(생명력)이 있심니더."

"아, 알것심니더!"

"머 겉심니꺼?"

"농민을 뜻하는 기지예?"

"예, 우리 민초들……."

"그담에는예?"

"'덕서리, 무서리, 대서리', 이거는 나라가 우리 농민들한테서 마구재비로 빼앗는 혹독한 행위를 그런 식으로 포햄(표현)해 본 깁니더."

그러고 나서 춘계는 조심스럽게 말했다.

"넘들은 이해가 될랑가 모리것지만……."

누군가 자신 있게 말했다.

"앞에 나오는 내용하고 같이 딱 연갤(연결)시키서 살펴보모 이해가 됩니더."

춘계는 아무도 없는 심심산천 바위에 앉아서 하는 혼잣말처럼 말했다.

"우쨌든 지로서는 심핼(심혈)을 기울이갖고 지은 긴데……."

이윽고 민준이 자못 감탄하는 얼굴로 말했다.

"아, 이 노래는 우리나라 긴 역사를 통틀어, 심 없는 민중이 항쟁할 때 부리는 최초의 노래가 될 낍니더."

기개도 퍽 존경하는 눈빛으로 춘계를 바라보았다.

"앞으로 농민들이나 장사치들이나 노비들이나, 여하튼 간에 살다가 억울함을 몬 견디서 들고일어나는 사람들이, 자기들 사정에 맞차갖고 말만 쪼꼼씩 새로 바꾸모 여러 가지로 맨들어 부를 수 있것심더."

여러 사람의 시선을 받은 춘계가 조용히 입을 열었다.

"그리만 된다모 더 바랄 끼 없것지만, 해나 이 노래 땜에 무신 화를 당하는 사람이 안 나오까 그거도 걱정입더."

"여러분!"

임석이 좌중을 둘러보며 열렬한 선동자 모습을 보였다.

"우리 모도 이 노래를 퍼뜩 익히갖고, 온 시상에 널리 퍼뜨리는 일에 앞장서도록 하입시더."

그러자 나머지 사람들도 이구동성으로 말했다.

"당연하신 말씀입더."

"앞으로 증말 큰 심이 될 노래 겉심더."

"참으로 역사적인 순간입더, 역사적인 순간! 이런 자리에 같이 있다쿠는 사실이 에나 기쁩더. 안 그렇심니꺼?"

"우리가 행운아들입더."

그건 그랬다. 장차 농민군들이 진군할 때 부르게 될 그 노래가 맨 처음으로 나온 자리, 그곳이야말로 농민운동 역사를 통틀어 가장 의미 깊은 곳이었다. 그리고 그 자리에 모인 사람들, 그들 또한 이 나라 농민운동의 선구자라고 할 수 있었다.

"그라고 보이, 역사를 쓴다쿠는 기……."

서준하의 집은 흔하게 볼 수 있는 이 나라의 전형적인 농사꾼 가옥이지만 그 집을 감싸고 흐르는 공기는 범상치 않다.

"아, 그기 무신 소립니꺼?"

"음."

"더 상세하거로 말해 보이소."

천필구는 준하를 다그쳤다. 실핏줄이 터지기라도 한 것처럼 벌건 눈자위 속의 눈알이 부리부리하다. 그래서 감때사납게 보이기도 하지만 잇속을 노리고 약빠르게 달라붙는 감발저뀌와는 한참 거리가 먼 사람이다.

"그기 사실이라쿠모, 우리가 고마 한발 늦었다쿠는 이약이 아입니꺼?"

그러자 여간해선 서두르지 않는 준하도 가쁜 숨을 몰아쉬며 말했다.

"내, 내라꼬 우찌 다 알것노. 신도 아이고, 무당도 아인데……."

뒤로 발을 빼듯 했다.

"그라모예?"

"그냥 전해 들은 기라, 전해 들은 거."

그러면서 가운뎃손가락으로 제 귀를 찌르는 동작을 하는 준하를 노려보듯이 하고 있던 필구는 솥뚜껑 같은 주먹을 불끈 쥐며 믿어지지 않는다는 투로 말했다.

"우리보담도 먼첨 들고일어난 곳이 있다이?"

준하는 자신도 모르게 손바닥으로 땀이 나지도 않은 이마를 닦았다.

"이리 추븐 날씨에 생땀이 다 날라쿤다. 우쨌든 우리도 들고일어날 시간이 바로 코앞에 닥칫는갑다."

그 말에 필구 표정이 또 싹 변하면서 사뭇 떨리는 목소리로 말했다.

"우리도……."

방석보와 한화주가 한꺼번에 준하 집으로 들이닥친 것은 오래지 않아서였다. 별로 넓지 않은 방이 장정들로 꽉 들어찼다. 그렇지만 갑갑하다는 느낌보다도 여태까지 가져보지 못했던 든든함을 맛보는 그들이었다.

"모도 알고 있는 기요?"

"시방 우리가 농사철 지난 소맹캐 한가롭거로 이리 앉아 있을 때가?"

사뭇 도전적인 말투의 그들도 필구와 별반 차이가 없었다. 기대감과 큰 아쉬움 그리고 다급함이 엇갈려 보였다.

"아우들도 소식 들었는가베?"

준하가 어서 오라는 인사말 대신 그렇게 물었다.

"우찌된 일인고 상세한 내막을 쌔이 말해 봐라 큰께?"

성질 급한 필구가 방금 도착한 둘에게 쥐어박듯이 독촉했다. 그러자 더 흥분한 모습의 화주가 말했다.

"단성마을에서 그리키나 대단한 행동을 할 줄은 몰랐지예. 아마 거게도 환곡 패단(폐단)이 참 대단했던 모냥입니더."

석보가 순진한 소리 하지 말라는 투로 말했다.

"이 사람아! 시방 요 나라 구석구석 다 댕기봐도 안 그런 데가 오데 있노? 그런 데가 있다모 천국이거로?"

누군가도 씨부렁거리듯 했다.

"썩어빠진 물이 온 시상 천지 안 고인 데가 한 군데도 없다 아인가베. 쥐가 빠지 죽은 수챗구녕매이로 구데기만 버글거리고……."

필구가 그곳 사람들의 살림살이를 알려주듯 낮고 허름한 천장을 뻥 뚫을 것 같은 큰소리를 내었다.

"얼릉 그 사건이나 말해 봐라 캐도?"

방문의 창호지는 바른 지 오래된 탓에 손만 대면 철철 찢겨 나갈 듯했다.

"내가 이약해보것네."

석보가 상념에 잠기는 모습으로 말했다.

"아부지하고 아들이 앞장서갖고 일을 벌인 모냥 아인가베."

준하가 크게 놀란 얼굴로 한꺼번에 여러 가지를 캐물었다.

"아, 부자가 주도했다꼬? 이름이 머신데? 오데 사는데?"

집주인 준하가 얼마 안 되는 그의 세간 가운데에서 가장 아끼는 머릿장이 그들을 무연히 바라보고 있었다. 머리맡에 놓고 물건을 넣기도 하고 얹기도 하는 외층으로 짠 초라한 장이었지만, 그 방에 그것마저도 없으면 정말이지 '나간 집'이라고 알 것이었다.

"아부지는 김박이고, 아들은 영서라쿠던가?"

석보의 말을 듣고 저마다 입안으로 되뇌었다.

"김박……."

"영서……."

어디선가 닭이 울었다. 새로운 새벽을 알리기라도 하듯이.

"사는 데는 단성마을 아이까이."

석보의 대답에 필구가 가슴에 새겨 넣듯 했다.

"그라모 김 씨 집안인가베요?"

닭 잡아 겪을 나그네 소 잡아 겪는다고, 처음에 소홀히 하여 결과가 어렵게 되는 것을 경계하는 듯 석보가 또 말했다.

"향청을 중심으로 해갖고, 관아를 상대로 투쟁을 벌잇다 안 쿠요."

토방 쪽에서 알싸한 흙냄새가 방으로 들어오고 있었다. 마루를 놓을 수 있는 처마 밑의 땅도 그다지 넓지는 못했다.

"허, 구신도 놀라 곡할 일이거마!"

그런데 갈수록 더 대단한 말이 석보 입에서 계속 나왔다.

"그들 부자가 맨 앞장을 서갖고, 단성마을 농민들이 거게 관아에 우한꺼분에 몰리가서 창고를 불살라삣다는 기요."

모두는 경악한 눈빛으로 서로의 얼굴을 마주 보았다.

"관아 창고를……."

"그랄 수가?"

"오, 천지신맹이시여!"

그 모습들을 보고 있던 석보가 깊이 감추어 두었던 마지막 패를 꺼내 보이듯 했다.

"그뿐만이 아이요."

"또 있심니꺼?"

모든 시선이 석보의 얼굴로 쏠렸다. 그는 두 손을 놀려 무엇을 불사르는 시늉을 했다.

"장부도 싹 불태아삐고……."

"자, 장부를?"

누군가가 단말마처럼 내지르는 말이었다.

"더 놀라븐 거는……."

석보는 크게 숨을 몰아쉬고 나서 말을 이었다.

"거게 핸감을 파직시킷다는 기요."

"야아?"

그 소리에 모두들 입을 딱 벌린 채 다물 줄 몰랐다. 현감을 파직시키기까지 했다니……. 그럴 수가? 유사 이래 조선 천지에 이런 일이 몇 번이나 있었을까?

"그렇다모……."

화주가 몸을 일으켜 세우며 화급한 목소리로 제안했다.

"우리가 여서 이리하고 있을 끼 아이고, 쌔이 가보이시더."

누군가 빠른 소리로 물었다.

"춘계 나리한테 말이제?"

필구는 화주보다 먼저 자리에서 일어서고 있었다.

"그래야제."

그는 장대 같은 키로 서서 다른 사람들을 내려다보며 채근했다.

"아, 준하, 석보 성님! 와 그리 돌부처매이로 앉아 있는 기요, 야? 시방 한시가 급하다 아이요, 한시가요?"

"알것네. 가보자꼬."

준하가 천천히 몸을 움직였다. 늘 장중하게 느껴지는 그의 동작이 그 순간에만은 굼떠 보였다.

"춘계 나리는 우리보담도 먼첨 더 소상한 소식 듣고 계실 끼거마는."

석보가 반짝이는 눈빛으로 하늘 쪽을 올려다보며 기원하듯 말했다.

"그 양반이 머슬 우짜실랑고 기대가 크거마는. 안 그런가, 아우님들?"

필구와 화주가 동시에 주먹을 휘두르며 외쳐댔다.

"드디어 때가 왔는갑네?"

"인자부텀 시작인 기라요!"

준하 집을 나온 그들은 마구 달렸다. 바람보다도 빨랐다. 구름이 놀라 흩어졌다. 세상이 저만큼 뒤처져서 숨을 헐떡이며 따라오고 있었다.

농민 대표들을 맞이하는 유춘계의 몸과 말이 다 같이 떨렸다.

"잘들 오싯소."

그는 한꺼번에 들이닥친 그들 얼굴을 마음에 되새기듯 천천히 한 사람 한 사람씩 보면서 입을 열었다.

"내 안 그래도 모도 오시라 할라쿠던 참이요."

춘계의 사랑채에는 김민준과 이기개, 박임석 등이 먼저 와 있었다. 방은 말 그대로 송곳 하나 꽂을 자리가 없을 만치 꽉 차버렸다.

그곳에는 양반이니 농민이니 천민이니 하는 어떤 계층적인 구별도 없었다. 그럴 필요가 어디 있겠는가? 적어도 이들에게 그건 죄악이고 금기였다. 오로지 단 한 가지, '백성'이라는 그 하나의 이름으로 인간답게 살고 싶어 하는 소박한 소망만이 살아 숨을 쉬고 있을 뿐이다.

"저 '농자천하지대본야'라쿠는 말이 무신 뜻이요? 바로 농민이 이 시상의 근본이다, 그런 이약 아이요."

춘계는 단성 농민항쟁에 고무받아선지 평소의 그보다도 훨씬 단호하여 얼핏 과격해 보이기까지 했다. 그런 지도자에게서 모두는 때가 임박했음을 절감했다.

"그란데 시방 우리가 처해 있는 핸실은 우떻소?"

모두가 현실을 돌아보듯 한입으로 말했다.

"핸실……."

그러다가 무섭고 싫은 나머지 치를 떨어 보이기도 했다.

"우리 함 봅시더."

부릅뜬 춘계의 눈이 절 입구에 서 있는 사천왕상 그것을 닮았다. 무엇이라도 그 눈빛에 쏘이면 성해 날 성싶지가 않았다.

"저 몬된 탐관오리들로 해서, 농민은 억압과 고통의 표적물로 전락해삐릿소."

"……."

"모도 아시다시피 이 나라 민중의 대부분은 농민들 아이요?"

임석이 습관처럼 고개를 끄덕였다.

"농민을 빼모 이 나라에는 백성이 없다 캐도 과언이 아이지예."

"그런 농민이 몬산다쿠는 거는, 곧 이 나라 모든 백성이 몬산다쿠는 그 이약과 통하요. 이거보담 맹백하고 간단한 진리는 다시없소."

춘계가 목이 아픈지 잠시 말을 그친 틈을 타서 민준이 얼른 좌중을 크게 둘러보며 입을 열었다.

"방금 하신 말씀 모도 잘 들으셨지예?"

존경의 빛을 담은 그의 눈이 춘계 얼굴을 향했다.

"역시 조선 선비정신의 표본이신 남맹(남명) 조식 선생의 제자로서, 선조 때 저 정여립 모반 사건으로 감옥에서 돌아가신 분의 후손다운 말씀이시오."

기개도 한마디 보탰다.

"내는 솔직히 말입니더, 우리 춘계 나리와 함께 있으모 저 조식 선생과 마주 앉아 있는 거 겉은 착각을 일으킬 때도 안 있심니꺼."

"아, 무신 말씀들을?"

춘계가 쑥스러운지 손을 내저으며 겸허한 소리를 했다.

"이 사람이 그분 겉은 선비 기질을 가깃다모, 하매 우리 농민들을 위해 우떤 일이라도 했을 낀데……."

그때 화주가 무촌마을 무명탑 근처에서 연인 원아에게 했던 말을 꺼냈다.

"아입니더, 나리. 나리는 하늘이 우리한테 내리신 어른입니더."

기개가 호탕한 웃음을 터뜨렸다.

"맞소. 저 양반은 우리의 빛이시오. 그가 맨드신 〈이 걸이 저 걸이 갓걸이〉 노래는 에나 대단 안 하디요. 내는 꿈에도 그 노래를 막 부리고 안 그라는가베?"

지난번 모였던 버들마을 외방 객실 주인인 임석이 말했다.

"하모요. 근동 대부분 백성들은 누가 그 노래를 지었는지 모리면서도, 몬 부리는 사람이 안 없소."

"인자 고만……."

춘계가 심각한 얼굴로 좌중의 분위기를 가라앉혔다.

"우리가 시방 이런 이약이나 하고 있을 때가 아인 거 겉심니더."

모두가 입을 다물었고, 드디어 실로 무서운 소리가 방을 울렸다.

"여게 계신 세 양반하고는 하매 이약을 했지만도, 바로 낼 모레, 사람

308

이 한거석 모이는 장터에서 군중 집회를 한 분 열 계획을 하고 있심니더."

누군가가 비명 지르듯 했다.

"구, 군중 집회를!"

일순, 그곳 사랑채는 사람 숨을 막히게 하는 공기로 뒤덮였다. 이제는 그 누구도 선뜻 입을 열지 않았다. 아니, 못 했다. 허공에서 부딪는 눈빛만이 모든 것을 깡그리 불살라버릴 듯 이글거렸다.

모레, 장터에서, 군중 집회를 연다. 그것이야말로 곧 조정과 관아를 향해 정식으로 선전포고를 하는 셈이 아니고 무엇이랴.

"그, 그라모 자, 장소는 오, 오뎁니꺼?"

석보가 가까스로 입을 떼고 더듬거리며 물었다. 석보뿐만 아니라 거기 있는 사람들이 그것을 알기 위해 귀를 바짝 세웠다.

"그 장소는……."

춘계는 방문 쪽을 한 번 살펴본 후 들릴락 말락 하는 소리로 알려주었다.

"덕천강 가에 있는 수곡장터요."

준하가 마음에 새기듯 비장한 얼굴로 되뇌었다.

"덕천강 수곡 장터……."

필구와 화주가 팔을 창대처럼 높이 치켜들며 애써 소리 죽여 말했다.

"인자사 우리가 쌓인 울분을 풀 날이 온 깁니더."

"이 필구가 몬된 탐관오리들 모가지를 삭정이 분질듯기 확 분질라서……."

춘계가 조용히, 그러나 단호한 어조로 타일렀다.

"조심 우에 또 조심해야 하요."

저마다 따라 했다.

"조심 우에 또 조심……."

살얼음판을 딛는 것 같은 시간들이 흐르고 있다. 사전에 발각되면 그들 자신뿐만 아니라 식솔들도 목숨을 부지하기 어려울 것이다.

"거사를 하는 그 순간꺼지, 하늘이 두 쪼가리 나는 한이 있더라도 반다시 비밀로 해야 하는 기요."

모두가 또 입을 모았다.

"비밀로……."

춘계가 마지막으로 하는 소리가 이랬다.

"하늘도 몰라야 하요."

우리를 무지렁이라고 불러라

나라가 어수선하니 개인들 삶은 더욱 나빠졌다.

비화도 갈수록 집안 꼴이 말이 아니었다. 작은 가옥은 퇴락할 대로 퇴락하여 문짝이며 창은 부서지고 구멍이 뻥 뚫렸다. 나간 집도 그런 나간 집이 없었다.

시댁 가산家産이 이렇게도 형편없을 줄 미처 몰랐다. 남편 박재영이 있을 때도 생계가 어려웠다. 그런 판국에 가정의 기둥뿌리가 되는 지아비마저도 없어졌으니 그 궁핍함이야 이루 말할 수가 없었다.

'그래도 이대로 주저앉을 수는 안 없나.'

주린 배를 움켜쥐었다. 뱃가죽이 찰싹 등짝에 가서 붙었다.

'일해야제. 개미겉이 벌맹캐 일하다 보모, 무너진 하늘 새로 구녕이 비일 끼다. 만약 안 비이모 뚫버야 되는 기고.'

하루아침에 생과부가 된 몸뚱어리에 누더기를 걸쳤다. 보드라운 두 발에 보리 까끄라기와도 같은 거친 짚신을 꿰차고 뛰었다. 몸소 절구질하고 밤낮으로 길쌈을 게을리하지 않았다. 남의 집에 가서 허드렛일 품팔이를 했다.

비화에게 가장 큰 은인은 성내 안골 백 부잣집 마님 염 부인이었다. 염 부인은 바느질감을 전부 비화에게 맡겼다. 그러고는 곧잘 하는 말이 있었다.

"우짜다가 저리 참한 새댁이 이리 생고생을 한단 말고? 부처님도 무심하시제."

"……."

하느님도 무심하시제, 하는 말은 종종 들었어도, 부처님도 무심하시제, 하는 말은 별로 들은 기억이 없는 비화였다. 그래서 아, 염 부인은 참 독실한 불교 신자이신 모양이구나! 하는 짐작을 했다. 낳아주고 길러주지는 않았어도 염 부인은 친정어머니 같았다. 어쩌면 염 부인도 비화 자신을 친딸처럼 여기고 있는 것이 아닐까 싶을 정도였다.

"새댁, 모든 기 내 운맹이거니 하고, 그저 멤 팬하거로 살아야제. 몸 하나라도 성해야제 몸꺼지 베리모(버리면) 에나 심들 끼라."

"고맙심니더, 마님."

염 부인의 자상함에 비화는 절로 눈물이 솟았다. 아무 죄도 없이 맞은 것보다도 한층 더 서글펐다. 그러면 염 부인은 하늘 한번 보고 땅 한번 보고 나서 말했다.

"본디 사람 사는 기 다 그런 거 아이가."

"예……."

한데 이상한 일이 있다. 세상에 그런 수수께끼도 없다.

"후~우."

그런 염 부인이지만 비화를 앞에 앉혀놓고 듣는 사람 심장이 덜컥 내려앉을 정도로 깊은 한숨을 내쉬는 경우가 빈번했다. 그럴 때면 염 부인은 다른 사람 같아 비화는 아연함을 넘어 두려움까지도 느낄 지경이었다.

'에나 알 수 없는 일 아이가.'

곰곰 짚어볼수록 참으로 이해하지 못할 노릇이 아닐 수 없었다.

'이리 큰 부잣집 마님이 무신 근심 걱정이 있다꼬 저리 한숨이 잦을 꼬?'

비화는 도무지 종잡을 수 없었다. 넓은 집 안 곳곳에 흘러넘치는 게 재물이고, 백 부자는 자기 부인이 이 세상에서 최고로 잘난 여자인 것 같이 대하고, 아들 셋, 딸 둘은 늠름하고 예쁘며 효성도 지극해서 누구나 부러워할 다복한 집안이 아닌가 말이다.

그런데? 염 부인 얼굴에 서려 있는 저 어두운 그림자라니? 그녀의 음성 끝에 묻어나는 저 고통의 기운이라니? 비화의 상식으로는 도저히 이해할 수 없는 일이었다. 그런 염 부인은 일감을 가지러 온 비화더러 이런 말도 했다.

"사람은 누든지 간에 모도 한 가지씩은 걱정이 있는 벱이라. 그중에 가난이 젤 맴 팬한 걱정이제."

가난이 제일 마음 편한 걱정……. 비화로서는 자다가 일어나 생각해도 공감이 되지 않는 말이다. 염 부인은 그 나이에 믿어지지 않을 만치 곱고 부드러운 손으로 아프고 뻐근한 비화 등을 가만가만 토닥거려주기도 했다.

"그라이 새댁아, 돈 없다꼬 절대 서러버 말거래이. 그라고 기죽지도 말거래이. 그리하모 고마 돈한테 지고 마는 기다."

"……."

"가난보담도 몇 배 더 큰 아픔을 넘들 모리거로 지 가슴에 품고 살아가야 하는 사람도 있은께……."

그런 소리를 하다가, 곱게 나이 들어가는 귀부인의 본보기 같은 염 부인은, 제풀에 놀란 듯 서둘러 말끝을 흐리곤 했다. 그렇지만 그런 순간이 오래가지는 못했다. 무슨 말이든 하지 않으면 가슴이 막혀 살지 못할 사람처럼 또 입을 열곤 했다.

"내 새댁한테는 무신 이약이라도 할 수 있을 거 안 겉나."

비화는 다른 말은 할 수가 없고 그저 이랬다.

"마님……."

염 부인은 알 수 없다는 빛이기도 하고, 신기하다는 기색이기도 했다.

"에나 이상도 하제, 새댁이."

"예?"

무섬증이 들기도 하는 비화였다.

"새댁은 사람을 끌어댕기는 머가 딱 있다 아인가베."

염 부인은 수수께끼를 풀려는 사람으로 보였다.

"그기 머실꼬? 머실꼬?"

"마님?"

비화는 놀란 눈으로 염 부인을 보았다. 그녀에게서는 누구도 감히 범접할 수 없게 하는 무언가가 뿜어져 나왔다. 비화는 숨이 막히는 기분이었다.

"……."

위험하고 예리한 칼날이 비화 자신의 가슴 한복판을 긋고 지나는 느낌이었다.

'암만캐도…….'

비화는 내심 중얼거렸다. 분명히 그녀에게는 남모를 크나큰 비밀이 있었다. 그것도 죽을 때까지 자기 속에만 깊이 묻고 살아가지 않으면 안 될 엄청 고통스러운 비밀……. 대체 무슨 비밀일까?

'염 부인 겉은 여자가 시상에 올매나 되꼬?'

비화 눈에 비친 염 부인은 친정어머니 윤 씨와 옥진 어머니 동실 댁의 좋은 면을 모두 갖춘 축복받은 여인네였다. 품위를 잃지 않은 몸가짐과 모두가 부러워할 아름다운 용모를 지닌 염 부인은, 세상 여인들의 큰 부러움과 시샘을 한 몸에 받기에 충분했다. 적어도 염 부인을 놓고 볼 때 신은 불공평하였다.

그런데? 그녀에게서 보이는 저 수수께끼 같은 모습은 무엇 때문일까? 비화의 마음속에는 왜? 왜? 하는 그 글자만 끝없이 찍혀 나왔다.

"새댁아!"

"예."

"똑 일거리 땜에만 우리 집에 오지 말고, 그 일 아이라도 자조 더 자조 놀로 와, 응? 알것제?"

"마님……."

염 부인은 한 번도 거르지 않고 바느질 삯 위에 웃돈을 더 얹어주며 마치 고모나 이모가 귀여운 조카 대하듯 했다.

"우짜모 우리 새댁은 사람이……."

"부, 부끄럽……."

심지어는 말도 되지 않을 소리까지 했다.

"오늘은 집에 가지 말고 이 방에서 내하고 같이 자모 안 되까?"

"아, 우찌 그런 말씀을……."

비화는 절로 고개가 숙여졌다.

"증말 이 언해는 절대 안 잊것……."

그런데 그때까지는 상상도 하지 못한 경악스러운 사태가 벌어진 것은 비화의 '은혜' 운운하는 그 말이 미처 끝나기도 전이었다. 홀연 염 부인이 또 다른 사람으로 변해버린 것이다.

"새댁!"

목소리도 평상시의 그녀 목소리가 아니었다. 그런 목소리로 그녀는 마치 원님이 저 동헌 마당에서 중죄인을 추궁하듯 했다.

"절대 안 잊아뻔다는 그런 소리, 내 앞에서 두 분 다시 하지 마라!"

"아, 마님……."

비화는 또다시 숨이 멎는 듯했다. 염 부인의 저 차가운 말투와 무서운 얼굴.

'저, 저…….'

그랬다. 그 순간 염 부인의 얼굴을 덮고 있는 것은 살기였다. 비화는 일찍이 여자 얼굴에서, 아니 남자 얼굴에서도 그런 살기는 본 적이 없었다. 게다가 염 부인 같은 분이 살기를 띠다니…….

비화는 가슴을 쓸어내리면서 싫어도 반드시 풀지 않으면 안 될 숙제처럼 가늠해 보았다. 누구를 향한 살기인가? 무엇에서 비롯된 살기인가? 그 살기가 몰아올 여파는?

그렇다면 염 부인은 두 얼굴을 가진 여자란 말인가? 이중의 여자. 슬픔과 살기. 그 두 가지의 아주 다른 감정을 한꺼번에 드러낸다는 사실이 비화에게 너무나도 낯설었다. 참으로 두려웠다.

"마님, 지는 고마 가볼랍니더. 안녕히 계시이소."

비화는 떨리는 목소리로 말했다. 염 부인은 번쩍 정신이 드는지 얼른 물었다.

"와? 하매 갈라꼬?"

"예."

"쪼꼼만 더 있다가 안 가고……."

염 부인 얼굴에서 살기는 가시고 슬픔만 남았다. 살기가 차지하고 있던 그 자리를 슬픔이 차지하자 슬픔의 비중은 더 넓고 깊어 보였다.

'후우.'

비화 가슴이 너무너무 답답했다. 자기가 지고 있는 무거운 짐 위에 또 다른 무거운 짐이 더 얹히는 기분에 비명이라도 터져 나올 것 같았다.

"담(다음)에 또 오겄심니더."

일단은 그 자리를 벗어나고 싶은 비화였다. 그러자 이번에는 투정 부리며 달라붙듯 하는 염 부인이었다.

"담에 운제?"

"곧예."

"곧 운제?"

"잘 계시이소."

"새, 새댁……."

"그라모……."

비화는 염 부인에게 하직 인사를 하는 둥 마는 둥 하고 도망치듯 서둘러 안방에서 빠져나왔다. 그러고는 아주 멀리까지 간 후에야 뒤돌아본 대궐 같은 그 집이 엉뚱하게도 마귀의 전당殿堂처럼 비쳤다.

'내가 와 이라노? 천벌 받을 짓을…….'

비화는 염 부인에게 큰 죄를 짓는다는 자책감을 떨칠 수 없었다. 늘 그렇게 잘 대해주는 염 부인을 마귀라고 보다니. 나에게 마귀가 씌운 것인가?

'과거를 돌아보모 회한만 남고, 미래를 바라보모 불안만 느낀다 캤제. 그러이 오즉 시방 이 자리만 생각함서 살아가야 하는 기라.'

백 부잣집 저택 위로 새덕리의 초라한 시가집이 겹쳐 보였다. 그리고 그 위로 또 걸쳐 보이는 게 성 밖 친정집이었다. 성내에 있는 백 부잣집으로 올 때 일부러 자기 집이 있는 쪽 길을 피하고 빙 둘러서 다른 쪽 길을 이용하는 비화였다. 부모나 동리 사람들과 서로 마주치지 않기 위해서였다. 초라한 자신의 몰골을 보이면 안 되었다.

'핸재만 생각한다꼬 해서 과거를 싹 다 잊아삐고 미래를 설개 안 할라

쿤다는 거는 절대 아이고…….'

비화는 온갖 망상의 근원, 특히 염 부인의 갑작스러운 변화에 대해서
는 다 잊어버리기로 했다. 때로는 망각의 힘에 의존할 필요도 있는 것이
다. 그 대신 한층 결의를 다졌다.

'온냐, 해볼란다. 와 몬 해볼 끼고?'

하늘에 고하듯 하늘을 보고 땅에게 고하듯 땅을 보면서 다짐했다.

'이몸의 뼈가지가 가리가 돼삐고, 손톱 발톱이 문디이매이로 모돌띠
리 빠지나가도, 내는 끝꺼지 넘보란 듯기 잘 살아갈 끼거마는.'

그러자 어디선가 '바스락' 바싹 마른 나뭇잎 소리가 날 것 같은 진무
스님 음성이 다시 들려왔다.

'장차 자라면 거부가 될 상相이로고!'

염 부인에게 받은 돈이 든 가슴에 손을 살짝 한번 대보고 실성한 여자
같이 혼자서 소리 내어 웃었다. 한 보자기 넘치는 바느질감을 다른 손으
로 옮겨 쥐면서 또 슬며시 웃었다. 그 웃음 뒤에 감춰진 울음은, 웃음의
거름으로 삼기 위해 남겨두기로 했다.

'큰 부자, 큰 부자…….'

비화는 치맛자락 끝에 쌩 바람이 일도록 힘차게 발을 떼놓았다. 아버
지 김 장군의 피를 고스란히 물려받은 면모가 엿보였다. 그럴 때 보자면
성미 괄괄한 해랑보다도 훨씬 더 사내다웠다.

그런데 시가 마을로 돌아와서 동구 근처에 만년 파수꾼처럼 서 있는
잿빛 껍질의 오래된 팽나무 밑을 막 지날 때였다. 비화는 화들짝 놀랐다.

"아주머이!"

한돌재다. 언제나 자기 그림자인 양 소와 함께 있는 그가 어쩐 일인
지 이날은 혼자 몸인 데다가, 농사일할 때의 복장이 아니고 어디 다녀오
는 차림새다. 그는 비화가 들고 있는 큰 보퉁이를 한심하다는 눈초리로

한참 바라보더니 질책하듯 물었다.

"그 손에 든 거, 또 바느질감인가베요?"

"……."

그에 대한 대답은 고사하고 숨부터 가빠오는 비화였다. 친정이 있는 곳에서도 시가가 있는 곳에서도 가장 두렵고 신경 쓰이는 게 사람의 눈이었다.

"죽을 둥 살 둥 모리고 일해봤자, 엠뱅 겉은 그눔의 가난은 영영 몬 떨치내는 기 우리 서민들인데……."

그러던 돌재가 어느 순간 갑자기 아무도 없는 주변을 휘 둘러보더니만 음성까지 잔뜩 낮추어 은근히 물어왔다.

"내가 오데 댕기오는 줄 아요?"

"……."

비화는 여전히 잠자코 걸음만 옮겼다. 손에 든 일감보다도 몇 곱절이나 더 버거운 게 그였다. 그런데 돌재의 다음 말에 비화는 못 박힌 듯 멈칫 그 자리에 서고 말았다.

"시방 시상은 야단 난리가 안 났소. 오랑캐가 쳐들어와도 그 정도가 되까?"

"……."

앞산, 뒷산에서 불어오던 바람이 돌연 그 방향을 바꾸는 형세였다.

"우리 농투성이들이 들고일어나갖고……."

"……."

땅에 단단히 뿌리를 박은 아름드리 팽나무 둥치가 흔들릴 정도로 크게 놀랄 소리가 그의 까칠한 입술 사이로 새어 나온 건 그다음이었다.

"유춘계라쿠는 그 양반, 에나 대단한 인물 겉더마는."

그 말이 떨어지기 무서웠다.

"예에? 유, 유춘계 그분을 마, 만낸 깁니꺼?"

비화의 경악한 목소리가 허공을 찢었다.

"아, 아주머이?"

이번에 적잖게 놀란 건 돌재였다. 그는 뭔가 탐색하는 눈빛으로 비화를 빤히 바라보았다.

'아, 내가…….'

그만 틈을 내보이고 말았다. 빨리 이 자리를 벗어나지 않으면 안 되었다. 하지만 몸이 얼른 따라주질 않는다.

"아주머이요!"

그러나 돌재는 비화의 그 민감한 반응을 그대로 흘려보내지 않았다. 작심한 듯 찰거머리같이 달라붙기 시작했다.

"유춘계 그 양반을 알고 있는 기지요?"

"……."

"아주머이하고 우찌 되는 사입니꺼, 예?"

"우, 우찌 되는…….."

"하모요, 우찌…….."

"우, 우찌 되는 거는 아, 아이고…….."

마을 안쪽에서 닭 울음소리가 아스라이 들려왔다. 비화에게는 그 소리마저도 위태롭게 다가왔다. 비화는 손까지 내저으며 부인했다.

"아, 아입니더! 지가 그런 분을 우찌 알 깁니꺼?"

두 번 다시 그런 소리는 하지도 말라고 딱 끊는 투로 말했다.

"지는 모립니더."

그렇지만 돌재는 의심에 불을 붙인 듯 더욱 탐색하는 모습을 보였다.

"내 눈은 누라도 몬 기시지예."

"……."

320

아닌 게 아니라, 그때 그의 눈빛은 무쇠라도 뚫을 성싶었다. 평소에 도 그런 눈빛인데 비화가 미처 느끼지 못하고 있었는지도 모른다.

"땅강새이맹커로 살지만도, 눈치 하나는 넘들한테 안 빠집니더."

날개는 짧고 앞다리는 땅파기에 적합한 땅강아지처럼 산다는 돌재의 말이, 땅을 파먹고 사는 농사꾼인 그 자신을 자조하는 건지 변명하는 건 지 알 수 없다.

"가난해서 공부는 하지 몬했지만도, 에릴 적에는 똑똑하다쿠는 소리 도 들은 냅니더."

그러던 돌재는 다급한 목소리로, 그러나 애원조로 나왔다.

"내가 아주머이를 해칠 사람으로 비입니꺼?"

금방이라도 달려들 것으로 보이는 두려운 모습이었다.

"저, 저리 비키시소! 와 이랍니꺼?"

비화는 강하게 나갔다. 약해 보이면 당하게 된다.

"와 가는 사람 앞을 막아서갖고 몬 가거로 하는 깁니꺼, 예?"

"사람……."

그런데 그렇게 되뇌는 돌재 태도가 평소와는 굉장히 달랐다. 목소리 에도 훨씬 더 여유가 넘쳐 보였다. 비화는 다른 사람과 마주 서 있는 착 각마저 들었다.

"내 오늘은 다린 소리 안 하고……."

그는 들으려면 듣고, 듣지 않으려면 듣지 말라는 식으로 나왔다.

"유춘계 양반 지휘 받고 농민들이 우찌했는고 그거 이약할라 캤는 데……."

"아……."

일순, 비화는 손에 들린 일감을 그대로 땅바닥에 툭 떨어뜨릴 뻔했 다. 아니, 그녀의 몸이 쓰러질 것 같다는 말이 더 옳았다.

"아주머이?"

사내의 은밀한 눈빛이 그런 비화의 작은 움직임 하나도 놓치지 않으려는 듯 어둠 속에서 노려보는 박쥐의 눈빛같이 번득였다.

"아주머이도 아시야 됩니더."

만날 때마다 언제나 구걸하는 거지처럼 사정조로 나오던 돌재가, 지금 그 순간에는 제법 어깨에 힘이 들어가 있는 자세였다. 오히려 뭔가를 베풀어 주는 사람 행세를 했다.

"머, 머를예?"

비화 음성은 상대적으로 위축되었다. 갑자기 팽나무가 덮쳐오고 몸이 그 아래 깔려버리는 것만 같았다. 돌재는 입 하나만 아니라 온몸으로 말하는 듯했다.

"다예, 다."

그런 다음에 나오는 소리도 여간 예사롭지가 않았다.

"그래야 우리매이로 심 없고 괄시받는 농민하고 천민들이, 지옥보담도 지긋지긋한 가난의 뻘 구디이(구덩이)에서 벗어날 끼 아입니꺼?"

그는 손을 들어 평소 손질도 잘 하지 않아 보이는 자기 머리칼을 쓸어 올렸다. 그러고는 숫제 설득조로 나왔다.

"탐관오리들한테 운제꺼정 당하고만 있을 낍니꺼?"

"……."

땅에는 키 낮은 잡풀들이 납작 엎드린 채 자라고 있었는데, 그 사이로 작은 개미들이 바지런히 돌아다니고 있는 게 신기하리만치 비화 눈에 또렷이 들어왔다. 그리고 그것은 아주 오래전 그녀가 어릴 적에 집 대문 앞에서 보았던 그 장면과 무서울 만큼 같았다.

"와 암 말이 없지예?"

"……."

322

잠시 멈췄던 바람이 멈추기 전보다 더 크게 술렁거리고 있었다. 저쪽 밭머리에서 꿩 울음소리가 났다.

"안 그렇심니꺼?"

"그, 그기사……."

비화는 숨쉬기도 쉽지 않았다. 돌재의 말이 영락없는 춘계 아저씨 말처럼 들렸다. 사실 다른 모든 것을 떠나 돌재는 비화에게 거의 아저씨뻘 되는 나이이기도 했다. 그래서 이런 경우에 더 당황하는지도 모른다. 돌재는 그가 이야기하는 모든 것들을 춘계 아저씨에게서 들었을 것이다.

"인자 시상이 확 배뀔 낍니더."

"시상이……."

비화는 부지불식간에 돌재 말을 되뇌고 있었다.

"하모요, 천지개백이 머 따로 있는 줄 압니꺼?"

"천지개백……."

그의 입에서는 갈수록 정말 천지가 개벽하는 듯한 무서운 소리가 떨어져 내렸다. 그리고 그것은 듣고 있는 상대의 몸과 마음을 꽁꽁 묶어버리는 마력을 지니고 있었다.

"함 두고 보이소. 반다시 농민들 시상이 옵니더."

"흐……."

비화 가슴이 걷잡을 수 없을 정도로 부들부들 떨렸다. 농민들 세상……. 밭 팔아서 논 살 때는 이밥 먹자는 뜻인데, 더 낫게 되기를 바라다가 오히려 그보다 못하게 되면 어쩌나, 그런 우려와 불안이 덤벼들기도 했다.

"그리만 되모, 이 돌재는 시방보담 더 떳떳하거로 아주머이한테……."

"……."

비화는 다시 번쩍 정신이 들었다. 춘계 아저씨 안위를 걱정하다가 외간남자에게 더 큰 허점을 보일 뻔했다.

'비화야, 증신 채리라.'

그렇게 자신에게 경고하며 걸음을 재게 놀렸다. 그러나 돌재는 행여 놓칠세라 더 바짝 따라붙었다. 그는 두 발끝이 밖으로 벋어지게 걷는 밭장다리였는데, 비화 걸음걸이보다 더 빠른 속도로 말했다.

"유춘계 그분을 비롯한 몇몇 양반들 통솔 아래 우리 농민들 기세가 하늘을 막 찌릴 거매이로 한께, 관아에서도 우짜지 못하고……."

비화 걸음이 또 멈춰지고 말았다. 손에 든 일감에는 감각이 없어진 지 오래다.

"그라모 그분들한테 아모 일도 없다, 그런 말씀입니꺼?"

동네 어느 집에선가 아이 우는 소리가 들려오기 시작했다.

"하모, 하모요."

돌재는 비화가 말 상대를 해주는 듯하자 좋아 어쩔 줄 몰라 했다. 그러자 그는 순진함을 넘어 되레 얼간이로 비칠 지경이었다.

"그래 시방 내가 이리 흥분해쌌는 거 아이요?"

비화는 다시 걸음을 재촉했다.

"증말 십년 묵은 채정(체증)이 싸악 내리가는 거 겉었소."

돌재도 다시 뒤쫓으며 말했다.

"내 머리에 털 나고 나서, 오늘맹캐 통쾌한 날은 없었던 기요."

비화 머릿속에 춘계 아저씨와 그와 함께 있던 농민들 모습이 되살아났다. 그들이 죽은 후에도, 아니 비화 자신이 죽은 후에도 영원히 잊을 수 없을 사람들이었다. 돌재는 감격에 겨워 이런 말도 했다.

"농사꾼으로 살아가는 기, 오늘겉이만 자랑시럽다쿠모……."

비화 입에서 혼잣말 같은 소리가 조그맣게 흘러나왔다.

"그래도 일이 잘몬되모……."

"잘몬?"

그때 저쪽 들판으로부터 막 불어온 바람이 비화의 귀밑머리를 날리게 했다. 그러자 젊은 여인의 눈송이처럼 희고 탐스러운 귓바퀴가 훤하게 드러났고, 그것을 보는 사내 숨결이 홀연 가빠졌다.

"아, 아주머이는……."

바람은 거의 방치하다시피 해놓은 그의 머리카락도 일어서게 하고 있었다.

"그, 그 강갱(광경)을 모, 몬 봐서 자꾸 그런 마, 말씀하시는 기, 기요."

뜨거운 사내 입김이 비화 볼에 닿는 듯했다.

"그 기세가 하, 하늘을 찔렀다 안 쿠요, 하늘을."

비화는 하늘이 내려다보는 것 같아 허겁지겁 달아났다. 자신은 무척 애써도 사내와의 거리는 좀처럼 벌어지지 않는다. 땅이 무슨 못된 조화를 부리고 있는 건지 원망스러울 판이었다.

"관아에 있는 것들, 호래이 앞에 토까이맹캐 해쌌는데……."

"그, 그라모 다행이지만도……."

자신도 모르게 또 흘러나온 말이다. 기실 도망은 치면서도 춘계 아저씨 일이 여간 궁금하고 걱정되는 게 아니었다. 그렇지만 그게 또다시 돌재에게 어떤 빌미를 준 결과를 낳고 말았다.

"그라이 아주머이! 자꾸 집에 갈라고만 하지 말고, 내하고 이약 쪼매 더 하입시더."

"……."

"아주머이나 내나 그눔의 집구석이라꼬 들가봤자……."

"……."

팽나무에서 까치가 미친 듯이 함부로 울어대기 시작했다. 뱀이 둥지를 노리기라도 하는 건지 모르겠다. 비화 마음이 더없이 불안하고 조급해졌다.

"지는 이 일감 퍼뜩 끝내서 갖다조야 합니더."

"아주머이가 내 말만 잘 들으모, 그깟 궂은 일 안 해도 되는 기라요."

하소연하는 사내 얼굴이 비화 눈앞을 막아섰다.

"내 아주머이를 왕비맹캐 떡 뫼시놓고, 손에 물 한 방울 안 묻히고 살거로……."

비화는 그의 몸을 피해가려고 하면서 야멸치고 냉랭하게 말했다.

"지는 왕비도 싫심니더."

그러자 그가 대뜸 하는 소리가 이랬다.

"그라모 공주……."

어른도 다급해지면 어린아이만큼이나 철없어지는 모양이었다. 비화는 제 나잇값도 하지 못하는 그가 한층 가증스러웠다. 마음은 더욱 멀게 느껴졌다.

"공주도 싫심니더."

"그라모 우짜모?"

비화는 신발이라도 벗어 바보 같은 표정을 짓는 그의 낯짝을 후려갈기고 싶은 충동을 억눌렀다.

"그라이 지발 고마 따라오이소."

"아주머이!"

용수철이나 줄을 세게 튕길 때 나는 소리를 닮은 비화 목소리가 한적한 대지를 쩡쩡 울렸다.

"사람 말귀도 몬 알아듣심니꺼? 인자 고마……."

"젠장!"

급기야 돌재도 눈알까지 부라리며 큰소리로 나왔다. 사람은 주어진

326

상황에 따라 그렇게 돌변할 수도 있다는 것을 보여주는 순간이었다.

"우째서 사람 멤을 그리 몰라주는 깁니꺼?"

하루살이 같은 것이 성가실 정도로 비화 얼굴에 와 부딪고 있었다. 그것은 가렵다 못 해 따끔거리는 느낌마저 들었다.

"사람 겉으모……."

"……."

또 바람의 방향이 갑자기 바뀌기 시작했다. 짧은 순간이었지만 비화는 산과 들판이 하늘 끝에 거꾸로 매달려 있는 듯한 환각이 일었다. 그녀 자신의 몸까지도. 나무는 경사진 비탈에서도 결코 굽지 아니하고 똑바로 선 자세로 살아가고 있는데 말이다.

'우짜다가 내 꼬라지가…….'

바로 그때였다. 실랑이를 벌이는 두 사람 귀에 문득 다른 세상에서 나오는 것 같은 소리가 들려왔다.

"시방 둘이서 무신 짓들하고 있는 기요?"

"아……."

비화만 놀란 게 아니었다. 돌재도 그에 못지않게 굉장히 당황해하는 모습이었다. 그들이 동시에 반사적으로 바라본 곳에는 밤골 댁이 서 있었다.

"새댁!"

밤골 댁이 한동네에 사는 오지랖 넓은 어느 여인네 말마따나 '떡판' 같은 그녀의 큰 젖가슴을 쑥 내밀고 비화에게 물었다.

"저 행편없이 야비한 인간이 또 새댁을 성가시거로 하는 기제?"

"……."

비화 가슴 복판이 대바늘에 꽉 찔린 것같이 뜨끔했다. 어떻게 밤골 댁이 알고 있는 걸까? 비화 입에서는 자신도 모르게 이런 소리가 흘러나왔다.

"아, 아입니더. 그, 그런 거는 아이고예……."

"아이는 산모한테나 가서 알아보고……."

밤골 댁은 애써 감출 필요 없다는 투였다.

"하늘 겉은 지 서방 잡아묵고 혼자 사는 독한 년이 뭣으로 살것노?"

두 사람 앞에서 자조하듯 혼자 말을 계속했다.

"눈치코치 하나 갖고 살제. 그거도 없으모 고마 죽는 기다."

죽는다는 그 말이 이상할 정도로 비화의 가슴을 옥죄었다.

"아주머이."

혹여 밤골 댁이 돌재에게 마음을 두고 있는 것은 아닐까? 비화 머릿속을 번개같이 스쳐 지나가는 생각이었다. 만약 그렇다면? 일은 더욱 복잡하고 추잡하게 번져갈 공산이 컸다. 낮술이라도 들이켠 사람처럼 시뻘건 밤골 댁 얼굴에는 분명히 질투심 비슷한 빛이 서려 있다.

'엎친 데 덮친다더이…….'

비화의 조바심 섞인 그런 막연한 느낌은 그 두 사람이 주고받는 이야기를 통해 좀 더 현실적으로 다가왔다. 사람 환장할 노릇이라더니, 지금 그 경우가 딱 그러했다.

"이보소, 밤골댁!"

"와요? 이보소고 저보소고……."

처음부터 서로가 여간 드세게 나오는 품새들이 아니다.

"천하의 이 한돌재를 우찌 보고 그런 소리 벌로 해쌌는 기요?"

"천하의 한돌재애?"

밤골 댁의 말끝이 빳빳이 치켜든 살모사의 대가리처럼 치솟았다.

"그렇제. 잘 몬 들었으모 함 더 들리주까?"

"그라모 내는 천상의 밤골 댁이다 고마!"

돌재는 굵은 허리춤에 처억 갖다 올려붙였던 두 손을 들어 하늘을 가리키는 밤골 댁에게 쏘아붙였다.

"내사 급살 맞고 죽은 마누래를 몬 잊는다 안 쿠던가베?"

밤골 댁이 또 콧방귀를 터뜨렸다.

"흥! 그기 모돌띠리 새빨간 거짓말이라쿠는 기, 바로 요게 이 자리서 불 보듯기 드러나삣는데도 또 딴말하기요?"

"새빨간 거짓말?"

저 하늘 높은 곳에서 빙빙 날아다니고 있는 것은 솔개였다. 두 사람은 서로 솔개를 매로 보았다는 모양새였다.

"하모요. 그라모 시퍼런 거짓말이라 쿠까?"

"어이쿠!"

돌재는 당장 제 성깔대로 하지 못해 뜨거운 불판 위에 선 사람 모양으로 펄펄 뛸 기세이면서도 억지로 참는 빛이 역력했다. 그가 처해 있는 환경이 그래서 그렇지 천성이 어질고 완전 망나니는 아닌 성싶었다.

"아, 아이라 캐도 글쌌소?"

"아이기는 머시 아이라요? 기지(그렇지)."

밤골 댁은 사람을 형편없이 업신여기는 태도였다. 비화가 아는 한 그녀는 원래 그런 여자가 아니었다.

"남자가 한입에 두말 하모, 남자 자객이 없는 기라."

동구 밖 작은 돌멩이들은 따가운 햇빛만 무심하게 받고 있었다. 비화는 그 강렬한 빛살에 눈이 멀어버릴 것만 같았다.

"여자가 한입에 두말 하모, 여자 자객이 있는 기고?"

돌재도 갈수록 인내심이 바닥을 보였다.

"내사 일처종사하는 사람이라 안 쿠디요?"

"일처종사?"

동네 어귀는 남녀의 말싸움으로 날이 샐 지경이었다. 밤골 댁은 계속 사람을 잔뜩 눈 아래로 깔보는 태도로 일관했다.

　"흐응! 이년이 비록 낫 놓고 머도 모리는 년이지만도, 일부종사라쿠는 그런 말은 마이 들었어도 일처종사라쿠는 말은 한 분도 들은 적이 없거마는."

　돌재 또한 상대방을 깎아내리는 어투를 바꾸지 않았다.

　"그라모 오늘 출세했거마는. 한 분도 몬 들은 말을 들었은께……."

　비화는 이제 제발 그만두기를 바랐다. 그런데 도리어 상황은 더욱 악화할 조짐을 보였다. 돌재는 큰 궁지에 몰린 듯 사내가 치졸하고 야비한 소리를 끄집어내기 시작했다.

　"허어, 죽은 서방님 영전에 물 떠놓고 팽생 수절하것다꼬 그리도 맹서한 멤이, 누 땜에 변했다꼬 할 때는 운제요?"

　그러자 밤골 댁은 얼른 비화 쪽을 보며 그만 얼굴이 다 타버리지 않을까 우려될 정도로 새빨개지면서 어쩔 줄 몰라 했다.

　"조, 조 인간잇!"

　그러나 돌재는 사람 복장을 터지게 할 요량 같았다.

　"베개를 꼭 껴안고 잤더이, 꿈에 베개가 이 돌재로 배뀌 있더라 안 캤소."

　"아……."

　비화로서는 당장 귀를 꽉 틀어막아 버리고 싶은 소리였다. 차라리 지금 저 허공에서 빙빙 돌고 있는 소리개가 내려와서 사나운 발톱으로 나를 낚아채 가버렸으면 했다.

　"흐, 이 인간이 에나 넘 있는 데서 그 말꺼지 하는 기요?"

　밤골 댁은 금방이라도 죽어 벌렁 넘어질 여자 같았다. 사실 어떤 여자라도 그 상황에서는 그렇지 않을 수 없을 것이다.

"그런께 씰데없이 넘 일에 끼이들지 마라, 그 소린 기라."

돌재는 이제 사내 체면이고 위신이고 돌아볼 것 없이 여자를 함부로 깔아뭉개는 소리를 연달아 내뱉었다. 비화가 아는 한 그런 남자가 아니었다.

"에나 꼴값하고 있다 아인가베?"

"머요? 꼬, 꼴값?"

마침내 극단적인 소리까지 나오고 있었다.

"여자 겉도 안 한 여자가……."

밤골 댁은 귀를 의심하는 모습이었다.

"여, 여자 겉도 안 한 여자?"

돌재는 불어터진 국수처럼 흐물흐물한 말투를 유지했다.

"와? 내가 없는 말 지이낸 것가? 내한테 그런 재조 있으모 새매이로 훨훨 날라댕기제 두 발로 안 걸어댕기것다."

"으ㅎㅎㅎ……."

밤골 댁은 기어이 오장육부가 뒤틀리는 것 같은 울음을 터뜨렸다. 주먹을 들어 복장까지 쾅쾅 두드려가며 소리쳤다.

"애고! 애고! 개만도 몬한 내 팔자야!"

그대로 땅바닥에 철버덕 주저앉을 것처럼 했다. 그리고 다시는 일어서지 못할 것만 같아 비화는 가슴이 타들어 갔다.

"서방 일쪽 보낸 거도 서러버서 몬 살것는데, 인자는 이런 수모꺼정 당함서 살아야 하는 것가? 더 살아 무신 호강 볼 끼라꼬?"

그러던 밤골 댁은 별안간 표독스럽게 변했다.

"그래, 그래. 한돌재, 두돌재, 세돌재야! 에나 니 잘났다, 니 잘났어. 흥! 니가 잘났으모 올매나 잘났노?"

졸지에 두 개, 세 개로 늘어나 버린 돌재는 고개를 빼고 주위를 둘러보는 시늉을 하며 대거리했다.

"아, 여게서 지 잘났다꼬 한 사람, 하나도 없소. 잘나도 몬난 거매이로 핸 그런 사람은 있을랑가 몰라도……."

그러나 밤골 댁은 갈수록 한층 길길이 날뛰었다. 마치 신들린 무당이 푸닥거리하듯 잘도 주워섬겼다. 비화가 알기로, 사람은 화가 나면 대개 말이 잘 안 되는 법인데 밤골 댁은 정반대인 모양이었다. 아무튼 남산 검불 북산 검불 있는 대로 끌어다 쓰는 입담 하나는 누구라도 알아줘야 했다.

"춘향이 괴롭힌 이도령만치 잘났나, 대동강 물 팔아묵은 봉이 김선달만치 잘났나, 제비 다리 곤치주고 박씨 얻어 큰 부자 된 흥부만치 잘났나?"

어쩌면 죽은 밤골댁 남편은 소리꾼이었지 않나 싶을 정도였다. 어쨌거나 돌재도 뜻밖의 방해꾼 때문에 다 된 밥에 재 빠뜨리게 되어 너무 억울하고 아쉽다는 듯, 두 주먹으로 번갈아 가며 제 머리통을 함부로 쥐어박으며 말했다.

"어이구우! 이눔의 홀애비 신세 한분 면해 볼라꼬, 낮이고 밤이고 죽을 애를 다 써도 와 이리 안 되는 기고?"

지레 팔딱팔딱 뛸 기세다. 어찌 보면 짓궂은 선머슴아이들 오줌 줄기를 맞고 어쩔 줄 몰라 하는 두꺼비 형상이다.

"죽을 애를 썼다꼬요?"

밤골 댁의 비아냥에 돌재는 공격적으로 바뀌었다.

"하모, 썼제."

새소리도 멎었고 바람 소리도 없다.

"내가 볼 적에는 살 애도 안 썼소."

밤골 댁은 아예 원수 대하듯 한다.

"지기미!"

급기야 돌재 입에서 험한 소리들이 나오기 시작했다.

"내한테는 와 장 이리 마魔가 끼는 긴고 모리겄다 고마!"

밤골 댁은 애꿎은 남에게 덮어씌우지 말라는 투로 뇌까렸다.

"자기가 마가 끼거로 함시로?"

"내가?"

밤골댁 말꼬리를 물고 이번에는 돌재가 끝이 없는 무슨 타령 늘어놓듯 했다.

"할배 무덤을 잘몬 쓴 기가, 죽은 할매 욕을 한 기가?"

밤골 댁이 억지웃음을 실실 뿌려가며 빈정거렸다.

"죽은 사람 핑개는 와 대요? 산 사람 핑개 대는 거도 아이고⋯⋯."

뒤로 밀린 돌재는 밤골댁 턱밑에 제 얼굴을 바짝 들이대며 소리쳤다.

"그라모! 그라모 밤골댁 핑개 대까?"

밤골 댁은 흰자위가 드러나게 눈알을 휙 굴리며 말했다.

"딱 한 사람 핑개 댈 사람이 있거마는."

돌재는 악바리 써대듯 했다.

"누? 누?"

하도 고성인지라 팽나무 잎들이 우수수 떨어져 내릴 것같이 위태로워 보였다. 밤골 댁은 천하에 막돼먹은 여자처럼 고개를 뒤로 발랑 젖힌 채 말했다.

"몰라 묻소?"

"모리고 안 모리고, 그기 누요?"

밤골 댁은 돌재 얼굴에 침이라도 튀길 여자 같았다.

"한돌재, 한돌잰 기라요!"

"요, 요 써, 썩을?"

더없이 황당해진 사람은 비화다. 오도 가도 못 하고 엉거주춤 그대로 서 있는 제 몰골이 그렇게 못나고 저주스러울 수 없었다. 비화는 혓바닥을 꽉 깨무는 심정으로 마음속 깊이 절규했다.

'아, 여보! 당신은 오데로 가서 내를 이리 비참하거로 맨드는 깁니꺼?'

남의 사랑싸움에 희생물이 된 것 같은 더러운 기분이 들었다.

'대체 지가 머슬 올매나 잘몬했기에 집을 나가삔 깁니꺼? 도로 질로 보고 나가라 캤으모 지가 나갔지예.'

하늘도 그만 고개를 돌릴 슬픔과 원망이 날줄과 씨줄이 되어 한恨이라는 이름의 베를 짜고 있다. 기나긴 겨울밤만큼이나 춥고 외로운 시간의 물레와 함께였다.

'혼자 사는 처지라꼬 저런 사내도 막 넘보고, 저런 여자하고 요런 일꺼지 겪어야 하고, 이라다가 내중에는 또 무신?'

비화 두 뺨 위로 눈물방울이 하염없이 흘러내렸다. 고개를 옆으로 돌려 소리 죽여 가며 울었다. 그런데 다음 순간이었다.

"엉, 엉엉……."

난데없는 울음소리가 들렸다. 돌재에게 삿대질까지 해대던 밤골 댁도 울기 시작했다.

'흑…….'

비화는 눈물이 더 났다. 그런데 두 여인의 울음이 호열자처럼 옮기기라도 한 걸까? 홀연 사내 입에서도 함부로 울부짖는 소리가 터져 나왔다.

"으흐흐, 으흐흐흐……."

두 여자는 놀라 바라보았다. 농투성이의 시커멓게 탄 까칠한 얼굴을 적시는 사내의 굵은 눈물을. 홀아비의 한과 설움이 그다지도 컸던 것인지. 돌재는 여인네들보다도 서럽게 더 서럽게 울었다.

'아, 우짜노? 내가 우짜모 좋노?'

비화는 대체 무엇을 어떻게 해야 할지 그저 막막하기만 했다. 눈물을 보인 적이 없지는 않지만, 언제나 바위처럼 굳건한 모습을 보이는 아버지를 지켜보며 살아온 비화다. 남자 눈물에는 너무나 익숙지 못했다.

한데, 오뉴월 하루 볕이 무섭다 하던가. 그 난감하기 그지없는 상황을 거둬들일 계기를 마련한 사람은 비화가 아니라 나이 몇 살 더 먹은 밤골 댁이었다. 그녀는 선머슴처럼 손등으로 눈물을 쓰윽 훔치며 돌재에게 말했다. 그건 비화로선 전혀 뜻밖의 사태가 아닐 수 없었다.

"한 씨! 고마 우소, 고마 울어."

남에게 그만 울라고 말리는 그 말속에 울음이 한 동이 들어 있다.

"그라고 사내라쿠모 말요."

돌재를 외면하며 흐느끼는 목소리로 말했다.

"도치를 빼들었으모 하다몬해 썩은 나모 둥치라도 한분 베야 안 하요. 울다가 고마 날 새것소."

밤골댁 눈이 바로 옆에 선 팽나무 둥치를 향했다. 여차하면 그 나무를 베어버릴 것 같은 분위기였다. 하지만 독기 어린 말투는 사라진 지 오래였다. 어쩌면 그게 밤골댁 그녀의 진짜 목소리인지도 알 수 없다.

"독수공방 과부가 이약하는데 자꾸 그랄 끼요?"

그 말이 드디어 큰 효과를 보인 걸까? 돌재가 울음을 그쳤다. 그러고는 밤골 댁이 아니라 비화를 똑바로 바라보면서 누구도 예상치 못한 말을 하기 시작했다.

"내 생각이 짧았던 거 겉소."

고개를 한 번 숙였다가 다시 들었다.

"옹졸했던 기요."

"……."

비화는 지금 내가 무슨 말을 듣고 있는가 싶었다.

"내 멤대로 안 되는 기 넘 멤이라쿠는 거, 요분 기회에 똑똑히 알기 됐소."

돌재 얼굴은 몰라보게 단호한 빛을 띠었다. 그의 이름에 들어 있는 그대로 돌 같았다.

"밤골 댁이 있는 데서 내 맹서하것소."

"……."

비화는 입이 붙어버렸다. 돌재가 한 번 더 말했다.

"맹서하것소."

밤골댁 눈이 빛났다. 눈물 때문만은 아닌 성싶었다.

"인자 앞으로 두 분 다시는……."

돌재는 이제까지 보다는 훨씬 또렷한 어조였다.

"두 분 다시는 젊은 아주머이를 괴롭히는 일 없을 끼요."

"……."

비화는 아무 말도 하지 못한 채 그저 몸만 덜덜덜 떨었다. 그녀 자신 때문에 멀쩡한 한 사내가 저렇게 힘들어한다는 사실을 감당키 어려웠다. 내가 참 죄가 많다, 싶었다. 내가 뭐가 잘나서, 싶었다.

"흐, 사내가 몬나기는……."

밤골 댁이 저고리 옷고름 끝을 들어 코를 '팽' 풀고 나서 또 말했다.

"참말로 몬났소, 한 씨."

비녀가 빠져나갈 정도로 고개까지 절레절레 흔들었다.

"사람이 몬나도 우찌 저리 몬났을꼬?"

그런데 돌재는 그 소리를 들었는지 못 들었는지 비화에게만 계속 얘기했다. 그의 음성은 흔들림이 없었다.

"하지만도 내 이거 하나만은 말해야것소."

"……."

비화는 어떤 말도 할 수가 없었다. 몸도 움직일 수가 없었다. 그저 멍하니 서 있는 나무 같았다. 언제 또 갑자기 기승을 부릴지 모르지만 그새 바람은 많이 얌전해져 있었다.

"오늘은 그런 기 아이었소. 아이었소."

팽나무가 기우뚱 귀를 기울이는 듯했다.

"다린 이약을 하고 싶었던 기요, 다린 이약을."

이것만은 꼭 믿어 달라는 어조였다.

"아주머이 아인 누라도 그 이약을 했을 끼요."

"그기 무신?"

이번에도 밤골 댁이었다. 그런 밤골 댁이 비화 눈에는 돌재보다도 몇 배나 더 알 수 없어 보였다.

"지내가는 동네 개도 붙잡아 앉히놓고 상구 떠들어대고 싶은 기, 시방 이 돌재 심정인 기라."

돌재는 주먹으로 제 가슴을 '땅땅' 쳤다. 그러고는 푸념인 듯 원망인 듯 말했다.

"이 돌재 심사를 누 알꼬?"

"……."

비화는 어리둥절한 표정을 지었다. 밤골 댁도 그게 무슨 말인가 하고 적잖게 궁금해하는 눈치였다. 바람도 잔잔하고 까치도 조용했다.

"내사 우짜다가 농투성이로 태어나갖고, 그동안 살아옴서 배실 사는 높은 것들한테 에나 설움도 한거석 당했소. 수레에 실어도 열 수레는 넘을 끼요."

돌재 음성은 갈수록 화톳불 같은 열기를 띠었다.

"허리가 뿔라지거로 일을 해서 일년 농사 개우시 지이놓으모, 요런조런 애니꼽고 더러븐 맹목 붙어서 모돌띠리 빼앗아 가삣소."

마을 안쪽에서 조그맣게 들리던 개 짖는 소리가 점점 크게 들려왔다. 돌재는 내가 하는 말을 개 콧구멍으로 알지 말아 달라는 듯 이렇게 말했다.

"그 원통 절통한 기, 오늘 유춘계 그 양반 만내고 나서 싹 씻긴 기요. 내는 죽는 날꺼정 이 일을 몬 잊것소."

잠깐 사이에 하늘을 점령했던 구름장이 차츰차츰 벗겨지고 있었다. 언뜻언뜻 내비치는 하늘빛이 그렇게 신선하고 푸르러 보일 수가 없었다. 그것이야말로 천지개벽이었다.

"그 기쁨, 그 속 시원한 거는, 안 겪어본 사람은 모릴 끼요."

성미 급한 밤골 댁이 더 참지 못하고 끼어들었다. 그녀는 복잡한 표정을 짓고 있는 비화 쪽을 한 번 보고 나서 돌재에게 물었다.

"시방 대체 무신 소리를 그리 짜다라 늘어놔쌓고 있는 기요, 한 씨?"

남자 못지않게 큰 얼굴을 찡그리기까지 했다.

"저 중국 떼눔들 말도 아이고, 서양 코재이들 말도 아이고, 내사 거 말은 한 개도 몬 알아묵것소."

돌재가 아직도 눈물 자국이 선연히 남아 번들거리는 얼굴을 밤골댁 쪽을 향해 돌렸다. 그러고는 비바람에 댓잎 흔들리는 소리로 말했다.

"우리 농민들이 지 할 소리 모도 했다, 그 말인 기라요."

"지 할 소리?"

밤골 댁이 곱씹듯 했다. 돌재 입에서는 갈수록 놀랄 이야기가 흘러나왔다.

"하모요. 그 언가諺歌, 와 안 있소?"

밤골 댁이 놀라 되물었다.

"어, 언가요? 아, 언가라모 바로 저……."

비화 심장도 풀쩍 뛰었다. 춘계 아저씨가 손수 지었다는 우리말 가사로 된 노래, 바로 그 언가였다.

"이 걸이 저 걸이 갓 걸이 하는 노래, 그거 밤골 댁도 알고 있지요?"

돌재가 묻자 밤골 댁이 사람 무시하지 말라는 듯 톡 쏘았다.

"요 조선 천지에 그 노래 모리는 사람 있으모 퍼뜩 나와 봐라 쿠소. 개도 알고 소도 알 낀데……."

돌재는 매우 흥분한 탓인지 밤골댁 말을 끝까지 듣지도 않았다.

"농투성이들이 그 노래를 크기 부림서, 시방꺼정 쌓이고 쌓인 한과 분노를 막 터뜨림서, 그리 달리가는 그 모습을 상상해 봐란 말요."

"그, 그라모?"

눈물 젖은 밤골댁 두 눈이 휘둥그레졌다.

"소, 소문으로만 듣던 그 시, 시위 해, 행렬에, 하, 한 씨도 동참했다, 그, 그 말인 기요?"

"하모요."

갑자기 돌재가 주먹을 무기처럼 높이 치켜들며 큰 소리로 말했다.

"내는 비록 맨 꼬랑대이를 따라댕기다가 왔지만도, 그래도 이 한돌재 목구녕이 있는 대로 터지라꼬 외칫던 기요. 이 걸이 저 걸이 갓 걸이……."

"아, 한 씨가?"

밤골 댁이 외마디 지르듯 했다.

'그렇다모……'

비화도 내심 크게 놀랐다. 그가 농민군 활동을 했다는 이야기가 아닌가?

"유춘계 그 양반, 하늘이 우리 농민한테 내리신 분 아인가베."

돌재 입에서 유춘계 이름이 나오자 비화는 다시 본정신이 돌아왔다.

'그래, 춘계 아자씨. 그날 옥지이가 와갖고 춘계 아자씨가 농민들을

이끌고 있다꼬 전해 주었제…….'

비화가 혼자 생각에 잠겨 있을 때 돌재와 밤골 댁의 대화는 그 끝을 모르고 있다. 그렇게 죽기 살기로 싸우던 남자와 여자의 그러한 변신은 비화에게는 신기함을 넘어 경이로울 지경이었다. 나는 아직도 세상 한참 덜 살았구나, 싶었다.

"밤골댁!"

"와요?"

"인자는 우리 농투산이들도 새 시상을 살거로 된 기요."

"새 시상을?"

"하모요."

"아, 우짜모!"

두 사람이 그렇게 서로 마음이 통하는 것 같은 모습을 보이기는 처음이었다. 저 언가가 신통술을 부린 걸까?

"몬된 탐관오리들한테 엠뱅보담도 무서븐 세금 안 뜯기도 되고……."

밤골 댁은 돌재 그 말에 차마 믿을 수 없다는 빛을 지우지 못했다.

"그기 참말이요?"

"머 말이요?"

밤골 댁은 괜히 아무도 보이지 않는 동네 안쪽을 돌아보며 물었다.

"세금 안 뜯기도 된다쿠는 기?"

"허, 와 사람이 사람 말을 몬 믿는 기요?"

돌재는 마침 사람들을 힐끔힐끔 보면서 옆을 지나가는 개를 가리키며 말했다.

"이기 거짓말이모, 내가 저게 지내가는 저 개 속으로 빠짓소."

그 말을 알아들었다는 듯 개가 꼬리를 흔들었다.

"아, 우찌 이런 일이!"

밤골 댁은 마구 떨리는 목소리로 또 물었다.

"이기 꿈은 아이것지요, 한 씨?"

"꿈이라이? 똑 꿈에 꿈 이약하는 사람맹캐 하지 마소."

비화 귀에는 그들 두 사람 말이 모두 꿈결에 듣는 것처럼 몽롱하기만 했다. 그러자 그들 모습은 보이지 않고 말소리만 들리는 기분이었다.

"사람 어지럽거로 하는 소리만 골라서 하네?"

"묵정밭에 가서 자갈이나 골라내라꼬?"

"머요? 듣자듣자 하이 이 양반이?"

"내사 양반은 아이지만, 양반 소리 들으이 기분은 안 나뿌거마."

"이 양반하고 그 양반하고는 다리다쿠는 거도 모리는 양반이……."

돌재가 끝내 웃음을 터뜨렸다.

"하하. 에나 사람 헷갈리거로 하네?"

"시방 웃음이 나오요?"

하지만 그러는 밤골 댁도 웃음을 한입 깨물고 있다.

"……."

비화는 말없이 바라보았다. 언제부턴가 눈물 그렁그렁한 얼굴들로 마주 보고 서서 함께 웃고 있는 그들을. 그것은 참으로 가슴 벅차오르는 모습이 아닐 수 없었다. 이런 일이 있을 거라고는 어느 누가 감히 상상이나 했으랴. 있을 수 없는 일이 지금 벌어지고 있는 것이다.

비화는 유춘계 아저씨가 정녕 자랑스러웠다. 팽나무 가지 사이를 스치는 바람소리가 꼭 농민들이 지르는 함성 같았다. 백성들의 박수 소리 같았다. 이런 속삭임이 들리는 듯했다.

'농민들 시상이 오고 있다.'

그러나 왜일까? 아까보다도 더욱 애 터지게 울어대는 팽나무 까치들 울음소리가 그녀 가슴을 비수같이 날카롭고 서늘하게 파고들었다.

장터 사람들

읍내 장날이었다.

"어휴, 어휴. 이 째삔 사람들 좀 봐예, 언니."

그야말로 인산인해다. 심한 말로, 발에 채는 게 인간이고 손에 걸리는 게 인간이다.

"우리 고장 오일장은 역시 겁나거로 대단해예."

순진함을 넘어서 사내애처럼 거침없는 효원은 도무지 주위 사람들 시선을 아랑곳하지 않는다. 어릴 적 해랑과 완전 닮은꼴이다. 그래서 둘은 그 누구보다도 서로를 좋아하고 또 이해하고 있는지도 모른다.

"모든 기 살아 움직이는 이런 분위기가 내도 안 좋나."

해랑도 발 디딜 틈 없이 빽빽한 읍내장터를 둘러보며 한껏 상기된 낯빛을 지었다. 장에 나오면 그 무엇이 사람을 들뜨게 만드는 것일까, 나도 여러 장으로 돌아다니면서 물건을 파는 장돌뱅이로 살아갔으면, 하는 어설픈 생각도 들었다.

"그렇네예! 방금 언니 그 말 에나 멋져예. 살아 움직이는 분위기!"

효원에게 생고기전 활어같이 싱싱한 발랄함이 물씬 풍긴다. 해랑의 붉고 촉촉한 입술 사이에서도 온갖 말들이 술술 흘러나온다.

"농사꾼들은 지들 논밭에서 가꾼 곡식을 가지오고, 아낙네들은 밤잠을 설치감서 짠 베를 들고 나오고, 나모꾼들은 땔나모를 한 짐 지고 오고……."

읊조리듯 하는 해랑에게 질세라 효원은 아예 타령조로 나온다.

"저게 비는 저 장돌뱅이들은 어제는 우떤 장을 갔고, 또 내일은 무신 장을 가까예? 우떤 장에서는 불타는 사랑도 있었을 끼고예, 그라모 당연히 상구 애틋하고도 아름다븐 그런 이벨(이별)도 없지는 안 했을 끼고……."

해랑도 오랜만에 긴장된 생활을 벗어나 동심으로 돌아간 모습이었다.

"산매이로 막 쌓아놓은 저 물품들은, 모도 오데서부텀 흘러들어 왔으까? 달에서 온 거는 없으까? 벨에서 온 거는 없으까?"

놀이패 구경하는 아이처럼 재미있어했다. 아니, 그들이 놀이패가 되어 한마당 흐벅지게 놀고 싶다.

"우와, 저것도 좀 봐라!"

"와우, 이쪽 저거는 우떻고예?"

두 사람 눈동자가 경쟁이라도 펼치듯 바삐 움직인다.

"장사치도 에나 한거석, 천지삐까리다 아이가? 밥장수, 떡장수, 엿장수, 고물장수, 아아, 모도 세지도 몬하것다."

"도로 밤하늘에 뜨는 벨을 세는 기 더 낫것네예."

그러나 닷새장의 최고 눈요깃감은 다른 데 있다. 남들 눈에 잘 띄지 않게 평범한 여염집 여자 차림새를 하고 나온 두 사람은 잔뜩 호기심 담긴 눈으로 그것을 바라본다.

"언니, 언니! 저 걸베이떼 좀 보시라니까예?"

"오데 걸베이를 첨 보나?"

말은 그렇게 하면서도 해랑은 그들에게서 잠시도 눈을 떼지 않는다.

"우찌 각설이타령을 저리도 잘하지예?"

효원은 연신 감탄했다. 참으로 구성지게도 불러댄다. 작년에 왔던 각설이 죽지도 않고…….

해랑이 저편으로 고개를 돌리며 말했다.

"그거도 볼 만하지만, 내는 저게 사당패들 놀이마당이 더 신난다."

사당寺黨, 떼를 지어 떠돌아다니면서 노래와 춤을 파는 여자. 그 사당과 관기는 어떤 차이가 있을까? 다른 건 몰라도 한 가지만은 알겠다. 둘다가 슬프고 아픈 여자들이다.

효원이 해랑의 쓰잘데없는 상념을 허문다.

"아, 저, 저거는 또 우때예?"

"저거도 괘안컸는데……."

눈 두 개, 입 한 개로는 모자랄 판이다.

"그라모 저리로 가보까예?"

"가자모 누가 겁낼 줄 알고?"

효원의 앙증맞은 손에 이끌려 따라가는 해랑의 발걸음이 꼭 솜털인 양 가벼웠다. 해랑은 가슴속에 꼭꼭 억눌린 것들이 한꺼번에 풀어져 내리는 듯하다.

실로 소리의 잔치판이다. 손님 부르는 소리, 흥정 붙이는 소리, 아이 울음소리, 노랫소리, 악기 소리, 싸우는 소리, 욕하는 소리……. 소리의 산이요, 소리의 바다다.

'아, 내 모든 시상 소리들을 참말로 싫어하지만도, 장터의 이 소리 들은 우짜모 이리 듣기 좋노? 다시 태어나모 바로 여게가 내 살 자리다.'

해랑은 생각했다. 지금 듣고 있는 이 소리야말로 '인간의 소리' 그것이라고. 저 대사지 컴컴한 나무숲에서 점박이 형제에게 속절없이 당할 때, 그토록 혼미한 속에서도 그들이 희희낙락거리던 소리는 영원히 잊을 수 없다. 그건 '짐승의 소리'였다.

그날 이후로 해랑은 세상 모든 소리들이 역겨웠다. 곳곳에 소리의 덫이 놓여 있었다. 심지어 때로는 제 스스로 켜는 가야금 소리조차 귀에 거슬려 호신용 은장도를 꺼내 줄을 모두 탁 끊어버리고 싶은 위험한 충동에 빠진 적도 한두 번이 아니었다. 그리고 그다음에 그 무서운 칼날 끝이 어디를 겨냥할 것인가는 상상만으로도 끔찍했다. 목이었다, 그녀 자신의 목.

그런데 '시장의 소리'는 어떤 마력을 지니고 있기에 사람 마음을 이토록 강하게 사로잡는 것일까? 그 의문 끝에 해랑은 홀연 온몸에 소름이 쫙 끼쳤다.

최근 들어 이 고장 농민들의 심상찮은 움직임. 비화 언니의 친척인 유춘계가 주도한다고 알려진 그 위험천만한 공기의 흐름. 그 반기의 깃발. 처음 그들의 출발지가 될 곳이 수곡장터라고 하지 않은가.

그렇구나! 장터는 단순한 상거래 장소만이 아니다. 바로 민초들의 사교장이며, 세상 돌아가는 이치를 이야기하고 또 한눈에 볼 수 있는 곳이다.

'아, 그래서 농민들을 장터에 모아 투쟁을 시작할라는 긴갑다!'

문득, 홍 목사 얼굴이 떠올랐다. 그가 묻고 있었다.

"너도 정감록鄭鑑錄을 믿느냐?"

해랑은 입을 열지 못했다.

"감출 거 없느니라."

그의 두 눈에 구름이 끼고 있었다. 그걸 보고 있는 해랑의 마음 바닥에는 쓸쓸한 노을이 깔리고 있었다.

"본관도 모두 다 듣고 있어."

언제나 꼿꼿한 그의 자세가 그 순간에는 굽어 보였다. 그래선지 별안간 폭삭 늙어버린 것처럼 비쳐 해랑은 눈을 감아버렸다.

"요즘 백성들 사이에는 조선 왕조가 무너진다는 정감록의 예언이 크게 유행하고 있다는 것을……."

"……."

"어느 땐들 그렇지 아니한 시절이 있었겠느냐만, 지금은 더더욱 나라가 안팎으로 무척 힘든 시기야."

"……."

파르르 떨리는 그의 턱수염이 더없이 불안해 보였다.

"서양배가 우리나라 바닷가에 다가와 교역을 하자며 신경을 건드리고 있느니라."

"교역을……."

해랑도 관기들 입을 통해 익히 들은 바 있었다. 여러 가지 괴상망측한 이름으로 불리는 서양 배 이야기와 그 불길한 외세의 출몰을 들었다.

"그 서양 배들 말입니더. 불리는 이름도 에나 기분 파이라예(나빠요)."

"배 이름이 와?"

"우리 전통적인 배하고 모양이 다리다 해서, '이양선'이라꼬 하는 거는 머 그렇다 치고 말입니더."

"또 머라 쿠는데?"

"'흑선'이라고도 한다 안 해예?"

"흑선?"

"예."

"와 흑선이고?"

"배에 온통 시커먼 칠을 했대예, 시커먼 칠을."

"해필이모 시커먼? 상상만 해도 섬뜩 안 하나."

"언니도 그렇지예?"

"하모. 그런 배가 뭍으로 쓰윽 다가오모, 시커먼 괴물을 보는 거 겉것 네?"

"생긴 거도 참말로 낯설고 이상하다데예."

"아, 그거는 내도 들었어예. 그래서 서양 배를 '황당선'이라꼬 한다는 것을예."

"황당선?"

"무신 말인고 모리것어예?"

"아, 황당한 배다, 그런 뜻?"

"에나 황당해서…….."

"무신 괴물이 나타나서 바닷물을 모돌띠리 마시삐모 좋것다."

"그란다꼬 그것들이 안 오까예? 하늘로 날라올지도 모리는데……."

"머라꼬? 배가 하늘을 날아?"

교방 관기들 이야기는 한번 시작되면 끝 간 데를 모른다. 늘 그랬다. 때로는 수다조차도 위안이 되고 힘이 될 때가 있다.

해랑이 가끔 느끼기에 기방은 세상 축소판이다. 모든 것의 통로이기도 하다. 동서고금의 가지가지 신기하고 비밀스러운 일들이 기방을 통해서 생겨나고 떠돌고 사라진다. 조선의 앞날도 기방에서 결정해버리지 않을까 하는 착각마저 들 정도였다.

얼마 전 한양에서 내려와 며칠 동안 비봉산 근처 객사客舍에 머물고 있다는 그 고위직 관리가 떠올랐다. 외교에 밝다고 자타가 공인하는 그가 술자리에서 하던 이야기는, 지방 관아 사람들만 아니라 정치나 외교와는 거리가 먼 기녀들 가슴마저도 서늘케 이끌었다.

"우리 조선국이 과연 청나라를 계속해서 상국上國으로 섬겨야 할지, 솔직히 그것도 큰 의문이 되오."

관기들 입에서 똑같은 한마디의 말이 나왔다.

"아!"

실로 놀라지 않을 수 없는 이야기였다. 조선이 중국을 섬기는 것은, 해가 동쪽에서 떠서 서쪽으로 지는 것처럼 극히 당연한 일이라고 보는 관기들이었다. 그런데 그의 말속에는 상국으로 섬겨서는 안 된다는 뜻도 담겨 있지 않은가.

"이미 십여 년 전에 청국은, 영국과 벌인 아편전쟁에서 너무나 무참히 패배한 후, 아주 막대한 배상금 지불은 물론이고, 홍콩을 할양하고, 광동과 상해 등 다섯 개 항을 개항할 수밖에 없었지요."

그곳에 관기가 여럿 있어도 유독 해랑에게 눈길을 자주 던지던 그는, 아마 술을 마시는 것보다 술자리 분위기를 더 즐기는 사람이 아닌가 싶었다.

"그거 말고 다린 이약도 더 들리주시소, 예?"

그에게 마음이 있는지 기녀 영봉이 연이어 눈웃음을 쳤고, 그는 한양 물을 먹고 이국땅을 밟은 티라도 좀 내려는지, 여기 목牧에 사는 사람들과는 떨어져도 한참이나 동떨어진 소리를 떠벌렸다. 원래 말 많은 남자를 싫어하는 해랑이지만 들리는 소리는 어쩔 수 없었다.

"일본도 당했지요."

그는 습관적으로 누구에게든 말을 높이는 다소 특이한 성향이 있는 것 같았다. 심지어는 혼잣말 비슷하게 할 때도 그런 면을 엿보였다. 사람은 참 여러 계층이었다.

"일본이 우떤 나라한테예?"

기녀들이 합창하듯 물었다. 술자리 분위기가 과일밭처럼 무르익어

갔다. 본디 관기들이 할 일을 그가 대신하고 있다는 느낌마저 일 지경이었다.

"미국이란 나라에게 그랬지요."

"미국?"

그 나라에 대해서는 거의 아는 것이 없었다. 그리고 이어지는 이야기는 갈수록 신기하기만 했다.

"그 코쟁이나라 동인도함대 제독에 페리라는 자가 있는데, 그자가 계속해서 일본에게 무력시위를 했고……."

강 건너 불구경하는 것 같은 얘기였지만 어떤 면에서는 조선에도 영향을 미치리라는 예감을 접하는 해랑이었다.

"결국 일본은 울며 겨자 먹기로 미국과 불평등한 미일 통상조약을 맺을 수밖에 없었던 거지요."

"우짜모!"

기녀들은 그의 걸출한 입담에 흠뻑 빠져드는 모습이었다. 듬직하지 못하고 말이 많은 사내를 싫어하는 해랑과는 달랐다.

"코재이나라예? 호호호."

"패리, 패리. 이름도 에나 요상하네예. 개 이름도 아이고……."

그런 가운데 누구 입에서인지는 모르지만 좀 고상하지 못한 소리도 조그맣게 새 나왔다. 물론 그 관리는 듣지 못했겠지만.

"이전부텀 코가 크모……."

해랑이 건성으로 들어보니 어디까지 믿어야 할지는 몰라도 아무튼 아는 게 많구나 하는 생각은 들었다. 그렇지만 역시 세상 내다보는 안목과 의식이 있는 사람은 홍 목사였다. 한참 동안 잠자코 듣고만 있던 홍 목사는 걱정스럽다는 얼굴로 말했다. 그런데 그 말이 자신이 품고 있던 생각을 그대로 드러내는 것이어서 해랑을 놀라게 했다.

"그건 이웃 나랏일이라고 강 건너 불 보듯 해서는 아니 될 것입니다."

그는 자기를 바라보는 해랑을 한 번 보고 나서 또 말했다.

"어쩌면 우리 조선에도 들이닥칠 상황일 수도 있으니까요."

적어도 그때 그 자리에서만은 양반이니 상민이니 천민이니 하는 신분 차별이 없어지고 모두가 조선 백성이라는 하나의 이름으로 묶이는 듯했다.

"아, 우리나라에도?"

약간 들떠 보이기까지 하던 기녀들이 홀연 걱정스러운 빛으로 너나없이 고개를 끄덕이자, 한양 관리는 기녀들 앞에서 자신의 해박한 지식과 권위를 더 내세울 요량으로 보였다.

"일본이 그런 굴욕적인 조약을 맺은 4년 후에, 청국은 영불 연합군의 천진 함락과 북경 진격에 굴복하여, 소위 북경조약을 체결했는데……."

이런저런 이야기를 마당에 말리기 위한 짚단 깔듯 죽 늘어놓는 것이었다.

"나라 밖에도 눈을 돌리지 않으면……."

해랑은 가을걷이가 모두 끝난 텅 빈 논을 보는 것처럼 막막한 심정이었다. 서구 열강이 동아시아 종주국인 청나라보다도 더 힘이 세다는 것을 여실히 입증시켜준 사건이 아닌가. 그렇다면 그런 청에게 항상 조공을 바치며 대국大國으로 섬겨오던 우리 조선은 어떻게 되는가? 그러나 아무리 궁리해도 일개 관기의 머리로는 무엇 하나 제대로 잡을 수 있는 게 없었다.

"언니!"

"어?"

시장의 소리, 인간의 소리에 깊이 빠진 나머지 잠깐 정신을 놓아버린 탓일까? 해랑은 가볍게 등을 툭 건드리는 효원의 손길에 화들짝 놀라며 마음은 그날의 술자리에서 읍내장터로 돌아왔다. 시장 사람들은 아까보다도 더 불어나 있었다.

"방금 그 사람들 이약 우찌 생각해예?"

효원이 물었다. 해랑으로서는 뜬금없는 소리가 아닐 수 없었다.

"머, 머 말이고?"

"예에?"

효원은 난생처음 보는 사람처럼 해랑을 빤히 쳐다보며 또 물었다.

"아, 그라모 그들 이약 들을라꼬 언니가 입 꼬옥 다물고 그들 뒤에 가마이 서 계신 기 아이라예?"

"그거는 아인데……."

해랑 표정이 하도 멍해 보여서일까, 효원이 그만 울상을 지었다.

"고민거리 생긴 기라예?"

"우리 안 좋은 말은 하지 마자, 좋은 데 와갖고."

잠시 대화가 끊겼다. 효원이 먼저 침묵을 열었다.

"고마 가까예, 언니?"

"그보담도 안 있나."

"예."

"그 사람들이 무신 말들을 했던 기가?"

그러면서 해랑이 고개를 이리저리 돌려 복잡한 인파 속에서 효원이 말하는 그들을 찾는 시늉을 하자 효원이 가늘게 웃으며 일러주었다.

"하매 가뻬릿지 아즉 있것어예? 말로만 듣던 동학東學에 대해 참말로 잘 알던데……."

평소 호기심 많은 효원은 아쉽다는 표정을 지우지 못했다. 해랑이 확인했다.

"아, 동학이라모 최제우라쿠는 사람이 맨들었다고 하는?"

효원은 손뼉이라도 칠 것처럼 했다.

"하모, 그거예."

"그으래?"

해랑은 귀가 번쩍 뜨였다. 그건 얼마 전부터 홍 목사가 여간 염려하지 않던 일이었다. 그의 말에 의하면 동학은 시간에 맞춰 터지는 폭탄과도 같았다. 일정한 시간이 지난 뒤 저절로 터지게 되어 있는 위험한 물건이 있다는 것도 해랑은 그때 처음 알았다.

"최제우라쿠는 사람이 유맹하기는 유맹한갑다, 해랑 언니도 아는 거 본께."

그러던 효원이 무엇을 발견했는지 얼른 말했다.

"아, 멀리 안 갔네예."

"누가?"

해랑이 묻자 효원의 흰 손가락 끝이 한 곳을 가리켰다.

"저게 국밥집 비이지예?"

"오데? 아, 저짝……."

효원이 조그만 손가락을 거둬들이며 말했다.

"거 마루 층 왼짝에 마조 앉아 있는 남자들……."

효원이 말을 마치기도 전에 해랑은 벌써 그쪽을 향하고 있다. 효원도 청설모처럼 잽싸게 뒤따랐다.

"쌔이 오이소. 국밥 말아 드리까예?"

머리를 길게 땋아 늘인 떠꺼머리총각 하나가 두 사람을 맞았다. 국밥집은 굉장히 붐볐다. 효원은 마침 비어 있는 사내들 바로 옆자리를 잡아 먼저 해랑을 앉히고 자기도 그 곁에 앉았다.

그 사람들은 음식을 시켜놓고 기다리면서 대화를 나누는 중이었는데,

흘러나오는 소리를 들으니 눈이 부리부리하고 텁석나룻이 난 중년 사나이 고향이 경주인 모양이었다. 그의 일행인 백면서생 분위기를 풍기는 작은 체구 사내는 무슨 연유에선지 동학에 대해 무척 알고자 하는 눈치였다.

"그런께 김 행과 최제우가 동향이다, 그런 말 아이요?"

"와 아이라요? 기제."

텁석부리는 짐짓 안 그런 척하면서도 은근히 자랑스러워하는 빛이고, 백면서생은 무슨 병을 앓는지 다소 야위고 창백한 얼굴에 기대를 담은 목소리였다.

"그라모 우리 김 행은, 요새 들어와갖고 온 시상을 아조 시끄럽기 하는 그 최제우하고는 구면일 수도 있것거마는."

텁석부리가 궐련에 불을 붙여 깊이 한 모금 빨아들였다가 길게 훅 내뿜었다. 담배 연기는 무수한 실밥을 떠올리게 하며 허공으로 흩어졌다.

"그냥 구면 정도가 아이요. 바로 이웃 동네 살아서 내가 최제우를 봐도 열 번은 더 넘기 봤을 낀데……."

동석한 상대의 말에 백면서생은 신기하고 존경스럽기까지 하다는 눈빛이었다.

"참 대단한 인물인갑소. 사람 목심은 누구나 한 개밖에 없는데, 그거를 쪼꼼도 아깝다 안 하고……."

그러더니만 문득 깨친 얼굴로 이렇게 중얼거렸다.

"나라가 어지러블 때는 베라벨 사람이 나타나는 벱이기는 하지만도……."

얇은 종이로 가늘고 길게 말아 놓은 담배는 이제 거의 타들어 갔지만, 텁석부리는 끝까지 그것을 제 손에서 놓지 않고 있었다.

"우리 고향 경주에 구미산이라는 산이 있소."

푸른 담배 연기에 싸인 그의 얼굴이 꽤나 신비로워 보였다. 구미산이라는 이름도 그냥 예사 산이 아닌 듯한 느낌을 주었다.

"그는 거기 용담정이라는 데서, 소위 새로운 경지를 체험했다 알려져 있는데……."

"용담정요?"

그때 그들 앞에 국밥과 동동주 주전자가 놓였다. 숟가락으로 그릇에 담긴 국물을 휘휘 저으며 텁석부리가 말을 이어갔다.

"우리 고향 마을에 쫙 퍼져 있는 소문에 의할 것 겉으모……."

방같이 꾸민 국밥집 마루는 널로 깔아 놓은 바닥이 꽤 매끈했다.

"최제우는 자신이 높이 받들어 뫼시는 한울님한테서 영부靈符와 주문呪文을 받았다는 기요."

해랑은 영부와 주문이 무슨 말일까 궁금했지만, 백면서생은 아마 그 의미를 알고 있는지 그것에 대해서는 묻지 않았다.

"이 영부와 주문은 동학을 퍼뜨리는 데 중요한 수단과 방법이 되고 있는데……."

그러자 백면서생이 이런 말을 하여 해랑과 효원을 놀라게 했다.

"내 들으이, 동학교도들은 주문을 외움서, 영부를 불에 태워갖고 그 재를 물 겉은 것에 타갖고 마시모, 바라는 기 모도 이뤄진다꼬 믿는다는데 그기 진짜요?"

텁석부리가 손등으로 수염에 묻은 술을 쓱 문지른 다음 대답했다.

"진짜요. 방금 말씀하신 대로 그리하모 안 있소, 영원하여 다함이 없다, 다시 말하자모 영세무궁한다꼬 철석겉이 믿는다는 기라요."

떠꺼머리총각이 이쪽 상에도 국밥을 가져왔다. 그렇지만 돌아설 생각은 전혀 하지 않고 여전히 눈부신 듯 두 처녀에게서 눈을 거두지 못했다.

그때쯤 나름대로 대화에 빠져 있던 두 사내도 자기들 옆자리에 앉은 여인들 존재를 안 모양이었다. 그자들도 떠꺼머리총각처럼 처녀들, 특히 빼어난 미모의 해랑을 한번 보자 그만 넋이 나간 모습을 했다.

"얼릉 묵자, 식기 전에."

해랑은 모르는 척 효원에게 그렇게 말은 건넸지만 제 온몸을 훑는 사내들의 끈적끈적한 눈빛이 역겨워 수저를 집어들 마음이 생기지 않았다. 그런데 또 호기심이 발동한 효원은 그들의 신분이 궁금한지 해랑더러 눈으로 묻기도 했다.

'누?'

해랑은 지금 세상천지를 떠들썩하게 만들고 있는 농민들의 훌륭한 거사에 관해선 입도 벙긋하지 않는 그들이 미웠고 관심도 없어졌다. 그 말투나 행색으로 보아서는 농투성이나 천민은 아닌 것 같고, 그렇다고 높은 관직에 몸담은 이들도 아닌 듯싶었다.

'중인계급의 중로배 겉은데, 역관이가? 아이모 향리?'

국밥이 그 냄새를 솔솔 풍기고 있었지만 해랑은 국밥보다는 술을 마시고 싶다는 충동을 느끼고 있었다.

'하여튼 우떤 쪽이든지 간에 호감이 안 가는 기회주의자들 겉다.'

그동안 감영 소속 교방에 몸담고 있으면서 해랑도 관직에 대해 어느 정도는 조금씩 알기 시작하고 있었다.

'시방매이로 시상이 요러키나 어지러버모, 간에 붙었다가 쓸개에 붙었다가 하는 벌거지 겉은 인간들이 늘어나는 벱 아이가.'

텁석부리는 이제 최제우가 전국 여러 곳에다가 접소接所라는 것을 두고 그 책임자로 접주接主를 두어 신도들을 조직화하고 있다는 얘기하며, 나라에서 그를 손보기 위해서 잔뜩 벼르고 있다는 소리 등을 늘어놓고 있다.

'농민들 거사나 동학이나……'

해랑은 비록 궁금했던 동학 이야기였지만 가슴이 답답해져서 더 이상 듣고 있을 엄두가 나질 않았다. 그래서 효원에게 우리 그만 일어나자고 할 때였다. 무심코 오가는 시장 사람들을 바라보던 해랑은 한순간 눈을 의심했다.

채소가 가득 담긴 광주리를 이고서 팔꿈치 부위까지 저고리 소매를 걷어 올린 채, 오른팔을 높이 들어 머리 위에 얹힌 광주리를 잡고 걸어가는 아주 젊은 여인. 저고리 옷고름은 잘록한 허리를 동여맨 치마까지 드리워지고, 두 발에는 짚신이 신겨져 있는 초라한 여인이었다.

효원이 알 수 없다는 목소리로 물었다.

"언니! 머슬 그리 뚫버지거로 보는 기라예?"

"……."

국밥집 옆에 붙어 있는 다른 음식점들을 눈짓으로 가리키면서 말했다.

"국밥 말고 다린 거 잡숫고 싶으모……."

"……."

"지가 묵는 이약만 자꾸 하지예?"

그렇지만 해랑은 갑자기 귀머거리라도 된 듯 계속해서 한 곳에만 눈동자를 박고 있다. 자신을 지켜보고 있는 눈을 까마득히 모르는 그 농군 차림 여인은 문득 저만큼에서 걸음을 멈추었다.

해랑이 보니 커다란 푸줏간 앞이다. 채소 광주리를 머리에 인 젊은 여인은 그 점포 앞에 서 있다. 그곳에는 가난한 서민들이 그냥 바라보기만 해도 입안 가득히 사르르 군침이 돌 육고기들이 많이 걸려 있었다. 여인이 꿀꺽 침을 삼키는 모습이 손끝에 잡힐 듯이 해랑 눈에 들어왔다.

여인은 아마도 푸줏간 주인에게 고깃값을 물어보는 것 같았다. 황소처럼 몸집이 우람하고 낯빛이 검붉은 주인이 무어라고 대답하자 여인 얼굴에 실망의 빛이 가득했다. 팔지 못한 사내는 재수 없다는 듯이 여인 발 바로 밑에다 '퉤' 침을 뱉고는 혼자서 구시렁거리더니 안으로 들어가 버렸다.

"……."

해랑은 뒤통수가 띵하고 숨이 멎는 느낌이었다. 여인은 쇠고기에 대한 미련을 떨치지 못하는 모양인지 한참이나 그 자리에 못 박힌 듯 서서 발을 옮길 줄 몰랐다. 해랑의 입술 사이로 울음 섞인 소리가 신음처럼 흘러나왔다.

"아, 언가야……."

해랑은 꼭 꿈을 꾸고 있는 것만 같았다. 그래, 이게 현실일 수는 없다. 어서 깨고 싶은 지독한 악몽. 비화 언니의 시댁 살림이 어렵고 지아비마저 집을 나가버려 힘들게 살고 있을 거라는 짐작은 했지만, 저 정도일 줄은 몰랐다.

'그렇다꼬 저러키나…….'

몇 달 보지 못한 사이에 비화는 완전히 다른 사람이 돼 있다. 그 성질에 친정 부모나 친지에게 시집살이의 고단하고 힘든 형편을 얘기할 리는 없고, 결국 자기 혼자 힘으로 살아가려고 하다 보니 저렇게 변해버렸을 것이다.

"언니! 저 여자, 아시는 사람인가예?"

이윽고 효원도 해랑이 보고 있는 대상을 알아챈 모양이었다.

"아, 아이다, 아이다. 내 모리는 여자다."

효원은 새끼 새 같은 고개를 갸웃하며 또 물었다.

"그라모 와 그리 한참 보고 계시는 기지예?"

해랑은 되는 대로 주워섬겼다.

"채소 광주리를 이고 있는 모습이 그냥 보기 좋아갖고……."

"머라꼬예?"

효원이 어이없다는 웃음을 픽 터뜨렸다.

"요게 시장 안에 채소 광주리를 이고 있는 여자가 오데 한둘인가예? 그라고 그기 그리 보기 좋으모 우리도 오데서 빌리갖고 머리에 이고……."

시끌벅적한 소리가 좀 더 심해지고 있었다. 해랑은 '위잉' 하는 귀울음을 느꼈다.

"멤 묵고 찾아보모 억수로 쌔삣을 낀데……."

효원의 말이 끝나기도 전에 해랑이 말했다.

"고마 일나자."

"와 더 안 드시고예?"

해랑의 밥그릇을 들여다보던 효원이 놀란 얼굴로 말했다.

"옴마, 반도 안 드싯네?"

"……."

벌써 해랑은 채소 광주리를 이고 푸줏간 앞에 정물처럼 서 있는 여인과는 반대편을 향해 저만큼 걸어가고 있다. 밥값을 치르고 급히 뒤따라온 효원이 숨을 헐떡이며 말했다.

"암만캐도 언니가 이상해예."

해랑은 건성으로 받아넘겼다.

"그리쌌는 니가 더……."

효원은 수사 관원이 신문하듯 했다.

"그 여자 알지예?"

그 물음에는 아무러한 대꾸도 하지 않고 몇 걸음 더 나아가던 해랑이, 그래도 그냥 갈 수는 없었는지 조금 고개를 돌려 푸줏간 쪽을 돌아보았다.

"⋯⋯."

그사이에 채소 광주리 여인은 자기 갈 데로 갔는지 보이지 않고, 대신 여인이 섰던 그 자리에는 일행으로 여겨지는 다른 아낙들 여럿이 모여 있는 게 눈에 들어왔다. 시선을 거두어 몇 발짝 걸어가던 해랑이 문득 다시 고개를 돌렸다.

"아, 저, 저?"

해랑의 입에서 비명과도 흡사한 소리가 튀어나왔다.

"언니!"

줄곧 심상치 않은 해랑 모습에 효원의 눈이 또 커졌다. 해랑은 온몸의 피가 거꾸로 도는 듯했다. 온몸의 세포가 곤두서는 느낌이었다.

'아, 저 여자들이!'

그때 푸줏간 앞쪽에 서 있는 여자들은 얼핏 보더라도 주인집 마님과 그 집에서 부리는 여종들이 분명했다. 그중 화려한 비단옷으로 전신을 친친 휘감은 두 여자, 배봉의 점박이 자식 억호와 만호의 아내들이다.

'흐⋯⋯.'

지금 해랑의 심경을 무슨 말로 표현할 수 있을까? 자신에게 못된 짓을 저지른 사내들과 낮이고 밤이고 한집에서 살아가고 있는 여인들.

'아, 안 봐야 할 사람들이 오늘 와 이리 모도 비이노?'

비화까지도 이제는 보고 싶지 않은 해랑이었다. 그녀는 스스로 제 목에 올가미를 씌우는 심정으로 생각했다.

'인자 교방에만 있고 시상 밖으로는 안 나와야 하는 기까?'

어느 화창한 봄날, 해랑은 하인들을 거느린 점박이 형제가 아내들과 함께 나들이 가는 아주 거창한 행차를 멀리서 지켜본 적이 있다. 살이 푸둥푸둥 찐 아내들도 남편들 못지않게 잔뜩 거드름 피우는 모습이었다.

'내가 또 와 이라노?'

해랑은 고개를 세게 흔들어 그들 모습을 쫓아버렸다. 그러자 조금 전 비화 발밑에 침을 뱉었던 푸줏간 주인과 종업원들이 가게 밖으로 몰려 나와 연방 허리를 조아리는 반갑잖은 광경이 눈에 들어왔다.

임배봉과 점박이 형제가 또 무슨 잔치인가 열려고 하는 게 분명했다. 흘러넘치는 재물을 주체하지 못하는 그들은, 걸핏하면 관아 높은 사람 들을 집으로 초청해 성대한 잔치를 베풀어 유대를 돈독히 하는 동시에, 가문의 위세와 영광을 만천하에 뽐내곤 했다.

'아아, 오만 가지가 와 이리 배뀌삣을꼬?'

해랑은 가녀린 목이 빠져라 휙 얼굴을 돌렸다. 그러고는 서둘러 도망 치듯 발걸음을 옮기다가 자칫 맞은편에서 나뭇짐을 한 짐 지고 오는 초 로의 나무장수와 정면으로 부딪칠 뻔했다.

"각중애 와 그래예?"

"……."

"같이 가예, 언니. 오데 호래이가 따라와예?"

"……."

"언니! 언니!"

뒤따라오며 해랑을 부르는 효원의 목소리는 읍내장터의 갖가지 소음 속에 속절없이 금방 파묻혔다.

지도자는 춥다

읍내 곳곳에 붙은 통문通文 앞에 많은 사람들이 웅성거리며 모여 서서 그것을 읽고 있다. 인근 여러 마을에도 같은 통문이 나돌고 있다.

지금 통문을 열심히 보고 있는 무수한 인파 속에는 금방 울음을 터뜨리려는 듯한 얼굴의 비화 모습도 눈에 띄었다.

'아, 춘계 아자씨가 주도해갖고 저 통문을 썼다 말이가?'

엄연한 사실인 줄 알면서도 차마 믿기 어려웠다. 아니, 믿고 싶지가 않았다. 심지어 내가 나라는 것마저 부정하고 싶은 게 현재 그녀가 처한 현실이었다.

'이 일을 우짤꼬오! 이 일을 우짤꼬오!'

흥분한 군중들이 함부로 떠들어대는 소리가 비화 귀를 윙윙 울렸다. 어지러워 금방 픽 쓰러질 것 같았다. 온 천지가 노란빛으로 바뀌어 보였다.

"2월 6일에 모이라꼬?"

"허, 그날 수곡장터는 굿이 굿이 아이것다."

"에나 겁나거로 대단타 아이가?"

"와 아일 끼고?"

"하모. 도갤하고 환곡 패단을 없애것고 하다이."

한참 그렇게들 말을 주고받던 끝에 이런 얘기가 나오기 시작했다.

"그거는 마 그렇고, 저 일을 맨 앞에서 이끄는 주모자는 유춘계라는 사람이라 글 쿠는데 그가 누고?"

"내사 잘 모린다."

"내도!"

"니도?"

"누 알고 있는 사람 없는 기가?"

춘계에 대해 아는 이보다 모르는 이가 더 많은 성싶었다. 하지만 그런 중에도 실제에 가까운 제법 그럴 만한 소리도 나왔다.

"내가 오데서 들은께네, 원래는 양반이었는데 잘몬된 요 시상 한분 바로잡아 볼 끼라고, 스스로 농민이 됐다 안 쿠나."

"에이, 헛소문 아이가? 그 좋은 양반을 와 내삐릴 끼고?"

"그렇네? 그거는 아일 끼다."

이번에는 유난히 말에 힘이 들어 있는 목소리였다.

"오데 시방꺼지 속고만 살았나."

누가 눈과 손으로 동시에 가리키며 말했다.

"저 통문을 봄서도 그런 소리 벌로 해쌌는 기가?"

다음에는 여자 음성같이 가냘픈 사람 소리였다.

"듣고 본께, 그거는 그렇거마."

여러 사람이 한입으로 말했다.

"참, 시상도."

비화는 금방 미쳐버릴 것만 같았다. 시간이 흐를수록 춘계 아저씨는 세상 사람들에게 널리 알려져 버릴 것이다. 관아에서는 모든 수단과 방법을 총동원하여 그를 잔뜩 노리고 있을 것이다.

비화를 한층 불안케 만드는 건 군중들 사이에서 새 나오는 또 다른 쑥덕거림이었다. 처음에는 조심조심 낮게 속삭이던 소리들이 점점 노골적이고 큰소리로 변해갔다.

"우뱅사라쿠는 자가 고을 백성들 위할 생각은 하나도 안 하고, 우짜든지 지 욕심주머이 채우기에만 눈깔이 뻘게갖고……."

"오데 우뱅사만 그런 기가?"

"그라모?"

"부정을 저질고 있는 관리가 올매나 천지삐까리고?"

"맞다, 맞다, 딱 맞다."

"거다가 양반 토호들은 요런조런 특권 싹 다 누림서 살고……."

"저들이 앞장서갖고 더러븐 이 시상 확 뒤집어삐리모 좋것다."

"쪼꼼만 더 기다리보자꼬. 그리 되거로 돼 있거마는."

그러던 군중들이 누가 시키기라도 한 듯 갑자기 조용해진 것은 그다음 순간이었다. 무슨 일인가 하고 주위를 돌아보던 비화는 숨이 턱, 멎는 듯했다.

보기만 해도 사람을 주눅 들게 하는 으리으리한 가마 행차. 그 가마에 떡 올라앉아 한껏 거드름 피는 자는 바로 임배봉이다!

'아, 저눔이!'

얼핏 봐도 그동안 낯판이 개기름 칠한 듯 번드르르 하고 몸집도 훨씬 불어났다. 그 퍼런 서슬에 질린 사람들이 비칠비칠 한쪽 옆으로 물러나면서 작은 소리로 속삭였다.

"퍼뜩 비키자."

"하모, 잘몬 걸리모 잘몬 걸린 사람만 섦다."

"억! 시방 누가 내 발 밟았노?"

"쉿! 그런 거는 내중에 알아보고……."

비화도 혹시 배봉 눈에 뜨일까 봐 부리나케 고개를 숙이고는 인파 속으로 급히 숨어들었다. 물가에 사람 그림자가 어른거리자 얼른 수초 그늘 속으로 숨어드는 겁쟁이 물고기 같은 자신이 너무나 못나고 혐오스러웠다. 그렇지만 자신의 그 형편없는 몰골을 원수에게 보일 수는 없었다.

'내 딴에는 신갱을 쓴다꼬 썼는데…….'

읍에 나왔지만, 부모님 눈에 비칠까 하여 조심조심하던 비화였다. 자신의 초라한 행색을 보면 어머니는 대성통곡할 것이다. 아버지는 더욱 기가 죽을 것이다.

이윽고 배봉을 태운 가마가 멀어지기 시작했다. 그러자 사람들은 저마다 한숨을 내쉬며 안도하는 기색이었다. 그런데 비화가 예기치 못한 말들이 튀어나왔다.

"저 천벌 받을 인간!"

"인간은 무신? 인간도 아이제. 돈 쪼매 있다꼬 행패 부리는 꼴 에나 눈꼴 시러버서 몬 보것다."

"그 자슥새끼 점벡이들은 우떻고?"

"고 집구석 에핀네는 또……."

사람들 화제는 통문에서 임배봉 식솔들에게로 바뀌어갔다. 그건 마른 잔솔가지에 불길 옮아붙듯 했다.

"하모, 하모. 또 우떤 처녀가 당했담서?"

"오데 여자들만 그러까이? 남자도 마이 맞아갖고 고마 빙신이 돼뺏다 안 쿠나?"

"그거도 그렇고, 고, 고 배봉이 에핀네 땜에 다린 여자들은 살맛이 없다 쿠더마는."

"관아에서는 와 저런 연눔들은 안 잡아가고 죄 없는 사람들만 잡아가는고, 내사 분통이 터지서 몬 살것다."

"그거를 모리것나. 모도 한통속인께 그렇제."

"고것들 같이 모이 있는 그 자리에 배락(벼락)이 그냥 쾅!"

그때 이런 무서운 소리가 섞여 들렸다.

"기다리라. 농민들이 '우우' 하고 들고일나모, 저리 몬돼묵은 부자들 집구석 팍 박살내삘 낀께네. 고것들 모가지를 탁 돼지 목따듯기 해삘 낀께네."

2월 초순, 하늘은 맑았지만 세상은 얼어붙어 보였다.

호수 모양의 얼음장이 허공중에 거꾸로 매달려 있는 듯했다.

유춘계는 머리끝까지 분노가 있는 대로 치밀었다. 머리카락이 활활 불타버릴 성싶었다. 온 세상이 그에게서 등을 돌리는 기분이었다.

'철석겉이 믿었던 동지들이 우찌?'

참으로 기대에 어긋나는 노릇이 아닐 수 없었다. 그건 실로 예상 밖의 일이었다. 모두들 이렇게 나올 줄은 몰랐다. 도대체 어떻게 하여 오늘 이곳 수곡장터에서 도회都會를 열 수 있게 되었는가 말이다. 여느 계회契會나 종회宗會, 유림儒林 등의 총회와는 그 출발과 성질부터 다르다. 한데 저 나약해빠진 태도들이라니.

"잘들 들으시오!"

춘계는 허리를 곧추세운 자세로 참석자들을 향해 일갈했다.

"우리가 시방 여게 모인 목적이 뭣이오? 썩을 대로 다 썩어빠진 업패(읍폐)를 바로잡아 보자는 기 아이었소?"

그곳 장터 바람은 천막을 지탱하고 있는 장대들 사이로만 계속 빙빙 돌아다니는 것같이 보였다. 더 멀리 더 높이 날아가기를 포기해버린 듯

싶었다. 그런 가운데 춘계의 격앙된 목소리만 멀리 높이 퍼져나갔다.

"그라기 위해서는 우리가 한멤 한뜻으로 똘똘 뭉치야 마땅하거늘, 우째서 이리도 슬슬 꼬랑지를 사린단 말요?"

"……"

그의 말에 대한 반응은 없었고, 쓰레기 나부랭이가 이리저리 굴러다니는 장바닥에서는 냉기만 차올랐다.

"이 춘계가 당장 개를 잡아 죽기로 맹서코자 하는데, 여러분들은 모도 개의 피를 입술에 바르고 맹서의 뜻을 표할 수 있것소?"

"……"

춘계 혼자 말하고 나머지 양반 출신 사람들은 죄다 입이 없는 것 같은 상황이 계속해서 펼쳐지고 있었다.

"이런 소극적인 증신 갖고 무신 수로 그 막중대사를 이룰 수 있겠느냐 말요?"

군중 속에 숨듯이 섞여 있는 김민준과 이기개, 박임석 등의 안색이 파리했다. 그동안 사랑채나 외방 객실 같은 밀실에서 거사를 계획할 때의 마음과, 막상 현장에 나와서 실행에 옮기려고 하는 지금의 심경, 그 두 가지가 이렇게도 천지 차이일 줄은 미처 몰랐다.

"필구 성님!"

"와? 화주 아우."

낮지만 굵직한 음성들이었다.

"성님이 장마당 하시는 말씀마따나 역시나 우리가 믿고 으지할 수 있는 분은, 오즉 춘계 나리밖에 없는 거 겉심더."

한화주가 천필구 귀에 대고 조그만 소리로 말했다.

"화주 아우! 그냥 몬 있것나?"

언제 그 모습을 봤는지 모르겠다.

"시방 우짤라꼬 그라는 기고, 웅? 필구 아우 범 겉은 성깔 암시롱 자꾸 그리 불붙이쌌는 소리하모 에나 큰일 난다 안 쿠나?"

방석보가 필구 팔을 잡은 화주 손을 떼 내며 나무랐다.

"석보 아우 말이 맞거마는."

이번에는 서준하가 나섰다.

"시방은 죽은 할배가 도로 살아온다 캐도, 절대 갱거망동할 때가 아인 기라."

그날따라 당연히 장터 같지 않은 그곳 수곡장터가 시간이 갈수록 광대 패 놀이마당처럼 어수선하기만 해보였다.

"아, 그렇다꼬 끌어다 논 보리짝매이로 그냥 가마이 있으라쿠는 말입니꺼? 다린 양반들이 저리하모 우리라도 춘계 나리하고 같이……."

화주가 노한 음성을 내질렀다.

"함 들어봐라."

준하가 땅속에 박힌 바윗돌 위에 바짝 붙어 자라는 담쟁이덩굴처럼 여전히 낮은 소리로 타일렀다.

"우리 생각 겉으면야 당장 춘계 나리 말씀맹캐 하고 싶지만도, 보다시피 다린 지도자들 으갠(의견)이 모도 안 그란데 우짜것노?"

석보도 같은 생각을 말했다.

"그거는 준하 성님 말씀이 맞는 기라. 함 봐라꼬. 춘계 나리도 아즉꺼정 우리한테 아모 말씀이 없으시고……."

"화주 아우 말도 틀린 거는 아이요."

필구가 주눅이 든 화주 역성을 들었다.

"누가 틀릿다 쿠나?"

준하는 궁리하는 얼굴로 잠시 말을 멈추었다가 이렇게 단정했다.

"쪼꼼만 더 추세를 지키볼 수밖에 안 없나."

"음."

그 타이름에 필구는 입술을 질끈 깨물며 알았다는 표시로 고개를 끄덕였다. 화주도 어쩔 도리 없음을 알고 후우 긴 한숨만 내뿜었다. 속수무책으로 지켜보아야 하는 그 순간들이 그들에게는 세상에서 가장 긴 고난과 형벌의 시간이었다.

이윽고 얼마 후였다. 석보가 주위를 유심히 둘러보고 나서 자기 일행들에게만 들릴 작은 소리로 입을 열었다.

"잘 살피보이 주도하는 양반들만 그런 기 아이고, 다린 농민들도 다 가리방상한 거 겉소. 모도 겁을 한거석 집어묵고 안 있는가베."

필구와 화주가 치미는 화를 주체하지 못하며 동시에 내뱉었다.

"빌어묵을!"

그때 얼음장이 갈라지며 내는 소리를 방불케 하는 춘계의 쩡쩡한 목소리가 들렸다.

"무신 일이 있어도 관아에 들가서 시위를 해야 하요."

하지만 누구도 선뜻 말이 없었다. 춘계가 다시 외쳤다.

"그래야만 우리 뜻을 통과시킬 수 있단 말입니더!"

그러자 민준이 기어드는 소리로 말했다.

"너모 이험한 짓이오."

기개가 평소의 그 기개는 어디로 갔는지 주변 사람들의 동의를 구했다.

"오늘은 일단 이 정도 선에서 그치는 기 우뗳것소? 너모 한꺼분에 마이 요구하다가는 도로 낭패를 당할 수도 있고……."

임석도 심한 추위를 타는 사람처럼 어깨를 잔뜩 움츠린 채 말했다.

"시방 이 집회만 해도, 관아에 우리 뜻은 충분히 전달될 끼라고 믿심니더."

그러더니 자기 말에 무게를 실으려는 의도로 또 입을 열었다.

"그들도 등골이 써늘할 끼라요. 그라이……."

급기야 도저히 더 듣고만 있을 수 없다는 듯 필구와 화주가 당장 앞으로 나설 기세로 씨근거렸다. 그러자 준하와 석보가 얼른 그들 앞을 가로막으며 제발 진정하라는 눈짓을 보냈다. 사실 장터에 모인 시위자들은 이쯤에서 멈추었으면 하는 분위기로 기울고 있는 게 누구 눈에도 보였다.

"알것소."

마침내 체념한 춘계가 침통하고 초췌한 얼굴로 말했다.

"여러분들 으갠이 모도 그렇다모, 우짤 수 없이 그리하것소."

그 말끝에 춘계는 막 휘몰아치는 강풍에 모가지 꺾인 맨드라미같이 보기 민망할 정도로 고개를 푹 숙이며 신음하듯 중얼거렸다.

"하지만도 앞날이 걱정되오, 앞날이……."

눈도 뜨지 못하게 만드는 흙바람이 미쳐 날뛰는 여자의 치맛자락처럼 함부로 그곳 수곡장터를 휩쓸고 지나갔다. 그러자 더 버텨내지 못하고 폭삭 주저앉는 천막들도 적지 않았다. 그 밑에 깔리는 것은 '농민' 그리고 '백성'이라는 이름의 잔해였다.

하늘도 춥고 땅도 춥고 사람 마음은 더 추운 그날이었다.

유춘계의 불안한 예상은 그대로 맞아떨어지고 말았다.

참으로 안타깝고 통탄할 노릇이었다. 많은 사람의 반대 의견에 밀려, 관아에 들어가 시위를 하지 않고 상소하는 의송議送을 하기로 결정한 것은, 더할 나위 없이 치명적인 실수요 착오였다. 하늘이 내린 기회를 스스로 포기한 셈이었다.

그 나쁜 소식을 비화에게 맨 먼저 전해준 사람은 이번에도 옥진이었다. 언제나 비화의 친자매와도 같은 옥진은, 아니 감영 교방에 소속되어 있는 관기 해랑은, 어떤 면에서는 세상일을 누구보다 앞서 접할 수 있는 신분이었다.

"지, 진아! 니 방금 머라캤노, 응?"

"언가야……."

옥진이 느끼기에, 비화의 집안 공기는 그전보다 몇 배나 더 적적하고 무거웠다. 대놓고 말은 못 하지만 솔직히 숨이 막힐 지경이었다. 워낙 강단 있는 비화였기에 망정이지 나라면 이런 집에서 단 하루도 버텨낼 수가 없지 싶었다.

"한 분 더 말해 봐라, 한 분 더."

비화는 금세 기절할 사람으로 보였다.

"그, 그런께 그기 안 있나, 언가야."

옥진도 손으로 가슴을 쓸어내리며 가까스로 말을 이어갔다.

"와 언가 니도 아는 거맹캐, 지난번 수곡장터에서 군중 집회가 안 있었디가."

비화는 완전히 다른 사람이 되어 갈팡질팡했다.

"하모, 있었제. 있었는데 와?"

옥진은 가슴이 너무 답답하여 연방 숨을 몰아쉬었다.

"그 사건을 주도한 죄로……."

비화가 하도 턱을 덜덜 떠는 바람에 이빨이 딱딱 부딪는 소리를 내었다.

"주, 주도한 죄로?"

학이 피를 토하는 듯한 소리가 나왔다.

"고마 우뱅영(우병영)에 체포됐다 안 쿠나!"

"머?"

비화는 당장 달려들어 해랑의 복장이라도 쥐어뜯을 기세로 소리 질렀다.

"우, 우뱅영에 체, 체포돼?"

"언가야, 그렇다쿤다."

옥진의 목소리가 너무도 오래되어 형편없이 너덜거리는 노란 장판지 위에서 미끄러지듯 위태롭게 나왔다. 비화는 세상 끝을 보고 있는 모습이었다.

"그, 그라모 춘계 아, 아자씨가 오데 가, 갇히 있다 쿠데?"

옥진은 크게 울먹이는 목소리로 대답했다.

"내가 관아 아는 사람한테 우찌 줄을 넣어갖고 알아본 바에 으하모, 시방 성안 진무청에 갇히 있다 쿠더라."

비화가 비명 내지르듯 했다.

"지, 진무청이라꼬?"

옥진은 온몸에서 맥이 풀리는 소리였다.

"하모, 언가야."

"우짜노? 우짜노?"

비화로선 감옥이 어떻게 생겼는지, 춘계 아저씨가 어느 정도 문초를 당했는지, 어느 것 한 가지도 알 수가 없었다. 그저 머리칼을 산발하고 눈알이 시뻘겋고 상처투성이 육신이 찢긴 옷 밖으로 그대로 드러나 보이는 아저씨가, 무거운 칼을 둘러쓴 채 춥고 컴컴한 뇌옥에 쓰러져 있는 광경만 그려질 뿐이었다.

"아자씨, 춘계 아자씨……."

비화는 마치 물에 빠진 사람이 마지막 지푸라기조차 놓쳐버린 듯 너무나 탈진한 모습을 보였다.

"아, 앞으로 우, 우찌될 거 겉노?"

"……."

옥진 눈에도, 목에는 나무널판 가운데에 목둘레만큼의 구멍이 뚫린 칼이 씌워지고, 손과 발에는 추(杻 수갑)와 질(桎 차꼬)이 채워진 죄수의 모습이 보였다.

"으응, 와 말이 없노?"

"……."

민무늬 벽지가 제멋대로 떨어져 나간 황톳빛 바람벽 사이로 흙냄새를 실은 한기가 훅 끼쳐 들었다.

"함 이약해 봐라. 오, 옥지이 니 생각에는?"

"언가야, 너모 글쌌지 마라. 내 보기에는……."

옥진이 비화보다 오히려 손윗사람 같았다.

"관아에 들가서 무신 일을 저지른 거는 아이고……."

비화는 영판 세견머리 없이 떼쓰는 아이 모습이었다.

"하모, 하모! 그런 거는 아인께……."

옥진은 마음씨 좋은 판관처럼 말했다.

"그냥 잘못된 거를 좀 바로잡아 달라꼬 상소한 그 정돈께, 언가가 걱정하는 거만치 큰 벌을 받지는 않을 끼라고 본다, 내는."

비화는 거의 막무가내였다.

"그렇제? 그렇것제?"

"그리 믿어도 될 끼다."

마당가 장독간 쪽에서 쥐들이 '찍찍' 소리를 내면서 함부로 내닫는 소리가 났다. 그래도 그놈들이 먹을 게 있는지 차라리 신기하다는 생각이 들었다.

"하지만도 그 일로 해서……."

비화 몸은 여전히 떨고 있었다.

"시방 온 시상이 확 뒤집혀 있다 아이가?"

이번에는 옥진도 자신 없다는 빛이었다.

"하기사 관아에서는 간담이 덜컥 내리앉았것제. 그러이……."

그러던 옥진은 갑자기 말투를 싹 바꾸었다.

"내 속이 다 시원타. 농사꾼이 오데 봉이가? 안 그렇나? 돼도 안 하는 엉터리 이름 막 붙여서 모돌띠리 빼앗아가삐고……."

비화는 어떻게든 마음을 추스르려고 애쓰며 말했다.

"그거는 그렇다, 내도."

비화 눈앞에 춘계 아자씨와 함께 다니던 농민들 모습이 하나하나 되살아났다. 모두 환곡 폐해로 인해 삶에 찌들긴 해도 혈기 왕성했으며 무엇보다 정의감이 흘러넘쳐 보이던 그들이었다.

"춘계 아자씨를 따랐던 사람들이 그냥은 안 있것제? 춘계 아자씨가 잘몬되모 갤국에는 자기들도 안 좋을 낀께네. 맞제?"

옥진이 그렇게 묻는 비화 손을 꼭 잡아주며 대답했다.

"하모, 그들이 뒤에 있은께 관아에서도 춘계 아자씨를 벌로 몬 할 끼다. 무담시 벌집을 건디릴 필요는 없다꼬 생각 안 하까이."

"그리만 되모……."

잠시 말이 없던 비화는 한층 심한 안타까움을 드러냈다.

"내는 잘 모리지만도, 이 모도가 부세賦稅 문제 땜에 일어난 기라 안 쿠나."

두 눈 가득 증오와 탄식의 빛이 일렁거렸다.

"그런께 말이다, 언가."

옥진도 이리저리 접하게 되는 관리들 입을 통해 좀 알았다. 국가 재정이 커지면서 부세 종류와 양이 말할 수 없이 늘어난 데다, 사리사욕 채우기에만 급급한 수령이나 아전의 탐학이 극심해져 부세가 엄청나게 불어났다.

　양반 중에도 관청과 수령을 비난하는 이들이 나왔지만, 솔직하게 털어놓자면 그들은 기존의 봉건질서를 깨뜨리고 싶지는 않을 것이다. 그래서 고작 감사나 비변사에게 연명으로 등장等狀을 올려 호소하는 정도였다.

　농민들 아픔을 뼈저리게 느끼고 적극적으로 나설 포부를 품은 이는 유춘계였다. 하지만 이제 그는 관아에 의해 가장 위험한 인물로 낙인찍혀버렸고, 결국은 진무청에 감금되는 사태에까지 이르고 말았다.

　서준하 집에 방석보와 천필구, 한화주가 속속 모여들었다. 하나같이 근심과 분노에 사로잡혀 어쩔 줄 몰라 하는 표정들이었다.

　"관아에 들어가서 시위를 하자쿠는 춘계 나리 말씀대로 하지 몬한 기, 자다가 일어나 곰곰 생각해도 에나 후회시럽고 원통 안 하요."

　석보가 파르르 경련이 이는 얼굴로 분통을 터뜨렸다.

　"그런께 말입니더!"

　필구도 솥뚜껑 같은 주먹으로 애꿎은 남의 집 방바닥을 함부로 내리쳤다. 그 억센 힘에 구들장이 폭삭 내려앉을 것 같았다.

　"이기 모도 눈치나 봐쌌는 나약해 빠진 몰락 양반들 탓인 기라요!"

　그 말에 모두가 눈치 보듯 서로를 힐끔거렸다.

　"그리할라모 애시당초 나서지나 말아야제, 와 나서갖고…….""

　필구 얼굴은 그대로 타버릴 사람처럼 시뻘겋게 달아오르고 있었다.

　"전은 벌리놓고, 꽁무니 빼모 우짤 낀데, 엉?"

　그러자 화주는 산 같은 그 덩치에 어울리지 않게 눈물이 글썽글썽한 얼굴로 다른 이들을 돌아보며 안타깝게 물었다.

　"인자 우짜모 좋것심니꺼?"

"……."

하지만 저마다 굳게 닫힌 방문처럼 꼭 다문 입들이었다.

"춘계 나리를 저리 놔둘 낍니꺼?"

화주는 그들 가운데 최연장자인 준하에게 시비 걸듯 했다.

"준하 성님! 그리 돌부처매이로 입만 딱 다물고 계시지 말고 무신 말씀이라도 한분 해 보이소, 야?"

준하는 아무 말도 하지 못하고 그저 고개만 숙였다. 그곳 낮은 천장도 주인이 민망해 보였는지 무연히 내려다보고 있는 것 같았다.

"준하 성님이라꼬 우짜시것노? 후우."

석보는 그저 한숨만 폭폭 내쉬었다. 이윽고 준하가 무척 조심스럽게 입을 연 것은 한참 후였다.

"모도 내 이약 잘 들어봐라꼬."

가느다란 한 가닥 희망의 끈이라도 잡으려는 모두의 눈길이 일제히 준하의 입을 향했다. 그윽한 선비같이 웅숭깊은 그의 말이 이어졌다.

"춘계 나리가 그리 억울하거로 잽히가신 뒤로, 내가 혼자 앉아서 내두룩(내내) 궁리해본 긴데……."

"아, 무신 뾰족한 수라도 있는 기라요?"

필구가 준하에게 바짝 다가앉으며 빚쟁이 다그치듯 했다. 준하는 눈하나 깜짝이지 않고 자신을 응시하고 있는 좌중을 둘러보며 말했다.

"우리가 말이제, 초군樵軍들을 동원하모 우떨꼬 싶은데……."

한마디 한마디가 너무나 조심스러운 그의 낯빛은 지켜보는 사람들이 몹시 불안을 느낄 정도였다.

"눌로요?"

"초, 초군요?"

"초군이라모?"

모두 놀라 물었다. 천장과 바람벽이 사뭇 흔들리는 듯했다. 하긴 집 전체가 하루아침에 흔적도 남기지 않고 날아갈 판국이었다.

"함 들어들 봐라꼬."

준하는 깊은 골짜기에 낮게 깔리는 안개 같은 음성으로 얘기했다.

"우리 농민들이 땔나모 벨 끼라고 조직한 초군들 안 있는가베."

나무꾼들이 큰 도끼로 베어 넘기는 아름드리 나무둥치들이 그들 눈앞에 나타나 보였다. 그러자 석보가 뭔가 짚이는 데가 있다는 얼굴로 말했다.

"초군들 겉으모 시방 이 사태를 그냥 가마이 보고 있지만은 않을 꺼 걸기는 하지만도, 그 초군들이 무신 심이 있다꼬?"

다른 이들은 받아들이기에 반신반의하는 빛이었다.

"똑 초군들만 아이라도, 모든 농민들이 울분을 몬 참고 있는 실정인데……."

화주도 자기 의견을 내놓았다.

"문제는, 우리 농민들을 앞에서 이끌어줄 춘계 나리가 안 계신 이런 마당에, 그런 울분 따위가 무신 소용 있것나, 하는 기지예."

준하가 핏기 가신 얼굴로 말했다.

"내 이약 요점은, 시방 여게 있는 우리가 중심이 돼갖고, 분위기를 함 맨들어 보자쿠는 기라."

석보와 화주가 동시에 물었다.

"분위기요?"

"우떤 분위기요?"

필구도 답답해 미치겠다는 듯 목청을 돋우었다.

"준하 성님! 맷돌하고 핑비(팽이) 돌리듯기 상구 그리 **뺑뺑** 돌리서 말하지만 말고, 그냥 직선적으로 이약해 보이소, 직선적으로, 야?"

그의 유난히 우람한 상체가 크게 흔들려 옆에서 지켜보는 이들 가슴을 막 졸아들게 할 지경이었다.

"대체 우리가 중심이 돼서, 우떤 분위기를 우찌 맨들어 보자쿠는 긴고……."

방 안 공기가 수평으로 흐르지 않고 수직으로 오르내리는 것 같았다.

"내가 말하는 요지는……."

드디어 준하 입에서 경악할 소리가 나왔다.

"시위를 하자쿠는 분위기로 끌어가 보자, 이건 기라."

그 말이 떨어지기 바빴다.

"야?"

"그, 그런께, 그, 그라모!"

하나같이 긴장된 얼굴로 서로를 바라보았다. 위력이나 기세를 드러내어 보이는 시위를 하자는 분위기로…….

"준하 성님 말씀매이로……."

나이는 그중 밑이지만 머리 회전은 누구보다도 빠른 화주가 좌중을 향해 또렷또렷한 어조로 딱딱 끊어 말했다.

"초군들을 집회에 참여하거로 해갖고, 춘계 나리가 주장하신 대로, 시위를 하는 쪽으로 분위기를 기울거로 하모……."

어디선가 닭 우는 소리와 개 짖는 소리가 약속이나 있은 듯 동시에 들려왔다.

"그 말 잘했다, 아우."

필구가 주먹으로 제 가슴팍을 소리 나게 꽝꽝 쥐어박았다.

"니기미! 이래 뒤지나 저래 꼬꾸라지나 똑겉이 죽는 거는 죽는 거 아인가베? 우리 당장 그랍시데!"

화주 두 눈에 대장간 쇠붙이 두드릴 때 나는 것 같은 불꽃이 튀었다.

"필구 성님하고 지하고 맨 앞장서갖고 하입시더! 우리가 멤만 뭇다 쿠모 몬 할 끼 머가 있심니꺼?"

"하모, 몬 할 끼 없제!"

순식간에 그곳은 우리 속에서 밖으로 뛰쳐나오려는 맹수들이 포효하는 것 같은 소리로 가득 찼다.

농민들이 땔나무를 베기 위해 조직한 초군들의 집회 참여.

맨 처음에 그 제의를 한 준하는 물론이고, 거기 모인 누구도 초군들이 그렇게 큰 힘을 실어주리라고는 예기치 못했다. 어떤 면에서는 궁여지책으로 고안해낸 게 바로 그 초군들이었다.

하지만 그날 이후로 초군들 움직임이 심상치 않았다. 지축을 뒤흔드는 꿈틀거림이 느껴졌다.

가장 연장자인 준하로부터 최연소자인 화주에 이르기까지 다투어 분위기를 잡는 일에 뛰어들었다. 귀신도 놀라 물러서게 할 집착과 용기였다.

– 도회都會에서 유춘계가 주장한 대로 관아에 들어가 시위를 하자!

– 이대로 주저앉아 또다시 수탈만 당하고 있을 것이냐?

– 우리 농민들이 살길은 오직 하나밖에 없다!

– 피땀 흘려 짓는 농사는 누구 배를 채우게 하기 위한 농사냐?

손톱보다 작은 개미 떼가 서까래만 한 구렁이를 이긴다고 했다. 무리무리 지어서 몰려든 농투성이들의 시퍼런 기세는 가히 세상을 뒤덮을 만했다.

"증말 너모 아쉽다 아입니꺼? 솟구치는 저 불길을 하나로 모아줄 중심, 중심이 있어야 하는데……."

석보가 혀로 바싹 마른 입술을 축이며 말했다. 그 혓바닥에도 허연 태가 끼어 있었다.

"이럴 때 춘계 나리만 계신다모……."

필구도 분한 탓에 말을 잇지 못했다.

"암만캐도 안 되것다. 내가 춘계 나리께 면회 한분 가봐야 하것다."

준하가 오랜 고민 끝에 내린 결심인 듯 두 주먹을 꽉 거머쥐며 말했다. 그러자 화주가 반가우면서도 자신 없는 어투로 물었다.

"그기 가능하것심니꺼? 만내보거로 해주까예?"

준하가 허공을 노려보며 마음을 다잡는 소리로 이랬다.

"우짜든지 길을 찾아봐야제. 이리키나 좋은 기회가 운제 또 오것노? 난주 가갖고 후회 안 하기 위해서라도……."

부르터진 입술을 깨무는 그의 모습이 자못 비장해 보였다.

"그거는 맞심니더."

모두가 이구동성으로 얘기했다. 방이 들썩거리는 듯했다.

"이런 기회는 다시 안 없것심니꺼."

"시방이 딱 움직일 시기가 맞심니더."

준하는 눈을 한 번 감았다가 떴다.

"내 손우 처남하고 쪼매 친한 사람 하나가 관아 말직에 있다 들었는데……."

그런 말과 함께 깊은 상념에 잠겼다.

"그라모 이 길로 당장 가서 쌔이 만내보이소."

필구가 외양간에 소 몰아넣듯 했다. 석보도 덩달아 채근했다.

"내 돈 쪼꼼 마련해볼 낀께, 그거 갖고 꾸우삶아서 우떻게 해보이소."

그래도 준하가 선뜻 나설 낌새를 보이지 않자 석보는 돈밖에 모르는 수전노처럼 굴었다.

"돈이모 죽은 사람도 살리는 시상 아입니꺼, 돈이모."

온 세상이 '돈', '돈' 하는 것 같았다. 세상의 주둥이에 돈을 얼마나 물려줘야 그 소리를 멈출지 모르겠다는 탄식과 적개심을 품은 사람이 하나둘이 아니었다.

화주가 이런저런 생각에 고단한 몸을 이끌고 죽골 집으로 돌아왔을 때, 그의 부모와 함께 걱정 가득한 얼굴로 그를 애타게 기다리고 있던 원아가 물었다.

"시방 초군들 기세가 그러키 대단하담서예?"

화주는 짐짓 시원시원하게 생긴 두 눈을 크게 떠 보였다.

"직접 내 눈으로 봐도, 에나 몬 믿을 판이오."

그는 하도 목이 타서 우선 찬물을 두 바가지나 들이켰다. 그러고는 궁금증과 기대감에 찬 눈빛으로 자신의 얼굴만 바라보는 가족들에게 말했다.

"진무청에 갇히 있는 유춘계 나리를 만내갖고 그 소식도 들리주고 할라꼬……."

불전에 기도하는 목소리였다.

"준하 성님이 면회 한분 신청해보것다고는 하는데, 잘 될랑가 모리것 심니더."

"좋은 생각을 하싯거마예."

원아가 별처럼 초롱초롱한 눈을 빛내며 말했다.

"춘계 그분이 그냥 보통 어른은 아인께, 이런 바깥소식 들으모 반다시 무신 수라도 쓰실 기라고 봐예."

얼마 전에 마루를 놓은 처마 밑의 땅에서 올라오는 흙냄새가 어쩐지 너무 낯설게 느껴졌다.

"우리 모도 그리 믿고 싶지만도, 저리 갇히 계신 몸이라 놔서……."

"사정이 그렇더라도 믿어야지예."

화주보다 원아가 더 단호한 모습을 보였다. 얼핏 나약해 보이는 여자 몸속 어디에 그런 기백과 신념이 숨어 있는지 믿기지 않았다.

"창무 아자씨하고 우 씨 아주머이가 장 말씀 안 하시던가예. 사람은 머시든지 믿는 대로 된다꼬…….."

화주 눈앞에 그들 부부와 만나던 날 꽃송이가 하얗게 피어 있던 이팝나무가 어른거렸다. 골짜기나 개울가에 잘 자라는 그 나무는 봄의 흰꽃도 좋고 까맣게 익는 가을의 열매도 좋았다.

"그 말 들은께 그래도 좀…….."

옆에서 잠자코 두 사람 대화를 듣고 있던 화주 부모가 입을 열었다.

"그거는 그렇고, 화주 니 우짜든지 몸조심해야 하는 기라. 원아가 애태워쌌는 거 에나 몬 보것다."

"우리는 춘계라는 그 양반을 너모 믿는 너거가 걱정된다 아이가."

그러고는 마지막으로 하는 소리였다.

"시상 더 짜다라 살아본 우리들 눈으로 볼 적에는 암만캐도…… 나라를 이길 승산은 없다."

원아 눈이 화주를 향했다. 그 눈매가 너무 아름답고 매혹적이라는 생각을 했다. 그와 동시에 뭔가 뜨거운 기운이 울컥, 목젖을 겨냥해 확 치밀었다. 고운 꽃일수록 오래 보기 어렵다는데.

갇혀버린 시간

해랑과 월소는 황삼을 입고, 한결과 정선은 군복을 입었다.

한가운데 놓여 있는 북틀 주위에 빙 둘러선 다른 기녀 셋과 더불어 절을 하면서 해랑은 가벼운 어지럼증을 느꼈다. 지금부터 막 시작하려는 고무鼓舞는 해랑이 저 '포구락'과 더불어 가장 좋아하고 자신 있게 추는 춤이다.

악공들이 음악을 시작하였다. 소맷자락을 날개처럼 펼치고 천천히 나온 기녀들은 비단 휘장을 두른 북 가장자리를 돌면서 춤을 추었다. 그건 마치 네 송이 아름다운 꽃들이 향기를 내뿜어가며 세상을 희롱하는 것 같은 형용이었다. 해랑은 춤사위에 빠져들면서도 가슴 깊이 소원했다.

'춤이여! 시상 모든 거를 훌훌 떨치는 영혼의 몸짓이 되거라.'

해랑 머릿속에 홍우병 목사의 창백한 얼굴이 선연하게 그려졌다. 큰 근심에 싸인 낯빛이 너무나 초췌했다. 그러잖아도 과묵한 그가 완전히 말을 잃어버렸다.

'와! 와!'

드디어 농민으로 구성된 초군이 그 행동을 개시하였다. 나라의 녹을 먹는 신분에 있는 목사로서는 실로 치명적인 일이 벌어진 것이다. 저 수곡장터의 군중 집회는, 관아는 물론 백성들 사이에도 엄청난 파문을 일으켰다. 해랑과 비화의 가슴에는 그보다 몇 배나 심한 균열이 생겼다.

"갱상우뱅사 박신낙이 참말로 원망시럽사옵니더, 영감."

예사롭지 않은 초군들 움직임 때문에 온종일 신경 쓰고 격무에 시달려 지쳐 빠진 몸을 이끌고 밤늦게 자신을 찾은 홍 목사에게 해랑은 눈물을 보이고 말았다. 홍 목사가 몹시 침통한 표정으로 말했다.

"지금 와서 후회해 본들 뭣하겠느냐?"

장맛비에 토담 허물어지듯 자꾸만 무너져 내리려는 스스로를 다잡는 빛이었다.

"사람만 비겁해질 뿐이다."

해랑은 울부짖는 목소리로 그를 불렀다.

"나리!"

홍 목사는 약간 고집 있어 보이는 입술을 깨물었다.

"다만, 예상하고 있었으면서도 막지 못한 게 그저 한이 될 뿐이다."

"흑흑."

애써 심상한 척하면서도 괴로워하는 빛까지는 감추지를 못하는 홍 목사가 해랑은 그저 안쓰럽기만 했다. 저렇게 하느니 차라리 지금 속에 있는 마음 그대로를 드러내 보이면 당사자도 상대방도 더 편할 텐데.

"제가 영감을 위해서……."

해랑은 평소에 그가 좋아하는 편編 한 곡을 들려주었다. '편산대엽', 혹은 '엮음 잦은 한 잎'이라고도 하는 곡 가운데에서, 그를 위해 즐겨 불러주는 노래는, 해랑이 새겨 봐도 그 노랫말이 참 좋았다.

꽃 가운데 왕은 모란이요, 해바라기는 충신이로다.

연꽃은 군자며, 살구꽃은 소인이라.

국화는 은둔하는 선비요, 매화는 가난한 선비요,

박꽃은 노인이요, 석죽화는 소년이라.

접시꽃은 무당이요, 해당화는 창녀로다.

그 가운데 배꽃은 시객이며, 홍도 벽도 삼색도는 풍류절인가 하노라.

춤을 추면서도 자꾸만 다른 잡념에 시달리는 바람에, 해랑은 자칫하면 춤을 멈추고 북의 사면에 서야 할 순간을 놓칠 뻔했다.

'아, 내가 와 이라노? 증신을 오데다가 빼놓고 있는 기고?'

해랑은 동기童妓가 두 개씩의 북채를 기녀들 앞에 놓고 있는 것을 보았다. 그 어린 기생은 효원이다. 북을 치는 방망이로 가슴을 치고 싶다는 엉뚱한 말을 곧잘 하곤 하는 새끼 기생 효원.

그러자 해랑의 뇌리에 지난번 읍내장터에서 본 비화 모습이 또다시 또렷이 되살아났다. 가난과 피곤에 찌들대로 찌들어 보이던 비화. 그렇게 꽃송이같이 화사하던 그 용모와 자태는 어디로 가고, 땅바닥에 떨어져 차디찬 겨울비를 속절없이 맞는 칙칙한 낙엽처럼 변해버린 그녀.

'아아아…….'

해랑은 전율을 금치 못했다. 그녀 자신, 그리고 자신이 사랑하고 자신을 사랑하는 이들 모두가 너무나 변해버렸다. 옷깃 한 번 스치지 않은 타인들처럼.

아, 꽃은 가버린 것인가? 영영 돌아오지 못할 곳으로 가버린 것인가? 잃어버린 꽃당혜를 찾아 헤매는 어린아이의 마음이어라.

해랑은 자기 앞쪽에 놓여 있는 북채에 매달린 원숭이 꼬리털을 물끄러미 내려다보았다. 이즈음 와서 해랑은 자신이 원숭이 같다는 엉뚱한 생각을 할 때가 많았다. 짓궂은 세상 손끝에서 대책 없이 놀림을 당하는 원숭이.

'차라리 애시당초 원숭이로 태어났더라모 상구 더 낫을 끼거마는. 내는 원숭이다, 그리 여김서 살아갈 낀께네.'

이제 자리에 앉은 자세로 북채를 희롱하는 쪽은 기녀들인데, 해랑 자신만은 도리어 저 북채에게 희롱당하고 있다는 기분이 들었다. 다시 북채를 들고 일어서서 춤추고 돌기를 하면서도 그런 느낌은 좀처럼 지울 수가 없었다.

한결이 북 옆에 서서 가만 견주어보다가 우선 채 한 개로 딱 내리치고 다시 두 개로 내리쳤다. 제 기명妓名처럼 늘 '한결같은 절개'를 입에 달고 사는 한결은 몸도 마음도 깨끗한 기녀였다. 한 번도 세상 손을 타지 않은 것 같은.

그런데 가끔 아무도 없는 교방 한구석에서 혼자 소리죽여 흐느끼다가 해랑에게 들키곤 했다. 그녀에게는 무슨 말 못 할 깊은 사연이 있을까 궁리해보던 해랑은 고개를 흔들며 쓸쓸한 웃음을 지었다. 기녀들치고 아픈 과거 하나씩은 나무에 박힌 옹이처럼 가슴팍에 박고 있지 않은 사람이 몇이나 되겠는가?

"한갤이 니 안 있나, 이런 소리 하기는 머하지만도……."

그녀와는 동갑내기여서 서로 말과 심경을 터놓고 지내는 해랑이 말했다.

"니는 기녀보담도 두리하님이 더 어울릴 거 겉다는 생각이 든다 아이가?"

그때 한결은 매혹적인 눈매로 해랑을 빤히 바라보며 물었다.

"두리하님? 두리하님이 머꼬?"

무언가에 매달리려고 하는 그 모습이 보기 짠했다.

"미안하지만도 좋은 거는 아이다."

해랑은 솔직히 털어놓았다. 쓸데없는 소리를 했구나 싶었다.

"그래도 괘안타. 쌔이 이약해 봐라."

한결의 재촉에도 해랑은 망설였다. 자존심을 건드리는 결과를 낳을 수도 있었다. 남들은 기녀 주제에 무슨? 할지 몰라도, 그렇기에 더욱더 지켜야 할 자존심이다.

"안 듣는 기 더 좋을 낀데……."

해랑은 가능하면 발뺌을 하려는데 그게 쉽지 않았다.

"궁금타. 해랑이 눈은 정확 안 하나."

보기보다는 꽤 고집이 있었다.

"혼인한 새색시가 시집으로 갈 적에 말이제."

별수 없었다. 느낀 그대로를 얘기했다.

"바로 그럴 때 당저고리 입고 족두리 쓰고 향꽃을 든 차림새로 따라가는 계집 하인 안 있는가베."

한결이 어쩐지 슬퍼 보이는 긴 고개를 조그맣게 끄덕였다.

"아, 그런 사람을 두리하님이라쿠는 기가?"

"하모."

해랑이 미안스러운 표정을 짓는데, 한결은 전혀 서운해 하는 기색도 없이 말했다.

"내도 봤다. 특히 그 당저고리라쿠는 기, 길이가 물팍꺼지 가 닿고, 초록빛에 자주색 고름을 달았제, 아마?"

"기억력도 좋다, 에나로."

해랑은 미칠 듯이 그리워졌다. 어릴 적 혼례 행렬을 한참 따라가며 웃고 떠들던, 철없고 근심 걱정 없던 시절 그 사람들 모습이. 그리고 그 평화로운 장면의 복판에는 언제나 비화가 있었다.

"내도 운제 머리 올리주실 반가븐 내 님을 만낼 수 있으꼬?"

월소가 두 사람 대화 사이에 끼어들었다.

"누가 말해주모 내 한턱낸다."

한결이 인색한 고리대금업자처럼 말했다.

"한턱 갖고는 모지랜다."

해랑은 빙그레 웃고만 있었다.

"그라모 열턱! 백턱!"

나중에 좀 더 나이 먹어 퇴기가 되면 잘나가는 객줏집 하나 차리는 게 평생소원이라는 월소였다.

"안 반가븐 그런 내 님을 만내모 우짤 낀데?"

도리어 한결이 월소에게서 무슨 해답을 얻어내려는 듯 그렇게 물었다. 그러자 그에 대한 월소의 답변이었다.

"우짜기는? 올린 머리 도로 내리삐지 머. 그라모 안 될 끼 머가 있노?"

해랑과 한결은 웃지도 못했다.

"머라꼬?"

"내라모 그 머리 깎고 중이 돼삘란다."

고무는 갈수록 더한층 흥취를 자아낸다. 정선이 북을 내리치고 해랑이 내리치고 월소와 한결이 내리친다. 기녀들의 하나같이 곱고 부드러운 손에 들린 여덟 개의 북채는 번갯불 내려치듯 빠르게 움직인다.

"지화자!"

북이 울릴 때마다 기녀들은 여럿이 한꺼번에 지화자를 제창한다. 흡사 강강술래 하듯 북 주위를 빙비잉 돌아가며 몸을 뒤집어 북을 치는 기녀들 몸짓이 꽃보다 아름답다. 이제 곧 북채를 던지고 춤을 추다가 함께 절을 하고 나가면 고무는 전부 끝날 것이다.

'아, 또⋯⋯.'

그런 생각을 하자 긴장이 풀려서일까, 해랑은 또다시 어지럼증을 느꼈다. 이번에는 처음 춤을 시작했을 때 보다 훨씬 더 심하다. 해랑은 가까스로 몸의 균형을 잡으며 더럭 겁이 났다. 속에서 악마의 속삭임 같은 소리가 있었다.

'내는 이리 춤을 춰쌌다가 어느 순간 각중애 쓰러져 죽어삐는 기 아이까? 꽃잎이 바람에 속절없거로 흩날리는 거맹캐⋯⋯.'

낮에 한바탕 고무를 추었는데도 당최 잠이 오질 않는다. 바로 어젯밤 만났는데 오늘 밤 벌써 그립다. 미쳤다. 약이 없다.

홍 목사는 당분간 해랑 자신을 찾을 수 없을는지도 모르겠다. 한번 정사政事에 빠지면 밥 먹는 것도 잊어버리는 그였다. 관아 업무에 관해서는 잘 모르는 해랑이지만 자꾸만 어떤 광경이 떠올라 돌아버리기 직전이었다.

'우짜노? 우짜노?'

성안 진무청 어딘가에서 상상만 해도 몸서리쳐지는 무서운 일이 벌어지고 있을 것이다. 끔찍한 취조 장면이다. 취조하고 있는 사람과 취조당하고 있는 사람.

그런데 그들이 누구인가? 비화 언니 친척 아저씨뻘 되는 몰락 양반 유춘계, 그리고 해랑 자신의 연인 홍우병 목사.

'아아아⋯⋯.'

해랑은 두 손으로 두 귀를 틀어막았다. 금방이라도 고문을 당하는 유춘계의 고통스러운 비명이 들려올 것만 같다. 아니, 지금 바로 이 순간에 숨이 끊어지고 있을지도 알 수 없다. 혹독한 고문 끝에 목숨을 잃는 죄인들이 적지 않다고 들었다. 그들은 어디 가서 다시 나를 살려 내라고 항변할 수도 없을 것이다.

'사람 목심이라쿠는 기 참말로 포리(파리) 목심보담도 몬한 기라. 거미줄에 걸리서 죽는 포리도 저리카나 고통시럽지는 안 할 거 겉다.'

해랑이 여기저기 몰래 알아본 바에 의하면, 유춘계라는 몰락 양반이 관아에 등소도 하고 농민들을 이끌고 있기는 하지만, 엄벌에 처할 정도로 중죄인은 아니라고 했다. 그렇지만 전해주는 사람마다 말이 조금씩 달랐고, 특히 앞으로 돌아갈 상황은 어떻게 변할지 누구도 모를 일이다.

'확실하거로 알 방도가 없으까?'

궁리궁리 해보느라 옆에서 누가 세게 쥐어박아도 모를 판이었다.

'비화 언가도 그거를 몰라서 미치고 있을 낀데.'

그렇다고 홍 목사에게 대놓고 물어볼 수도 없었다. 그러잖아도 그 일 때문에 여러 날 골머리를 앓는 연인에게 자꾸 상기시켜 더 힘겹게 만들 수는 없지 않은가.

'하기사! 내가 그이를 누보담도 더 잘 알제.'

그랬다. 홍 목사는 공과 사를 엄격하게 구별할 줄 아는 관리였다. 무엇보다도 관청 일에 대해서는 일절 입 밖에 내비치지 않았다. 그런 홍 목사가 해랑의 눈에는 야속하다거나 비정한 것이 아니라 더더욱 훌륭하고 믿음직스럽게 보였다.

그런데 해랑이 가장 염려하는 것은 다른 데 있었다. 비화를 생각할 때 너무나 가슴 아픈 일이지만, 어쨌든 유춘계가 체포됨으로써 농민들의 움직임은 일단락될 것처럼 보였다. 하지만 얼마나 오랫동안 응어리져 온 울분이요, 폭발인가? 이번에 지핀 그 불씨가 언제 어느 곳에서 어떤 식으로 또다시 갑자기 확 살아날지 아무도 모른다는 사실이었다. 절대 이대로 꺼져버릴 불씨는 아니었다.

"솔직히 누가 해도 한 분은 해야 할 일 아인가예?"

"아, 입조심 몬 하것나. 요새 입은 묵는 데 말고는 다린 데 쓰모 안 되는 기라. 하기사 무울 것도 벨로 없지만서도."

"하모, 부대(부디) 조심해야제. 시방매이로 시국이 어수선할 때 입 한 분 잘몬 뗐다가는, 우떤 구신이 와서 잡아갈지 모리는 일 아인가베."

"조물주가 와 사람 귀는 두 개를 맹글고, 입은 한 개밖에 안 맹글었는 고, 시방 와서 그 이유를 알것다."

그러자 누군가가 말했다.

"내 멤은 백 개도 더 되는 거 겉은데 머."

또 다른 누군가가 얼른 그 말을 받았다.

"그라모 니 멤은 농민 짝도 되고 나라 짝도 된다, 그런 소리 아이가? 허어, 사람이 돼갖고 그라모 안 되제."

"아, 생사람 잡을 일 있나, 낼로 우찌 보고?"

"보기는 우찌 봐? 니를 닐로 보제."

교방 관기들 사이에도 그렇게 작금의 농민들 움직임은 최대 관심사로 떠올랐다. 하지만 그녀들은 해랑의 이중적인 고민과 아픔을 전혀 알지 못했다. 해랑은 기녀들 속에 섞여 있으면서도 망망대해 외로운 섬에 혼자 내던져져 있었다.

'아아, 섬 하나가 내 몸속에 들와삐릿구마.'

도무지 잠이 오지 않았다. 아무래도 포기해야만 될 성싶었다. 툇마루 끄트머리에 미끄러지는 흰 달빛을 혼자서 한참이나 지켜보다 방으로 들어갔다. 자리에 누워 엎치락뒤치락하는 사이에 밤은 그녀의 깊은 고뇌처럼 깊어가고 있다.

영조 때 김천택이 엮었다는 시조집 청구영언에 실린 시조 한 수를 가만가만 입속으로 읊조려보았다.

사랑이 거짓말이 님 날 사랑 거짓말이

꿈에 와 뵈단 말이 그 더욱 거짓말이
나같이 잠 아니 오면 어느 꿈에 뵈이리

그대가 나를 사랑한다 말한 것이 진실이 아니라면, 꿈속에서 볼 수 있다는 말을 더욱 믿을 수 없고, 나처럼 잠이 오지 않으면 어느 꿈에 임을 가까이할지 모르겠다는, 그런 애틋한 사랑의 감정을 참 잘 담아낸 그 시조가 해랑 마음을 밑바닥까지 적셨다. 그것을 지은 사람은 참 불행한 삶을 살다가 갔겠구나 하는 연민도 일었다.

이런저런 상념에 잠겨 있던 해랑은 어느 순간 자신도 모르게 그만 벌떡 일어나 앉았다. 온몸에 찬 기운이 쫙 끼쳤다. 이상할 정도로 무서워서 견딜 수가 없었다. 밤의 마력인가? 모든 게 어두운 밤처럼 캄캄해지기만 한다. 밤새도록 물레질만 하겠다는 말처럼, 본래의 계획이 있는데 딴 일만 하게 된다면.

이 세상에서 믿을 수 있는 것은 과연 무엇일까? 아, 어쩌면…… 믿을 수 있다고 여기는 것부터가 믿을 수 없는 것인지도 모른다.

이 해랑을 향한 홍 목사의 사랑이 진실이 아니라면? 아아, 그리고 홍 목사를 향한 내 사랑이 진실이 아니라면?

해랑이 깜빡 잠이 든 것은 모두가 곧 자리를 털고 일어나야 할 새벽에 가까운 그런 시각이었다. 그러나 아침까지의 그 짧은 수면 시간 동안에 두 차례나 악몽에 시달렸다. 그것도 현실보다 더 생생한 꿈이었다.

첫 번째 꿈속에서는 저 헌선도獻仙桃를 추었다. 해랑은 선녀가 돼 있다. 그 자신처럼 연화관을 쓰고 색동치마를 차려입은 선녀 셋이 더 보였다. 선동仙童도 넷이다. 그 어린 신선들 가운데 효원도 있었다. 박拍을 치고 있는 늙은 기생은 평소 해랑을 살붙이처럼 살갑게 대해주는 기녀였다.

해랑과 효원은 다른 선녀와 선동 중간 중간에 서서 함께 절했다. 선동들이 복숭아 다섯 개가 담긴 쟁반들을 받들고 세 번 앞으로 나섰다가 세 번 물러났다. 신맛과 단맛을 모두 품고 있는 복숭아는 무엇이 죽은 넋일까?

해랑은 다른 선녀들과 더불어 복숭아 쟁반을 받아 눈썹에 맞추어 들었다. 그러고는 세 번 나갔다가 세 번 물러난 다음, 무릎을 꿇고 복숭아 쟁반을 높이 들어 바치면서 노래 불렀다. 푸른 복사꽃 만발한 봄에 3천 년 걸려 만들어진 열매를 옥쟁반에 담아 바치니, 이 신선 복숭아를 드시고 만수무강하시라는 내용이었다.

그런데 노래를 끝내고 다 같이 일어나 춤을 추기 위해서 모두 각자 탁자 위에 복숭아 쟁반을 내려놓을 그때였다.

"옴마야!"

해랑 입에서 매우 놀란 외마디가 터져 나왔다. 그와 동시에 더할 수 없이 날카로운 어떤 소리가 공기를 찢고 뒤흔들었다.

"쨍그랑!"

'저, 저?'

해랑은 보았다. 다른 복숭아 쟁반들처럼 당연히 탁자 위에 놓여 있어야 할 쟁반 하나가 산산조각이 나서 바닥에 흩어져 있는 것이다.

"아아, 저 일을 우짜노? 해랑아! 니 우찌 이리 큰 실수를?"

박을 치는 늙은 기생의 몹시 당황한 목소리가 해랑의 귀를 물어뜯었다. 곧이어 헌선도를 구경하고 있던 술자리 쪽에서 무서운 불호령이 떨어져 내렸다.

"저런 불측한 것을 봤나!"

쩍 벌린 호랑이 아가리가 나타나 보였다.

"이 자리가 어떤 자린데 그따위 실수를 저지른단 말고?"

이제 네 목숨은 없다, 그런 소리 같았다.

'으으……'

당장 때려죽일 것처럼 호통을 쳐가며 길길이 날뛰는 자가 누구인지 해랑은 알 수 없었다. 그저 바닥에 떨어진 쟁반 파편을 빨리 치워야 한다는 생각밖에 나지 않았다.

'내 이거를 후딱……'

해랑은 엉겁결에 그 조각에 손이 갔다. 그건 참으로 지각없는 짓이었다. 해랑은 손가락 끝에서 엄청난 통증을 느끼며 들여다보았다. 그리고 다음 순간이었다.

"악!"

자지러지는 비명이 해랑 입에서 터져 나왔다. 해랑은 본 것이다. 그녀의 열 손가락 끝 모두에서 콸콸 쏟아져 나오는 시뻘건 핏물을.

그러고는 알았다. 그녀 자신을 향해 그토록 사납게 꾸짖는 자가 누구인지를. 그는 바로 농민들이 들고일어나게 한 원흉인 경상우병사 박신낙이었다.

언제 빼들었을까? 그자 손에는 보기만 해도 온 살점이 덜덜덜 떨리는 커다란 칼 하나가 쥐어져 있었다. 우병사는 그 칼을 '삭삭' 소리 나게 함부로 휘두르더니 해랑을 향해 와락 달려들면서 외쳤다.

"이년! 내 칼에 죽어라."

"아아아……"

해랑은 그만 눈을 질끈 감았다가 반사적으로 다시 떴다. 그런 후에 보았다. 자신의 열 손가락뿐만 아니라 전신을 흠뻑 물들이고 있는 핏물을.

'언가야, 언가야.'

그것은 비화와 함께 하루 종일 볕이 좋은 흙 담벼락 밑에 정답게 마주 앉아 서로 실로 찬찬 묶어주며 손톱을 물들이던 지난날의 그 봉숭아 꽃 물보다도 백배 천배 붉고 짙은 액체였다.

"으으으……."

전신만신 땀으로 멱을 감고 있다. 해랑은 일어나서 몸을 씻어야겠다는 생각이 들었다.

'안 그라모 내 멤속꺼지.'

그렇지만 생각뿐이었다. 몸은 천 길 낭떠러지로 굴러 내리는 듯하더니만 또다시 까마득한 의식의 골짜기 속으로 한없이 빠져들고 있다.

'칼, 칼이!'

이번에는 검무劍舞였다. 해랑은 반수면 상태로 무진 애썼다. 어서어서 이 지독한 악몽에서 깨어나야 한다고. 꿈을 꾸면서도 이게 꿈이란 것을 알고 있었다. 한 번만 더 악몽에 시달리면 그땐 영영 일어나지 못한 채 죽어버리고 말 것이라는 엄청난 두려움에 사로잡혔다.

'아, 눈만 뜨모 될 낀데, 눈만 뜨모.'

입이 말을 하는 게 아니라 눈이 말을 하고 있다.

'그란데 와 이리 눈이 안 떠지노?'

눈에 헛거미가 잡힌다.

'누가 내 눈을 꽉 막고 있는 기가?'

그러나 이상한 일이다. 그렇게 절반쯤은 깨어 있는 의식 속에서도 꿈은 계속되었다. 말 그대로 비몽사몽이었다.

그런데 그 꿈속에서는 아예 처음부터 강한 공포의 포로가 되어 있다. 누가 언제 쥐어 준 것인지는 모르나 해랑은 손에 칼을 들고 있다. 그것도 두 자루다. 하나같이 매서운 빛이 발산되는 칼날.

'저기 누고? 내 아이가?'

해랑은 다른 세 기녀와 더불어 신들린 듯 검무를 추고 있는 융복 차림의 자신을 보았다. 철릭과 주립朱笠으로 된 군복의 하나인 융복이 그녀의 전신을 세게 옥죄었다. 허리에 주름이 잡히고 큰 소매가 달린 철릭, 붉은 칠을 한 갓인 주립, 그것들이 그녀 몸을 막 희롱하려드는 성싶다.

어서 이 칼을 버리고 칼춤을 멈춰야 한다고 노심초사하는데, 그보다도 이 융복부터 얼른 벗어야 한다고 마음이 소리치는데, 몸은 그런 마음을 배신하고 비웃기라도 하듯 더 날렵하게 잘도 움직인다.

'내 몸이, 몸이 미쳤나? 지멋대로네?'

해랑은 또 보았다. 칼 하나를 집어 들고 다시 또 하나를 집어 들고 춤추면서 일어나 앞뒤로 왔다 갔다 하며 계속해서 검무를 추고 있는 그녀 스스로의 모습을. 신 지핀 어떤 무당도 그렇게 열렬할 순 없었다.

그런데 서로 쫓고 서로 칼을 치고 하는 장면이 막 벌어지기 시작한 그 순간이다. 해랑은 경악했다. 맞은편에 서서 칼을 움켜쥐고 있는 상대방 얼굴이 눈에 들어왔기 때문이다. 그는 누구인가? 놀랍게도 홍 목사다.

'아, 시방 내가 목사 영감하고 서로 칼을 겨누고 있다이?'

맞았다. 홍우병 목사다. 한데 더더욱 못 믿겠고 기겁할 노릇은, 그가 정말로 해랑 자신을 찌르려고 한다는 것이다.

'이랄 수가 다 있나, 이랄 수가?'

해랑은 가까스로 그의 칼끝을 피해 가면서 울부짖었다. 그러다 어느 한순간, 해랑은 그만 손에서 칼을 놓치고 말았다. 처음에는 그렇게 떼버리려고 노력해도 손에 딱 들러붙어 떨어져 나가려 하지 않던 칼이다. 그렇지만 해랑이 정말로 당장 숨넘어갈 일이 벌어진 것은 그다음부터였다.

'악! 저, 저놈은?'

해랑은 비명을 질렀다. 어느 순간부터인가 홍 목사 얼굴이 다른 사람 얼굴로 바뀌어 있다. 바로 억호다!

'저눔, 저눔이 나타나다이?'

해랑은 온몸이 그대로 마비돼버리는 듯했다. 달아나기는 고사하고 손가락 발가락 하나 까딱할 수조차 없다.

"흐흐흐흐."

놈은 듣기에도 소름끼치는 음흉한 웃음소리를 내며 한발 한발 다가온다. 굴러오는 크고 검은 점. 그 점에 깔려 죽을 것 같다.

"아!"

해랑은 어찌어찌하여 간신히 몸을 돌려 도망치기 시작했다. 그런데 어느 틈에 훌쩍 몸을 날린 걸까? 달아나는 앞쪽에서 칼이 겨누어져 있다.

"오데로 가노? 거 섰거라! 키키키."

그런데 또 믿을 수 없는 일이 계속 일어났다. 이번에는 만호다. 억호가 만호로 바뀌었다. 만호도 억호같이 잔인한 웃음을 흘리며 칼끝을 해랑의 목젖에 갖다 댔다.

"헉!"

해랑이 눈을 감았다 떴을 때 거기에는 지금까지보다 더 무서운 일이 생겨 있다. 두 개의 칼이다. 점박이 형제 두 놈이 앞뒤에서 칼을 겨누고 있다.

"아아아……."

비명을 지르고 또 지르다 해랑은 번쩍 눈을 떴다.

"흐……."

예리한 칼끝에서 뿜어져 나오는 것 같은 시퍼런 새날의 빛살이 베갯머리를 가르고 있다. 창밖에 온 세상의 비명처럼 새소리가 요란하다.

– 백성 1부 3권에 계속

백성 2

초판 1쇄 인쇄일 • 2023년 10월 25일
초판 1쇄 발행일 • 2023년 10월 30일

지은이 • 김동민
펴낸이 • 임성규
펴낸곳 • 문이당

등록 • 1988. 11. 5. 제 1-832호
주소 • 서울시 성북구 동소문로 65-2 삼송빌딩 5층
전화 • 928-8741~3(영) 927-4990~2(편)
팩스 • 925-5406

ⓒ 김동민, 2023

전자우편 munidang88@naver.com

ISBN 978-89-7456-554-1 03810